*Il se pencha vers elle
et les lèvres de Lily s'entrouvrirent de désir.*

Jamais elle n'avait si ardemment espéré le baiser d'un homme et son être tout entier semblait vibrer de ce désir. De ses longs doigts, Tynan lui prit le menton et tourna son visage vers lui.

Lily ne put réprimer un petit gémissement d'irritation qui déclencha le rire de son persécuteur.

— Sois patiente, ma chérie, la réprimanda-t-il d'un ton maintenant plus bourru. Tu vas tout gâcher en allant trop vite.

Tynan couvrit sa mâchoire de doux baisers, la fraîcheur relative de ses lèvres contre la chair chaude et sensible de Lily provoquant en elle une violente vague de plaisir. Elle se tordait dans ses bras, voulant se rapprocher, voulant quelque chose de plus dont elle ignorait la nature. Mais Tynan restait fermement maître de lui. Puis Lily entendit alors sa voix comme un écho à l'intérieur même de son crâne.

Laisse-moi te goûter.

Incapable de faire autre chose que d'obéir, elle inclina la tête vers l'arrière, soumise.

D0875062

LES DYNASTIES DE L'OMBRE

LE RÉVEIL D'UNE DYNASTIE

LES DYNASTIES DE L'OMBRE

LE RÉVEIL D'UNE DYNASTIE

LE SANG
EST LE POUVOIR
LE DÉSIR
EST LA DESTINÉE

Kendra Leigh Castle

Traduit de l'anglais par
Guy Rivest

A·D·A
éditions

Éditeur : François Doucet
Traduction : Guy Rivest
Révision linguistique : Féminin pluriel
Correction d'épreuves : Nancy Coulombe, Katherine Lacombe
Illustrations des dynasties : Franklin Daley III
Conception de la couverture : Mathieu C. Dandurand
Photo de la couverture : © Thinkstock
Mise en pages : Sébastien Michaud
ISBN papier 978-2-89733-001-9
ISBN PDF numérique 978-2-89683-939-1
ISBN ePub 978-2-89683-940-7
Première impression : 2013
Dépôt légal : 2013
Bibliothèque et Archives nationales du Québec
Bibliothèque Nationale du Canada

Éditions AdA Inc.
1385, boul. Lionel-Boulet
Varennes, Québec, Canada, J3X 1P7
Téléphone : 450-929-0296
Télécopieur : 450-929-0220
www.ada-inc.com
info@ada-inc.com

Diffusion
Canada :   Éditions AdA Inc.
France :   D.G. Diffusion
                  Z.I. des Bogues
                  31750 Escalquens — France
                  Téléphone : 05.61.00.09.99
Suisse :   Transat — 23.42.77.40
Belgique :   D.G. Diffusion — 05.61.00.09.99

Imprimé au Canada

Participation de la SODEC.
Nous reconnaissons l'aide financière du gouvernement du Canada par l'entremise du Fonds du livre du Canada (FLC)
pour nos activités d'édition.
Gouvernement du Québec — Programme de crédit d'impôt pour l'édition de livres — Gestion SODEC.

**Catalogage avant publication de Bibliothèque et Archives nationales du Québec et Bibliothèque
et Archives Canada**

Castle, Kendra Leigh

    Le réveil d'une dynastie
    (Les dynasties de l'ombre ; 1)
    Traduction de : Dark Awakening.
    ISBN 978-2-89733-001-9
    I. Rivest, Guy. II. Titre.

PS3603.A87D3714 2013   813'.6   C2013-940554-2

À ma sœur Kyra
pour avoir toujours été mon amie
et pour avoir toléré mes Barbie vampires.
Celui-là est pour toi.

LES DYNASTIES DE L'OMBRE

Lignées connues aux États-Unis

LES PTOLÉMÉES

CHEF : reine Arsinoé

ORIGINE : ancienne Égypte et la déesse Sekhmet

BASTIONS : villes de l'est des États-Unis, concentrées sur la côte Atlantique

APTITUDES : vitesse extrême

LES CAIT SITH

CHEF : aucun ; considérés comme appartenant à une lignée inférieure malgré leur symbole de pureté

ORIGINE : lignée celtique originaire des Fée

BASTIONS : aucun ; esclaves des Ptolémées ou vivant cachés dans des conditions sordides

APTITUDES : peuvent prendre l'apparence d'un chat

LES DRACULS

CHEF : Vlad Dracul
ORIGINE : la déesse Nyx
BASTIONS : nord des États-Unis ;
Chicago (partagé selon un accord
avec les Empusae)
APTITUDES : peuvent prendre
l'apparence d'une chauve-souris

LES GRIGORI

CHEF : Sariel
ORIGINE : inconnue
BASTIONS : les déserts de l'Ouest
APTITUDES : en raison de leur symbole,
on dit qu'ils peuvent voler, mais il n'en
existe aucune preuve

LES EMPUSAE

CHEF : Empusa
ORIGINE : la déesse Hécate
BASTIONS : sud des États-Unis ; Chicago (partagé
avec les Draculs)
APTITUDES : peuvent prendre l'apparence d'une
fumée

Prologue

La salle de bal baignait dans la douce lueur des chandelles, et de minuscules flammes dansaient, reflétées dans les yeux des personnes rassemblées pour la cérémonie. La jeune femme, l'Élue, s'avança au milieu du groupe d'un pas incertain, les pieds nus silencieux sur le plancher de bois sombre et luisant. Elle écarquilla les yeux en voyant les silhouettes minces et élégantes, pâles et magnifiques, qui étaient venues assister à cet événement, le plus important de sa vie.

Le dernier de sa vie naturelle.

Auparavant, elle avait brièvement aperçu d'autres personnes comme son amoureux, mais elle n'en avait jamais vu autant au même endroit. C'était renversant, bouleversant... et juste un peu angoissant.

Rosalyn. Son nom se répercutait en un murmure tout autour d'elle, bien qu'aucune lèvre ne bougeait. Bientôt, elle connaîtrait leurs pensées autant qu'eux connaissaient les siennes. Ils allaient être son peuple, ceux qui avaient en commun l'ancienne lignée d'une déesse, d'un pharaon. C'étaient les Ptolémées, et ils devaient être vénérés.

Comme on le lui avait prescrit, elle était venue dans ce superbe manoir au milieu de nulle part, vêtue seulement d'une mince robe de soie du blanc le plus pur. Bientôt, Rosalyn le savait, elle enlèverait ce vêtement. Elle entrerait dans sa nouvelle vie comme elle était venue dans sa première, nue et pure. Ses yeux anxieux firent le tour de la pièce à la recherche de son bien-aimé. Celui qui avait rendu tout cela possible, celui qui l'aimait suffisamment pour en faire à tout jamais sa compagne. Mais elle ne vit que des visages inconnus, d'une beauté froide, leurs yeux brillants d'un éclat surnaturel dans la semi-obscurité. Certains la regardaient avec intérêt et d'autres, avec un appétit non dissimulé. Tous n'étaient pas méchants, se consola-t-elle en réprimant un frisson.

Mais aucun de ces visages n'appartenait à son Jeremy.

Rosalyn prit une brève inspiration et s'avança, résolue à ne pas se laisser surmonter par la peur de l'inconnu. Jeremy avait suivi la voie officielle, et elle avait été interrogée par un émissaire d'Arsinoé elle-même, obtenant la bénédiction indispensable de la reine et la permission de se joindre à la Maison sacrée des Ptolémées.

Elle avait passé la dernière semaine à se préparer et, même si sa famille ne comprenait pas encore, à faire ses adieux. Pour naître dans cette nouvelle vie, elle devait rompre les liens avec son ancienne vie, et elle avait plusieurs fois versé des larmes en y songeant. Mais cette coupure en valait certainement la peine. Elle ne serait plus une des nombreuses amantes humaines d'un vampire, entretenue (mais bien entretenue) pour le don volontaire et fréquent de son sang.

Maintenant, elle allait être la conjointe éternelle de Jeremy. Pour la première fois, ils allaient se régaler l'un de l'autre. Et une fois la cérémonie terminée, et sa peau marquée du symbole qui la lierait pour toujours à l'ancienne dynastie bénie par Sekhmet, Rosalyn savait qu'elle intégrerait sans regret sa nouvelle vie, main dans la main avec son amoureux. Elle deviendrait Rosalyn des Ptolémées.

Mais... où était Jeremy ?

La petite foule d'une trentaine de témoins forma un large cercle autour d'elle, la laissant seule, debout en son milieu. Leur silence, une caractéristique de leur espèce, était agaçant, mais Rosalyn avait été bien avertie de ne pas prendre la parole avant qu'on lui parle. Alors, elle attendit aussi silencieusement qu'eux, le dos droit et le menton haut. On l'avait déclarée digne. Elle s'accrocha à cette pensée en espérant que son apparence reflétait cette dignité. Elle avait brossé ses longs cheveux lisses, qui luisaient comme un tissu d'or en tombant sur ses épaules, et n'avait pas maquillé ses traits délicats, comme le préférait Jeremy. Après ce soir, pensa Rosalyn, ses yeux se portant sur plusieurs des femmes étonnamment belles dans l'assistance, elle n'aurait de toute façon plus besoin de cosmétiques.

La beauté vampirique était incomparable et éternelle.

À ce moment, un murmure parcourut la foule, puis tout à coup, elle l'aperçut qui la rejoignait dans le cercle. Le grand Jeremy aux cheveux couleur de sable et à la beauté adolescente. Il s'avança jusqu'à elle pour prendre ses mains dans les siennes et Rosalyn frissonna, comme chaque fois, au premier contact de cette peau froide contre la sienne. Mais la chaleur qui émanait de ses yeux, d'un bleu profond qui lui était particulier, plus que compensait. Il se pencha vers elle et elle sentit la vague odeur musquée de sa peau.

— Tu es prête ? demanda-t-il doucement, son souffle chaud caressant son oreille.

Elle acquiesça.

— Toujours.

Il sourit et la lumière se refléta sur les extrémités poin-tues de ses incisives d'un blanc éclatant entre ses lèvres d'un rouge vif. Il regarda autour pendant un moment, et en un clin d'œil, il fut rejoint dans le cercle par une troisième personne, un homme de haute taille, imposant, qui se tenait droit comme un chêne dans un sévère costume noir. Il avait une expression solennelle, et quand il parla, sa voix résonna dans l'air avec une puissance qui témoignait d'un grand âge même s'il paraissait avoir à peine quarante ans.

C'était le maître de cérémonie, un des émissaires de confiance d'Arsinoé envoyé pour superviser l'antique rituel.

Sa première question s'adressa à Jeremy :

— Comment t'appelle-t-on, demandeur?

La réponse de Jeremy fut immédiate et remplie de fierté.

— Je suis Jeremy Rothburn des Ptolémées.

— Et que veux-tu de nous en cette nuit de pleine lune?

— Je demande que cette femme, Rosalyn DeVore, soit acceptée dans la Maison sacrée des Ptolémées afin de la lier à nous par le don funeste et pour partager avec elle la vie éternelle.

Les yeux pâles de l'émissaire se tournèrent vers elle.

— Et toi, Rosalyn DeVore? Que demandes-tu à la Maison des Ptolémées?

L'espace d'un instant, elle craignit d'avoir oublié les paroles. Mais alors, elles lui revinrent en mémoire, et elle les récita facilement.

— Je demande à me joindre à cette maison pour par-tager la lignée glorieuse de Sekhmet, la lionne, la déesse guerrière; d'Arsinoé, le pharaon éternel; et de tous ceux qui ont la chance de boire le sang de la plus grande dynastie de vampires. Je demande à donner mon sang, ma vie, à Jeremy Rothburn des Ptolémées et qu'il partage à son tour avec moi son sang et sa vie.

Jeremy lui serra la main d'une manière rassurante tandis que le maître de cérémonie acquiesçait gravement de la tête, acceptant sa demande. Puis il regarda l'assemblée. Sa voix s'éleva en un appel puissant et convaincant.

— Vous tous ici rassemblés, gardiens de la flamme obscure, porteurs privilégiés du sang de la déesse, vous avez entendu la demande. Que dites-vous?

Le puissant «oui!» remplit de joie le cœur de Rosalyn. Voilà. Elle était acceptée. Il ne restait qu'une seule chose... bien que ce dernier obstacle soit le plus effrayant de tous, parce que, ne serait-ce que pour s'en détourner à jamais, elle connaîtrait la mort avant qu'ils aient terminé.

L'émissaire réussit à montrer l'ombre d'un sourire quand il tourna de nouveau son attention vers Jeremy.

— Fais-la tienne. Fais-la nôtre.

Puis il recula, disparaissant dans la foule jusqu'à ce qu'eux seuls se retrouvent dans le cercle. Rosalyn regarda son amoureux, consciente de l'importance du moment et sachant qu'elle prenait ses dernières respirations en tant qu'être mortel.

Jeremy détacha sa robe d'un mouvement rapide du poignet, la laissant tomber de ses épaules à ses pieds. Elle était maintenant nue devant lui, devant eux tous, terriblement, merveilleusement exposée. Les yeux débordant d'amour,

Jeremy se rapprocha d'elle et Rosalyn oublia rapidement la foule. Vraiment, il n'y avait là qu'eux deux. Et encore toute l'éternité devant eux.

Les mains froides de Jeremy glissèrent sur sa peau, frôlant ses mamelons, qui s'étaient durcis dans l'air frais. Son ventre se noua de peur et d'excitation, et elle ressentit une flambée inattendue de désir. Alors, il repoussa les cheveux de Rosalyn sur ses épaules, faisant apparaître la pulsation de son sang qui battait rapidement à la base de sa gorge. Ses yeux commencèrent à changer, devenant sauvages et brillant d'une lueur aveuglante. Ses dents étincelaient comme des dagues quand il les découvrit.

Il avait déjà bu de son sang. Elle ne craignait ni ses dents ni la douleur qui cédait vite la place au plaisir. Mais cette fois, il devait la mener au seuil de la mort. Et il l'en ramènerait en lui laissant boire son sang pour la toute première fois.

Rosalyn retint son souffle tandis que les dents de Jeremy perçaient sa chair, et elle entendit en réaction un soupir s'élever tout autour d'eux. Puis elle ne vit, n'entendit, ne sentit rien d'autre que Jeremy, et l'impression de se noyer dans une vague de plaisir jusqu'à ce que toute la réalité ne se concentre qu'en un seul point éclatant de lumière qui brillait même dans la distance. Elle sentit ses membres sombrer dans la léthargie, et toujours il buvait, lui soutirant sa vie et l'aspirant en lui. Et quand elle s'écroula sur le plancher, il s'étendit avec elle, l'enlaçant pendant qu'il continuait à se nourrir.

Son cœur ralentit… ralentit. Dans la quasi-obscurité où elle reposait, Rosalyn attendit que Jeremy presse son poignet contre ses lèvres, attendait de goûter ce sang qu'elle désirait depuis si longtemps, pour que soit terminé le rituel.

Elle commença plutôt à entendre des hurlements dans le lointain.

Au début, il n'y avait qu'une voix, un cri d'étonnement brutalement interrompu. Puis un autre commença, et un autre, le bruit s'accroissant jusqu'à ce que dans l'immense pièce se répercutent des hurlements de terreur et de douleur. Rosalyn se força à ouvrir les yeux tandis que les dents de Jeremy se retiraient brusquement de sa gorge pendant qu'il relevait la tête pour regarder le spectacle d'horreur qu'était devenue son initiation. Au-delà des hurlements, elle entendait le bruit de personnes qui couraient, celui de poings frappant contre des portes qui avaient été scellées.

Et derrière toute cette agitation, un bruit poignant qui ne pouvait être que celui de la chair déchirée — un éclaboussement écœurant, puis un courant d'air passager tandis que quelque chose, quelqu'un, était brutalement jeté de côté pour passer à un autre. Et à un autre.

Le bruit des corps accumulés sans vie se rapprocha.

— Où est-ce ? Je ne le vois pas ! hurla une femme terrifiée.

Une fenêtre éclata.

Jeremy regarda Rosalyn, blottie contre lui, et si celle-ci en avait eu la force, elle aurait hurlé aussi. Car dans ses yeux, elle ne voyait plus l'éclatante promesse d'une vie éternelle.

Maintenant, il n'y avait que la mort.

— Je suis tellement désolé, dit-il, un instant avant que sa tête ne soit séparée de son corps avec une force telle qu'elle vola à travers la pièce.

Le sang gicla sur sa chair nue, pourpre sur fond blanc. Et elle cria finalement, un son faible, perçant, remonté des profondeurs de son âme qui se mourait. Mais elle ne pouvait s'enfuir; elle pouvait à peine bouger. L'obscurité s'emparait d'elle et il lui sembla qu'après tout, il n'y aurait pas de retour pour elle.

Autour d'elle, parmi les cris qui diminuaient, Rosalyn sentait une odeur de brûlé.

Et le dernier son qu'elle qu'entendit fut un gloussement malicieux.

CHAPITRE 1

Tipton, Massachusetts
Huit mois plus tard

Tynan MacGillivray était accroupi parmi les ombres du petit jardin, écoutant les mortels vaquer bruyamment à leurs activités dans le vieux manoir guindé. Il essaya de se concentrer sur les odeurs et les bruits des humains, espérant capter dans l'air un quelconque changement subtil qui pourrait indiquer la présence d'une voyante au milieu de ces soi-disant chasseurs de fantômes, mais tout ce qu'il avait obtenu jusqu'ici, c'était un mal de tête.

Il savait qu'il avait bien peu de chances de trouver ce qu'il cherchait dans cette petite ville. Mais il était allé partout au cours de ces huit derniers mois, des clubs gothiques de New York jusqu'aux assemblées de sorcières de Los Angeles. À chaque endroit, il aurait pu y avoir une rumeur à propos d'un talent dépassant la norme. Pendant tous ces mois, il n'avait pas trouvé le moindre indice d'une voyante ou même de quoi que ce soit de paranormal. Seulement une bande d'humains jouant à se déguiser, essayant d'être différents.

Il se demanda ce qu'ils ressentiraient s'ils entraient dans un vrai club de vampires. La plupart d'entre eux seraient probablement trop imbéciles même pour être effrayés pendant les quelques secondes qu'il leur resterait à vivre dans un de ces endroits. Mais ils auraient peut-être le temps de remarquer qu'il n'y avait pas autant de cuir noir ni d'attirail sado-maso qu'ils le croyaient dans la confrérie des morts-vivants.

Ty se releva sur ses quatre pattes et arqua son dos rendu rigide après qu'il soit demeuré dans les buissons toute la nuit. Sa forme de chat représentait le don de sa lignée, même si elle était d'une utilité douteuse dans des endroits comme celui-ci. La maison qu'il surveillait était située tout près de la grand-place, et il n'avait pour se dissimuler que quelques buissons rabougris d'épines-vinettes. Oui, son pelage était noir et se fondait dans l'obscurité, mais les chats de la taille d'un chien ne suscitaient pas vraiment les câlins des passants.

Merde. Ça ne va pas. Ty émit un feulement de frustration, puis accepta le fait que ce voyage se soldait par un autre échec. Il en avait été réduit à parcourir les foires de paranormal et à visiter les endroits supposément les plus hantés des États-Unis en espérant que quelque chose puisse y attirer le type d'humain qu'il avait tant besoin de trouver. Mais bientôt, très bientôt, Ty savait qu'il devrait retourner voir Arsinoé pour lui annoncer que, selon toute vraisemblance, les voyants s'étaient simplement éteints. Pour la première fois depuis trois siècles qu'il était au service de la reine, il devrait admettre qu'il avait failli.

Et le Mulo, la malédiction gitane qui tuait lentement ceux qu'il avait la responsabilité de protéger, poursuivrait son œuvre macabre jusqu'à ce qu'il ne reste plus personne qui porte la marque de la dynastie des Ptolémées, la lignée la plus ancienne et la plus puissante de toute la société vampirique, née lorsque la vie d'Arsinoé avait été épargnée par le baiser funeste d'une déesse. Aucune autre maison ne pouvait se targuer d'un tel commencement ou d'un tel chef. Mais si les choses continuaient, il ne resterait même pas aux autres dynasties, éternellement jalouses de la puissance de la lignée et de l'influence des Ptolémées, une carcasse sur laquelle se nourrir.

L'ennemi invisible avait attaqué deux autres fois, chacune lors d'initiations sacrées des Ptolémées, ne laissant en vie qu'un seul vampire pour raconter ce qui s'était passé. Ou, la première fois, une humaine sur le point de devenir vampire. Il se souvenait de Rosalyn avec un profond dégoût. Ils l'avaient ramenée dans l'enceinte, ensanglantée et brisée, lui soutirant les renseignements qu'ils avaient pu avant de finalement la laisser mourir d'une mort on ne peut plus humaine. Il doutait qu'elle ait su à quel point elle était chanceuse.

Ty, habitué à se fondre dans l'obscurité et à écouter, savait que tous dans le cercle rapproché de la cour d'Arsinoé s'entendaient sur un point : ce n'était qu'une question de temps avant que la violence s'amplifie encore et que la reine elle-même soit ciblée.

Sans sa féroce reine égyptienne, la Maison des Ptolémées s'effondrerait. Peut-être pas immédiatement, mais personne n'était en mesure de remplacer Arsinoé, à moins que Sekhmet ne réapparaisse pour accorder sa grâce à l'un d'entre eux. Si la déesse existait même encore. Le plus probable, c'était qu'il y aurait une lutte de pouvoir qui ne laisserait qu'une ombre pâle de ce qui avait été, et cette insignifiante lutte intérieure se chargerait de tous ceux et celles que le Mulo avait laissés derrière, s'il en restait. Et les Cait Sith comme lui-même, ceux qui avaient été jugés dignes de servir pour la seule raison qu'ils descendaient de la lignée des Fées, seraient laissés à la merci des dynasties restantes qui régnaient sur le monde de la nuit.

Il ne pouvait pas plus laisser une telle chose se produire qu'il n'aurait pu marcher jusqu'au soleil.

Ty écarta ses sombres pensées pour le moment et se demanda s'il devait retourner à sa chambre d'hôtel pour la nuit, en faisant peut-être un détour par le bar de l'endroit pour prendre une rapide gorgée d'un humain ivre ou consentant. Tout à coup, une porte s'ouvrit à l'arrière de la maison et une femme sortit dans l'air froid de la nuit.

Au départ, il resta pour l'observer par simple curiosité. Puis, la lueur de la lune éclaira sa chevelure châtaine et Ty la fixa, ébahi, tandis qu'elle se tournait carrément vers lui. Tout à fait inconsciente des yeux fixés sur elle, la jeune femme renversa la tête vers l'arrière, se laissant baigner de la lumière des étoiles, le doux sourire sur ses lèvres révélant une personne qui appréciait le plaisir d'une belle nuit d'automne.

Il l'entendit soupirer, vit sa chaude exhalation monter paresseusement en une buée. Pour Ty, captif de quelque étrange sortilège, tout ceci semblait se produire au ralenti, la buée de son souffle demeurant suspendue pendant de longs moments au-dessus de sa bouche, comme si elle avait fait don à la nuit d'une partie chatoyante de son âme. La longue et pâle colonne de sa gorge était nue au-dessus du col de son manteau, le minuscule pouls battant à sa base amplifié un millier de fois, jusqu'à ce que Ty puisse entendre le rythme et le battement singuliers qui étaient la vie même de la jeune femme, jusqu'à ce qu'ils représentent tout dans son univers. Elle avait une odeur discrète et exotique de vanille qui flotta jusqu'à lui sur la brise fraîche, et toute idée de boire le sang de quelque étranger anonyme disparut de son esprit.

Ty la voulait intensément. Et même si certaines restrictions étaient profondément intégrées dans sa vie, il n'allait pas se refuser cela. Il était déjà complètement envahi par la pensée de ce que pourrait goûter le sang de cette femme. Serait-il aussi doux que son parfum ? Ou serait-il plus âcre qu'il ne paraissait l'être, gorgé de baies et de groseilles ? Comme il l'avait appris, chaque humain avait un goût particulier qui révélait à son propos un tas de choses, davantage qu'il ne le saurait même jamais.

Elle s'attarda quelques moments de plus, le visage en forme de cœur délicatement orné de deux grands yeux expressifs qu'il était maintenant résolu à voir de près, s'imprimant en lui d'une manière qu'il n'avait jamais connue. Il était trop abasourdi pour se poser des questions maintenant sur cette étrange réaction devant elle, mais il savait qu'il n'allait pouvoir penser à rien d'autre plus tard.

Plus tard. Quand il l'aurait goûtée.

Quand elle se retourna, quand il ne put voir que les vagues brunes de ses cheveux s'étalant sur le col de son manteau noir, Ty se rendit compte qu'il pouvait tout au moins bouger de nouveau, et il le fit avec l'efficacité impitoyable d'un chasseur d'expérience. Comme un prédateur qui s'était attaché à l'odeur de sa proie, ses yeux ne la quittèrent jamais, même quand il se leva, sa forme féline changeant et s'allongeant jusqu'à ce qu'il se tienne droit parmi les buissons.

Il inspira profondément, absorbant cette odeur particulière avec un plaisir anticipé.

Puis il remonta le col de son manteau et amorça la chasse.

Lily tourna le coin de la maison en poussant un soupir de soulagement.

Elle allait sans doute se sentir coupable de s'être soustraite à la chasse aux fantômes annuelle dans le manoir Bonner. D'être sortie avant que quoi que ce soit d'intéressant se soit produit de toute façon : jusqu'ici, tout ce qu'elle avait vu, c'était une bande de chasseurs de fantômes exagérément sérieux qui croyaient que le moindre insecte était un esprit volage. Elle se souvint tout à coup avec un sourire d'un couple qui s'était installé dans un placard en fermant la porte. Quelle que soit l'expérience qu'ils recherchaient, Lily était pratiquement sûre qu'elle n'avait rien de surnaturel.

Elle se demanda même pourquoi elle s'était laissée entraîner par Bay dans cette aventure : leur rencontre hebdomadaire pour regarder *Chasseurs de fantômes* ne suscitait chez elle aucun désir de courir ici et là pour vrai dans une maison obscure, humide et prétendument hantée. Dieu merci, le bel étalon de la Bonner County Paranormal Society était apparu. Lily ne savait trop ce qui avait le plus contribué à faire jaillir une flamme dans les yeux de sa meilleure amie : le jean serré ou la caméra thermique. Quoi qu'il en soit, elle n'était même pas sûre que le groupe l'ait entendue quand elle avait prétexté un sévère mal de tête pour les quitter, mais le sourire de Bay indiquait qu'elle lui en serait reconnaissante plus tard.

Elle leva le bras pour jeter un coup d'œil à sa montre, plissant les yeux dans l'obscurité, et vit qu'il était près de minuit moins quart.

— Un autre vendredi soir de perdu, marmonna-t-elle.

Pourtant, il n'était pas nécessaire qu'il soit totalement gâché. Peut-être qu'elle se laisserait aller et veillerait très tard en mangeant du pop corn et en regardant un film de Gerard Butler.

Des moments endiablés chez Lily Quinn. Mais mieux, toujours mieux, que de courir le risque de dormir. Elle n'avait pas besoin d'un stupide tour de maison hantée pour être effrayée. Rien ne pouvait l'effrayer davantage que les choses qu'elle voyait quand elle fermait les yeux.

Lily s'avança en faisant craquer les feuilles mortes, puis s'arrêta, étonnée de voir les arbres nus et, un peu plus loin, la clôture de fer forgé qui entourait la propriété. Malgré le fait qu'il se situait assez proche de la grand-place, le manoir Bonner était éloigné de la route, et la société d'histoire avait réussi à conserver une partie de la propriété originale, alors il y avait encore de l'espace autour de la maison. Mais, comme un clin d'œil à la modernité, l'endroit comportait un stationnement.

Et, se rendit compte Lily, il était de l'autre côté de la maison. Elle pencha la tête vers l'arrière, les yeux fermés et grogna. Son incontournable mauvais sens de l'orientation avait encore frappé.

Après avoir juré silencieusement pendant un moment, Lily enfonça davantage ses mains dans ses poches et partit dans une direction qu'elle espérait correcte, cette fois. Son piètre sens de l'orientation était une de ses caractéristiques, de même que son aversion inexplicable pour les hommes convenables. Si seulement elle pouvait trouver un mauvais garçon bien éduqué, qui pouvait citer Shakespeare et qui avait encore un penchant pour les tatouages sexy et peut-être un léger fétichisme pour le cuir, elle pourrait au moins avoir une chance d'éviter un avenir probable en tant que vieille folle entourée de chats.

Une mince chance, peut-être. Mais tout de même une chance.

Au moins, pensa Lily, en inspirant profondément, la nuit était belle. L'odeur d'une nuit d'octobre était une de ses préférées, surtout dans cette partie de la Nouvelle-Angleterre. L'air y était rempli du riche parfum des feuilles mortes, de la fumée de bois s'échappant de quelque cheminée, et d'une bonne dose de froidure vivifiante.

Lily regardait autour d'elle tandis qu'elle marchait, prenant son temps. Dans la faible lueur des lampadaires qui bordaient le chemin, cet endroit avait vraiment l'air hanté sans être pour autant effrayant. Davantage comme un quelconque endroit sombrement romantique, rempli d'ombres et de mystère sensuel.

Elle laissa échapper une longue expiration, amusée à cette idée. Elle enseignait la littérature anglaise parce qu'elle avait toujours aimé fantasmer sur ce qui pourrait être plutôt que sur la réalité souvent déplaisante de la condition humaine. Songeant à cela, il lui parut qu'un petit visionnement du *Fantôme de l'opéra* pourrait bien convenir à sa soirée de cinéma du vendredi. Même si le film refusait absolument de se terminer de la manière qu'elle aurait souhaité, pensa-t-elle avec un petit sourire, quel que soit le nombre de fois qu'elle avait souhaité que Christine guérisse l'étrange fantôme blessé plutôt que de perdre son temps sur le vieux Raoul ennuyeux.

Ça aurait fait une sacrée scène d'amour...

Lily éprouva tout à coup une étrange sensation de chatouillement sur la nuque. Elle sentit ses poils se dresser à cet endroit tandis qu'une poussée d'adrénaline lui glaçait le sang. Il y avait quelqu'un derrière elle. Elle le savait d'instinct, sentait fixés sur elle des yeux qui ne l'étaient pas un moment auparavant.

Mais quand elle pivota rapidement sur les talons, trébuchant quelque peu dans sa hâte de faire face à la personne derrière elle, elle ne vit rien. Seulement l'étendue de pelouse parsemée des formes squelettiques des arbres dénudés, un banc vide et, à côté d'elle, la forme obscure de la maison. Rien.

Nulle part même où se cacher.

Lily sentit son cœur s'accélérer et son souffle devenir pantelant alors que ses yeux parcouraient les alentours, recherchant une forme, une ombre, quoi que ce soit qui ait pu expliquer sa soudaine et accablante certitude qu'elle n'était pas seule.

Stupide, se réprimanda-t-elle. *Tu déambules dans un décor de film d'horreur et ce n'est que ton imagination qui s'affole.*

Elle savait que c'était fort probablement ça, mais elle voulait tout de même rejoindre son auto et partir d'ici. Quelque peu rassurée en songeant qu'il y avait plein de gens à l'intérieur de la maison qui l'entendraient crier si quoi que ce soit arrivait, elle se retourna pour poursuivre son chemin devant la maison en jetant un dernier coup d'œil par-dessus son épaule.

Même si la lune était haute dans le ciel nocturne, presque pleine, et que les mêmes odeurs qu'elle avait appréciées quelques instants plus tôt embaumaient toujours l'air, tout son plaisir s'était évaporé, remplacé par le geste instinctif incontournable qui avait permis aux humains de parcourir la Terre pendant si longtemps : la fuite.

— Hé, ça va ?

Elle ne put réprimer à temps un petit cri, sursautant devant l'apparence soudaine d'une autre personne devant elle alors qu'il n'y avait eu aucun indice d'une quelconque présence quelques secondes auparavant.

Il leva les mains devant lui, les sourcils arqués en une expression qui signifiait clairement qu'il était aussi surpris qu'elle.

— Hé, ne fais pas ça ! Je ne suis pas un fantôme ou quoi que ce soit d'autre. Tu peux commencer à respirer.

Il haussa plus haut un sourcil et ajouta d'un ton suppliant :

— S'il te plaît ?

Ce fut le ton inquiet et légèrement amusé de cette dernière phrase qui fit en sorte qu'elle prit finalement une grande respiration frémissante. Mais elle regarda quand même autour d'elle, évaluant la distance au cas où elle devrait s'enfuir.

— Écoute, je suis désolé, dit l'homme en captant toute l'attention de Lily. J'avais besoin de sortir de là un peu. Trop de gens et pas assez de fantômes, tu comprends ?

— Je... ouais, répondit Lily en essayant encore de décider comment elle gérerait cette situation.

Est-ce qu'elle l'avait aperçu à l'intérieur aussi ? Elle n'en était pas certaine... Il y avait beaucoup de gens et tous n'étaient pas arrivés en même temps. C'était certainement possible. Mais en le regardant plus attentivement, elle était certaine qu'elle se serait souvenue de lui si leurs chemins s'étaient croisés.

— Recommençons, dit-il.

Cette fois, elle perçut le mélodieux accent écossais dans une voix qui était douce et profonde, mais en même temps légèrement rude.

Il lui tendit la main.

— Je m'appelle Tynan. MacGillivray.

Ouais, ça ne pouvait pas être plus écossais. Lily hésita pendant une fraction de seconde, mais son sens inné de la politesse ne lui permettait pas de garder la main dans sa poche. Toujours hésitante, elle glissa sa main dans la sienne et regarda les longs doigts fins du jeune homme se refermer autour.

— Je m'appelle Lily. Lily Quinn, dit-elle, surprise par la sensation de la peau froide et soyeuse contre la sienne.

Mais au point de contact, une chaleur se répandit rapidement, une chaleur correspondant à celle qui commençait à envahir son système au moment où elle remarqua que Tynan MacGillivray était incroyablement séduisant.

Pas vraiment beau, pensa-t-elle. Ce mot le définissait mal, même si certaines personnes l'auraient utilisé de toute façon. Il était plutôt... attirant. Elle s'attarda à observer son visage aux traits angulaires, doté d'un long nez fin et d'épais sourcils noirs. Seule sa bouche avait un certain air de douceur, avec une lèvre inférieure pleine et invitante qui capta son attention bien davantage qu'elle l'aurait dû dans les circonstances. Sa peau était si pâle qu'il semblait livide, bien que, pour quelque raison inconnue, cette caractéristique ne faisait qu'augmenter son mystérieux attrait et elle paraissait encore plus pâle par rapport à ses cheveux brun foncé, légèrement ébouriffés et un peu trop longs qu'il avait écartés de son visage.

Mais c'étaient ses yeux que Lily ne semblait pas pouvoir éviter. Gris pâles, avec une teinte argentée sous l'éclat de la lune, ils la regardaient sans broncher. Elle voulait croire que l'homme ne lui voulait aucun mal, mais il y avait dans sa façon de la regarder une intensité qui l'inquiétait. *Je devrais commencer à marcher, partir d'ici*, pensa Lily, se sentant comme un cerf venant de respirer l'odeur d'un prédateur.

Mais elle était prisonnière de ce regard, incapable d'en détourner les yeux. Elle frémit légèrement quand il s'approcha, tenant toujours sa main dans la sienne.

Non, pensa-t-elle, les yeux fixés sur les siens, ses jambes refusant de bouger. Mais immédiatement, elle pensa : *oui*.

— Lily, dit-il dans un murmure légèrement sensuel. Quel joli nom. Il te va bien.

Personne n'avait jamais prononcé son nom de cette manière, le savourant comme s'il le goûtait. Elle sentit sourdre au creux de son ventre un désir inattendu, involontaire, mais quand même indéniable. Elle essaya de trouver quelque chose à dire, un propos susceptible de briser cet étrange sortilège qui l'envoûtait, mais rien ne lui vint à l'esprit. Il n'y avait que ce sombre étranger. Tout le reste semblait s'évanouir, paraissait sans importance.

— Tu frissonnes, fit-il remarquer. Tu ne devrais pas te trouver ici toute seule dans le froid.

— Non, je… je suppose que non, murmura-t-elle, légèrement étonnée de n'avoir pas remarqué elle-même qu'elle frissonnait.

Elle n'avait certainement plus froid. Et pour une quelconque raison, elle avait du mal à organiser ses pensées suffisamment longtemps pour former une phrase cohérente.

— Je… je me rendais seulement à mon auto.

Ses yeux, pensa-t-elle, saisie d'un vague élan de désir qui la submergea de la tête aux pieds, écartant toute conscience à propos de la température de l'air. Ses yeux étaient vraiment gris argenté, constata-t-elle tandis qu'il se rapprochait. Gris argenté et brillants comme la lune. Des yeux étranges et beaux.

— Tu permets que je marche avec toi ? demanda-t-il.

Les mots pénétrèrent à peine sa conscience. Après s'être débattue pour en démêler le sens, elle se sentit acquiescer de la tête. Auto. Marche. Oui. Probablement une bonne chose.

— Ouais. Ça serait super.

Tynan sourit, haussant les lèvres de manière paresseuse, sensuelle. Il semblait tout naturel que, malgré ce qu'ils venaient de dire, ni l'un ni l'autre ne fit un mouvement. Il fit plutôt glisser sa main libre le long de la joue de Lily, du marbre frais contre sa chair chaude, et frotta son pouce lentement contre la lèvre inférieure de la jeune femme.

Lily réagit en écartant les lèvres, et ses yeux se fermèrent tandis qu'un léger soupir lui échappait. Elle n'avait jamais éprouvé un pareil plaisir généré par un si léger toucher, mais tout ce à quoi elle pouvait penser, c'était qu'elle souhaitait qu'il continue.

— Lily, fit-il doucement de nouveau. Comme tu es belle.

Elle ne put qu'émettre un faible gémissement de plaisir.
Elle se laissa aller contre sa main tandis que ses doigts
agiles glissaient dans ses cheveux, tandis qu'il laissait descendre sa main sur la courbe de sa taille en se serrant contre
elle. C'était comme s'enfoncer dans quelque rêve étrange et
inquiétant, et Lily s'y laissa sombrer volontairement, posant
ses mains contre la poitrine de Tynan, puis dans son dos,
l'attirant encore davantage contre elle.

Elle n'était pas certaine de ce qu'elle recherchait — mais
au contact de Tynan, quelque chose s'agitait en elle, un
besoin depuis longtemps assoupi qui se redressait et s'étirait après un long sommeil, puis l'envahissait d'un douloureux désir. Elle tourna son visage vers lui en une invitation
silencieuse. Elle sentit son souffle chaud sur son visage et
même à travers l'étrange brouillard qui semblait l'avoir
enveloppée ; elle éprouva une certaine excitation en entendant le son rauque de sa respiration, en sentant le rythme
irrégulier de son cœur contre sa poitrine.

— Lily, dit-il encore une fois, mais d'une manière
presque révérencieuse.

Il pencha la tête vers elle et les lèvres de Lily s'entrouvrirent de désir. Jamais elle n'avait si ardemment espéré le
baiser d'un homme et son être tout entier semblait vibrer de
ce désir. Elle retint son souffle, anticipant la pression de ses
lèvres contre les siennes. Mais plutôt que de prendre ce
qu'elle offrait, la bouche de Tynan frôla seulement sa joue,
et de ses longs doigts, il lui prit le menton et tourna son
visage de côté.

Lily ne put réprimer un petit gémissement d'irritation
qui déclencha le rire de son persécuteur.

— Sois patiente, ma chérie, la réprimanda-t-il d'un ton maintenant plus bourru. Tu vas tout gâcher en allant trop vite.

Tynan couvrit sa mâchoire de doux baisers, la fraîcheur relative de ses lèvres contre la chair chaude et sensible de Lily provoquant en elle une violente vague de plaisir. Elle se tordait dans ses bras, voulant se rapprocher, voulant quelque chose de plus dont elle ignorait la nature. Mais Tynan semblait fermement maître de lui, seule sa respiration inégale laissant transparaître qu'il la désirait autant qu'elle-même le désirait. Puis Lily entendit alors sa voix comme un écho à l'intérieur même de son crâne.

Laisse-moi te goûter.

Incapable de faire autre chose que d'obéir, elle inclina la tête vers l'arrière, soumise, lui offrant sa gorge, souhaitant qu'il la touche davantage, qu'il la prenne davantage. Dans quelque recoin de son esprit, Lily songea que toute cette situation était au mieux complètement folle et au pire, suicidaire. Mais plus elle se raccrochait à des pensées rationnelles, plus ces pensées semblaient s'évanouir rapidement. Et n'était-ce pas tellement plus agréable de se laisser aller, de s'abandonner? Comme si Tynan voulait justement illustrer ce fait, il lui mordilla l'oreille en caressant de sa langue son lobe sensible.

— S'il te plaît, gémit Lily, en se pressant irrésistiblement contre lui sans même être sûre de ce qu'elle demandait.

Puis il écarta ses cheveux de son cou en penchant davantage sa tête pour mieux le découvrir. Il tira sur le col de sa blouse, mettant à nu sa clavicule dans l'air froid de la nuit. Lily permit tout cela, son seul désir étant de sentir de nouveau les lèvres de Tynan sur sa peau, de lui donner ce qu'il désirait. Le monde entier avait disparu à l'exception de Tynan. Elle pouvait sentir ses mains trembler tandis qu'il devenait plus rude, et elle eut l'impression que son désir était encore plus grand que le sien.

Tout à coup, il s'arrêta et devint immobile alors qu'il exhalait une seule expiration tremblante. Perdue dans le brouillard croissant de son appétit sexuel, Lily agrippa plus fermement l'épais manteau de laine de Tynan et laissa échapper un petit bruit de détresse. Pourquoi s'était-il arrêté? Elle avait besoin… elle avait vraiment besoin…

Tout ce qu'elle entendit fut un juron marmonné douce-ment dans une langue qui lui était inconnue.

Puis, un mouvement de l'air, un souffle de vent glacial. Lily ouvrit lentement les yeux, commençant à peine à se rendre compte d'où elle se trouvait et de ce qu'elle était en train de faire. Ses doigts étaient recroquevillés dans le vide. Elle cligna rapidement des yeux et recula d'un pas chance-lant, éprouvant un puissant, bien qu'illogique, sentiment de perte. Elle tourna sur elle-même, sachant qu'il devait néces-sairement être encore là. Il ne pouvait être parti. C'était impossible qu'un homme puisse disparaître ainsi en un instant.

Mais qui ou quoi qu'ait été Tynan MacGillivray, Lily dut bientôt accepter la vérité.

Il était parti.

CHAPITRE 2

Ty s'accroupit silencieusement sur une branche d'arbre, l'air imperturbable pendant qu'il regardait Lily Quinn marcher lentement vers son auto. Elle semblait encore étourdie, bien qu'au moment où elle atteignit le stationnement, son pas était devenu plus assuré et elle accéléra en jetant par-dessus son épaule un dernier regard craintif avant de monter dans le véhicule et de s'éloigner.

Ty savait qu'il était impossible qu'il ait vu ce qu'il pensait avoir vu. Ça devait avoir été un effet de la lumière et de son cerveau embrouillé par sa soif de sang. C'était probablement une tache de naissance, ou même un tatouage, une petite surprise tordue dissimulée sous un emballage élégant. Aucun mortel ne pouvait porter une marque de vampire, et Lily était de toute évidence une mortelle. Mais il n'était pas moins certain qu'elle était également... davantage.

Par tous les dieux, avait-il jamais réagi si fortement à l'odeur du sang d'une femme?

Le souvenir de son corps serré contre lui, la sensation de sa peau sous ses mains menaçaient de l'envoyer à sa poursuite pour terminer ce qu'ils avaient commencé. Mais Ty s'accrocha à ce qu'il lui restait de maîtrise sur lui-même, enfonçant ses griffes dans le bois sous lui, la fourrure sur son dos se soulevant en réaction à la lutte ancienne qui faisait rage dans son esprit. Il avait besoin de se nourrir, et très vite — même si cela signifiait qu'il devrait s'abreuver encore une fois à une autre victime anonyme et sans visage.

C'était bien sa malchance que de désirer une femme qu'il ne lui serait jamais permis de goûter.

Avec un grognement de frustration, Ty s'élança de l'arbre. Au moment où il atteignit le sol, il était redevenu un homme, se dirigeant vers la grand-place. Il aurait dû être reconnaissant du fait que quelque chose l'avait arrêté au moment de plonger ses dents dans le cou de Lily Quinn. S'il l'avait fait, il aurait gâché ce qui était sans doute sa seule possibilité de mener à bien sa mission.

Pourtant, ç'aurait été bien s'il avait remarqué qu'il ne pouvait saisir la moindre pensée de la femme avant de s'approcher d'elle au point de ne plus pouvoir songer qu'à son cou. Cet esprit impénétrable représentait l'indéniable marque de commerce d'une voyante. La beauté particulière de Lily n'était qu'un bonus, et un bonus regrettable en plus. S'il l'avait mordue, il lui aurait dérobé le talent dont il avait tellement besoin.

Comme disaient les Américains, il devait reprendre ses esprits et retourner au jeu.

Ty prit son téléphone portable dans sa poche et continua de marcher, ses longues jambes avalant la distance à une vitesse quasi inhumaine, et appela la seule femme vis-à-vis laquelle il avait une véritable allégeance. La bienveillance de sa reine l'avait élevé à un rang bien supérieur que ce qu'aurait pu espérer n'importe quel bas de caste comme lui ; elle l'avait admis dans le cercle de ses confidents où les gens de son espèce n'auraient jamais été tolérés auparavant

— bien qu'en vérité, il ait été à peine toléré par les autres, et il avait très tôt appris à se fier à des subterfuges pour obtenir les renseignements dont il avait besoin.

Pourtant, en ce moment, même le fait d'avoir une reine vampire en composition automatique sur son téléphone ne compensait pas celui d'être seul. Encore. Et si affamé qu'il allait devoir trouver un moyen d'assouvir sa soif.

Le téléphone ne sonna qu'une fois avant qu'elle ne réponde, et les intonations mielleuses d'Arsinoé ne dissimulaient en rien son agitation. Les poils sur sa nuque et sur ses bras se dressèrent, l'avertissant de demeurer prudent.

Cette femme était une force de la nature. Et en colère, elle était capable de détruire quoi que ce soit et qui ce soit se trouvant sur son chemin.

— Tynan. Tu m'appelles pour me raconter une autre de tes aventures infructueuses, je présume?

Sa voix était un doux ronronnement, et Ty l'imaginait étendue sur sa méridienne, les yeux plissés bordés de noir, ses longs ongles rouges pianotant sur le tissu. À sa façon, elle avait toujours été gentille pour lui, bien qu'il l'ait souvent vue cruelle. Personne ne pouvait continuer de diriger la grande dynastie vampire sans une certaine cruauté. Mais il avait récemment senti un changement en elle, une fureur puissante et à peine contenue qu'il attribuait aux meurtres et à son incapacité d'y mettre fin. Ty espéra que sa découverte de Lily contribuerait à la soulager... pourvu qu'elle soit véritablement une voyante.

Il en aurait été tout à fait certain si ce n'avait été de cette étrange petite marque sur sa peau.

— Pas cette fois, répliqua-t-il en tournant vers le trottoir et en se dirigeant vers les lumières de la grand-place vieillotte de la ville.

Il ralentit le pas pour se donner le temps de parler. Personne d'autre n'avait besoin d'entendre cette conversation.

— Raconte-moi.

Son ton avait immédiatement changé, rendu aigu par un vif intérêt s'approchant du désespoir. Il se demanda ce qui s'était produit depuis qu'il avait parlé à Arsinoé. Plus de morts, sans doute. Ty s'aperçut qu'il ne pouvait ressentir beaucoup de sympathie pour elle. Il doutait qu'il aurait essayé de se rapprocher de tant de personnes parmi les Ptolémées, même s'ils ne lui avaient pas accordé une grande latitude. Après tout, sa lignée avait la réputation de produire des tueurs de sang-froid. Les Cait Sith étaient des vampires de caniveau, d'impitoyables chasseurs dépourvus d'un chef et d'une conscience. Ainsi, les autres avaient tendance à garder leur distance et Ty s'en réjouissait. Les sangs-nobles étaient pénibles, imbus de leurs droits, et ils aimaient se divertir en abaissant les yeux vers... eh bien vers les bâtards comme lui.

— Il y a une femme ici, dit Ty à voix basse. Je ne peux pas lire ses pensées. Je ne peux pas non plus entendre un foutu son, et vous savez que j'ai du talent pour ça.

— Oui, bien, mais est-ce qu'elle peut vraiment voir ?

Le ton rageur d'Arsinoé le surprit, car il espérait obtenir un minimum de louanges pour tous ces mois de recherches. Mais beaucoup de choses avaient changé chez la reine depuis que le Mulo était venu. Peut-être, pensa Ty sombrement, qu'une partie d'entre elles étaient maintenant permanentes.

Ou peut-être que c'était là depuis toujours et que tu refusais simplement de le voir.

Il écarta cette pensée traîtresse et se concentra sur la situation présente.

— Je n'en suis pas sûr encore, laissa-t-il tomber lentement, heureux en ce moment de se trouver si loin de la portée des griffes acérées d'Arsinoé. Mais c'est la première fois que j'en trouve une comme elle.

Il songea encore à l'étrange symbole sur Lily et faillit le mentionner. Mais quelque chose le retint. Le visage de la jeune femme apparut dans son esprit. Innocent, ouvert, les yeux clos et les lèvres écartées, invitantes. Pendant une fraction de seconde, Tynan éprouva un besoin intense de la protéger d'une manière engendrée par quelque instinct plus profond, inconnu.

Le genre d'instinct, songea-t-il tandis qu'il rejetait aussitôt l'idée, qui pourrait condamner à mort un vampire comme lui.

Mais il se tut. Un autre coup d'œil au petit tatouage sexy de Lily ne révélerait sans doute rien. Et s'il avait tort… eh bien, il ne s'occuperait de ce fait que si nécessaire.

— Tynan, dit la femme à l'autre bout de la ligne.

L'inquiétude dans sa voix suscita cette fois sa sympathie. Lui et Arsinoé se connaissaient depuis longtemps. Malgré le fossé de classe, ils avaient une certaine affection l'un pour l'autre. Et, les dieux en étaient témoins, il lui devait beaucoup pour tout ce qu'elle lui avait accordé.

— Bien sûr, je suis heureuse que tu aies trouvé quelque chose, continua-t-elle. Mais cette dernière semaine, nous avons perdu cinquante des nôtres, sans parler de plusieurs artéfacts d'une valeur inestimable. Il faut arrêter le Mulo, et j'ai... peur que nous manquions de temps. Je ne veux pas des possibilités ; je veux des faits. Je veux que tu sois certain avant de l'amener. Je n'ai aucun intérêt envers un joli jouet quand mes gens meurent. Combien te faudra-t-il de temps ?

— Ça dépend, répliqua-t-il. Voulez-vous qu'elle soit consentante ?

— Tu devrais savoir maintenant que je m'en fiche, fit-elle d'une voix douce.

Il éprouva à nouveau ce léger malaise devant la façon dont les choses semblaient avoir changé au sein de la cour d'Arsinoé. Quelque chose n'allait pas, mais il ignorait si c'était elle ou si c'était tout simplement parce qu'il était demeuré éloigné depuis si longtemps. C'était une des raisons pour lesquelles il avait hésité quand on l'avait choisi pour cette traque : malgré la façon dont la chose lui avait été présentée, il avait l'impression qu'on l'éliminait.

Évidemment, elle en avait fait tout un spectacle. Flattant son ego, lui disant à quel point il était plus fiable que tout autre de sa lignée, comment ses aptitudes convenaient tellement mieux pour trouver cette aiguille dans une botte de foin que celles de ses courtisans qui s'étaient ramollis en menant une vie facile. Des insultes déloyales à l'égard de sa lignée tant calomniée qui, Ty en était certain, sonnaient comme des éloges aux oreilles d'Arsinoé... mais, bien sûr, il était habitué. Tous les Cait Sith l'étaient. Malgré ses louanges, elle avait cessé de l'appeler, cessé de l'inclure dans son entourage. Après tous les efforts qu'il avait déployés au fil des siècles pour prouver sa valeur en la servant, il sentait bien qu'Arsinoé avait commencé à l'éloigner.

Et les courtisans des Ptolémées, qui semblaient être devenus plus amers et plus vicieux au cours des années qu'il avait passées parmi eux, se réjouissaient ouvertement de son départ. Ils applaudirent à l'expulsion du chat de gouttière qui avait réussi à s'infiltrer dans leur petit club de plus en plus sélect.

Il s'inquiétait moins à propos de lui-même que de ce qu'il adviendrait de ses autres frères et sœurs de sang en son absence. Compte tenu, particulièrement, de la gravité de la situation au moment de son arrivée, Arsinoé s'était considérablement adoucie au fil du temps dans la manière dont elle traitait les Cait Sith qu'elle avait recrutés. Mais même si la reine était puissante, elle n'était pas indifférente aux points de vue des sangs-nobles qui l'entouraient. Dieu qu'il était fatigué de la politique.

— Une semaine. Deux, maximum, dit Ty après avoir rapidement exposé ses options. Je ne sais rien d'elle en ce moment. Et je n'ai habituellement pas beaucoup de talent pour mettre les gens à leur aise. Mais comme je doute qu'elle s'assoie toute la journée à contempler ses visions, je devrai essayer d'apprendre certaines aptitudes des gens ordinaires, je suppose.

Il avait lancé cette dernière phrase comme une petite blague, mais Arsinoé n'était de toute évidence pas d'humeur.

— Il vaudrait mieux pour toi que ce soit moins de deux semaines, répliqua-t-elle d'une voix glaciale. Et si elle est ce que tu dis, elle devra faire ce qu'on lui ordonnera. Évidemment, elle sera bien compensée. Dis-lui que nous la ramènerons chez elle. Dis-lui que tout redeviendra normal, que tout rentrera dans l'ordre si elle fait ça pour moi. Pour mon peuple. Et offre-lui de l'argent si ce n'est pas assez. Ça devrait marcher. Ça marche toujours.

— Vous la laisseriez partir ensuite? demanda Ty, surpris.

— Bien sûr que non. Mais ça ne veut pas dire que je ne la garderai pas en bon état. Elle pourrait m'être utile. On ne sait jamais. Mais ça n'a pas grand-chose à voir avec toi, Tynan.

Il comprit aussitôt par cette phrase qu'Arsinoé lui donnait son congé, ce qui coupa court à tout argument qu'il aurait pu soumettre. Il y avait des années qu'elle n'avait pas ouvertement levé le nez sur lui parce qu'il lui était inférieur par le sang.

Il commença à ressentir comme des années les mois où il avait été éloigné. Qu'est-ce qui était réellement arrivé?

Mais elle semblait n'avoir aucune intention de le lui dire, passant plutôt au rôle qu'elle avait souvent joué avec les serviteurs comme avec les courtisans : celui de la séductrice espiègle. En fait, Ty pouvait entendre le sourire coquin dans sa voix quand elle demanda :

— Est-ce qu'elle est jolie, ta nouvelle découverte?

Il se passa les doigts dans les cheveux et leva les yeux vers le ciel parsemé d'étoiles. Elle savait. Évidemment qu'elle savait. Elle était âgée de plusieurs siècles et elle était née pour gouverner, pour manipuler les gens, pour comprendre leurs motivations et pour s'en servir. Par ailleurs, les trois siècles de Ty sur Terre l'avaient rendu très rusé. D'habitude, il s'en souciait peu, mais il était étonné d'apprécier si peu le fait qu'Arsinoé insiste sur son intérêt envers la jeune femme. Ils n'avaient jamais été amants, mais elle était une créature naturellement jalouse. Elle devait être la seule femme, même pour son petit chasseur de basse extraction.

C'était facile, alors qu'aucune femme vampire qui se respectait n'aurait couché plus d'une fois avec un Cait.

— Elle est bien, je suppose, fit-il en essayant de sembler indifférent plutôt que de s'embrouiller dans un mensonge.

Personne ne pouvait regarder Lily Quinn et penser pendant un seul instant qu'elle était ordinaire.

— Hum, se contenta de dire Arsinoé. Peut-être que je devrais envoyer quelqu'un t'aider pour que tu ne deviennes pas distrait.

Ty fronça les sourcils, sachant fort bien que son ton de taquinerie dissimulait la vérité.

— Si vous décidez d'envoyer quelqu'un, envoyez Jaden, répondit-il en évoquant son plus proche frère de sang, un Cait Sith un peu plus jeune que lui.

Il n'était pas non plus le vampire le plus avenant, mais il pouvait se fier à lui plus qu'à n'importe qui d'autre.

Une fois de plus, le petit rire d'Arsinoé lui fit dresser les poils de la nuque. Elle semblait avoir d'autres idées.

— Tu chasses depuis un bon moment, n'est-ce pas ?

— Quelque chose ne va pas ? demanda-t-il en serrant les dents.

Il n'était pas d'humeur à ce qu'on joue avec lui ce soir et Arsinoé semblait dans un état dangereusement instable.

— Tu devrais le demander à Jaden si tu le vois, répliqua-t-elle d'un ton léger — trop léger. Mais je doute que tu le voies, parce qu'il nous a quittés.

Jaden, espèce d'idiot. Peu importait à quel point les Ptolémées appréciaient leurs services, lui et Jaden étaient des serviteurs. Et les serviteurs n'étaient pas autorisés à partir. Cela revenait à choisir la mort.

Encore un autre sujet d'inquiétude pour Ty. Mais plus tard. Tout ce qui importait en cet instant, c'était qu'il n'obtiendrait pas d'aide d'une personne de son propre sang — le seul type d'aide qu'il aurait pu tolérer.

Comme si elle avait entendu ses pensées, la reine poursuivit :

— Je pensais t'envoyer Néron. Il va rapidement s'occuper d'elle, d'une façon ou d'une autre.

Les yeux de Ty se rétrécirent dans l'obscurité et il s'arrêta net sur le trottoir désert. Puis il comprit soudain plusieurs choses. *Alors*, pensa-t-il, *c'est comme ça.* Il était rarement arrivé qu'Arsinoé prenne des amants pendant la période où il avait voyagé avec la cour des Ptolémées, mais chacun avait présenté quelques défis. Toutefois, Néron était davantage qu'un simple défi. Depuis longtemps, Ty soupçonnait que ce Ptolémée pur sang, froid et calculateur, voulait s'approprier non seulement Arsinoé, mais aussi le pouvoir qu'elle avait à sa disposition. Et Néron ne s'était pas caché d'espérer voir le jour où les Cait Sith seraient traités comme des esclaves du plus bas étage. Le fait qu'Arsinoé le mette tout à coup en scène de cette façon pouvait seulement signifier que Néron avait finalement suscité son intérêt et qu'il avait maintenant une certaine influence sur elle. Et quels qu'aient été les doutes qu'elle entretenait déjà à propos de la présence de Ty dans son cercle restreint, ceux-ci avaient dû être augmentés, acceptés et amplifiés. Pendant des mois.

Ty se sentit soudain mal.

— Pourquoi enverriez-vous un sang-noble ? Vous avez été très claire sur le fait que vous vouliez un chasseur pour ce travail et Néron n'est pas du genre à se salir les mains, insista Ty, qui parvenait à peine à retenir sa langue et à dire le fond de sa pensée.

La reine pouvait tolérer une certaine insolence de sa part, mais il y avait des limites à ne pas franchir... et il se trouva tout à coup incertain des lignes.

— J'ai envoyé un chasseur, rétorqua Arsinoé d'un ton furieux. Et des mois plus tard — d'innombrables précieuses vies plus tard — je n'ai rien obtenu. Certaines tâches conviennent mieux à un sang-noble, Tynan. J'ai commencé à croire que c'en était une.

Il avait du mal à retenir tout ce qu'il aurait voulu lui crier, des vérités qui auraient en un instant entraîné la mort d'un chat comme lui s'il les avait dites en présence d'un sang-noble. Mais ce n'était pas lui qui avait créé ce monde, se rappela-t-il. Tout ce qu'il pouvait faire, c'était y survivre. Ce qu'il allait continuer à faire, quelle que soit la mesure dans laquelle son orgueil pouvait en souffrir.

— Combien de temps m'accordez-vous, Votre Altesse ? demanda-t-il d'une voix grave en prenant le ton formel qu'il n'avait pas utilisé avec elle depuis des années.

Ceci sembla la toucher, pour le peu que valait la chose.

— Une semaine, Tynan, fit doucement Arsinoé.

Puis elle ajouta, avec une chaleur qu'elle n'avait pas montrée jusqu'ici :

— Une semaine. Ensuite, je donne la mission à Néron. Mais je sais que tu ne me laisseras pas tomber. Tu ne l'as jamais fait.

Il accepta ce qui passait pour des termes d'affection, mais quand il mit fin à l'appel et reprit sa marche vers la grand-place, Ty éprouvait encore une profonde colère pour laquelle il n'avait pas d'exutoire. Il avait voulu savoir ce qui s'était passé en son absence, mais en l'occurrence, le fait de savoir ne le réconfortait aucunement. Dans une cour itinérante formée d'une noblesse vampirique blasée aussi prévisible qu'elle était violente, une des choses sur lesquelles on pouvait toujours compter, c'était la lutte perpétuelle pour obtenir une position parmi les parasites de pure race qui servaient à Arsinoé de courtisans, de conseillers et, à l'occasion, d'amants.

Il semblait bien que Néron ait finalement atteint le sommet. Et Ty n'avait absolument aucune idée de la façon dont il pourrait réparer les dommages que le rusé Ptolémée avait sans doute déjà faits.

Foutus sangs-nobles.

Tynan regardait furieusement devant lui, quand il aperçut un endroit où dîner, un petit bar minable du nom de Jasper's où un client occasionnel sortait en titubant dans la nuit froide et d'où du rock médiocre des années 1980 s'échappait de l'intérieur obscur chaque fois que s'ouvrait la porte. Son esprit de chasseur voyait tout cela, mais ses autres pensées étaient concentrées sur Néron. Il connaissait très bien les « méthodes » de l'ambitieux Ptolémée. Tout comme il avait fait de première main l'expérience des sentiments de Néron vis-à-vis les vampires de basse extraction et des raisons précises pour lesquelles il était convaincu qu'ils avaient été mis sur la Terre.

Prends la fille et retourne chez toi, se dit-il. Soit que Lily Quinn s'en sortirait parmi les Ptolémées, soit qu'elle ne s'en sortirait pas. Il s'en fichait. Ce qui importait, c'était de s'assurer que la poignée de ses frères et sœurs qui vivaient encore sous le joug de la dynastie des Ptolémées ne finissent pas comme les autres : morts, ou tout comme s'ils l'étaient.

Tandis qu'il ouvrait la porte et fut accueilli par une bouffée d'air chaud et une odeur de bière rance et de parfum bon marché, Ty s'autorisa pendant un moment, juste un moment, à mépriser sa propre existence. Il souhaita être mort cette nuit-là, longtemps auparavant. Il souhaita que sa reine ne l'ait jamais remarqué et l'ait laissé à son sort.

Mais les choses ne s'étaient pas passées ainsi. Sa vie était ce qu'elle était.

Et il était déjà parti depuis trop longtemps.

Des heures plus tard, à ce moment de la nuit où le monde semble retenir son souffle avant l'aube, Tynan se tenait debout, regardant la femme qui lui avait déjà causé tant de soucis et qui, craignait-il, allait lui en causer encore davantage avant que tout soit terminé.

Il avait depuis longtemps assouvi sa faim grâce à une petite blonde décolorée tellement saoule qu'elle avait été pratiquement inconsciente entre le moment où il l'avait mordue et celui où il l'avait poussée dans un taxi vers chez elle. Son sang fortement imbibé d'alcool lui avait donné une sensation agréable. Mais il se rendit compte avec un certain désarroi que l'odeur qui émanait de la peau de Lily ravivait rapidement sa faim perpétuelle. Le fait qu'il se soit nourri auparavant n'avait aucunement atténué l'étrange effet qu'elle avait sur lui.

Il commença à souhaiter avoir attendu avant de venir et de la trouver ici, endormie dans une chambre du haut de la petite maison victorienne près du collège où elle enseignait. Il lui avait été si facile de la trouver. Il éprouva pendant un instant de la compassion pour elle, pour la façon dont sa vie était sur le point de changer — quel que soit le temps qu'il lui restait à vivre.

Lily remua et émit un long soupir, comme si elle était d'accord avec lui. Elle dormait, recroquevillée sous sa couverture matelassée, le corps en forme de S. Ses petites mains étaient ramenées sous la pointe délicate de son menton, et l'épaisse chevelure chatoyante qu'il avait tant admirée sous la lueur de la lune semblait être possédée de sa propre vie, rouge sang contre le blanc de son oreiller. Ses longs cils s'entrelaçaient et ses lèvres, qu'il avait en vain essayé d'oublier toute la nuit, étaient légèrement écartées dans son sommeil.

Comme elle est belle ! pensa Tynan en éprouvant un sentiment d'angoisse qui lui était étranger. Et il devait trouver un moyen pour l'attirer aussi rapidement que possible. Il allait de soi qu'il allait la trahir et probablement lui faire du mal. Il ne s'attarda pas à cette pensée. S'il ne faisait pas ce qu'on lui avait dit, il mourrait et c'était là une chose qu'il ne souhaitait vraiment pas. Il en avait perdu l'habitude.

Sans songer à ce qu'il faisait, Ty fit courir un long doigt mince sur l'épaule nue de Lily, trouvant que sa peau pâle était aussi douce qu'elle le semblait. Il retint son souffle en éprouvant la sensation qui lui traversa le corps à ce léger toucher, se lovant en lui, le remuant de façons qui se révéleraient très nuisibles s'il ne changeait pas d'attitude. Elle frissonna aussi, comme si elle avait senti l'orientation de ses pensées.

Il la désirait intensément. Mais Lily, comme tant de choses, lui était maintenant refusée.

En fronçant les sourcils, Ty écarta la chevelure de Lily de sa clavicule d'un mouvement léger et agile, puis se pencha sur elle aussi près que possible sans perturber son sommeil. Il ne voulait pas vraiment voir — c'était comme si une partie de lui savait qu'il n'avait pas imaginé ce moment auparavant.

Un pentacle vert pâle entrelacé avec un seul serpent brillait d'une faible lueur dans l'obscurité.

Inconsciemment, Ty porta son autre main à sa propre marque, l'entrelacement de chats noirs, d'origine celtique, avec la croix d'ankh des Ptolémées. Quand elle l'avait choisie, la reine l'avait marqué elle-même en ne laissant tomber qu'une goutte de son propre sang sur sa langue. Elle était si âgée et si puissante que même une goutte avait suffi pour que l'ankh des Ptolémées se manifeste à l'intérieur de sa marque d'origine, le désignant pour toujours à la fois comme un favori et comme un esclave.

Il était maintenant le plus chanceux et le plus misérable des chats.

Le sang est la destinée, pensa-t-il. Le credo des vampires. Dès leur naissance, leur marque déterminait leur avenir, la façon dont ils existeraient, les cercles dans lesquels ils se mouvraient. Leur place au sein du royaume de la nuit, aussi immuable que le soleil qu'il ne verrait jamais plus.

Il n'y avait plus aucun doute dans son esprit mainte-nant. Lily Quinn portait une telle marque. Mais avant de l'amener dans la fosse aux lions, il devait absolument savoir le comment et le pourquoi de cette marque et ce qu'elle signifiait. Il n'allait pas risquer de subir la colère d'Arsinoé

— pas maintenant en sachant à quel point l'enjeu était important.

Je ne vais pas mettre cette femme en pièces à cause de ma propre erreur.

C'était une pensée stupide qui lui était venue soudainement et qu'il avait écartée sur-le-champ avec un vague sentiment de gêne. Le fait que Lily Quinn soit mise en pièces par une reine furieuse représentait la moindre de ses préoccupations. Et les dieux savaient qu'il n'essaierait plus jamais de protéger des humains, les choses ayant si mal tourné la dernière fois.

Après un moment, Ty ramena les cheveux de Lily sur la marque et jeta un coup d'œil rapide vers la fenêtre derrière lui. Il ne sentit rien, mais il n'allait courir aucun risque avant de savoir ce que cela signifiait. Il connaissait les marques des dynasties, et celles des castes inférieures qui les servaient, et toutes les variations qui désignaient les misérables vers de terre qui rôdaient en marge de la société, qui chassaient tout comme ils étaient chassés.

Elle n'avait rien en commun avec eux.

— Dans quoi m'as-tu embarqué, Lily Quinn ? demanda-t-il doucement en se redressant.

Mais son visage endormi ne lui fournit aucune réponse. Tandis que les premiers signes de léthargie annonçant le lever du jour commençaient à l'envahir, il la quitta, se changeant en chat tout en refermant sa porte et traversa silencieusement le corridor. Le sous-sol de la maison était rempli de cachettes et il n'avait pas l'intention d'aller loin.

Même endormi, il monterait la garde auprès d'elle.

Parce qu'il avait un mauvais pressentiment qu'avant que tout cela soit terminé, Lily allait avoir besoin de toute la protection qu'il pourrait lui accorder.

Dans son rêve, Lily marchait à l'intérieur d'un temple en ruines encore noirci par l'incendie qu'elle avait vu tant de fois. Elle cherchait quelqu'un, mais ne savait pas qui ; elle savait seulement qu'elle les avait perdus à jamais. Le feu et les gens étaient partis.

Avec un sentiment de tristesse et de confusion, Lily cherchait en vain ce qui ne reviendrait jamais. Une voix d'homme murmura dans la brise. Son nom. Elle se retourna, entendant ce seul mot comme une caresse.

Et la marque sur sa peau se mit à la brûler.

CHAPITRE 3

À LA FIN de son dernier cours ce lundi, Lily devait se rendre à l'évidence : elle était obsédée. Et il ne s'agissait pas seulement de son petit côté obsessif ordinaire. Elle avait un talent fou pour s'inquiéter des questions les plus insignifiantes, mais une séance impromptue de câlineries avec un gars qui avait réussi à se volatiliser comme si de rien n'était ne lui semblait pas si insignifiante.

— OK, c'est tout pour aujourd'hui. Déposez vos essais sur le pupitre en sortant et commencez à lire *La reine des fées* de Spenser. J'entends grommeler. Je ne veux pas de ça en Introduction à la littérature anglaise.

À moins que ce soit moi, en tout cas, pensa-t-elle en fixant la pile croissante d'essais à mesure que les étudiants sortaient. Lily prit la tasse de café sur l'estrade où elle venait de donner son cours et en avala la dernière gorgée. Même avec l'aide de sa tasse de voyage hyper-isolée, le café avait complètement refroidi, mais elle espérait qu'à un moment ou l'autre, quand son niveau de caféine atteindrait sa masse critique, elle pourrait se défaire de la sensation étrange, harcelante qui l'habitait. Tynan MacGillivray était probablement un tueur en série. Un tueur en série vraiment, vraiment sexy. Avec de beaux yeux gris argenté et une bouche qui goûtait…

— Mon Dieu, tu as l'air complètement crevée. Dis-moi au moins que tu as eu une agréable raison pour perdre tant de sommeil.

Lily releva brusquement la tête, surprise. Pendant qu'elle laissait aller son imagination, la salle de classe s'était complètement vidée.

Et elle ne s'en était même pas rendu compte.

Il faut que ça s'arrête, se dit-elle tout en réussissant à sourire à la femme qui descendait l'allée dans sa direction. Bailey Harper ressemblait beaucoup à un lutin qui venait de se battre avec un loup-garou, ce qui signifiait qu'elle était venue directement du travail. Sa chevelure blonde ondulée essayait désespérément de s'échapper de la queue de cheval dans laquelle elle l'avait enfermée de force, et le vieux jean et le t-shirt qu'elle portait étaient couverts de poils de chien. Les yeux de Lily se portèrent sur les espadrilles, lesquelles donnaient l'impression qu'elles avaient été mâchouillées. Probablement avec ses pieds toujours à l'intérieur, si Lily connaissait bien la faune de Bay.

— Est-ce que tous les chiens que tu toilettes s'attaquent à toi? demanda Lily en fronçant les sourcils au moment où elle voyait qu'il y avait effectivement de récentes marques de dents sur les Nike de Bay.

Bay plissa les yeux en venant s'arrêter près d'elle.

— Presque tous. Et puisque tu évites ma question, je pense pouvoir supposer que c'est une réponse que je n'aimerai pas. Merde, Lily, tu pourrais amener ta carcasse dans une clinique du sommeil avant de tomber d'épuisement?

Lily soupira en faisant voler une mèche folle devant son visage. Au début de leur amitié, elle avait rapidement appris qu'il était futile d'argumenter avec Bay. Elle était très petite, étonnamment mignonne, et ressemblait à un rouleau compresseur humain quand elle pensait avoir raison à propos d'une chose, c'est-à-dire presque toujours. La seule raison qui empêchait Lily de vouloir parfois lui coller une baffe était que Bay avait toujours le cœur sur la main.

— Je vais bien, Bay. Ça faisait longtemps que je n'avais pas fréquenté le prince Insomnie, alors je pense qu'une visite s'imposait. Il n'a pas changé — il titille, mais n'agit pas, répondit Lily en choisissant l'humour afin de tenter pour la dernière fois de mettre fin à la discussion.

— Ah, fit Bay d'un air terne. Lily, je suis consciente que je ne m'habille pas comme une carte de mode, mais ces cernes sombres sous tes yeux ne t'améliorent pas. Et les miens non plus, en fait. Tu m'inquiètes. Tu sembles absente depuis vendredi soir. Es-tu sûre que tout allait bien quand tu as quitté la chasse aux fantômes? Quelque chose t'a fait peur et tu refuses de me le dire?

Lily dissimula son malaise derrière un grognement amusé. Bay était beaucoup plus proche de la vérité qu'elle l'aurait souhaité, et elle ne souhaitait pas en parler encore, peut-être jamais.

— Tu veux dire à part avoir dû écouter ce couple s'envoyer en l'air dans le placard? Non. Je pense encore qu'ils disent que l'endroit est hanté seulement pour attirer les gens et ajouter une couleur locale ou quelque chose du genre. Parlant de couleur locale, comment va ce fou de la techno?

Bay plissa les lèvres d'un air accusateur.

— Tu te défiles encore. Nous n'avons pas fini de parler de ça, Lily Quinn. Mais comme je dois t'en remercier, l'accro de la techno — Alex, de son prénom — est bien. En tout cas, je pense qu'il l'est. Nous n'avons pas pu nous voir cette fin de semaine, mais je vais dîner avec lui dans...

Bay jeta un coup d'œil à sa montre et ses yeux s'écarquillèrent d'horreur.

— Dieu du ciel, dans une heure.

Elle baissa les yeux sur ses vêtements couverts de poils, puis regarda Lily avec une étincelle espiègle dans les yeux.

— Il ne devrait pas découvrir ma véritable personnalité au premier rendez-vous, tu ne penses pas ?

— Ta vraie personnalité est merveilleuse. J'espère seulement qu'il n'est pas allergique aux poils d'animaux, répliqua Lily.

Elle se laissa aller contre le lourd bureau de métal installé au bord de l'estrade. L'épuisement qui lui avait tourné autour tout au long de la fin de semaine semblait sur le point de s'abattre sur elle. Elle avait été honnête avec Bay sur un point : il y avait un bon bout de temps depuis que sa soi-disant insomnie ne l'avait pas frappée. Ce que Bay ignorait et que Lily n'avait aucune intention de partager, c'était que ses épisodes d'insomnie étaient volontaires et dans un but d'autodéfense. Elle préférait cette profonde fatigue au fait de retomber dans ce cauchemar à propos de la femme dans le temple, encore et encore... le cauchemar dont elle n'avait parlé qu'une seule fois, et la dernière.

De toute façon, le résultat était le même. Elle n'avait réussi à dormir que moins de cinq heures pendant toute la fin de semaine, et c'était habituellement au moment où son corps et son cerveau s'entendaient sur le fait qu'il était finalement temps d'aller se coucher. Mais Bay, égale à elle-même, ne semblait pas encline à abandonner le sujet.

Son amie fronça les sourcils d'un air têtu que Lily ne connaissait que trop bien.

— Tu es sûre que tu vas bien, Lily ? Je suis sérieuse. Tu es beaucoup trop blême.

Lily sourit avec une affection sincère.

— Tu t'inquiètes beaucoup trop, Bay.

— Il faut que quelqu'un le fasse. Je ne comprendrai jamais comment tu as pu te débrouiller si longtemps sans...

Elle s'interrompit, refermant les lèvres avant que les mots ne s'en échappent.

Mais Lily savait exactement ce qu'elle aurait dit. *Sans une famille. Sans quelqu'un qui t'aime suffisamment pour prendre soin de toi.* Même sans les entendre, elle se sentit piquée au vif. Au cours de sa vie, elle avait voulu beaucoup de choses qu'elle n'avait pas obtenues, mais la pitié n'en avait jamais fait partie.

— Je peux m'occuper de moi-même. Il me semble que ça devrait être évident, maintenant, répondit Lily d'une voix saccadée.

Elle ne voulait pas se quereller avec Bay, ne voulait pas non plus la chasser en lui criant des inepties. Mais elle n'était pas d'humeur à discuter de sa famille ou du fait qu'elle n'en avait pas. Pas maintenant et de préférence jamais. Elle détourna les yeux et commença à rassembler ses choses avec de petits mouvements brusques.

La main de Bay sur son épaule, légère et contrite, la fit s'arrêter. Pourtant, elle ne la regarda pas. Elle ne voulait pas que son amie voie les larmes qui avaient tout à coup rempli ses yeux. *Dieu du ciel, je dois être épuisée*, pensa Lily. Le simple fait d'être touchée en entendant mentionner sa situation familiale désastreuse ne lui ressemblait pas.

Mais elle devait avouer que c'était toujours lorsqu'elle était le plus fatiguée qu'elle se sentait aussi le plus seule.

— Je suis désolée, Lily. Je sais que tu peux t'occuper de toi-même. Mais ça ne fait pas de moi une mauvaise personne de souhaiter que tu n'aies pas eu quelqu'un pendant si longtemps, n'est-ce pas ?

Lily soupira, ses épaules s'affaissant.

— Non. Je déteste seulement qu'on me considère comme une pauvre petite orpheline dont personne ne voulait. C'est pathétique.

— Non. Ce qui est pathétique, c'est d'adopter une enfant, puis de la laisser tomber à la seconde où la manufacture de bébés de Ravissante idiote se met en marche. Ce qui est pathétique, c'est de se soucier davantage de son image que de son enfant.

Lily capta la fureur retenue dans la voix de Bay et eut un élan d'affection pour elle. Mais il était temps de mettre fin à cette conversation. Elle ne voulait pas dépenser davantage d'énergie en songeant à la famille qui l'avait rejetée ou à la raison pour laquelle elle l'avait fait.

Elle cligna des yeux pour en chasser les larmes, se redressa et se retourna pour regarder son amie.

— Ils n'ont plus d'importance, Bay. Depuis longtemps. Mais ça ne veut pas dire que je n'apprécie pas ton besoin dévorant de leur botter le cul en mon nom. Je suis juste terriblement fatiguée, ce qui veut dire que le prince Insomnie a finalement quitté l'immeuble. J'irai mieux après avoir dormi.

Bay laissa retomber sa main et recula d'un pas, mais elle garda les sourcils froncés.

— Tu es sûre ? demanda-t-elle, ses grands yeux bleus adoucis par l'inquiétude. Nous sommes d'accord ?

— Oui. Promis. Va t'amuser, OK ? Appelle-moi demain pour me donner les détails sordides.

Bay haussa les sourcils.

— Sordides à quel point ? Sordides comme dans une partie de jambes en l'air ?

Lily fit la grimace.

— Non, sordides comme s'il vit avec sa mère et collectionne les figurines de héros.

Elles rirent ensemble.

— C'est ça, dit Bay avant de prendre Lily dans ses bras en une embrassade soudaine à laquelle elle avait pris du temps à s'habituer, mais qui pour Bay était aussi naturelle que le fait de respirer.

C'était une chose qu'elle enviait à son amie, l'aisance qu'elle avait en matière d'affection physique. Lily en avait tellement manqué pendant la majeure partie de sa vie qu'elle en restait encore étonnée.

Sauf, évidemment, quand l'affection venait d'un homme qui semblait avoir été entièrement constitué de clair de lune et d'ombre.

— Alors, sois prudente en retournant chez toi. Je t'offrirais bien de te reconduire, mais je sais où cela me mènerait.

— Tu apprends, finalement.

Lily serra brièvement Bay contre elle, puis recula, fâchée que Tynan soit réapparu si rapidement dans ses pensées. Tout ce dont elle avait besoin, c'était de prendre du sommeil, décida-t-elle. Beaucoup, beaucoup de sommeil. Comme elle avait dit à Bay, elle pouvait tout à fait bien s'occuper d'elle-même. Et il n'y avait rien qui n'allait pas chez elle.

— Je vais apporter des hamburgers à la boutique demain, alors tu pourras tout me raconter, dit Lily en s'efforçant de paraître gaie.

— Bonne idée, répondit Bay en hochant la tête. Je vais probablement avoir besoin de soutien moral. Moses arrive demain.

Lily frémit de compassion. Bay possédait une prospère entreprise de toilettage de chiens et une grande partie de cette prospérité découlait du fait qu'elle adorait à peu près tout ce qui portait une fourrure, même si l'animal était désagréable. Elle aimait même Moses, le Saint-Bernard énervé qui, même s'il était amical, semblait être atteint d'une sorte de trouble déficitaire de l'attention canin. Et il bavait épouvantablement.

— Des hamburgers de chez Frank, alors, dit Lily. Je suis sûre qu'on pourra trouver pour manger un espace minuscule qui ne soit pas couvert de bave.

— Que Dieu t'entende, répondit Bay. Et parlant d'être couverte de bave, je pense que je vais aller me faire belle pour l'accro de la techno. Souhaite-moi bonne chance !

Lily le lui souhaita et regarda Bay remonter l'allée d'un pas sautillant et sortir. Aussitôt que la porte se fut refermée, le sourire de Lily s'évanouit. Elle recommença à rassembler lentement ses effets, sentant le poids de son épuisement comme si on avait accroché des sacs de sable à tous ses membres. Elle n'allait même pas s'arrêter à son bureau. Elle allait seulement monter dans sa voiture, conduire avec les fenêtres ouvertes pour s'assurer de demeurer éveillée, puis s'effondrer dans son lit.

Ensuite, eh bien, elle pouvait seulement espérer que son sommeil serait rempli de rêves agréables ou à tout le moins de rêves qui ne seraient pas mémorables. Ou même simplement sombrer dans l'oubli. Toutes ces possibilités valaient mieux que de regarder la rousse se faire massacrer une fois de plus, son sang noircir sa robe de soie verte pendant que son bébé hurlait quelque part dans l'obscurité et que le monde s'embrasait.

Mieux que de s'éveiller avec une douleur fulgurante émanant de son étrange tatouage.

Elle sentit un picotement à cet endroit en y pensant, et elle frissonna, écartant ces visions de son esprit et se concentrant sur les tâches à accomplir. Elle glissa la pile d'essais dans son sac à bandoulière de même que les notes dont elle s'était servi pendant le cours, puis endossa la veste de cuir souple, une de ses folles dépenses de l'automne. Elle mit la sangle du sac sur une épaule, ramassa sa tasse de voyage, puis partit. Deux de ses étudiants la saluèrent de la main tandis qu'elle franchissait le Digby Hall et se dirigeait vers le sentier qui menait au plus petit stationnement situé derrière les amphithéâtres.

Elle inspira l'air frais de l'automne, étonnée de constater à quel point l'obscurité descendait tôt dans la journée. Le soleil s'était couché et le peu de lumière qui restait s'était transformé en un rouge sang qui disparaissait rapidement à l'ouest. Elle marchait d'un pas rapide, ses talons bas claquant contre le pavé dans le silence qui n'était ponctué que par de lointains bavardages. Lily regarda une étudiante, la seule autre personne en vue, monter dans son auto et s'éloigner. Rapide et inattendu, un malaise s'imposa dans son estomac. Qu'est-ce qu'elle essayait de faire, devenir l'incarnation même de la façon de s'attirer des ennuis?

Je ne suis pas cette fille stupide qui meurt toujours la première dans les films d'horreur, se dit-elle. *Mes seins ne sont pas assez gros.*

Cette pensée la fit sourire, mais elle accéléra le pas en apercevant son auto maintenant isolée sur le stationnement. Au moment où elle sortait les clés de sa poche, elle sentit les poils commencer à se dresser sur sa nuque. Elle accéléra encore le pas. Elle savait d'instinct qu'elle n'était plus seule et qu'on la surveillait étroitement. Chaque mouvement. Chaque battement rapide de son cœur.

Lily déglutit et prit une courte respiration. Sans même regarder, elle savait qui c'était. Sa rencontre avec Tynan MacGillivray pouvait bien l'avoir complètement étourdie, l'avoir laissée dans un brouillard qui ne s'était pas tout à fait dissipé, jamais elle n'oublierait ce qu'elle avait ressenti en sa présence, comme si elle n'était rien de plus qu'une minuscule et insignifiante planète subissant inexorablement l'attraction d'une étoile puissante et possiblement mortelle.

Au cours des derniers jours, elle avait presque réussi à se convaincre qu'elle attribuait trop d'étrangeté à leur rencontre. Mais maintenant, confrontée encore une fois à la façon dont chacune des cellules de son corps réagissait à sa proximité, la volonté de fer qu'elle avait normalement s'ébranlant déjà et menaçant de la déserter, elle sut que son instinct ne l'avait pas trompée.

Il y avait quelque chose qui n'allait vraiment pas chez lui. Quelque chose de dangereux. Et pourtant, elle se tourna malgré elle vers l'endroit où elle savait qu'il était, souhaitant désespérément revoir son visage.

Il se tenait à l'extrémité de l'espace de stationnement, tout juste à l'extérieur du halo brillant des lumières qui éclairaient les quelques voitures, comme s'il avait été le fruit de ses plus sombres désirs et s'était fait chair. Il y avait peu d'obscurité en quelque endroit près des lumières fluorescentes, mais il semblait pourtant en avoir trouvé un où se tenir. Ou, pensa Lily en le dévorant des yeux, peut-être que des hommes comme Tynan créaient simplement leur propre ombre. C'était fou — mais pas autant que tout le reste.

— Lily. Il faut que nous parlions.

Sa voix était exactement telle qu'elle s'en souvenait, profonde et légèrement rauque. En l'entendant, elle dut avoir recours à toute sa volonté pour demeurer immobile. Chaque parole qu'il émettait semblait se traduire en une seule phrase quand elles atteignaient ses oreilles. *Viens à moi.* Mais cette fois, il y avait une différence. Elle avait eu le temps de réfléchir à ce qu'il pouvait être, à ce qu'il pourrait lui faire avant de se volatiliser. Des choses qui seraient pires que n'importe quel cauchemar.

Elle se braqua mentalement, imaginant ses pieds encastrés dans le ciment exactement à l'endroit où elle se trouvait. Quoi qu'il essaie de lui faire faire, ça n'allait pas fonctionner, aussi séduisant puisse-t-il paraître là-bas dans son petit cercle d'obscurité comme quelque version moderne de Dracula. Elle se sentait un peu grisée, presque ivre et elle se cambra encore davantage.

Un bref moment d'émotion apparut sur le visage de Tynan tandis qu'elle se concentrait, forçant le brouillard dans son esprit à se lever quelque peu. Elle perçut clairement de la colère et de la perplexité pendant la fraction de seconde où il les exprima avant de prendre une expression impénétrable.

Le sang de Lily se glaça, mais sa peur, aussi malvenue soit-elle, l'ancra encore plus fermement dans la réalité.

— Écoute, dit-il lentement en la fixant dans les yeux. Je suis désolé pour l'autre soir. Je n'essayais pas de t'effrayer et je n'aurais pas dû partir si rapidement. Mais je n'avais pas compris...

Il s'interrompit, ne sachant plus apparemment comment continuer.

Lily se contentait de le regarder en silence pendant qu'elle commençait à évaluer en combien de temps elle pourrait atteindre sa voiture, ouvrir la porte et s'y enfermer.

Il semblait savoir.

Tynan laissa échapper un soupir, un petit chuintement irrité de l'air expiré par son nez.

— Tu ne m'écoutes pas du tout, n'est-ce pas ? Avec les gens de votre espèce, c'est toujours le combat ou la fuite, jamais d'entre-deux.

Il ferma les yeux pendant un moment, essayant de toute évidence de conserver ce qui lui restait de patience.

— Je ne suis pas un foutu négociateur, marmonna-t-il pour lui-même.

Eh bien ! Tu n'en as pas l'air non plus, pensa-t-elle en le regardant avec inquiétude tandis qu'elle commençait à s'éloigner doucement vers son auto, laquelle était horriblement proche, mais pas suffisamment. Sans ses étranges yeux fixés sur les siens, elle se sentit plus libre de bouger de nouveau, davantage maître d'elle-même. En cet instant, tout ce qu'elle souhaitait, c'était rentrer chez elle et oublier que Tynan MacGillivray ait jamais existé. Parce que même maintenant, sachant que tout en lui révélait un désaxé, elle ne pouvait s'empêcher de le regarder, appréciant sa beauté masculine anguleuse.

Ne pouvait s'empêcher de le désirer.

Elle était terrifiée d'éprouver ce genre de désir pour quelqu'un qui allait probablement la tuer d'un moment à l'autre. Mais elle ne pouvait s'en affranchir davantage qu'elle avait pu bannir de son esprit les images de lui depuis le soir où ils s'étaient rencontrés. Ce qui ne signifiait certainement qu'une chose : elle devait quitter les lieux aussi rapidement que possible et appeler les flics.

Il ouvrit de nouveau les yeux et la fixa d'un regard qui avait l'intensité d'un rayon laser. Ils étaient aussi gris que dans son souvenir, et par quelque jeu de lumière, ils semblaient luire faiblement tandis qu'il la regardait sans ciller. Aussitôt que ses yeux se posèrent de nouveau sur elle, elle sentit ses membres se liquéfier et un étrange sentiment de calme tenter d'atténuer toutes ses craintes et ses inhibitions.

— Non, fit-elle doucement, surprise par le son de sa propre voix dans l'atmosphère épaisse et lourde qui les entourait.

Mais elle vit immédiatement que Tynan n'appréciait pas ce simple refus, alors elle secoua la tête et dit encore :

— Non.

Tynan plissa les yeux et Lily vit clairement en cet instant que sous ses dehors sombres et attrayants, il avait quelque chose d'un prédateur. Elle recula d'un autre pas, mettant sa chance à l'épreuve. Il ne bougea pas un muscle, mais quand il parla, il semblait mécontent.

— Et si tu ne l'as pas encore compris, femme, je ne vais pas t'attaquer. Si je l'avais voulu, j'aurais pu déchirer cent fois ta jolie gorge. Tu vas devoir m'écouter, d'une façon ou d'une autre. Il y a des questions auxquelles je dois obtenir une réponse.

— Nous n'avons rien à discuter, répondit Lily en reculant d'un autre pas.

La nuit était devenue immobile et silencieuse autour d'eux, comme s'ils étaient les seules personnes sur terre. Venait-il vraiment de dire qu'il aurait pu lui déchirer la gorge ? Qui pouvait dire de pareilles choses ? Et à mesure qu'elle s'éloignait de lui, de cette étrange attirance qu'il provoquait, Lily se sentit revenir à la réalité en même temps qu'elle sentait ses émotions se libérer lentement de l'influence de Tynan. La peur s'empara d'elle avec plus d'intensité. Et cette peur commença à pulser en elle au rythme de son cœur, qui se mit à battre de plus en plus vite.

C'est à ce moment qu'elle vit poindre une autre émotion sur son visage, une émotion si brute, si primaire, qu'elle dut avoir recours à toute sa volonté pour ne pas se retourner et fuir.

La faim.

— Ne fais pas ça, dit-il doucement d'une voix à peine plus audible qu'un grognement. Je ne te reproche pas d'avoir peur, *mo bhilis*. Mais tu devras apprendre à la dissimuler si tu veux survivre. Le sang si chaud qui s'écoule si rapidement dans tes veines est une tentation à laquelle beaucoup n'essaieront même pas de résister.

Elle le fixa avec une expression horrifiée et cette fois, Tynan ne put soutenir son regard. Il détourna les yeux, les traits empreints d'une expression douloureuse.

Je veux retourner à la maison, pensa-t-elle, le souffle court, la panique commençant à envahir son système comme une drogue. *Je veux seulement retourner chez moi.*

— J'ai besoin de ton aide, dit-il. Je n'ai pas davantage le choix que tu ne l'as.

— Je n'ai aucune aide à donner, dit-elle d'une petite voix craintive, et elle s'en voulut de la faiblesse qu'il pouvait y discerner.

Les yeux de Tynan cherchèrent de nouveau les siens, les trouvant et la tenant captive.

— Oh, je pense que si. En fait, j'en suis certain.

— Eh bien, tu as tort. Et si tu ne fous pas le camp d'ici dans deux secondes, je vais pousser le signal d'alarme. Ils ont un bon service de sécurité sur le campus. Et des lois anti-harcèlement sévères, si tu envisages de continuer à me suivre.

Pour quelque bizarre raison, il sembla penser que c'était drôle, ce qui confirma dans l'esprit de Lily que ce gars n'était pas seulement dangereux, mais qu'il était aussi cinglé. Son sourire brilla dans l'obscurité, aussi vif et lumineux qu'un éclair dans un ciel d'été. C'était un terrible gaspillage, pensa Lily en se détestant pour la douloureuse vague de désir qui venait de se former au plus profond d'elle-même devant ce magnifique sourire évanescent. Puis le sourire disparut, ne laissant aucun indice laissant croire qu'une fraction de seconde, il avait perdu son sérieux.

— Tu peux faire en sorte que ce soit facile ou difficile, Lily. Mais le résultat sera le même. À toi de choisir.

— Alors, je choisis de ne pas avoir cette conversation, répliqua-t-elle en posant le pouce sur le bouton d'alarme de son porte-clés.

Elle savait qu'elle devait l'enfoncer et faire fuir l'homme, mais quelque chose l'arrêta. Malgré tout, malgré son cœur qui battait la chamade comme si elle venait de courir un marathon, une petite part tordue de son esprit n'était pas encore prête à laisser disparaître Tynan de nouveau. Mais elle devait faire cesser ce jeu macabre. La tension, le retour de son insomnie, puis le cauchemar... Elle comprenait vaguement que tout cela avait recommencé quand cet homme était apparu dans sa vie. Quoi qu'il ait à lui dire, quelle qu'ait été l'aide qu'il voulait obtenir, Lily avait besoin de s'en éloigner maintenant et selon ses propres conditions. Parce que tous ses instincts lui indiquaient qu'en demeurant ici plus longtemps, elle céderait à la folie.

Elle avait passé trop de temps à édifier des murs contre de telles choses pour abandonner à cet instant.

— Je pars maintenant, Tynan, si c'est réellement ton nom, dit Lily. Si tu essaies quoi que ce soit, je déclenche l'alarme. Si tu essaies encore de communiquer avec moi, j'appelle les flics. Trouve quelqu'un d'autre sur qui faire une fixation. Je ne peux pas t'aider.

Tynan fronça ses sourcils noirs en la regardant marcher vers son auto, sans s'arrêter cette fois. Elle sentait les battements de son cœur résonner en elle, mais elle essaya de garder une respiration régulière et de ne pas trébucher.

— Lily, commença-t-il avec dans la voix un avertissement incontournable, et elle sut qu'après tout, elle allait devoir appuyer sur ce bouton.

Mais au moment où elle sentit la masse réconfortante de sa voiture contre son dos et commençait à chercher frénétiquement la poignée de la porte, Tynan tourna brusquement la tête de côté, presque comme s'il venait d'entendre quelqu'un crier son nom. Le mouvement était si rapide, si inattendu, que même Lily s'immobilisa un instant pour tenter de voir ce qu'il avait entendu. Quoi que ça ait été, il n'avait pas aimé ça.

— Merde, alors !

Quand il posa de nouveau les yeux sur elle, le changement qui s'était opéré en lui était renversant. Lily sentit un cri sur le point de jaillir de sa gorge, interrompu seulement parce que l'expression sur le visage de Tynan lui avait complètement coupé le souffle. Ses yeux étaient aussi lumineux que la lune, remplis d'une lueur impie. Ses lèvres s'étaient retroussées en une grimace primitive sur des dents qui luisaient, longues et acérées. Il ressemblait à un...

— Retourne chez toi. Maintenant, dit-il le corps tendu, en attente, comme s'il se raidissait en prévision d'une attaque ou se préparait à en lancer une. Verrouille les portes et les fenêtres. Ne laisse entrer personne. Je te rejoins là-bas.

Elle le fixa, renversée par ces directives. Pour qui se prenait-il ?

— Tu penses réellement que je vais...

— Je pense que tu vas m'obéir si tu veux survivre, Lily Quinn. Il y a des choses bien pires que moi qui rôdent la nuit et il semble qu'il n'y ait pas que moi qui t'aie trouvée. Si tu veux vivre, fais ce que je te dis. Retourne chez toi. Tout de suite. Et ne songe même pas à t'enfuir chez quelqu'un d'autre, à moins que tu ne veuilles être responsable de leur mort.

Ses jambes tremblaient sous elle tandis que ses doigts saisissaient la poignée. Elle ne put réprimer un soupir de soulagement quand elle réussit à entrouvrir la porte. Elle se retourna et faillit tomber sur le pavé dans sa hâte d'entrer dans la voiture. Elle ne pouvait réfléchir convenablement, ne pouvait en fait réfléchir du tout. Il n'y avait que la voix de Tynan, ses terribles paroles qui résonnaient dans ses oreilles. Et, combinées à tout ce qu'elle avait vu, à tout ce qu'elle avait ressenti, elles semblaient horriblement réelles.

La nuit s'était épaissie autour d'elle au point où chaque mouvement lui donnait l'impression d'essayer d'avancer dans l'eau. Même les lumières, normalement si brillantes, semblaient avoir diminué d'intensité. Alors qu'elle se jetait dans l'auto, tremblant si fortement qu'elle put à peine se dépêtrer suffisamment de son sac pour refermer la porte, elle entendit un son bas, menaçant, qui vibrait dans l'obscurité.

Un grondement.

Lily réussit à fermer la porte. Elle planta la clé dans le contact et la tourna, n'entendant que son propre gémissement tandis que le bruit du moteur qui démarrait demeurait distant, comme si quelqu'un d'autre manipulait son corps et qu'elle n'était qu'un observateur. Elle embraya, serrant tellement le volant que ses mains étaient douloureuses. Et pourtant, elle ne put s'empêcher de regarder une dernière fois l'homme — la créature — qui venait tout juste de lui présenter un choix entre le laisser s'insinuer dans sa vie ou mourir aux mains de Dieu sait quoi. Probablement quelque chose comme lui.

Il avait arqué son dos comme un chat servant un dernier avertissement avant d'attaquer. Il avait tourné la tête de côté, regardant vers les terrains d'athlétisme. Et il était si immobile qu'on aurait pu le croire en pierre. Mais il avait dû sentir son regard sur lui, car, même si ses yeux restaient braqués sur ce qu'il s'apprêtait à combattre, il parla, et le mot qu'il cracha était si puissant que Tynan aurait pu être dans la voiture avec elle.

— Pars!

Lily enfonça l'accélérateur et sortit du stationnement, les pneus crissant sur l'asphalte. Cette fois, elle ne regarda pas derrière elle. Ce qu'il y avait devant était suffisamment terrifiant.

CHAPITRE 4

L'AIR NOCTURNE AVAIT une odeur de mort. Et pourtant, le lâche ne se montrait pas.

Ty ne se tourna même pas pour voir partir Lily ; le crissement des pneus de sa voiture suffit à le soulager dans une faible mesure. Mais le sentiment qui dominait le reste de son esprit était une fureur brute, rendue encore plus terrible du fait qu'il ne s'agissait pas simplement d'un repas qu'un autre vampire avait décidé de lui dérober. C'était sa mission. Son avenir. Et qui que ce soit qui avait décidé de chasser sa proie allait recevoir une très dure leçon sur la façon de se comporter autour d'un Cait Sith.

L'animal en lui remua avec malaise, réagissant à la façon d'une bête devant l'approche d'un orage. Le froid envahit le sol, la température chutant de vingt degrés en quelques secondes. Même sa respiration, qui n'était pas aussi chaude que celle des mortels, s'échappait de sa bouche en un petit nuage de vapeur.

— Montre-toi, salopard, gronda Ty en regardant sans ciller les obscurs terrains d'athlétisme où il savait que se cachait l'intrus.

Ses yeux de félin ne virent rien, aucun signe de mouvement. Mais son intuition, affinée pendant de longues et dures années d'expérience, ne l'avait jamais trahi.

Et elle ne lui ferait pas défaut maintenant, pensa Ty, une appréhension mortelle commençant à parcourir ses veines tandis qu'il voyait une tache d'ombre se séparer en deux, une moitié s'éloignant en prenant une forme indéniablement humaine. Même à cette distance, Ty pouvait apercevoir les yeux rouges qui le fixaient. Un regard brillant, assassin. L'indice d'un vampire si affamé qu'il était à un doigt de mourir de faim.

Il réprima un mouvement de recul. À une certaine époque, il était courant de voir un tel appétit. Il en avait senti nombre de fois la présence menaçante quand il était plus jeune et nouvellement engendré, se terrant dans l'obscurité, vivant dans la peur d'être découvert et brutalement anéanti. Il n'avait aucune envie de revivre ces souvenirs.

— Viens te battre, alors, commanda-t-il, ses incisives s'allongeant davantage, les doigts recroquevillés comme des griffes.

Sa posture était rigide, mais ses muscles étaient souples, prêts à bondir. En vérité, il savourait l'idée d'avoir à tuer. C'était la seule façon qu'il avait de relâcher la tension qui s'était accumulée en lui depuis qu'il avait vu pour la première fois Lily, debout sous le clair de lune.

Les yeux rouges le surveillaient, luisant d'un air menaçant, et l'ombre pencha légèrement la tête de côté, l'examinant. Finalement, une voix terriblement rauque s'en échappa. Les paroles étaient tout à fait claires, émises dans un accent cockney qui lui rappela les rues crasseuses de Londres il y a longtemps.

— Ce n'est pas toi que je veux, chaton. Je n'ai aucun goût pour une boule de poils. Mais la jolie fille... elle ferait toute une prise.

Ty retroussa les lèvres.

— Elle n'est pas pour toi.

Un dur ricanement se fit entendre.

— D'après qui ? Ce n'est pas ton territoire. Ton espèce n'en a pas, de territoire. Une bande de chats de gouttière dégoûtants. J'ai connu plusieurs bons spécimens de basse extraction, mais quelqu'un aurait dû noyer ta lignée dès le départ.

Ty laissa glisser ces paroles sur son dos comme de l'eau. Il n'y avait rien là qu'il n'ait déjà entendu. Il voulait en finir, tuer l'adversaire.

— Cet endroit n'appartient à personne, lâche. Et la femme est mienne.

— La femme est de la chair pour les vers, chaton. Et tu le seras aussi quand j'en aurai terminé avec toi.

Puis la respiration de l'homme se fit plus haletante et sa voix changea, provoquant le long de l'échine de Ty un frisson qui le surprit.

— Je suis... tellement... affamé... cria-t-il d'une voix aiguë et pitoyable, enfantine, remémorant à Ty des cris semblables dans des ruelles sombres en même temps que l'odeur nauséabonde de chair et de détritus.

C'est assez, se dit Ty. Il valait mieux oublier le passé.

Ty s'accroupit davantage, sentant l'attaque imminente avant même que l'autre vampire n'ait bougé. Puis, les yeux rougeoyants se précipitaient vers lui, l'ancien appétit du sang l'envahit, et Ty ouvrit les bras pour recevoir son agresseur.

Le coup l'envoya voler vers l'arrière, l'étonnant par sa puissance et sa férocité. Puis tous deux se retrouvèrent entrelacés alors qu'ils retombaient sur l'asphalte, devenant une masse qui roulait, mordait, sifflait en un tourbillon de mouvements et de sons. Ty eut un haut-le-cœur quand l'haleine fétide de l'autre vampire se mêla à l'odeur nauséabonde de chair pétrifiée, des odeurs carrément renversantes pour ses sens aiguisés. Ses yeux se remplirent de larmes et à l'instant où sa vue se brouillait, des mâchoires s'entrechoquèrent à moins de quelques centimètres de son nez.

Cela suffit à lui insuffler la concentration dont il avait besoin pour finir le travail.

Il mit toute sa force dans une dernière roulade, coinçant son adversaire sous lui dans un mouvement fluide, rapide comme l'éclair, et utilisant ses griffes pour le tenir par la gorge contre le sol. C'était un mouvement qu'il pratiquait depuis très longtemps, et il feula, triomphant, quand l'autre vampire s'immobilisa immédiatement sous lui. Ses griffes s'enfoncèrent dans la chair, perforant la peau tendre juste assez pour causer une douleur intense, mais sans entraîner de réels dommages.

Il aurait assené le coup de grâce à ce moment s'il n'avait vu clairement le visage de son attaquant. En l'apercevant, son plaisir pervers, l'espace d'un court battement de son antique cœur, se transforma en un profond sentiment de pitié.

— Par tous les dieux, siffla-t-il avant de réfléchir. Qui t'a fait ça?

Il avait déjà été témoin de ce type de cruauté auparavant, même si cela faisait des siècles. Le vampire sous lui était une coquille d'être humain, un corps animé qui avait commencé à se décomposer même s'il respirait encore. Sa peau cireuse s'étirait sur ses os saillants. Les quelques cheveux qu'il lui restait étaient rares et fins. Ty eut l'impression d'être étendu sur un paquet d'os pendant que les yeux qui le regardaient semblaient sur le point de sortir de leurs orbites. Les lèvres minces du vampire s'étiraient sur des crocs jaunis.

Aucun vampire ne se mépriserait au point de devenir un zombie rendu fou par la faim, se désintégrant, mais incapable de mourir, ne songeant qu'à la nourriture. Mais il avait vu faire cela à des vampires qui avaient déplu à leurs maîtres, enchaînés dans des donjons jusqu'à ce que la faim les rende fous, pour le crime d'avoir essayé de renverser l'ordre établi dans le monde des ténèbres. Et parfois, ces soi-disant bas de caste qui s'étaient trouvés au mauvais endroit au mauvais moment, qui avaient croisé le chemin de sangs-nobles blasés, orgueilleux de leurs droits et incroyablement sadiques, avaient mérité ce traitement pour nul autre crime que celui d'exister.

Ty croyait que cette pratique n'était plus en usage depuis longtemps. Mais pas tout à fait, apparemment.

— Arrête, siffla le spectre d'une voix haletante. Je flaire ton sang, chaton. Ça fera l'affaire. Accorde-nous une goutte, tu veux ? Seulement… une goutte… Ah, par les yeux de Lucifer, comme j'ai mal !

Il émanait de la triste créature qui gisait sous Ty des vagues incessantes d'odeurs dégoûtantes et il se força à écarter sa répulsion de son esprit. Il y avait quelque chose qui n'allait pas à propos de cet homme, de cette attaque. Mais avant de devoir mettre fin à la vie de misère de la créature, il voulait obtenir des réponses.

— Dis-moi qui t'a fait ça et je vais te nourrir, mentit-il d'une voix douce.

L'autre vampire laissa échapper un rire à demi douloureux, à demi fou. Mais l'infime lueur de raison qui demeurait en lui sembla se rallumer, ne serait-ce qu'un moment.

— Mensonges. Jolis mensonges. Il a dit que tu dirais ça. Mais il est trop tard pour moi. J'ai fait ce qu'on m'a dit. J'allais te tuer et me nourrir ou crever en essayant.

Son visage se tordait de douleur.

— Je ne retournerai pas dans les ténèbres... pas dans la noirceur, pas dans les chaînes...

Ty plissa les yeux alors même que la compassion menaçait de le faire changer d'avis. *La compassion n'a pas sa place dans mon monde*, se rappela-t-il. Les forts survivaient. Les faibles allaient toujours tomber. Et si un homme était imprudent, il pourrait instantanément tomber avec eux pour rien de plus qu'un moment de compassion.

— Qui ? On t'a envoyé me traquer ?

Le sourire affreux de l'homme s'accompagna d'un petit rire proche des pleurs, et sa raison s'évanouit de nouveau, probablement pour de bon.

— Pas toi, stupide chat de ruelle. Stupide, stupide chaton. Mais je t'ai tenu occupé, non ? Plus de donjons obscurs pour moi, plus de faim. Stupide, stupide, stupide de laisser cette jolie chose tooooooute seule...

Ty eut le souffle coupé. *Lily*. Il était tombé naïvement dans un piège aussi simple. Mais comment n'avait-il pu s'apercevoir qu'on le surveillait ? Il sentait toujours de telles choses, le savait toujours. Toutefois, il ne s'était jamais laissé aller à s'inquiéter à ce point à propos d'une femme auparavant, pensa-t-il avec un désagréable sentiment tordu de culpabilité. Naturellement, la seule fois qu'il l'aurait fait pourrait bien entraîner la perte de tout ce qu'il chérissait. C'était là l'histoire de sa triste existence.

Il lui fallut toute sa volonté en cet instant pour ne pas se lever d'un bond, puis s'enfuir dans l'obscurité à la poursuite de ce qui traquait Lily, car il n'avait aucun doute sur le fait que lui ou elle serait un adversaire beaucoup plus puissant que ce misérable appât sous lui. Mais quand on ne terminait pas de telles choses, elles revenaient souvent contre nous, en fin de compte. Sa poigne se resserra sur le cou squelettique du vampire. Sans réfléchir, il abaissa le col de la chemise en lambeaux de l'homme. La marque qui s'y trouvait était sombre contre la peau blême et cireuse, et elle confirma ce que son instinct lui avait déjà appris.

Les Ombres ne constituaient pas une lignée. Les humains l'auraient appelée un « gang », même si un vampire aurait trouvé au mieux que cette description convenait fort peu. Les Ombres provenaient de tous les horizons du monde des ténèbres, bien que de niveaux différents parmi les vampires de basse extraction entraînés à devenir des virtuoses dans leurs commerces illicites. Ils formaient l'aristocratie des voleurs et des meurtriers, à la fois craints et respectés même par les sangs-nobles. Celui-ci semblait porter l'empreinte de presque toutes les lignées de basse extraction, ce qui faisait de sa marque un entrelacement fascinant de lignes. Mais à côté, petit et trompeusement simple, se trouvait le fameux tatouage exécuté lors de l'initiation dans la bande des Ombres : un petit croissant de lune noir. La marque des Ombres ne se transmettait pas par le sang, mais seule la mort pouvait l'effacer.

Du plus profond de son esprit surgit une voix du passé lui soufflant : *Nous sommes tous des tueurs, Ty. Pourquoi ne pas te joindre à nous et être révéré pour cela ? C'est la seule façon pour un chat de vivre comme un roi.*

Il repoussa cette pensée, l'enferma de nouveau dans les tréfonds de sa mémoire, où elle devait demeurer. Le jeune vampire qui avait rejeté cette offre aurait été déçu de ce que Ty était devenu, c'est-à-dire peu différent de tout ce qu'il avait renié, sauf en ce qui concernait le vernis dangereusement mince de respectabilité.

— Tu dois avoir drôlement fait enrager tes maîtres pour être puni de cette façon, dit Ty. Et quelqu'un de haut placé doit les avoir embauchés — l'assassinat est encore un des services les plus dispendieux à la Maison des Ombres, non ?

Il ne s'attendait pas à une réponse et n'en obtint pas. Peu importait à quel point ce vampire avait perdu l'esprit, il n'allait rien dire. Ils ne le faisaient presque jamais. Foutues Ombres.

— Du calme, mon frère, dit Ty au moment où l'autre vampire commença à se démener sous lui en un dernier effort pour le renverser et prendre le dessus.

Ou peut-être voulait-il seulement que Ty l'achève. Si c'était le cas, son désir fut rapidement exaucé. D'un rapide coup de la lame que Tynan portait sur lui depuis le moment où il avait intégré ce monde, il lui trancha la tête.

Et au moment où le corps en décomposition s'enflammait quelques secondes plus tard, Ty n'était déjà plus qu'une masse indistincte filant dans la nuit, priant un dieu auquel il ne croyait plus qu'il ne soit pas trop tard.

Lily s'arrêta devant son immeuble sans se souvenir de la façon dont elle avait réussi à conduire jusque chez elle. Tout le trajet avait été comme un cauchemar, son corps sur le pilote automatique pendant qu'elle ne voyait dans son esprit que le regard pénétrant de Ty et ses crocs luisants, et n'entendait que cette voix lugubre qui lui disait de fuir.

Elle faillit changer de destination une dizaine de fois, souhaitant se rendre n'importe où ailleurs qu'à l'endroit qu'il lui avait désigné. La pensée de ce qu'avait dit Ty à propos du fait d'être responsable de la mort d'autres personnes l'en empêcha. Elle n'allait pas risquer la vie d'autrui.

Ça ne signifiait pas qu'elle ne voulait pas fuir... mais il ne semblait y avoir aucun autre endroit où aller.

Lily sortit de son auto en tremblant comme une feuille. Elle réussit pourtant à atteindre l'entrée, où elle perdit de précieuses secondes à démêler ses clés, toute seule sur sa rue paisible. Et bien sûr, elle avait oublié d'éclairer le perron. Encore.

— Allez, marmonna-t-elle en sentant la terreur menacer de l'envahir de nouveau dans toute sa force, lui chatouillant la gorge de ses doigts glacés.

Elle parvint finalement à enfoncer la bonne clé dans la serrure et la déverrouilla avec un soupir de soulagement. Le cliquetis du mécanisme la rassura d'un coup. Ici se trouvait la raison. Ici se trouvait une certaine sécurité. Rapidement, Lily pénétra dans le hall éclairé et referma violemment la porte derrière elle, puis replaça le verrou.

Je suis à la maison. Je suis en sécurité. Je suis chez moi.

Elle se tourna, laissa tomber son sac de messager près de la patère dans le hall et ferma les yeux pendant un moment. Elle devait se recentrer, laisser se dissiper l'horreur au sein confortable de ce qui lui était familier.

— Je vais bien, dit-elle d'une voix faible. Tout va bien maintenant, ajouta-t-elle plus fermement.

Puis, elle rouvrit les yeux, carra les épaules et partit en direction de l'arche qui menait à l'espace ouvert sur la cuisine et le salon. Ses pas résonnaient d'une manière rassurante sur le plancher de bois.

Maintenant revenue à la normalité, sa peur se transforma en colère.

La barbe! pensa-t-elle tandis que son monde reprenait son apparence habituelle et que le doute se mettait à s'insinuer en elle à propos de ce qu'elle avait réellement vu. Elle n'était pas une victime. Elle avait besoin d'un plan. La première étape, la plus logique, consistait à appeler les flics. Il n'était pas question pour elle de simplement rester ici et attendre qu'un épouvantable malheur lui arrive alors qu'il y avait un poste de police à moins de trois kilomètres. De toute évidence, Tynan l'avait épiée. Elle en était certaine. Mais tout le reste... Il était possible et même probable qu'il avait essayé de l'effrayer. En réalité, elle n'avait vu personne d'autre sur ce stationnement, n'est-ce pas? Quant aux yeux lumineux et aux crocs, une personne suffisamment intelligente, et suffisamment perturbée, aurait pu mettre au point de pareils effets.

Lily se sentit profondément humiliée.

— Dieu que je suis idiote, dit-elle en songeant qu'elle avait été une cible si facile.

Elle tendit le bras pour lever le commutateur, mais aussitôt que la pièce s'éclaira, elle souhaita s'être directement rendue au poste de police.

Mais il était beaucoup trop tard pour ça maintenant.

Il la regardait de l'endroit où il avait pris position sur une chaise à sa petite table de cuisine, une expression

amusée sur son beau et pâle visage qui aurait pu représenter une innocence amicale si ce n'avait été de l'appétit
qui brillait dans ses yeux, lesquels semblaient bleus une
seconde et rouges la suivante.

— Tu es un peu dure avec toi-même, tu ne crois pas ? dit
l'homme d'un ton tranquille, cultivé, qui correspondait à
l'image élégante qu'il présentait.

Des pantalons kaki impeccables, une chemise classique
bien pressée, des souliers polis. Pas une mèche de cheveux
de travers. Il avait posé nonchalamment un pied sur son
genou, et ses mains, aussi pâles que son visage, reposaient
tranquillement sur son ventre. Il avait accroché son manteau de laine noire au dossier d'une des chaises. Il aurait
tout aussi bien pu sortir d'une réunion d'affaires.

Sauf qu'il était absolument terrifiant.

Voyant que Lily ne disait rien, qu'elle se contentait de le
regarder la bouche ouverte et la gorge sèche, il soupira.

— Pas même un bonsoir ? Bien. Tu n'es peut-être pas
une idiote, mais tu manques certainement de manières.

Il la fixa de ses yeux étranges qui la firent frissonner. Il
n'y avait aucune émotion dans ses yeux, seulement une
insondable froideur. Les yeux d'un tueur.

— Lily Quinn, je crains que tu n'aies quelques
problèmes.

— Qui êtes-vous ? réussit-elle à dire d'une voix rauque.
Je ne vous connais pas, ni vous ni vos semblables, et je sais
que je n'ai rien fait. Je pense que vous faites erreur sur la
personne.

L'homme rit doucement.

— Mes semblables ? Bien, bien. Le chouchou de la reine a finalement décidé de se montrer et de faire le gentil garçon avec toi ? Ça m'étonne. Tynan n'a jamais été doué pour la vie en société.

Ses yeux la parcoururent de la tête aux pieds.

— Mais je peux constater pourquoi il a changé d'idée, ajouta-t-il. Il veut quelque chose, bien sûr. Notre espèce se soucie rarement de la vôtre, à moins que nous voulions quelque chose.

Lily réprima un frisson. Pour une raison qu'elle ignorait, cet homme avait sur elle un effet tout à fait contraire à celui qu'avait Tynan, même si elle ne savait absolument pas pourquoi — il était à parier qu'ils étaient le même type de créature. Mais Tynan lui avait donné l'impression d'un pouvoir fermement tenu en laisse, fermement maîtrisé. Celui-ci semblait plus vouloir jouer avec elle, retenir sa faim jusqu'à ce que le jeu finisse par l'ennuyer.

Elle eut un mauvais pressentiment que ça ne prendrait pas beaucoup de temps avant qu'il ne se lasse.

Souhaitant désespérément le distraire jusqu'à ce qu'elle puisse trouver une porte de sortie, Lily tenta de poursuivre la conversation.

— Tynan. Vous deux travaillez ensemble ? C'est un de vos amis ? demanda-t-elle en essayant de rester calme.

Intérieurement, elle sentit quelque chose commencer à l'envahir. La vieille obscurité imprévisible qu'elle tenait à l'écart depuis tant d'années maintenant. Mais elle douta qu'elle suffise à la sauver alors qu'elle l'avait délibérément renvoyée aux oubliettes pendant si longtemps. La question lui valut un reniflement moqueur de la part de l'homme, ce qui ne fit rien pour l'aider.

— Non, nous ne travaillons pas ensemble. Il n'est pas assez puissant — ne l'a jamais été — pour faire ce que je fais. Quant à l'amitié, je ne pense pas qu'il nous considérerait encore comme des amis. Ce n'est certainement pas mon cas. Mais je ne suis pas vraiment d'humeur à donner des explications.

Il s'étira un peu, changeant de position comme s'il était fatigué de toute cette situation, et malgré ce qu'il venait de dire, Lily fut frappée par sa similitude avec Tynan. Ils bougeaient de la même façon, avec une grâce surnaturelle même dans les plus petits mouvements.

— Alors, vous pourriez m'expliquer qui vous êtes et ce que vous faites ici, dit Lily.

Elle grimaça en entendant la peur dans sa voix. Mais elle n'était pas en mesure de la dissimuler. L'homme ne pouvait être réel ; rien de tout cela ne pouvait être réel...

— Moi-même, je ne suis personne, susurra-t-il avec un demi-sourire invitant.

Elle eut le sentiment qu'il essayait de l'attirer, de provoquer doucement chez elle la même transe qu'avait générée Tynan d'un simple regard. Pourtant, elle n'éprouvait aucune attirance, seulement la même panique profonde qu'elle avait ressentie en l'apercevant. Son hôte indésirable sembla le percevoir et, après un moment, son sourire s'évanouit.

— Je suis seulement un employé. Un employé dispendieux, mais mes employeurs ont un goût excellent. Et en ce qui te concerne... ce n'est pas ce que tu as fait qui constitue un problème, chère Lily, mais plutôt ce que tu es.

— J'ignore de quoi vous parlez.

La façon dont il la regardait directement l'énerva.

— Ça n'a pas vraiment d'importance que tu l'ignores ou non. Tu peux oublier volontairement certaines choses, adorable Lily, mais le sang finit toujours par parler. Crois-moi, c'est un fait que je vis chaque jour. Enfin, chaque nuit, dit-il, la bouche légèrement tordue. Je suis un tueur impitoyable et tu es, dirons-nous, une femme de vision. Ou en tout cas, c'est ce que je suppose, sinon Ty n'aurait pas été sur tes talons depuis des jours.

Il pencha la tête vers elle.

— Comme c'est triste. Tu ne sais vraiment pas ce que tu es, n'est-ce pas ?

Et pour son malheur, elle ne le savait pas. Elle ne l'avait jamais su. Dans son enfance, elle sentait en elle un pouvoir qu'elle ne comprenait pas, mais quel qu'il soit, elle savait qu'il la rendait différente, et d'une mauvaise façon. Alors, elle l'avait profondément enfoui, si profondément qu'il ne pouvait plus se manifester maintenant que dans ses cauchemars. Mais la misérable affliction qui l'avait hantée dans sa jeunesse, qui l'avait laissée seule au monde, n'était jamais vraiment disparue. Lily ne pouvait d'aucune façon imaginer ce qu'elle avait à voir avec cet homme. Et elle n'était pas du tout certaine de vivre assez longtemps pour le découvrir.

— Allez-vous me tuer ? demanda-t-elle.

La vérité qui brillait dans ses yeux était incontournable.

— Ce qui va arriver, répondit l'homme, c'est que je vais être rémunéré pour un travail bien fait. Mais je dois dire, poursuivit-il en promenant lentement son regard sur elle, que le plaisir que j'aurai à te prendre sera un agréable supplément. Dans mon métier, de telles choses sont rares. Pourtant, c'est une façon de gagner sa vie, si je puis dire.

— Qu'est-ce que vous êtes? demanda-t-elle d'une voix rauque, toute sa raison se rebellant devant les choses qu'elle ne pouvait écarter d'un revers de la main : les yeux rouges, les crocs, la peau pâle et parfaite.

Ses lèvres se plissèrent en un petit sourire de compassion.

— S'il te plaît, ma chère Lily. Ça ne prend pas beaucoup d'imagination pour le comprendre, même si tu ne veux pas y croire. Ça t'aiderait si je prenais un mauvais accent roumain? Non pas que ça aura de l'importance quand je vais te boire jusqu'à la dernière goutte, mais j'essaie d'être serviable quand c'est possible.

Alors, il se leva en un mouvement vif et gracieux qui prit Lily par surprise. Elle recula d'un pas. L'horreur monta en elle. Ceci se passait vraiment. Elle était sur le point d'être attaquée par un... *vampire*. Et Tynan, si jamais il avait vraiment eu l'intention de l'aider, n'était pas là.

— Je ne veux pas mourir. S'il vous plaît. Je... je vais vous donner tout ce que vous voulez. Il doit y avoir quelque chose que je puisse faire! cria-t-elle d'une voix désespérée.

S'il fallait en arriver là, elle supplierait pour avoir la vie sauve. Oh oui, elle supplierait. Elle hurlerait sa supplique.

Et c'était exactement ce que voulait cette créature.

Il laissa de nouveau échapper un rire douloureux aux oreilles de Lily.

— Mourir est facile, dit-il en s'avançant vers elle à grandes enjambées. Ce n'est rien. Mais si tu veux courir, ne te gêne surtout pas. C'est si ennuyant quand ton partenaire reste seulement étendu là sans bouger, tu ne penses pas?

Lily sentit la réalité du moment envahir d'un coup tout son être. Rester signifiait la mort. Courir signifiait probablement la même chose, mais elle se devait d'essayer. Elle s'élança vers le vestibule, ses pieds touchant à peine le sol dans un effort de volonté pour atteindre l'entrée.

Elle se déplaçait plus vite qu'elle ne l'avait jamais fait dans sa vie. Le temps semblait avoir épouvantablement ralenti, chaque seconde lui paraissant une éternité. Elle entendit le rire de l'homme se répercuter dans ses oreilles.

Il jouait avec elle. Elle n'était qu'humaine, ne faisait pas le poids par rapport à la puissance et à la rapidité qu'il possédait sans aucun doute. Pourtant, Lily atteignit la porte, toute sa volonté concentrée sur le pêne qu'elle devait faire glisser, sur la poignée qu'elle devait tourner. C'était tout ce qu'elle voyait maintenant, tout ce qui existait. Une étrange sensation la traversa, qui n'avait rien à voir avec la peur. C'était comme la charge électrique qui s'accumulait dans l'air avant un orage.

Elle s'en souvint et sut ce qu'elle devait en faire. Il y avait encore en elle des fragments de souvenirs, enfermés dans le noir. Si elle pouvait seulement exploiter ce courant, faire ouvrir la porte...

Un instant avant que Lily donne à son énergie accumulée un dernier élan qu'elle craignait et dont elle avait besoin tout à la fois, il se produisit simultanément plusieurs choses qui firent passer le monde d'un ralenti en noir et blanc à une vitesse hyper-rapide en Technicolor. La porte s'ouvrit si violemment qu'elle faillit sortir de ses gonds. Une énorme chose noire et hurlante comme une banshee surgit de la nuit en volant. Derrière elle, une main lui attrapa les cheveux et la tira si durement que ses mâchoires claquèrent douloureusement l'une contre l'autre. Elle entendit le son de son chemisier qui se déchirait devant elle, mettant à nu non seulement son cou et sa poitrine, maintenant parcourus par les griffes impatientes de son assaillant, mais également autre chose... une chose qu'on lui avait très tôt appris à cacher quel qu'en soit le prix, qui brillait d'une chaude lueur le long de sa clavicule.

Elle vit les yeux de son attaquant s'écarquiller en apercevant son étrange tatouage, cette marque qu'elle portait depuis aussi longtemps qu'elle se souvenait, avant que ses parents lui soient arrachés et qu'elle soit livrée à la merci d'étrangers. Elle vit l'horreur soudaine dans son regard, entendit le léger bruit que firent ses lèvres en se retroussant pour révéler des incisives acérées comme des dagues.

La voix de Tynan lui parvint comme dans un rêve.

— Damien! Lily, non...

Mais elle ne pouvait plus s'arrêter. Toute la puissance que sa concentration lui avait permis d'accumuler atteignit à ce moment sa masse critique. Avec la porte maintenant ouverte et soudain dépourvue d'objectif, elle n'avait nulle part où aller.

Nulle part, sauf vers l'extérieur...

Lily hurla tandis que la puissance explosait de son être en une vague, traversant la maison avec la force d'un bang supersonique. Elle sentit son corps se plier brusquement quand la décharge la quitta, sa vision perdue dans la blancheur d'un éclair aveuglant. Les cadres tombèrent des murs, le verre éclata en mille miettes. Le plancher trembla sous elle comme si la terre avait bougé. Quelqu'un la tint, rigide dans les airs, pendant une seconde, puis elle tomba, recroquevillée sur elle-même. Les mains qui l'avaient saisie avaient disparu dès que la puissance s'était déclenchée.

Malheureusement, il en avait été de même de sa force. Lily gisait là, étourdie, épuisée, les yeux clos, écoutant les derniers morceaux de verre s'abattre sur le sol. Puis ce fut le silence. Tout autour d'elle n'était que silence. Elle savait, d'une manière vague, qu'elle devait se lever et courir. Son attaquant pouvait être n'importe où.

Mais elle ne pouvait que rester où elle se trouvait. C'était une sensation qu'elle connaissait aussi, même si elle croyait l'avoir solidement verrouillée. Elle ne l'avait ressentie qu'une fois alors qu'elle n'était encore qu'une enfant. Et cette sensation avait tout changé.

Tout anéanti.

CHAPITRE 5

ELLE ÉTAIT AGENOUILLÉE *en larmes au milieu de sa chambre, des jouets brisés éparpillés sur le plancher. Une jeune femme séduisante la regardait de l'embrasure de la porte, les yeux écarquillés d'horreur, une main reposant de manière protectrice sur son ventre encore plat. Un enfant à eux. Une joie inattendue. Lily savait qu'avec un bébé de leur propre chair et de leur propre sang, ils n'auraient plus besoin d'elle. Ils allaient l'envoyer ailleurs, cette petite dont les singularités devenaient trop nombreuses pour être ignorées. Un embarras. Que diraient les journaux si jamais ils l'apprenaient ? Le couple allait l'éloigner, et elle serait tellement...* en colère...

— Lily. Il faut que tu te lèves, Lily. Le temps presse. Il va revenir finir le travail. Son espèce n'abandonne pas avant d'avoir terminé. Lily ?

Il se tut un moment.

— Tu ne vas pas me projeter à l'autre bout de la terre si je te touche, n'est-ce pas ?

Elle sentit une respiration tremblante, hésitante, puis un petit coup sur son épaule qui accompagnait ce ton dur qu'elle ne pouvait ignorer. Elle attendit un moment pour voir s'il n'allait pas partir, si tout cela ne ferait que disparaître. Parce qu'elle savait qu'au moment où elle ouvrirait les yeux, sa petite vie bien ordonnée, celle à laquelle elle avait toujours rêvé, serait chose du passé.

Les ténèbres recommenceraient à s'insinuer dans sa réalité.

Mais quel choix avait-elle? Autant qu'elle en avait toujours eu, songea Lily amèrement tandis qu'elle ouvrait lentement les yeux. Tynan était accroupi au-dessus d'elle, plus près encore qu'il l'avait été la nuit où ils s'étaient rencontrés, ses yeux argentés débordant d'inquiétude et... d'autre chose. Quelque chose de sauvage, de primitif. Quelque chose qui n'avait rien d'humain. Ses lèvres pressées l'une contre l'autre formaient une mince ligne dure. Aucun croc n'était visible, mais Lily était tout de même certaine qu'ils étaient là.

— Un vampire, murmura-t-elle d'une voix rauque qui exprimait tant un fait qu'une accusation.

Il hocha la tête, sans jamais la quitter des yeux.

— Oui. Moi et l'autre. Je t'avais avertie.

Il fronça les sourcils d'un air si féroce qui l'aurait effrayée s'il était demeuré en elle quelque émotion.

— Pourquoi? demanda-t-elle d'un ton morne. Pourquoi ne pouvais-tu pas seulement me ficher la paix?

L'inébranlable conviction qu'elle vit sur son visage faillit lui arracher un hurlement. Elle comprit qu'il n'allait pas la laisser ici et elle sombra dans un désespoir insondable. Elle aurait cent fois détruit sa maison si cela avait signifié qu'il la laisserait en paix.

— Ma reine a besoin de ton aide.

— Je n'ai aucune aide à donner à qui que ce soit.

Il jeta un coup d'œil autour de lui pour regarder, Lily en était certaine, les dommages qu'elle avait infligés à sa jolie petite maison. Sa voix était parfaitement calme quand il répliqua:

— Tu as quelque chose, femme. De ça, je suis certain.

Puis ses yeux descendirent jusqu'à son tatouage — le serpent, l'étoile. Elle attendit, espéra voir apparaître le même regard horrifié qu'elle avait vu sur le visage de l'autre vampire, attendit que la marque le fasse fuir, mais il se concentra plutôt sur celle-ci avec un vif intérêt.

— Que sais-tu à propos de cette marque ? demanda-t-il. Quand l'as-tu eue ?

Elle le regardait d'un air furieux, détestant le désavantage dans lequel la mettait cette position sur le plancher.

— C'est seulement un stupide tatouage que mes parents m'ont fait faire avant de mourir, quand j'étais bébé. Apparemment, c'étaient des gens bizarres. Je ne le suis pas. Et si tu veux essayer de me tuer toi aussi, tu devrais le faire au plus tôt.

Il continua d'examiner le tatouage.

— Vert, murmura-t-il. Et regarde comment il capte la lumière, comment il miroite. C'est magnifique.

— C'est seulement un stupide tatouage, marmonna Lily, tournant la tête en se sentant rougir.

Alors, elle avait un tatouage vert chatoyant. Elle supposa que l'artiste avait été une sorte de génie psychédélique, et elle souhaita qu'il ait exercé son talent sur quelqu'un d'autre, n'importe qui d'autre.

Elle eut le souffle coupé quand elle sentit le pouce de Tynan, sa peau froide contre la sienne, tandis qu'il frottait lentement le tatouage.

— Ce n'est pas un tatouage, murmura-t-il, et Damien savait ce qu'il signifiait.

Il semblait se parler davantage qu'à elle, mais ses paroles firent ressurgir ses peurs les plus profondes : que le brillant symbole vert incrusté dans sa peau puisse signifier davantage de problèmes dans sa vie alors qu'elle avait fait tout son possible pour s'en isoler.

— Ce n'est pas... commença-t-elle, mais elle s'interrompit avant de dire « possible ».

Si les événements de ce soir se produisaient réellement, si Tynan était bien ce qu'il affirmait être, alors rien n'était impossible.

Lily serra les dents et détourna la tête des yeux gris inquisiteurs qui se levaient en cherchant les siens.

— Qui que tu sois — quoi que tu sois — tu dois rappeler les autres sales types et sortir de ma vie. Je ne suis rien. Je ne suis personne. Et je le répète, je ne peux pas t'aider. Je ne vais nulle part.

— Le seul sale type, comme tu l'appelles avec raison, celui du stationnement, ne nous ennuiera plus. L'autre va bientôt revenir.

Il secoua la tête.

— Il n'y a aucun moyen de détourner de son but un membre de l'Ombre.

Lily sentit un frisson lui parcourir l'échine.

— L'Ombre ?

— « Ombre » est un mot ancien qui signifie « fantôme » ou « esprit », et ceux qui te traquent sont tout aussi difficiles à repérer quand ils veulent passer inaperçus. Les Ombres représentent l'élite des criminels dans le monde des vampires. Les plus talentueux sont bourrés de fric et ils ont tous un ego surdimensionné. C'est certainement le cas de Damien. Les sangs-nobles, notre aristocratie, se servent d'eux pour toutes sortes de sales besognes... Comme celle-là.

Elle se sentit malade à cette idée. Quelqu'un s'était donné tant de mal... pour elle ?

— Eh bien, comme tu me traques toi aussi, je doute que tu sois mieux qu'eux, dit-elle, le visage impassible.

Tynan laissa échapper un soupir d'exaspération.

— Veux-tu vraiment être encore ici quand Damien va revenir ?

— Quels sont mes choix ? Être mangée maintenant ou plus tard ? demanda Lily en se sentant plus misérable et plus impuissante qu'elle ne l'avait été de toute sa vie. C'est peut-être mieux plus tôt.

Elle l'entendit soupirer de nouveau, un son creux, impatient, qui lui fit presque tourner les yeux vers lui. Presque. Mais Lily savait que si elle le faisait, elle se trouverait de nouveau hypnotisée par lui, incapable de penser, incapable de lui résister. Elle pouvait sentir son regard sur elle, ses étranges yeux examinant son visage pour lire ses pensées. Elle pouvait en fait le sentir, tapi à la périphérie de son esprit, essayant d'entrer.

Toutes les sottises de la culture populaire au sujet des vampires qu'elle avait absorbées au long de sa vie — des films et des livres, certains sanglants et tous foutrement plus romantiques que sa propre réalité terne — lui revinrent d'un coup à l'esprit. Elle se demanda quels fragments étaient vrais, ce qu'elle pourrait utiliser pour s'extirper de cette pagaille. Elle souhaita tout à coup avoir de l'ail. Ou de l'eau bénite.

Ou un joli pieu bien aiguisé.

— Me tuer ne servirait à rien, même si tu pouvais y parvenir, ce qui est impossible, dit Tynan.

Elle tourna vers lui un regard furieux.

— Même si tu peux lire mes pensées, dit-elle sèchement, ne le fais pas.

Tynan lui sourit d'un air triste.

— Ce serait plus facile si je le pouvais. J'ai déjà essayé et ça ne fonctionne pas. Tes pensées sont bien enfermées dans ton crâne. Mais en ce qui concerne les expressions sur ton visage, c'est une autre histoire.

Lily se reprocha silencieusement d'avoir un visage si révélateur, bien qu'elle se consolât quelque peu du fait qu'il n'ait pas réussi à lire ses pensées.

— Pourquoi penses-tu que je n'y parviendrais pas ? demanda Lily. Tu as vu ce que je pouvais faire. Tu ne me connais pas du tout. Peut-être que j'aime tuer.

Son petit sourire moqueur lui fit comprendre que ce qu'elle venait de dire lui semblait tout aussi ridicule qu'à elle.

— Tu es aussi une très mauvaise menteuse. De toute façon, même si tu pouvais réussir à te débarrasser de moi, ils enverraient simplement quelqu'un d'autre à tes trousses. Mais si je n'étais plus dans le décor, les assassins des Ombres seraient les premiers à t'attraper. Ils vont vouloir leur argent. Et le fait de leur avoir échappé une fois ne rendra les choses que plus horribles pour toi la prochaine fois.

Il s'interrompit un moment.

— Extrêmement horrible, connaissant Damien. S'il participe à la chasse, c'est que quelqu'un s'est payé les services du meilleur d'entre eux.

Elle le regarda, débordant d'une rage impuissante. Même maintenant, avec sa maison dévastée et son secret le plus profondément enfoui révélé au grand jour, elle ne pouvait ignorer l'attirance troublante qu'elle avait pour lui. Le voyant si proche, penché sur elle, tout à fait concentré, Lily vit qu'il le ressentait aussi ; elle le voyait à la façon dont sa respiration s'était presque imperceptiblement modifiée, à la façon dont ses yeux, déjà intenses, s'illuminaient encore davantage. Une si grande part de son être souhaitait s'étendre sous lui, se tendre vers lui et l'inviter à poser les mains sur elle, à la faire fondre sous un contact dont elle savait instinctivement qu'il serait encore plus intense que son regard.

Lily dut à nouveau détourner les yeux. Cette situation était complètement folle et il fallait qu'elle puisse la maîtriser. Maintenant.

— Je vais m'asseoir, dit-elle avec fermeté.

Elle était peut-être une fille tranquille, mais elle s'occupait d'elle-même depuis longtemps. Comme il était impossible de se faire pousser une épine dorsale, elle était heureuse que la sienne soit intacte malgré tout.

— Tu vas devoir te reculer, ajouta-t-elle.

Heureusement, il ne demanda pas pourquoi ni ne souleva d'objection. Elle essaya d'en être heureuse tandis que Tynan s'éloignait d'elle avec les mouvements fluides et gracieux d'un chat.

Un chat… Il avait été un chat…

Lily se redressa péniblement en position assise, se sentant encore comme un récipient vide dont tout le contenu venait d'être déversé. Elle jeta un coup d'œil à Tynan maintenant accroupi à un mètre d'elle et qui la regardait avec un intérêt non dissimulé.

— Je croyais que les vampires étaient censés se transformer en chauve-souris et non en gros chats noirs, marmonna-t-elle avec rancœur en examinant ses mains pour y chercher des coupures de verre.

Satisfaite de n'en pas trouver, elle ramena ses pieds sous elle et entreprit la dure tâche de se relever sans laisser savoir à Tynan à quel point le geste lui était difficile.

— Ce n'est pas tous les gens parmi nous qui peuvent se transformer en autre chose. Ça dépend de la lignée, dit-il en fronçant les sourcils tandis qu'il la surveillait.

À son grand dépit, elle le vit se lever et faire un pas dans sa direction comme s'il voulait l'aider. Elle lui jeta un regard glacial qui dut transmettre clairement sa pensée parce que Ty reprit vivement sa position initiale et enfouit ses mains dans les poches de son long manteau noir.

— En chats. En fumée. Un peu de tout. Il en existe même quelques-uns qui peuvent se changer en lions ou autre chose bien qu'ils aient presque disparu maintenant. Et oui, en chauve-souris. Mais on regarde habituellement avec un… certain mépris ceux qui se métamorphosent en animaux.

— Pourquoi?

— Trop semblables aux loups-garous. Et les vampires détestent les loups-garous.

— Je… oh.

Lily tenta un instant d'assimiler ses paroles, puis décida de faire semblant qu'elle ne les avait pas entendues. L'existence des vampires lui suffisait pour ce soir.

— Et cet homme qui était venu pour me tuer ? Damien, comme tu l'as appelé ? demanda Lily en serrant les bras d'une manière protectrice contre son corps tout en s'assurant qu'elle tenait fermement sur ses jambes et en parcourant des yeux le chaos qu'elle avait semé. Est-ce qu'il peut se transformer en quoi que ce soit dont je devrais me méfier ?

Tynan secoua la tête.

— En un autre chat, je dois dire, bien que tu doives me croire quand j'affirme qu'il est parti, tout au moins pour le moment. C'est une honte qu'il soit un Cait Sith, dit-il en prononçant *cat-SHEE*, un mot qui sonnait gaélique et mystérieux à la façon dont il l'avait exprimé. Il est déjà assez vicieux sous sa forme humaine. Tous les Ombres le sont, mais il est particulier, même pour eux. Il y a une raison pour laquelle les services de la Maison des Ombres sont extrêmement coûteux. Le vol, l'espionnage, l'extorsion — l'assassinat. Les Ombres offrent tout ça. Et, vraiment, ils sont excellents.

Il s'interrompit avant d'ajouter :

— Mais Damien représente une catégorie en lui-même. Facile à admirer quand il n'est pas payé pour vous tuer.

La pure horreur de ce qu'il venait de lui décrire constituait davantage que ce qu'elle pouvait absorber, alors Lily s'en détourna, décidant d'ignorer le tout, et se concentra sur le superficiel.

— Il a mentionné ton nom. Je ne pense pas que son sentiment soit partagé.

— Non, il ne l'est pas.

Tynan n'élabora pas, alors Lily promena son regard sur les murs nus dont un présentait une énorme fissure. Ses photos encadrées d'endroits où elle était allée et de gens qu'elle avait eu plaisir à connaître étaient éparpillées sur le plancher. Le hall en entier était parsemé de fragments de verre, et un rapide coup d'œil derrière elle lui apprit que la cuisine était encore pire. La puissance de l'énergie qui avait jailli d'elle avait fait s'ouvrir brutalement quelques-unes des armoires et elle avait l'impression qu'il n'y aurait plus aucun verre intact, aucune assiette.

Elle ne voulait plus voir davantage de destruction.

Alors, elle regarda Tynan parce qu'il était la seule chose sur les lieux qui ne lui donnait pas l'impression que son cœur allait éclater. Il était debout, grand, sombre et calme, au milieu des débris, et une fois encore, Lily éprouva une inexorable attirance pour lui, pour sa force et son assurance en même temps qu'elle sentait sa propre façade menacer de s'écrouler. Mais elle savait, sans aucun doute possible, qu'elle serait parfaitement stupide de céder.

Il ne l'avait pas sauvée, se dit-elle. Il était apparu pendant qu'elle se sauvait elle-même. Et rien de tout cela ne se serait passé s'il ne l'avait pas traquée au départ. À ce souvenir, elle sentit un élan bienvenu de colère qui avait l'avantage d'atténuer le mélange confus d'émotions qui luttaient en elle. Elle repoussa au fond de son esprit, là où elle pourrait y réfléchir et s'en inquiéter plus tard, le souvenir du regard dans les yeux de Damien quand il avait aperçu son tatouage. Même si la voix de Tynan murmurait encore en boucle dans sa tête ce mot impensable, encore et encore et encore...

Assassinat.

— Alors, ces Ombres essaient de me tuer. Je suppose que tu ne me diras pas pourquoi.

— Parce que la personne qui les a embauchés préférerait te voir morte que de te laisser aider la dynastie qu'ils essaient de détruire, répondit Tynan. Damien ne s'effrayera pas si facilement — il veut son argent. Ma reine t'offre sa protection si tu l'aides à identifier ses ennemis.

Il lui tendit la main, mais elle resta où elle était. Elle aurait tant souhaité abandonner, reporter sur quelqu'un d'autre le fardeau de sa sécurité, pour faire changement. Mais elle avait appris à la dure qu'elle ne pouvait se fier qu'à elle-même pour se protéger.

Elle garda ses mains là, à leur place.

— Ta reine, qui qu'elle soit, peut aller au diable.

Tynan serra les lèvres avec un air de désapprobation.

— Ne sois pas stupide, Lily. Si tu restes ici, tu es morte. Laisse-moi t'aider.

— M'aider? C'est toi qui as causé tout ça! Tu as dit toi-même que tu avais manqué de prudence. Tout aurait bien été pour moi si tu n'étais pas apparu! cria Lily, outrée que Tynan l'ait crue si naïve, si facilement lénifiée.

Il soupira, ses épaules s'affaissant quelque peu, et Lily sut qu'elle n'imaginait pas la lassitude qui perçait dans ses étranges yeux argentés. Elle en éprouva de la sympathie pour lui alors qu'elle n'aurait vraiment pas dû. Mais l'ampleur de la lassitude qu'elle y avait aperçue était si grande et tellement plus ancienne que ce que pouvait accumuler n'importe quel humain qu'il la toucha d'une manière inattendue. Pendant un bref moment, il avait eu l'apparence d'un homme qui avait lutté pendant si longtemps qu'il en était venu à accepter cet état comme étant permanent.

Dans une certaine mesure, c'était un état qu'elle connaissait tout à fait bien. Malgré cela, elle était irritée à l'idée de s'identifier à lui.

— Si tu veux me crier après, Lily, vas-y, dit Tynan d'un ton rude. Mais il n'y a aucun moyen de revenir sur ce qui s'est passé. Ce qui importe, c'est le moment présent. Et tu dois choisir entre moi et la protection de la plus puissante dynastie de vampires au monde, ou Damien et ses méthodes imaginatives pour abréger la vie des gens.

Ses traits anguleux ne révélaient maintenant rien d'autre qu'une ferme détermination. Et toutes traces de vulnérabilité s'étaient envolées... si elle ne les avait pas seulement imaginées au départ.

— Je veux que tu partes. Je veux qu'on me laisse en paix. Dis à ta reine de trouver quelqu'un d'autre.

— Il n'y a personne d'autre, répliqua Tynan. Ton don est devenu plus rare qu'il ne l'a jamais été. Il m'a fallu des mois pour trouver une seule voyante : toi. Et si ça n'avait pas été moi, Lily, un autre aurait fini par s'en charger.

Lily le regarda tandis qu'un sentiment de désespoir menaçait de la consumer.

— Une voyante ? C'est ce que tu crois que je suis ? Et qu'est-ce que je suis censée être en mesure de voir, hein ? L'avenir ? Je ne peux pas faire ça. Le cœur et l'esprit des gens ? Tu es mal foutu dans ce cas aussi. Je ne suis ni une télépathe ni une clairvoyante. Et je pense que tu as commis une terrible erreur.

Ses paroles étaient pour elle aussi amères qu'elles en donnaient l'impression. Mais Tynan ne sembla pas le moindrement dissuadé. Quand il reprit la parole, sa voix était douce, mais insistante.

— Peut-être que tu n'y crois pas, Lily, mais tu portes les signes extérieurs — davantage, en fait, que je n'en connaissais l'existence — du type d'humain qui peut voir les créatures captives entre le monde des vivants et celui des morts. Ça n'a rien à voir avec le don de la prophétie, mais avec celui de la voyance, et tu devrais en être capable aussi. Tu ne le sais peut-être pas encore, mais tu peux être guidée.

Elle déglutit, entendant le son humide dans sa gorge.

— Alors tu dis que je devrais être capable de voir les fantômes ?

— Entre autres choses. Les vampires peuvent faire des prouesses incroyables, mais nous ne pouvons pas voir au-delà du moment présent. Le fait de cheminer avec la mort comme nous le faisons semble annihiler notre capacité de voir au-delà.

Sa voix se durcit légèrement.

— Contente-toi d'être heureuse que j'aie été envoyé par quelqu'un qui se soucie de l'état dans lequel tu vas arriver, ajouta-t-il.

Elle sentit la chair de poule s'étendre sur sa peau. Elle n'avait jamais vu un fantôme ou en tout cas n'en avait jamais été consciente. Toutefois, il en allait autrement de son cauchemar. Il était plus réel que les seuls fragments récurrents d'un mauvais rêve. Elle l'avait toujours su, tout comme elle savait qu'il y avait quelque chose d'étrange à propos du tatouage qui lui brûlait la peau à son réveil. Mais ce cauchemar, cette vision ou quoi que ce soit, ne lui avait jamais fait un quelconque bien — il était seulement là, une partie déplorable d'elle-même. Il lui semblait terriblement injuste que sa vie ne tienne maintenant qu'à un fil pour cette raison.

— Je ne vois pas quoi que ce soit que je puisse faire pour aider quelqu'un, insista-t-elle en luttant contre un début de désespoir. Et ceci, ajouta-t-elle en indiquant du doigt les débris dans son vestibule, est-ce que c'est une chose que ta reine voudra obtenir de moi ? Quel rapport cela a-t-il avec la voyance ?

Puis elle montra le tatouage qu'elle avait si longtemps essayé de cacher, lequel se trouvait maintenant exposé parce que son mince chandail était en lambeaux.

— Tu voulais savoir comment j'ai eu ça, qu'est-ce que ça signifie. Je ne le sais pas non plus !

L'expression de Tynan s'assombrit quand il regarda sa marque.

— Oui. Je suppose que nous devrons éclaircir ça en premier. Cette marque est… inhabituelle. Comme le sont tes capacités.

Il semblait mécontent et son honnêteté la surprit, mais il était évident que ses objections ne l'avaient nullement dissuadé.

— Peut-être que je m'en fiche, dit-elle même si elle avait du mal à seulement émettre le mensonge. Peut-être que je ne veux pas savoir ce qu'il signifie.

Mais l'énergie qui l'habitait, celle qu'elle avait éveillée si brutalement en elle, se faisait encore sentir, impossible à ignorer. Elle ne savait pas comment s'en servir, comment la maîtriser. Elle ne l'avait jamais su. Et maintenant qu'elle avait été libérée, elle allait commencer à chercher encore un exutoire.

— Damien n'est pas facile à effrayer, fit doucement Tynan. Mais j'ai vu la peur sur son visage. Cette peur ne fera que le rendre plus dangereux pour toi parce qu'il va s'efforcer encore davantage de détruire ce qu'il craint. Tu as besoin d'être protégée, Lily. Que tu le veuilles ou non.

— Et si je refusais tout bêtement ton aide ? demanda-t-elle en essayant de garder sa voix stable.

Il haussa un sourcil et son regard devint dur comme l'acier.

— Il n'y a pas de refus possible. J'aurais cru que tu l'aurais compris, maintenant. Si tu continues à ignorer la raison, alors je vais prendre la chance de ne voir en toi que rien de plus ou de moins qu'une voyante humaine dotée d'une étrange marque qui ressemble bizarrement à celle d'un vampire. Je vais te conduire de force à Arsinoé et tu pourras constater jusqu'où te mènera le fait de cracher au visage d'un pharaon. Alors, tu pourras découvrir ce que la reine des Ptolémées et sa cour pensent de ton petit symbole sans que tu le saches jamais toi-même. Et si tu échoues à faire ce pour quoi on t'a amenée…

Il laissa sa phrase en suspens, la voix dangereusement suave.

Lily était heureuse qu'il ait choisi de ne pas finir sa phrase.

Elle le fixa d'un air impuissant.

— Mais qu'est-ce qui va arriver si je ne suis rien, Tynan ? Si je ne peux pas avoir de visions ou faire quoi que ce soit que tu me crois capable de faire et que je ne suis qu'un autre type de monstre de foire ? As-tu l'intention de faire savoir à ce Damien qu'il peut cesser d'essayer de me tuer si ça se produit ?

Tynan secoua lentement la tête.

— Non. Il va considérer ce qui s'est passé ce soir comme un affront personnel. Quoi qu'il en soit, j'ai bien peur que tu doives rester cachée jusqu'à ce qu'il soit mis hors d'état de nuire. Ça peut prendre quelque temps, selon les raisons que ses maîtres sont prêts à écouter. Mais ma reine promet de te ramener à ta vie, à ta maison, quoi qu'il arrive. Du moment que tu coopères, il s'agit d'un arrangement temporaire.

Il était devenu pratiquement immobile et sa voix avait quelque chose d'étrange, de régulier, comme s'il récitait simplement quelque chose qu'il avait pratiqué plusieurs fois auparavant. Jusqu'à ce moment, Lily avait trouvé sa présence perturbante, mais il avait été étrangement sincère. Curieusement, son honnêteté à propos de qui il était et ce qu'il était l'empêchait de le craindre comme elle avait craint Damien. Jusqu'à maintenant. Sa promesse sonnait faux. Lily le regarda directement dans les yeux, sans broncher. Il bougea la tête, mais son regard ne la quitta pas. Malgré cela, elle était certaine qu'il mentait. Peut-être à propos de peu de choses… peut-être à propos de tout.

Malheureusement, ça n'avait pas beaucoup d'importance. Le résultat serait le même.

— Un arrangement temporaire ? demanda Lily. Qu'est-ce que c'est pour toi, cent ans ou plus ?

Le regard de Tynan se fit glacial.

— Le seul autre choix, c'est de te laisser à Damien jusqu'à ce que tu deviennes inutile. Il te trouverait en un instant de toute façon. C'est ce que tu préférerais ?

— Comment savoir que je peux te faire confiance ? dit-elle en exprimant sa plus grande préoccupation.

Cet étranger s'attendait à ce qu'elle se sauve dans l'obscurité avec lui. Elle ne voulait pas être son prochain repas.

Il lui décocha un sourire dépourvu d'humour et Lily éprouva un frisson en entrevoyant la part du tueur impitoyable en lui.

— Tu ne le sais pas, bien sûr. Mais tu as ma parole, pour ce qu'elle vaut, répondit-il en lui tendant la main pour sceller l'accord. Je ne peux pas te mordre, Lily. Si tu es une vraie voyante, le venin d'un vampire te privera de ton don, et j'ai intérêt à le préserver. Une malédiction invisible s'abat sur la dynastie que je sers, la Maison des Ptolémées. Sans une voyante qui puisse montrer à Arsinoé, la reine des Ptolémées, quelle est la source du mal, son peuple cessera d'exister. Et si j'échoue à lui amener cette voyante, ou même si celle que je trouve se révèle être davantage un danger qu'une aide, alors je vais aussi cesser d'exister.

Ses paroles touchèrent Lily malgré elle, malgré le peu qu'elle comprenait de la situation. À cet instant, il semblait si malheureux que Lily fut incapable de résister au besoin inhabituel qu'elle éprouvait de le réconforter.

— Je suis si désolée à propos de ton peuple, commença-t-elle, mais elle s'arrêta brusquement quand elle vit une lueur dangereuse traverser le regard de Tynan, une manière brutale de lui rappeler que peu de choses le distinguaient des créatures qui essayaient de la tuer. Ils étaient tous des vampires, des monstres, si seulement une partie des légendes sur eux étaient vraies.

— Ils ne représentent pas *mon peuple*, répliqua-t-il d'une voix dure. Je ne suis pas un Ptolémée.

Lily cligna des yeux, confuse devant sa déclaration et sa soudaine colère.

— Mais je pensais…

— Je suis un chasseur et rien de plus, mais un chasseur dont la tâche est très importante. Assez discuté. Ce n'est pas ici que nous allons trouver ce que nous devons savoir et je n'ai pas beaucoup de temps. Damien s'est sauvé, mais il ne tardera pas à revenir.

Elle n'eut pas la possibilité d'accepter ou de nier ce fait. En une fraction de seconde, Tynan se trouva près d'elle et la saisit par le bras pour la tirer hors de la pièce. Il ne lui faisait pas vraiment mal, mais sa poigne était solide et le changement soudain qui s'était produit en lui surprit Lily au point qu'elle obéit. Elle se laissa entraîner hors de la maison, luttant pour s'adapter aux longues enjambées de Tynan.

Il s'arrêta un instant sur le petit trottoir devant la maison, penchant la tête vers l'arrière pour humer l'air. Lily le regarda, le cœur au bord des lèvres. Elle n'était pas certaine de ce qui était pire : en finir avec tout ça maintenant, grâce à Damien le vampire psychopathe, ou foncer tête première vers l'inconnu avec Tynan. Une reine des vampires ? Un groupe de vampires qui se faisait appeler les Ptolémées ? Ce nom éveillait en elle un vague souvenir. Elle l'avait entendu ou vu quelque part…

— Dans l'auto, fit Tynan en la ramenant brusquement à la réalité.

Il semblait satisfait de ce qu'il avait (ou n'avait pas) senti dans l'air nocturne. Affolée à l'idée que tout cela se passait si vite, elle tenta de gagner du temps. Mais elle était déjà allée trop loin.

— Mais… je n'ai pas mes clés…

Il les agita devant son visage, un reflet argenté sous le clair de lune.

— Dans l'auto, répéta-t-il en ayant l'air ravi pour une fois qu'elle se trouve sans voix.

Ça ne dura pas longtemps.

— Ma bourse, commença-t-elle, tirant une sorte de plaisir pervers devant la grimace qu'il fit en même temps qu'il la propulsait vers la voiture.

— Elle ne contient rien dont tu auras besoin.

— Mais... merde, Tynan, attends! cria-t-elle en se braquant au moment où il se mettait à la tirer plutôt qu'à la pousser.

Ses efforts n'eurent aucun effet contre la force qu'il exerçait et, à son grand désarroi, il ne semblait même pas se donner de la peine. Elle tourna la tête vers sa maison, la porte soigneusement fermée, dissimulant le chaos à l'intérieur qui serait inévitablement découvert, et bientôt.

L'état des lieux inquiéterait sérieusement la personne qui trouverait la maison ainsi. Elle saurait qu'elle était partie.

Elle penserait qu'elle était morte.

Peut-être qu'elle le serait.

— Je n'ai ni vêtement ni argent, pas même une foutue brosse à dents. Tynan... attends!

Ce fut probablement l'angoisse dans sa voix qui le fit s'arrêter. Il se retourna pour la regarder avec ses yeux argentés, si félins dans l'obscurité, brillants d'une lueur qui ne pouvait provenir que de l'intérieur. L'espace d'un instant, Lily espéra qu'il voie ce qu'il était en train de faire, qu'il se rende compte qu'il l'arrachait à une vie qu'elle aimait, à une vie dont elle avait besoin, sans même lui laisser un moment pour absorber ce fait, pour mettre les choses en ordre — sans même dire adieu.

— Tu promets de me ramener, dit-elle, avide d'entendre même un mensonge crédible. C'est tout ce que j'ai.

Elle ignorait pourquoi elle avait dit ça, pourquoi elle venait de révéler à un parfait étranger la triste réalité de sa vie. Mais c'était dit. Puis elle vit quelque chose dans la façon dont il la regardait, un éclair de compassion qui la précipita au bord des larmes. Il pouvait très bien la trahir. Mais à ce moment, elle vit qu'il comprenait exactement ce qu'elle éprouvait.

— Je te promets de te ramener quand tout sera fini. Mais d'ici là, tu as ta vie et tu m'as. Tu n'auras besoin que de ces deux choses. C'est compris ?

Lily s'accrocha à cette idée. Elle n'avait pas d'autre choix.

— Je... comprends.

Puis, en un éclair, il ouvrit brutalement la porte de la voiture et la déposa dans le siège du passager avant qu'elle puisse rassembler suffisamment ses idées pour émettre une autre parole. Tandis que le moteur démarrait et que Tynan reculait rapidement jusqu'à la rue, tout ce à quoi elle pouvait songer, c'était que peu importe ce qui allait arriver ensuite, la vie qu'elle avait aimée, qu'elle s'était si soigneusement construite, était terminée. Toutefois, il y avait une minuscule lueur d'espoir dans toutes ces ténèbres. Elle allait peut-être apprendre, finalement, quelle était cette malédiction qui pesait sur elle depuis tant d'années. Elle pourrait même découvrir comment la contenir, la maîtriser et, bien sûr, s'en servir pour s'échapper une fois qu'elle aurait élaboré un plan réaliste.

Elle demeura silencieuse tandis qu'ils descendaient sa rue à toute vitesse, laissant derrière elle sa maison et tout ce qu'elle contenait des objets familiers de son existence. Dans le rétroviseur, Lily la regarda s'éloigner, une seule larme traîtresse dévalant le long de sa joue.

Elle était maintenant entre les mains d'un séduisant monstre.

Et qu'elle le veuille ou non, elle se dirigeait de nouveau vers l'obscurité.

CHAPITRE 6

L'ÉLÉGANTE LEXUS NOIRE de Ty filait dans la nuit sur l'auto-route à une vitesse qui aurait été impossible sans un très dispendieux et très illégal détecteur de radar installé dans le coffre à gants. Ils avaient passé la journée à dormir dans une petite ville quelconque de l'est de la Pennsylvanie et retardé leur départ au soir pour que Lily puisse acheter quelques vêtements et trucs indispensables. Il avait été impressionné par la rapidité avec laquelle elle avait fait ses choix. Mais même s'il n'était pas un homme qui appréciait le bruit et l'énervement, le silence glacial de Lily lui était presque devenu insupportable. Le fait de remplir l'abysse silencieux des dernières vingt-quatre heures avec des fragments de monologues était très vite devenu étrange, puis irritant, puis profondément déprimant. Ce fut sans doute pourquoi la voix de Lily, quand elle parla finalement, insuffla de petites étincelles de plaisir plutôt qu'un simple soulagement dans tout son corps.

— Alors, nous allons à Chicago, dit-elle sans le regarder, d'une voix douce et basse. Pour y rencontrer une femme avec qui tu avais l'habitude de travailler ?

— Elle s'appelle Anura, répondit Ty en jetant un rapide coup d'œil au joli profil de Lily, à l'aspect déterminé de sa mâchoire.

Il détourna les yeux quand ces petits éclats de chaleur devinrent un peu trop intenses à son goût.

— Depuis plus d'une centaine d'années maintenant, elle possède une boîte de nuit du nom de Mabon, à Chicago.

— Un club de vampires.

Maintenant, elle semblait seulement renfrognée, et il réprima un sourire. Elle s'habituerait bien assez vite aux buveurs de sang.

— Oui, un club de vampires, acquiesça Ty, et un très bon. C'est un des rares qui réussissent à n'être ni exclusivement réservé aux sangs-nobles, ni exclusivement réservé aux bas de caste. C'est un difficile équilibre à atteindre, mais elle y parvient. Je n'ai pas tant travaillé avec elle qu'elle m'a aidé quelquefois quand j'en avais extrêmement besoin. Anura est une bonne personne. Et avec ses antécédents, je pense qu'elle pourra identifier ta marque ou nous orienter dans la bonne direction si elle ne le peut pas. Elle est elle-même issue d'une très longue lignée de sangs-nobles, continua-t-il en se remémorant à quel point la situation d'Anura avait été différente quand il l'avait rencontrée pour la première fois. Même si les Empusae refusent désormais de la considérer comme leur sœur.

— Sangs-nobles et bas de caste, répéta-t-elle avec un soupir. Tout cela semble un peu... archaïque.

Le mécontentement dans la voix de Lily céda rapidement la place à la confusion et à une lassitude qui le toucherait s'il se laissait aller.

— Tu es habituée de vivre dans la clarté du jour, Lily, répliqua Ty doucement, plus heureux qu'il n'aurait dû l'être du fait qu'elle ait finalement engagé la conversation avec lui.

Il savait qu'il devrait être dur, froid, le type de chasseur et de tueur qu'il avait passé des années à devenir. Mais ici, empreint de son odeur et beaucoup trop conscient de la douleur qu'il lui avait déjà infligée, Ty se sentit faiblir, réagissant à des instincts qu'il ignorait même avoir.

— Nous parcourons les mêmes rues, vivons dans les mêmes villes, mais mon monde est complètement différent du tien, poursuivit-il. D'où je viens, le sang représente le pouvoir. Ta marque est ta destinée. Et les humains sont soit de la nourriture, soit des esclaves, soit de jolis jouets qui amusent un temps avant d'être jetés. Si tu veux éviter de devenir une de ces choses, ou les trois, alors tu dois absolument prêter attention à ce que je te dis.

— OK, tu vois, tu m'as déjà perdue, dit Lily. Qu'est-ce que tu veux dire par «ta marque est ta destinée»? Quelle marque?

Plutôt que de répondre, il porta la main à son collet, qu'il tira pour exposer sa clavicule droite. Il vit Lily retenir subitement son souffle et sut qu'elle avait compris.

— Oh mon Dieu!

Sa marque faisait partie de lui depuis si longtemps qu'il ne la voyait même plus quand il regardait dans le miroir. Mais il la connaissait intimement — c'était ce qu'il était, ce que son créateur, ce foutu sadique, avait décidé qu'il deviendrait : le nœud celtique formé de deux chats allongés, noirs comme la nuit. Et à l'arrière-plan, suffisamment large pour que le nœud semble fixé en son centre, l'ankh des Ptolémées.

La première marque avait fait de lui un paria et la seconde, un esclave.

— Mon créateur était un Cait Sith, dit-il d'une voix calme en sentant l'intensité du regard de Lily sur sa peau.

Du coin de l'œil, il la vit porter la main à sa propre clavicule. Il ramena son col sur sa marque et remit sa main sur le volant.

— C'est une lignée sans dirigeant, sans pouvoir centralisé. On dit qu'elle est imprégnée de sang fée, et ça pourrait fort bien être vrai. Nous avons nos talents, bien sûr : il est utile de pouvoir se transformer en chat et nous sommes des chasseurs incroyablement habiles, même parmi les créatures dont l'acuité des sens dépasse naturellement et de loin celle des humains. Mais on nous considère malgré cela comme des bas de caste. Des chats de gouttière, comme beaucoup nous appellent.

Il tenta de dissimuler l'amertume dans sa voix. Longtemps auparavant, il avait dû accepter que, dans le monde de la nuit, il y avait certaines choses qu'on ne pouvait tout simplement pas changer.

— Et... comment la marque est-elle apparue sur toi ?

Il savait qu'elle s'interrogeait à propos de sa propre marque.

Tout comme lui.

— Au moment de ta création, c'est-à-dire quand tu es fait vampire par un autre, une partie du marché consiste à ce qu'après qu'il ait bu de ton sang, tu boives du sien. Si tu tiens à la vie, tout au moins. Son sang te marque. Je ne sais pas comment décrire ça autrement, dit Ty. Mais la marque apparaît au moment où ta transformation est complète.

Il s'interrompit un instant.

— Elle peut être modifiée, poursuivit-il en se souvenant de la façon dont son sang avait brûlé quand l'ankh avait été ajouté, la façon dont son sang de Cait Sith s'était rebellé contre cette seule goutte de sang des Ptolémées. Mais elle ne peut jamais être effacée. C'est de cette façon dont nous sommes connus. Qui nous sommes.

C'était étrange de parler de tout ça avec quelqu'un d'autre. Il n'avait lui-même jamais créé un autre vampire et il avait juré de ne jamais le faire. Il n'infligerait jamais à quelqu'un ce qu'on lui avait fait subir, à savoir condamner cette personne à vivre avec une marque qui générait la dérision, la peur et souvent la pauvreté.

Il eut l'impression qu'elle pouvait lire ses pensées. Du coin de l'œil, il voyait Lily qui le surveillait avec une intense curiosité.

— Et qui es-tu alors, Tynan MacGillivray? Tu m'as dit que tu ne faisais pas partie de ces Ptolémées que tu t'efforces tant de protéger. Alors, qu'est-ce que ta marque signifie pour les autres vampires?

— La chose la plus importante qu'elle signifie, c'est que je suis un bas de caste, dit-il en haussant les épaules. Ce qui me rend indigne d'être remarqué par tous sauf les Ptolémées, qui ont tendance à préférer mon type quand ils ont besoin que des gens fassent le sale boulot pour eux. Chaque dynastie a ses préférences. Mais ce sont les Ptolémées, les Empusae, les Dracul, les Grigori et quelques autres petites dynasties disséminées ici et là qui détiennent le pouvoir. Les sangs-nobles, les descendants des dynasties dont l'origine remonte à un dieu — ou un démon — particulier représentent ce que tu pourrais considérer comme notre aristocratie.

Elle fronça soudainement les sourcils.

— Euh, peut-être que je comprends de travers, mais si ces Ptolémées te trouvent si indigne, pourquoi essaies-tu de les sauver?

Ty dépassa à toute allure une autre voiture, remarqua qu'il filait à cent quarante et se dit qu'il devrait ralentir un peu. Il essaya de se détendre, de s'efforcer de se laisser aller. Lily ne s'intéressait qu'aux réponses, et n'essayait pas de le juger, se dit-il. Mais c'était tout de même difficile. Il n'était pas habitué à ce qu'on l'interroge. Qu'on le méprise, oui, mais pas qu'on lui pose des questions.

— Parce que d'une certaine façon, je fais partie d'eux, dit-il en découvrant de nouveau brièvement sa marque pour expliquer. L'ankh ici — qui ressemble un peu à une croix avec une boucle à son sommet — est apparu quelques années après ma création. C'est Arsinoé elle-même qui m'a donné juste assez de son sang pour la faire apparaître.

Il la recouvrit encore, perturbé par le vif intérêt que Lily y portait.

— Je suis le chasseur personnel de la reine et je suis excellent dans ce que je fais. Soit dit en passant, je ne suis pas censé les sauver. C'est plutôt toi. Je facilite seulement les choses.

— Merci de me le rappeler.

Il sourit en entendant l'intonation irritée dans sa voix.

— Tu ne veux pas avoir la satisfaction de sauver la plus ancienne dynastie de vampires et de mériter la gratitude éternelle de la reine?

— J'aurais préféré avoir un choix.

Il éprouva un bref élan de sympathie.

— Parfois, tu dois seulement accepter ton sort.

— Et parfois, tu te fais enlever par l'animal domestique de quelque salope de vampire.

Ses paroles avaient été prononcées sur un ton impétueux, et Ty se sentit cruellement touché même s'il savait que ce n'était pas là l'intention de Lily. Elle ne faisait que se libérer de sa colère et elle paraissait déjà perdue dans ses propres pensées. Mais elle ne pouvait savoir à quel point ses paroles étaient proches de la vérité. Son côté animal l'avait depuis des siècles condamné à subir de telles remarques : « sale chat de gouttière », « animal domestique des Ptolémées », « chat errant »...

— Je ne suis pas un animal domestique, grogna-t-il.

Il se sentait tout à coup obligé de faire en sorte que Lily voie, qu'elle comprenne. Il n'avait aucune idée de la raison pour laquelle il se souciait de ce qu'elle pouvait penser, mais il n'aimait pas être qualifié d'animal domestique. Est-ce que Néron et les gens de son acabit ne répétaient pas sans cesse la même chose ? Grâce à ses efforts, ça n'avait plus d'importance pour lui. Il se croyait immunisé.

Et pourtant, il était là à se défendre devant cette simple mortelle. Ty réfléchit un moment sur la façon d'expliquer tout ça à quelqu'un qui n'avait jamais vécu dans son monde. De façon générale, ceux qui vivaient au soleil avaient abandonné les anciens systèmes de castes. Mais dans l'obscurité, l'ancien monde vivait et respirait encore. Et son style de vie se perpétuait aussi.

— Écoute. Quand tu es un bas de caste, soit que tu te bats constamment, soit que tu travailles pour une dynastie. Je préfère servir, être apprécié et récompensé pour mes talents que de mourir de faim.

Il lui jeta un coup d'œil.

— Dis-moi que tu ne ferais pas la même chose.

Lily poussa un soupir et enfouit ses mains dans ses cheveux.

— Je ne sais pas. Je ne suis pas un vampire. Mais... ouais, peut-être. Peut-être.

Puis elle murmura :

— Désolée à propos de l'animal domestique. Mauvaise blague. Je suis seulement… Je n'ai pas encore digéré tout ça. Cette Arsinoé met ma vie sens dessus dessous, Damien et ceux pour qui il travaille essaient d'y mettre fin, et personne parmi eux ne me connaît. Ta reine peut me promettre tout ce qu'elle veut, mais pour l'instant, ma vie à Tipton est complètement bouleversée. Quand même… je suis désolée. Tu as été vraiment gentil. Pour un kidnappeur vampire.

Ce n'était pas une parfaite justification, pensa Ty, mais c'était mieux que rien. Il se détendit un peu. Quant à Lily, elle semblait réfléchir. Elle demeura muette pendant un moment, puis elle dit doucement :

— Alors, parle-moi de ces Ptolémées. Qu'est-ce que c'est, du grec ancien ? J'ai souvent entendu ce nom.

Il se sentit en terrain plus solide.

— Arsinoé est la plus jeune sœur de Cléopâtre. La dynastie tire son nom des Ptolémées, dit Ty. Ils sont surtout d'ascendance grecque, ce que la moyenne des gens semble avoir oublié.

Il sentit Lily le fixer de nouveau, mais pas de la façon qu'il aurait probablement préférée.

— La sœur de Cléopâtre.

— Ouais.

— Tu me fais marcher.

— Non.

— C'est… Écoute, Tynan, je suis peut-être une abrutie insomniaque, mais je regarde le canal Historia, OK ? Je me souviens avoir vu un documentaire là-dessus. Je savais que j'avais déjà entendu le nom d'Arsinoé. Il y a eu une émission sur elle. Cléopâtre a éliminé toutes les menaces contre son pouvoir, y compris sa plus jeune sœur. Cette femme était beaucoup plus une salope sans cœur que je l'avais pensé.

— Fais-moi confiance, c'est encore un sujet délicat, répliqua Ty tandis qu'il faisait la grimace en se souvenant de la dernière tirade d'Arsinoé à propos de sa célèbre sœur aînée on ne peut plus morte.

— Et Cléopâtre l'a vraiment fait assassiner. Tout au moins, elle le croyait. Il était très mal vu de faire exécuter les prisonniers romains ayant une grande valeur politique. Mais comme nous le savons tous maintenant, Cléopâtre était très... persuasive. C'est une triste histoire, et je ne la raconterai pas, mais quand Arsinoé agonisait, les dieux ont eu pitié d'elle. Sekhmet lui a transmis le don funeste, comme l'appelle la reine. Et en contrepartie, Arsinoé devait faire en sorte que la gloire des dieux et des déesses d'Égypte ne disparaisse pas dans la nuit des temps.

Elle le regarda d'un air dubitatif.

— Je ne dirais pas qu'ils en ont eu pour leur argent, alors. L'ancienne religion égyptienne me semble assez poussiéreuse.

— Parmi les Ptolémées, elle est encore très vivante. Et ça semble suffire à ceux qui ont créé Arsinoé.

La voix de Lily se durcit.

— Et qu'est-ce qu'il en est de tout ce truc des sangs-nobles et des bas de caste ? Du marquage des serviteurs ? Du fait de maltraiter les gens en se fondant sur une chose qu'ils n'ont probablement pas choisie ?

Ty se sentit déchiré entre l'irritation qu'il éprouvait du fait qu'elle ait décidé de mettre l'accent sur cet aspect de la situation et le plaisir qu'elle se sente offensée pour lui.

— Qu'est-ce que tu veux dire ? demanda-t-il.

— Est-ce que les déesses et les dieux égyptiens approuvent ça ?

— Je le suppose, dit Ty en haussant les épaules. Pour autant que je sache, personne ne les a entendus depuis plus d'un millénaire. Bien que, même s'ils avaient...

— Ouais, je comprends. Tu ne fais pas partie du club et tu ignores ce qu'ils pensent.

Il tourna la tête vers elle tandis qu'ils filaient sur l'autoroute, dépassaient une sortie où les lumières des stations d'essence et des restaurants brillaient joyeusement en éclairant le ciel nocturne. Son expression furieuse le surprit et il comprit soudain à quel point elle était jeune et à quel point lui-même était devenu vieux et cynique. Il se souvenait à peine de ce que c'était que d'avoir en lui l'esprit combatif qu'affichait maintenant Lily. Mais ce qu'elle pouvait penser de la façon dont les choses fonctionnaient dans son monde n'avait pas d'importance. La société des vampires était comme ça. Point final. Il était dangereux de remettre en question la structure du pouvoir, de se demander pourquoi on devrait vénérer une marque tout en crachant sur une autre.

Une fois, longtemps auparavant, il avait essayé de se rebeller contre l'ordre établi, mais maintenant, il reconnaissait que son sort pourrait être bien pire. Il songea au malheureux membre des Ombres qui avait été châtié en étant condamné à la famine, puis relâché pour servir d'appât, et il sut qu'il faisait ce qu'il devait faire.

— Je me fiche de ce que tu penses des règles, Lily, parce que ce n'est pas moi qui les ai écrites. Mais il y a plein de gens qui les font respecter. Mes choix sont restreints et j'ai fait du mieux que je pouvais avec. La marque, c'est ce qui compte dans mon monde. Et si on y résiste, on ne dure pas longtemps.

Le silence s'installa entre eux tandis que Ty se perdait dans ses pensées en conduisant. Il s'était attendu à ce que Lily trouve son genre de vie étrange et même déplaisant, mais il avait été étonné de constater à quel point elle était outrée devant ce qu'elle considérait comme une injustice. Probablement parce que les seules fois où il interagissait avec des mortels, c'était quand il voulait boire, il y avait très longtemps qu'il n'avait jamais perdu de temps à se demander ce que les gens de l'extérieur pensaient de la société des vampires.

Il avait besoin de sortir davantage ou pas du tout.

— Tynan?

La voix de Lily brisant le silence mit un baume sur ses pensées. C'était le genre de voix qui pouvait apaiser un homme et le rendre vulnérable. Il savait qu'il devait y résister, rester sur ses gardes. Il essaya de s'isoler d'elle malgré leur proximité dans l'auto, de s'isoler des odeurs attirantes de savon et de shampoing qui recouvraient les odeurs naturelles de Lily. Il commença à saliver malgré lui et ses crocs commencèrent à s'allonger.

J'ai faim. Elle me donne de l'appétit pour tant de choses…

— Tu peux m'appeler Ty.

Il ne savait pas ce qui lui avait fait dire ça ou pourquoi il encourageait une telle familiarité avec une femme qui n'était rien de plus et rien de moins qu'une cible précieuse. Mais ses paroles lui avaient échappé avant qu'il ne puisse les arrêter.

— Ty?

— C'est comme ça que tout le monde m'appelle, dit-il en essayant de ne pas ployer les épaules de manière défensive quand il entendit la confusion dans la voix de Lily. Tu sais, c'est moins encombrant. Et ça ne me rappelle pas autant ma mère s'apprêtant à me donner des taloches.

Lily sembla réfléchir pendant un long moment et Ty se reprocha d'avoir montré de la faiblesse. Que savait-il encore des interactions avec les humains, et surtout avec des femmes humaines qu'il n'avait pas l'intention de mordre ? Maintenant, elle allait le ridiculiser ou simplement ignorer ce qu'il venait de dire. Oui… Peut-être que ce serait mieux ainsi.

Mais sa voix était beaucoup plus chaleureuse quand elle parla de nouveau et Ty sentit quelque chose de minuscule, mais d'incroyablement important changer entre eux. Il avait commis une erreur, mais c'en était une qui malgré tout l'excitait dans quelque recoin secret de lui-même.

— Ty, alors. Y a-t-il déjà eu un humain ordinaire né avec une marque de vampire ?

— Pas que je sache.

— Est-ce que les vampires peuvent avoir des enfants ?

Il essaya d'imaginer des bébés en train de sucer du sang.

— Heureusement, c'est impossible.

— Oh.

Sa voix était douce et paisible, et Ty ressentit pour elle un autre élan de sympathie dont il se serait passé. Il était peut-être un bas de caste parmi les vampires, mais il savait tout au moins ce qu'il était et il connaissait sa place. De toute évidence, ce n'était pas le cas de Lily. Et il avait commencé à avoir la nette impression qu'elle ne l'avait jamais connue.

— J'aimerais seulement savoir ce que signifie cette chose, dit-elle en posant la main sur sa clavicule et sur le dessin compliqué dissimulé sous sa blouse.

— Eh bien, répondit-il tandis que la voiture s'éloignait à toute vitesse dans la nuit, c'est ce que nous allons essayer de découvrir.

CHAPITRE 7

QUELQUES HEURES PLUS tard, alors que le soleil était sur le point de se lever et que le ciel passait du noir à un gris terne et sale, Lily était assise dans une chambre faiblement éclairée de quelque motel familial dans l'ouest de l'Ohio. Elle était assise sur le bord du seul lit de la pièce, plus fatiguée qu'elle ne l'avait jamais été de sa vie et pourtant incapable de se détendre suffisamment pour dormir. Elle le devait, pourtant. Elle allait avoir besoin de toutes les forces dont elle pourrait disposer.

Elle s'aperçut plutôt qu'elle regardait Tynan. Non, Ty, se corrigea-t-elle en essayant de se faire croire qu'elle n'était pas complètement absorbée par chaque gracieux mouvement félin qu'il faisait, fascinée à la fois par sa beauté surnaturelle et par l'être paradoxal qu'elle découvrait déjà en lui. Lily n'avait aucun mal à croire que Ty était tout autant un tueur que Damien et que ces Ombres qui la poursuivaient. Il était probablement toutes sortes de choses, pensa-t-elle en l'observant dans le faible reflet lumineux du téléviseur. Probablement que la plupart de ces choses étaient absolument horribles.

Et pourtant, il avait fait preuve de gentillesse à son égard alors qu'il n'y était pas obligé. Il lui avait parlé, vraiment parlé, lui brossant un tableau rudimentaire d'une société de vampires qui fonctionnait d'une manière qui lui était totalement étrangère. Et sous le mince vernis de froideur de Ty, elle avait perçu chez lui de brefs moments d'humour, de souffrance et même de compassion qui l'avaient incitée à le connaître davantage.

Tous deux avaient forgé le début d'un lien. Lily savait qu'elle devrait le rompre maintenant avant qu'il ne devienne plus solide. C'était un tueur d'une autre époque qui l'avait arrachée de son foyer ! Et elle… elle n'était que Lily. Un peu bizarre, un peu malchanceuse, et ouais, un peu télékinétique, mais tout de même seulement Lily Quinn.

Elle tourna de nouveau les yeux vers le superbe dos de Ty et soupira. Plus facile à dire qu'à faire. Beaucoup plus facile.

Elle entendit un doux bruissement de tissu alors que Ty finissait de préparer la chambre pour le jour. Heureusement, il ne semblait pas se rendre compte qu'elle l'observait attentivement. Il était trop occupé à installer la douillette du lit devant les rideaux en s'assurant qu'aucune lumière ne pénétrerait la pièce. Les oreillers supplémentaires avaient été poussés contre l'espace au bas de la porte et le signe NE PAS DÉRANGER suspendu à la poignée extérieure.

La lumière de la seule lampe qui illuminait la petite chambre sordide était déjà pâle, et elle disparut tout à fait quand Ty l'éteignit au moment où il finissait de transformer la chambre en une grotte pour la journée. Le cœur de Lily s'accéléra dans sa poitrine lorsque la pièce fut plongée dans l'obscurité, et ses yeux, inadaptés, clignèrent sans rien voir. Sa respiration devint terriblement forte dans ses oreilles. Ty n'émettait aucun son.

Puis le lit bougea sous son poids.

— Donne-moi tes mains, *mo bhilis*.

La voix de Ty tendit délicieusement ses nerfs, comme des ongles sur du velours. À contrecœur, Lily sentit croître en elle la conscience aiguë de sa présence. Il avait une odeur étrange, envoûtante, et sa seule proximité la fit frissonner dans l'attente de ce qui pourrait se passer.

— Pourquoi?

— Pour que je puisse les attacher, évidemment.

— Tu vas encore me lier les mains? demanda Lily en espérant que le serrement de cœur qu'elle éprouvait ne transparaissait pas dans sa voix.

Comment pouvait-il l'attacher maintenant? Hier, elle avait détesté ça, mais au moins, elle comprenait. Maintenant, toutefois, il s'était ouvert à elle, tout au moins un peu. Il lui avait donné l'impression qu'elle était davantage qu'un simple pion dans tout ce jeu. Et sa récompense pour avoir été aimable en retour était d'être attachée comme une prisonnière?

— Tu n'as pas besoin de faire ça, cette fois, lui dit-elle d'un ton ferme. Si j'avais voulu essayer de m'enfuir, je l'aurais fait bien avant.

— Heureux de te l'entendre dire, fit Tynan d'une voix plus douce que ses paroles. Pourtant, je suis sûr qu'une femme intelligente comme toi serait d'accord sur le fait que, compte tenu de la situation, il vaut mieux être prudent. Qu'est-ce que je ferais si, par exemple, tu décidais de te lever et de jeter un coup d'œil par la fenêtre? Je me retrouverais incinéré. Ou tu pourrais simplement décider de m'assassiner pendant mon sommeil. Il est arrivé des choses plus étranges encore.

Sa voix était si raisonnable qu'elle rendit Lily furieuse.

— Je ne suis pas comme ça.

— Je ne te connais pas, répliqua-t-il, avec une pointe d'avertissement dans sa voix douce.

Ça n'aurait pas dû la déranger. En quoi se souciait-elle de ce que cette créature pensait d'elle ? Et pourtant, son affirmation désinvolte selon laquelle elle pourrait commettre un geste stupide ou assassin s'il la laissait libre lui restait sur le cœur.

— Je ne suis pas idiote, fit-elle d'un ton plus rude qu'elle ne l'aurait voulu. Je t'ai dit que je voulais savoir la signification de mon tatouage. De plus, est-ce qu'on ne s'est pas déjà entendus sur le fait que si je m'enfuyais, j'aurais toujours un assassin à mes trousses ? Et je n'ai pas de pieux de bois sur moi. Je ne suis pas Buffy[1]. Je serais cuite.

Elle l'entendit grogner dans l'obscurité et constata qu'elle avait réussi à l'amuser, mais le fait de savoir qu'il la trouvait drôle ne la fit pas se sentir mieux.

— Quoi ? demanda-t-elle sur un ton irrité.

— Tu ne peux pas nous tuer avec des pieux, ma chère. Tu aurais besoin d'une lame. Tu penses que tu aurais la force de trancher la tête d'un homme ?

Elle prit un ton délibérément suave en lui répondant :

— Si tu es curieux à ce point, je veux bien essayer.

Cette fois, il rit, et le son soyeux de sa voix provoqua un frisson de plaisir le long de l'échine de Lily. C'était ridicule d'échanger des mots d'esprit avec lui, de le pousser, bien que le renseignement sur la façon de tuer un vampire avait son utilité, même s'il était tout à fait dégoûtant. Mais elle était heureuse d'avoir fait sortir Ty de son mode de

1. N.d.T. : Allusion à la série télévisée américaine *Buffy the Vampire Slayer* (*Buffy contre les vampires*, en version française).

112

sous-fifre vampire insensible, et heureuse également d'avoir dû y mettre si peu d'efforts.

— Tu as la langue bien pendue, femme.

Elle pouvait entendre le sourire dans ses paroles, transformant l'insulte en une sorte de compliment renversé. Lily sentit sur ses propres lèvres l'amorce d'un sourire, sentit ses muscles commencer à se détendre grâce à ce plaisant badinage. Les yeux de Ty s'allumèrent tandis qu'il la regardait, des yeux de chat brillant d'un gris pâle dans l'obscurité épaisse qui les entourait. C'était tout ce qu'elle pouvait voir.

— Ça fait partie de mon charme.

— Ouais. C'est ça.

Il y avait une certaine dureté dans son ton et Lily se sentit de nouveau tendue, mais cette fois d'une manière très différente. Elle savait qu'il regardait ses lèvres. Elle les sentit devenir chaudes, comme si son regard était une sorte de baiser. Le désir, non souhaité, mais indéniable, papillota nerveusement dans son ventre. Décontenancée, Lily essaya de ramener la conversation sur un sujet moins dangereux.

— Écoute, Ty. Ce qui importe, c'est que je ne vais pas mutiler ton corps ni te faire brûler. Je ne vais même pas faire grimper la facture de téléphone. Mais tu ne vas pas essayer de m'attacher encore une fois.

Elle s'arrêta en se demandant s'il valait la peine de faire appel au meilleur côté de sa nature. Mais la chaleur qui émanait de ses yeux la fit se décider.

— Le fait d'être attachée dans une chambre de motel toute la journée pendant que tu dors, ou quoi que ce soit, me fait vraiment horreur. Hier, j'ai réussi à dormir seulement parce que j'étais épuisée. Aujourd'hui, je vais juste rester assise ici. S'il te plaît, ne me fais pas ça.

Il hésita pendant un moment.

Puis sa main frôla les siennes. Lily les retira brusquement, surprise par la sensation de sa peau contre celle de Ty, par la façon dont son aveuglement dans cette noirceur semblait avoir intensifié son sens du toucher. Elle s'y attendait si peu qu'elle ne put émettre qu'une simple supplique.

— S'il te plaît, dit-elle d'une voix à peine plus forte qu'un murmure.

La voix de Ty se fit douce, enrouée et étrangement apaisante.

— Donne-moi tes mains, *mo bhilis*. Je ne vais pas te faire de mal. Je pense que je peux t'aider si tu me laisses faire.

L'idée était si attrayante de laisser quelqu'un d'autre la calmer, de laisser juste un peu les choses entre ses mains assez longtemps pour qu'elle puisse se reposer. Et aussi étrange que cela lui semblait, elle était certaine que la proposition de Ty était sincère. Encore une autre pièce énigmatique du puzzle qui prenait de plus en plus une forme extrêmement attirante.

— Tu vas quand même m'attacher ?

— Je ne peux pas prendre le risque de te laisser libre même si la possibilité que tu t'évades est minime. Mais ça n'aura pas d'importance pour toi si tu dors. Laisse-moi t'aider, Lily. Je n'ai pas beaucoup de talents, mais c'en est un que je suis heureux de partager avec toi. Et, je te le promets, c'en est un aussi que tu vas apprécier.

Elle céda. Elle savait que c'était là une proposition qu'elle serait stupide de refuser. Sans un mot, elle lui tendit ses mains, qu'il saisit d'une manière étonnamment délicate. Il commença à entourer ses poignets avec ce qui lui sembla être une mince corde, liant ses mains au moyen d'un nœud qui lui parut compliqué même sans le voir. Elle pencha la tête, essayant de regarder ce que ses yeux s'efforçaient de saisir dans l'obscurité. Lily se rendit compte avec tristesse que chaque frôlement de la peau de Ty contre la sienne était une torture, mais non parce qu'il lui répugnait. Les souvenirs de leur première rencontre l'envahirent de nouveau et elle sentit une chaleur se répandre en elle tandis qu'elle se souvenait de la sensation de ses mains dans ses cheveux, de son corps contre le sien.

De ses lèvres sur sa peau.

— Ne regarde pas ce que je fais. Regarde-moi dans les yeux, dit-il.

Sa voix était basse, hypnotique, attirant le regard de Lily à l'endroit où il voulait qu'il soit. Elle eut le souffle coupé devant la façon dont ses yeux brillaient comme des lunes jumelles. Il y avait là un tel pouvoir, une sorte de force et de détermination impitoyable qu'aucun humain ne pouvait posséder. Se sentant troublée, elle essaya de détourner les yeux, mais elle était captive, apparemment incapable de bouger. Elle eut un sursaut de panique.

— Non, non, ne fais pas ça, murmura-t-il, et une fois de plus, sa voix agit comme un baume sur ses nerfs à vif. Détends-toi, Lily. Regarde-moi et oublie tout le reste. Juste pour l'instant. Plus d'inquiétude. Plus de peur. Seulement toi et moi ici et maintenant. Laisse-toi aller.

La respiration de Lily ralentit. Les paroles de Ty lui semblaient comme une caresse et elle découvrit qu'il était facile, si merveilleusement facile, de se concentrer sur le moment, pourvu qu'elle garde les yeux fixés sur les siens. Tandis que les mains de Ty bougeaient sur les siennes, nouant la corde, elle trouva de plus en plus difficile de se soucier du fait qu'il était en train de l'attacher. Son contact était doux et Lily y réagit en se calmant. Les paroles de Ty se répercutaient dans son esprit comme une mélopée.

Seulement toi et moi… toi et moi… toi et moi…

Tynan finit de lui lier les poignets, mais ses mains s'attardèrent sur sa peau, sa chair froide contre la chaleur de la sienne, maintenant ce contact quasi électrique entre eux à mesure qu'il se prolongeait. À travers son brouillard extatique, Lily devint tout à coup pleinement consciente de la proximité de Ty, de la tension intense avec laquelle il la scrutait maintenant.

Il lui semblait si naturel, si juste, de laisser la paix que Ty lui avait insufflée se modifier d'une manière subtile pour devenir un besoin. Quelque chose en elle, dans les recoins extrêmes de sa conscience, voulait lutter, mais Lily s'en détourna, ne souhaitant rien d'autre que le sanctuaire qu'était pour elle en ce moment le regard argenté de Ty. Elle oublia d'un coup les horreurs de la nuit, ne gardant à l'esprit que le moment présent. Ses seins lui parurent plus gonflés, plus tendus, et le désir surgit en un petit nœud agréable tout au fond de son ventre.

Des longs doigts élégants caressèrent ses mains, et un pouce baladeur frotta ses jointures, provoquant des frissons sensuels le long de ses bras. Son souffle se fit plus court lorsque les mains de Ty glissèrent jusqu'à ses coudes, les prenant dans ses paumes tandis qu'il s'approchait, glissant vers l'avant aussi doucement que le chat qu'il pouvait devenir. Lily absorba goulûment l'énergie qui semblait émaner de lui, le parfum sauvage qu'il dégageait. Ses lèvres s'écartèrent de désir.

Le son long et séduisant qu'il émit quand il se rapprocha encore, tandis qu'elle sentait son propre corps aller à sa rencontre, résonna dans tout son être. Elle eut le souffle coupé en sentant l'humidité sourdre entre ses jambes, ce désir ardent s'accroissant et la faisant vibrer.

C'était elle qui l'avait fait ronronner de cette façon.

— Lily, dit Ty en prononçant son nom comme une prière. Je veux seulement te goûter. Une seule fois, pas plus.

Elle songea vaguement que la promesse s'adressait à lui-même et non à elle. Toutefois, un instant plus tard, il s'était glissé contre elle, pressant son grand corps élancé contre le sien et Lily se retrouva incapable de penser ou de le repousser. D'un mouvement rapide et fluide, il l'étendit sur le matelas. Puis il repoussa ses bras, le seul obstacle entre eux, au-dessus de sa tête, et Lily sentit son corps fusionner avec une forme qui semblait conçue pour se mouler parfaitement au sien. Une des mains de Ty descendit le long de son corps et elle arqua le dos. En cet instant, il semblait inutile de nier le lien entre eux. Tout ce que Lily pouvait faire, tout ce qu'elle voulait faire, c'était d'en jouir.

La main de Ty remonta pour envelopper un sein tandis qu'il se soulevait au-dessus d'elle pendant une seconde fébrile, les lèvres qu'elle avait imaginées un nombre incalculable de fois, mais jamais goûtées, à quelques centimètres à peine des siennes. Et ses yeux, brillants dans les ténèbres, étaient magnifiques, incandescents...

Puis il s'abattit sur elle, prenant sa bouche en un lent et profond baiser, se fondant en Lily jusqu'à ce que sa pensée ne devienne que pure sensation, jusqu'à ce qu'elle ignore où elle se terminait et où Ty commençait. Son corps se souleva sous lui, impatient d'obtenir davantage, maintenant. Des vagues de plaisir la traversèrent pendant que la bouche de Ty, étonnamment douce, bougeait contre la sienne. Il la goûta, sa langue frottant la sienne par petits coups paresseux qui se firent plus profonde quand Lily bougea contre lui.

— Quelle douceur, murmura-t-il contre sa bouche.

Il semblait aussi hébété qu'elle se sentait.

Oui, put-elle seulement penser tandis que la respiration de Ty se faisait plus rude au moment où son corps musclé se pressait de plus en plus, de manière insistante, contre le sien. Lily bougea, le capturant entre ses cuisses si bien que son membre rigide se trouva fermement niché contre cette partie d'elle qui était humide et gonflée de pur désir. Il pressa ses hanches contre elle une fois, presque timidement, avec un soupir frissonnant qui devint gémissement, et Lily sentit monter en elle quelque chose de sombre et d'affamé.

Une chose qui voulait mordre, griffer, prendre. *Boire.*

Elle n'avait jamais rien éprouvé de tel auparavant. Mais elle avait le sentiment que c'était bien, que c'était juste, de s'y laisser aller ici dans l'obscurité. Elle l'embrassa avec plus d'ardeur, rendant le baiser dur, exigeant. Son pouls s'accéléra quand elle commença à lécher et à mordiller la lèvre inférieure de Ty entre ses dents, la tirant avant de la laisser aller. Il réagit par un grognement, un son totalement inhumain, ce qui ne fit qu'alimenter le besoin sauvage qui la stimulait.

Même son côté sombre avait découvert en Ty son égal.

Sa main se resserra durement sur son sein, puis pinça brusquement le bourgeon tendu de son mamelon. Lily frémit de plaisir, la douleur éphémère ne rendant la chose que plus agréable.

— Tu veux que je t'y amène, Lily? demanda-t-il d'une voix rauque. Je sens à quel point tu es proche... Ah, dieu...

Dans un souffle, il laissa échapper un mot qu'elle ne comprit pas, gaélique, supposa-t-elle. Quel qu'en soit le sens, il était sensuel en coulant de sa bouche. Puis Ty frotta de nouveau ses hanches contre elle, adoptant lentement un rythme qui rendit plus rauque la respiration de Lily. Elle serra les poings et se tordit contre lui, ne désirant rien de plus que de poser ses mains sur lui, d'avoir ses mains sur sa chair nue. La pression commença à s'intensifier en elle, ses pulsations au diapason des mouvements de Ty, tandis qu'il continuait à la dévorer.

Son souffle haletant ne fit que la provoquer. Ty laissa tomber sa tête en émettant un gémissement brut, et elle ne put se souvenir de rien qui ait jamais existé en dehors de ce gémissement. Le fait qu'elle se soit trouvée à sa merci provoqua chez elle une sombre excitation qui l'aurait scandalisée si elle avait pu éprouver autre chose que des sensations. Tout comme le fait de savoir que, d'une certaine façon, il se sentait dans le même état.

Elle voulait qu'il s'enfouisse en elle, voulait poser ses mains sur lui, l'explorer sans ces vêtements qui lui irritaient la peau entre eux.

Même alors, ça ne suffirait peut-être pas.

Elle pouvait sentir le cœur de Ty battre à tout rompre au même rythme que le sien, pouvait le sentir trembler comme un homme sur le point de perdre la maîtrise de lui-même.

Puis, en émettant un furieux juron, il se retira brusquement de l'autre côté du lit avec une telle force que Lily faillit en tomber par terre de son côté. Le vieux matelas à ressorts grinça, mais Ty ne dit rien. Tout ce qu'elle pouvait entendre, c'était sa respiration haletante. Et tout l'adorable détachement que lui avait procuré le talent de Ty, l'oubli de tout sauf du plaisir du moment présent, s'évanouit, ne laissant dans son sillage qu'une douleur creuse et insistante qui s'accompagna bientôt chez Lily de confusion et de honte. Elle avait lâché prise, s'était ouverte.

Et il l'avait rejetée.

Dehors, le soleil avait sans aucun doute monté à l'horizon, le monde s'illuminant. Mais ici, c'était pour le vampire le moment de dormir. Et malgré le tourbillon d'émotions négatives qui faisait rage en elle, Lily décida qu'elle n'allait sûrement pas laisser Ty s'endormir sans lui dire quelque chose, n'importe quoi, à propos de ce qui venait de se passer. La tête lui tournait encore, et elle avait mal à des endroits dont elle ignorait même qu'ils pouvaient la faire souffrir en raison d'une pure poussée d'énergie sexuelle inassouvie. Une moitié d'elle aurait voulu le frapper à coups de poing pour avoir si complètement profité d'elle, et au diable la façon dont elle s'était abandonnée à lui.

L'autre moitié envisageait sérieusement de ramper jusqu'à lui et de se l'envoyer. C'était la partie des deux qui l'effrayait, celle qu'elle essayait de toutes ses forces d'ignorer. Mais Lily avait vu, sans l'ombre d'un doute, qu'elle n'était pas la seule à sentir cet étrange lien qui les unissait. C'était la réaction de Ty devant cette situation qui la faisait rougir dans la noirceur.

— Eh bien? demanda-t-elle finalement dans un murmure rauque. Tu ne vas pas au moins dire quelque chose?

Il le fit et son accent irlandais ne put dissimuler le mépris, le pur dégoût, dans son intonation.

— Que le diable t'emporte, femme, dit-il.

— Quoi?

— Tu n'étais pas censée aimer ça.

Elle demeura bouche bée. En un instant, tout ce qu'il lui avait fait ressentir se métamorphosa en quelque chose de tordu et de repoussant.

Plus jamais, pensa Lily, même si le goût de Ty s'attardait encore sur ses lèvres et que sa bouche était encore délicieusement enflée à la suite de son tendre assaut. Elle lui avait fait confiance. Elle avait fait une erreur.

— Tu es un salaud, Tynan, dit-elle en manière de bonne nuit.

— Oui, répliqua-t-il d'une voix tendue après un moment. Et tu ferais bien de ne pas l'oublier.

Ce furent ses dernières paroles avant que sa respiration ne devienne profonde et égale, résolvant au moins une énigme pour Lily à propos de la nature du repos des vampires pendant la journée. Il n'était pas mort. Il était seulement endormi. Le trou du cul.

Elle demeura étendue pendant quelque temps, enragée, à écouter le rythme lent et régulier de la respiration de Ty. Et finalement, même si elle ne l'avait pas cru possible, Lily sombra dans le sommeil.

Et dans des rêves d'incendies dans les ténèbres.

CHAPITRE 8

IL Y AVAIT des années qu'elle n'était venue à Chicago. Lily se rendit compte qu'elle s'en souvenait à peine même si, en réalité, la plupart de ses lointains souvenirs de voyage ne représentaient que des images instantanées de l'intérieur d'hôtels chics et une multitude toujours changeante de nounous. Même si elle s'était suffisamment promenée dans la ville pour avoir certains souvenirs clairs de l'endroit, elle était pratiquement sûre de n'être jamais allée dans cette partie de la ville, sauf peut-être par accident. Elle regarda autour d'elle, essayant de ne pas rester bouche bée devant le spectacle fascinant qui s'étalait devant ses yeux. Elle voyait des cheveux de toutes les couleurs de l'arc-en-ciel, des piercings à des endroits où elle n'aurait jamais envisagé de faire passer un objet pointu, et beaucoup de cuir et de vinyle. Et du caoutchouc. Et du métal.

Tous les visages étaient d'une pâleur mortelle.

Ty marchait près d'elle, paraissant beaucoup moins étranger à cet endroit qu'elle ne se sentait. Elle avait l'air... eh bien, normale, supposa-t-elle. Mignonne et ennuyeuse. Ty, quant à lui, avait l'allure d'un Heathcliff[2] moderne, parcourant les rues de la ville plutôt que les landes. Son long manteau noir s'agitait autour de ses jambes, et Lily devait s'efforcer de rester à sa hauteur, même si elle ne l'aurait jamais admis.

---

2. N.d.T. : Personnage du roman *Les hauts de Hurlevent* d'Emily Brontë.

— Arrête de fixer les gens. Ça te ralentit.

Son ton était sec, mais Lily crut y détecter une pointe d'amusement. Elle lui jeta un regard mauvais, serra la mâchoire et continua de marcher. Il n'allait pas réussir à provoquer une réaction chez elle. Pas après ce qu'il avait fait et après le silence à la fois furieux et embarrassant pendant le trajet du motel jusqu'ici.

Évidemment, il n'y avait qu'elle qui était en colère maintenant, pensa Lily. Ty passait du chaud au froid en un instant. Perdue dans ses pensées, elle dut s'écarter rapidement pour éviter une femme chauve d'au moins deux mètres de taille, qui semblait avoir une affection malsaine pour les épingles de nourrice et qui ressemblait à Pinhead dans *Hellraiser*.

Le vent était devenu frisquet en soirée et Lily se sentit le bout du nez froid pendant qu'elle respirait l'odeur de smog et la venue prochaine de la pluie, de même que ce qu'on cuisinait dans le petit restaurant chinois de l'autre côté de la rue. Son estomac gronda pitoyablement. Elle était pratiquement certaine que Ty avait oublié qu'elle avait besoin de manger régulièrement, mais son orgueil l'empêchait de s'en plaindre. Pas tout de suite en tout cas. Le beignet et le soda qu'elle avait attrapés au 7-Eleven quelques heures plus tôt allaient devoir faire l'affaire.

— Fais attention, l'avertit Ty au moment où elle venait de tourner la tête vers un autre personnage étrange et qu'elle trébucha quelque peu sur le trottoir inégal.

— Je ne fixe pas, siffla-t-elle en fixant quand même avec de grands yeux le gars d'environ son âge, assez mignon en fait, qui avait réussi à ériger ses cheveux en longues pointes d'une trentaine de centimètres au-dessus de sa tête.

Il lui fit un clin d'œil et Lily ne put malgré tout s'empêcher de lui sourire en retour avant de se mettre à rougir et de baisser la tête. Une seconde plus tard, Ty avait silencieusement glissé un bras dans le sien.

— J'aurais cru ne pas avoir besoin de le dire, mais flirter nous ralentira aussi.

Elle le regarda d'un air furieux et tenta de s'éloigner.

— Je ne flirte pas. Non pas que ça te regarderait si je le faisais.

Il lui jeta un rapide regard et l'intensité dans ses yeux lui donna envie de se fondre en une flaque là, sur le trottoir. *Stupide*, pensa-t-elle, sa colère remontant à la surface.

— *Mo bhilis*, je pensais te l'avoir dit. Pour l'instant, tout ce qui te concerne me regarde.

Sa poigne s'accentua et elle faillit se braquer pour lui laisser essayer de la tirer le long de la rue. La quasi-certitude qu'il le ferait réellement fut la seule chose qui la fit continuer de marcher.

— Arrête de m'appeler par cette petite expression idiote, marmonna Lily. Et ne me parle pas. Je veux seulement qu'on en finisse au plus vite avec ça.

Ty émit un profond soupir et ses longues enjambées ralentirent d'abord, puis s'arrêtèrent. De mauvais gré, Lily le regarda tandis que les gens défilaient autour d'eux, indifférents. Ty pencha la tête vers l'arrière, en regardant un ciel trop brillant pour laisser voir ses étoiles. Il demeura silencieux un moment, mais Lily se garda de parler, intéressée malgré elle à ce qu'il allait dire.

— Écoute. À propos de ce matin…

Lily scruta son visage et découvrit qu'elle n'avait pas la force de l'attaquer sur ce sujet. Son incertitude et sa sincérité étaient trop évidentes. Après quelques instants, il pencha la tête pour la regarder avec un air de sombre détermination.

— Je n'aurais pas dû te toucher. C'est contraire à ma nature de profiter de quelqu'un de cette façon. Je ne m'attends pas à ce que tu me croies, mais c'est vrai.

Lily hocha la tête, sincèrement curieuse.

— Alors, pourquoi l'as-tu fait ?

Ty pinça les lèvres, scrutant le sol, les sourcils froncés.

— Je ne sais pas, Lily. Quelque chose chez toi… La raison n'a pas d'importance, dit-il en secouant la tête de frustration. Ce qui importe, c'est que j'ai commencé à perdre mon sang-froid avec toi, et ça ne peut pas se produire. Pas quand il est essentiel de te garder en sécurité. Trop de choses en dépendent.

— Je n'étais pas en sécurité ? demanda Lily en se remémorant la façon dont elle s'était sentie dans ses bras, belle et puissante, et aussi en sécurité qu'elle ne s'était jamais sentie dans sa vie.

Ty croisa son regard et l'appétit à peine contenu qu'elle y décela était renversant — et sombrement excitant.

— Quand je te touche, dit-il d'une voix douce, je veux planter mes dents en toi. Et ça signifierait la mort de toute une dynastie. Je peux te protéger contre quoi que ce soit d'autre — Damien, une armée entière d'Ombres, n'importe quoi qui rôde la nuit. Je n'avais pas conscience que je devrais travailler si fort pour te protéger contre moi.

Elle n'était pas habituée à l'honnêteté brutale, mais elle fut touchée d'une manière qu'aucune excuse n'aurait pu le faire. Elle acquiesça.

— J'accepte tes excuses. Et… merci.

Il arqua les sourcils.

— Pourquoi?

Elle lui sourit timidement.

— Pour m'avoir donné des explications. Et pour avoir pris la peine de t'excuser.

— Oh. Bien.

Il passa une main dans ses cheveux et trouva quelque chose d'intéressant où porter son regard sur sa gauche.

— Nous devrions continuer, poursuivit-il. Le Mabon n'est pas loin et j'aimerais y arriver avant que l'endroit déborde de gens. Plus tôt nous y serons, plus nous aurons la possibilité d'avoir un moment de conversation avec Anura.

Ils repartirent et cette fois, Lily laissa sans hésitation reposer sa main dans le creux du bras de Ty. C'était peut-être idiot, mais l'honnêteté embarrassée de Ty l'avait rendue encore plus certaine que, si elle devait être entraînée dans le monde souterrain des vampires, c'était l'être le mieux en mesure de la protéger.

Tandis qu'ils se frayaient un chemin en descendant la rue, les pensées de Lily se tournèrent vers Bay et le lunch qu'elles étaient censées prendre ensemble. Peut-être pourrait-elle trouver un moyen d'appeler son amie et de lui faire savoir qu'elle allait bien, si jamais elle pouvait s'éloigner de Ty suffisamment longtemps pour y arriver. Elle ne doutait pas que Bay ait découvert le chaos qu'elle avait laissé derrière et qu'elle supposait déjà le pire. Le fait de savoir que cette situation faisait du mal à son amie — qui avait le cœur sur la main comme personne d'autre — suscita chez elle un sentiment terrible.

Une autre matière à préoccupation, même si, supposait-elle, ses parents se réjouiraient de la voir faire la une des journaux, sautant sur l'occasion de jouer les victimes éplorées. Finalement, elle avait réussi à faire quelque chose qui pourrait leur plaire.

Elle soupira et, agacée par la tournure amère qu'avaient prise ses pensées, Lily ramena une mèche de cheveux derrière son oreille et évita de justesse une autre collision. Dans son empressement à atteindre la boîte de nuit, Ty semblait naviguer seul à travers la foule.

— Je n'avais aucune idée à quel point vous étiez nombreux, dit-elle en enfreignant la règle de Ty de ne pas fixer les gens et en étirant le cou pour saisir chaque détail autour d'elle.

Le quartier était quelque peu miteux, mais fascinant. Et même si ce n'était que le mercredi soir, les rues étaient remplies de citoyens du monde de la nuit. Il y avait ici et là des gens ordinaires comme elle, mais bien peu, et ils ressortaient clairement du lot. Savaient-ils parmi qui ils marchaient ? se demanda Lily. S'en souciaient-ils ?

— Hmm ? fit Ty en la regardant d'un air absent.

Il semblait chercher quelque chose et Lily constata en scrutant son visage qu'il humait l'endroit. Étrange et... cool, en quelque sorte, décida-t-elle. Elle préférerait de loin pouvoir se transformer en chat à volonté plutôt que de projeter les meubles en l'air avec son esprit.

— Je l'ignorais, répéta-t-elle, et quand il la regarda d'un air ébahi, elle comprit qu'il n'avait pas entendu un mot de ce qu'elle avait dit.

Il s'arrêta et haussa les sourcils dans sa direction comme si elle avait parlé dans une langue étrangère. Lily soupira, jeta un coup d'œil autour d'eux pour s'assurer que personne n'écoutait, puis se leva sur la pointe des pieds et murmura dans son oreille :

— Tous ces vampires. Je ne savais pas que vous étiez si nombreux!

Quand elle s'écarta, Ty sembla finalement comprendre et une lueur d'amusement joua momentanément sur ses traits sévères.

— Les humains ont les idées les plus ridicules, fit Ty tandis qu'ils marchaient, un peu plus lentement maintenant. Ce ne sont pas des vampires. Tous des mortels, je le crains.

Lily le regarda, les sourcils froncés.

— Alors, où sont les vampires?

— Ils s'occupent tranquillement de leurs affaires et s'arrêtent probablement de temps en temps pour rire devant le spectacle qui les entoure. La boîte de nuit d'Anura était ici avant que ces gens arrivent, mais je suppose que ça crée une certaine atmosphère.

Il jeta un coup d'œil autour de lui et grogna.

— Ce sont tous des idiots. Ils sentent notre présence. Ils veulent ce que nous avons. Ils n'ont aucune idée de ce qu'ils s'attirent.

Un groupe de collégiennes les dépassa en trombe, l'air sombre, superbes, et donnant l'impression qu'elles dévoreraient avec joie le cœur de tout homme qui croisait leur chemin. Ty ne semblait pas impressionné, mais Lily éprouva une pointe de jalousie en les voyant passer, imaginant à quel point elle devait paraître terne par rapport à elles. Elle avait toujours désiré de tout cœur posséder assez de confiance pour vivre sans se soucier des convenances, mais elle était plutôt devenue une observatrice discrète, gardant ses secrets, protégeant ce qui lui appartenait. Se fondant dans la foule.

— Tu es plus jolie, dit Ty, et elle vit qu'il la regardait depuis un moment et qu'il avait vu toutes les émotions transparentes qui avaient traversé son visage.

Lily leva les yeux vers lui, puis les détourna, embarrassée.

— Il me semblait t'avoir entendu dire que tu ne pouvais pas lire mes pensées.

— Je ne peux pas. Elles sont là, sur ton visage.

Merde.

— Ce n'est rien, dit-elle. Je me sens juste un peu bizarre. C'est comme... comme la petite maîtresse d'école d'un coin perdu qui se retrouverait dans le monde imaginaire de Wes Craven[3]. J'ai l'air ridicule dans ce quartier.

Ty l'examina tandis qu'ils tournaient un coin de rue.

— D'après mon expérience, il faut ouvrir l'emballage pour atteindre les morceaux les plus savoureux. Tu ne devrais pas tant t'inquiéter. La reine des toiles d'araignées là-bas n'est rien de plus qu'un emballage. Et crois-moi, elle aurait un goût horrible.

L'expression dégoûtée qu'il prit, si sincère, la fit rire.

C'est-à-dire, jusqu'à ce qu'elle constate qu'il l'avait entraînée dans une ruelle obscure. Elle essaya de le ralentir, ce qui fonctionna à peu près aussi bien que la nuit précédente, c'est-à-dire pas du tout. Son cœur commença à marteler dans sa poitrine. Elle se rappela qu'ils étaient ici parce qu'ils prévoyaient réellement rencontrer d'autres vampires. Mais elle ne s'était pas attendue à ce que la chose se produise si vite.

Elle aurait préféré que ça n'arrive jamais, mais il était trop tard.

---

3. N.d.T. : Réalisateur américain de plusieurs films d'horreur à succès.

Vers le milieu de la ruelle, en pleine obscurité, Ty s'arrêta et se tourna pour lui faire face. Lily entrevit la tension sur ses traits et sa propre tension grimpa immédiatement en flèche.

— Oh, mon Dieu! Ne me dis pas. C'est Damien? Nous avons été suivis?

Sa voix était tremblante et elle se sentit à peine mieux quand Ty secoua la tête.

— Non. C'est seulement... qu'il y a quelque chose que tu dois mettre avant que nous descendions.

Il plongea une main dans sa poche et en tira un morceau de tissu. Lily regarda, l'esprit confus, tandis qu'il le dépliait, révélant un ruban de velours cramoisi. Elle le regarda agiter ses doigts, fascinée par leur élégance et par la grâce de leurs mouvements. Elle ne comprenait pas pourquoi le ruban avait une telle importance, mais ce devait être une chose qui valait la peine qu'elle s'inquiète. Elle ne l'avait pas vu aussi nerveux depuis qu'il avait senti dans l'air ce qui les traquait au collège.

À la fois curieuse et inquiète, Lily attendit simplement son explication.

— Relève tes cheveux, dit-il.

Elle commença à comprendre ce qu'il allait faire, mais non son but. Ses doigts la frôlèrent tandis qu'il passait le ruban autour de son cou, puis le nouait en une petite boucle sur le côté. Il devait se rapprocher d'elle pour le faire, se trouver suffisamment près pour que Lily sente sa respiration sur son visage. Elle réprima un frisson, souhaitant tout en ne souhaitant pas qu'il continue et se souvenant de son avertissement.

Il termina assez rapidement, bien que Lily aurait pu jurer que ses doigts s'étaient attardés juste un peu plus longtemps sur sa jugulaire qui révélait le rythme croissant de son pouls. À ce moment, ses yeux changèrent de nouveau, et elle perçut ce terrible appétit, ce désir ardent. La beauté et la tristesse de cette expression lui coupèrent le souffle.

Qu'est-ce qui t'est arrivé ? se demanda-t-elle en reconnaissant des blessures encore ouvertes. Après tout, elle en avait elle-même quelques-unes.

Puis ce fut terminé. Lily se passa la langue sur les lèvres, souhaitant ramener un peu de salive dans une bouche qui s'était asséchée comme un désert. Le minuscule mouvement de sa langue attira l'attention de Ty pendant un bref instant, mais elle vit ses mâchoires se serrer tandis qu'il détournait les yeux.

— À quoi ça sert ? demanda-t-elle d'une voix qui lui sembla étrangère.

Rauque. Invitante. Bien qu'involontairement, le sombre désir qu'il avait suscité en elle ce matin-là, cette créature de la nuit inconnue qu'elle s'était sentie devenir sous ses doigts agiles, semblait destiné à se manifester chaque fois qu'il s'approchait d'elle.

— Ça signifie que tu es une *sura*, répondit-il tandis que sa voix devenait un murmure. Ça signifie que tu es... euh... la concubine d'un vampire. En l'occurrence la mienne.

Elle eut soudain l'impression que le ruban se serrait autour de son cou.

— Con... concubine ?

L'idée ne lui semblait pas plus agréable qu'à elle, mais c'était une mince consolation.

Ty expira et parut nerveux.

— Écoute, il y a une seule raison pour qu'une mortelle puisse se trouver dans un club de vampires. Elle doit appartenir à quelqu'un pour y être. Certains ne gardent qu'une seule amante humaine. Ceux qui peuvent se permettre d'avoir un peu de diversité dans leur vie en ont davantage. C'est logique, continua-t-il sur la défensive, de garder sous la main un donneur de sang plutôt que de risquer sa vie en chassant chaque nuit.

— Hum, dit Lily, l'air furieux. Alors pourquoi tu sembles sur le point de vomir ?

— Ce club où nous allons, le Mabon, est un peu dur. Comme je te l'ai dit, on y trouve toutes sortes de gens, ce qui signifie beaucoup de bas de caste qui veulent passer du bon temps et une poignée de sangs-nobles qui flânent en cherchant des femmes, des problèmes, ou les deux. Évite de paraître choquée par quoi que ce soit et, pour l'amour du ciel, ne fixe personne. Je ne veux pas que des vampires peu recommandables te remarquent. Anura n'a jamais été du genre à se cacher, alors espérons que nous allons la trouver rapidement.

Elle l'espérait. Si elle risquait sa vie en se rendant dans un lieu plein de gens qui pourraient vouloir la dévorer, ça serait bien que ce ne soit pas pour rien. Et quoi que ce soit qui puisse retarder sa rencontre avec Arsinoé la reine des vampires était bienvenu, puisque c'était un événement de sa vie qu'elle n'avait pas encore tout à fait accepté. Pourtant, cette affaire de concubine...

— Alors quoi ? Je suis censée te dévisager avec de grands yeux et me promener comme si j'étais pratiquement lobotomisée ?

Il sembla irrité.

— C'est ce à quoi ressemble une bonne esclave, ouais. Mais crois-moi, si je pouvais en trouver une pour te montrer comment agir, je le ferais. Mais dans les circonstances actuelles, nous sommes pris pour jouer le jeu. Tu penses pouvoir t'en sortir ?

S'il pouvait en trouver une pour me montrer comment agir... Lily se souvint de la forte attirance qu'elle avait éprouvée pour Ty cette première nuit, cette envie insensée qu'elle avait eue de se jeter dans ses bras et qui l'avait saisie complètement par surprise. Elle supposa que c'était ce dont il parlait et qu'elle pouvait la réprimer, quoique difficilement, quand il s'agissait de lui. Damien avait essayé et elle n'avait rien ressenti. Ce qu'il lui avait fait ce matin ne comptait sans doute que comme une douce servitude, mais il avait besoin de toute sa collaboration, et il ne s'était pas vraiment agi d'une manipulation de l'esprit. Malgré cela, elle devait se tenir sur ses gardes. Juste au cas.

— S'il y a une chose que je peux bien faire, répondit Lily, c'est jouer la comédie.

Ce n'était peut-être pas inné chez elle, mais elle l'avait fait pendant une grande partie de sa vie. Et pas d'une bonne manière.

Toutefois, même si elle ne l'avouerait jamais, il ne lui serait pas difficile de passer la nuit à flatter servilement Ty. Pas du tout. Elle pourrait même aller jusqu'à le caresser un peu.

Oh, comme elle était perverse. Lily ploya les épaules quelque peu et soupira, ce que Ty sembla interpréter comme de la résignation. Tant mieux, se dit-elle.

— Allons-y, alors, dit-il. C'est là-bas, dans la prochaine ruelle.

Elle lui emboîta le bas.

— Ne t'inquiète pas pour moi, fit-elle. Je ne suis pas aussi remarquable. Je vais me mêler aux autres.

Ty ne la regarda pas, mais sa voix était sombre.

— Tu parles !

7) poussent une lourde porte de métal et
dans le club caverneux et faiblement éclairé

CHAPITRE 9

L E MABON ÉTAIT caché par nécessité, et il était peu dispen-dieux parce que ses clients insistaient pour qu'il le soit et crasseux parce qu'il avait toujours été ainsi. On ne pou-vait y accéder qu'au fond d'une ruelle, par une porte sem-blable à toutes les autres. Un escalier menait à ce qui avait déjà été le sous-sol d'un immense édifice du tournant du siècle, et malgré sa réputation douteuse, l'endroit était tou-jours rempli de vampires à la recherche d'une ou de deux choses : du sang ou des ennuis.

Souvent, les imprudents trouvaient les deux.

Lily était profondément inquiète au moment où elle et Ty poussèrent une lourde porte de métal et pénétrèrent dans le club caverneux et faiblement éclairé. Il lui avait dit de ne rien fixer des yeux, mais c'était difficile de ne pas être quelque peu choquée au premier regard. Pas étonnant qu'il se soit moqué des humains déguisés là-haut. Parce qu'il lui sembla que les vampires, les vrais, avaient beaucoup plus de talent qu'elle pour choisir des vêtements peu voyants. Il n'y avait entre eux et le reste de l'humanité qu'une diffé-rence notable : ces gens étaient d'une beauté à faire perdre la tête.

Des yeux qui luisaient faiblement dans la semi-obscurité se tournèrent vers eux quand ils entrèrent, rem-plis d'une curiosité un peu plus que polie. Deux videurs, musclés et intimidants, flânaient juste à l'intérieur de l'entrée. L'un d'eux portait un t-shirt sans manches, et un tatouage tribal compliqué et magnifique s'étirait tout au long de son bras. Ses yeux, d'un bleu lumineux, clignèrent avec intérêt en voyant Lily, et elle le vit remarquer le ruban autour de son cou.

— Bonsoir, beauté, dit-il avec un demi-sourire paresseux. Bienvenue au Mabon.

— Elle m'appartient, gronda Ty à son côté, pour détourner sur lui l'attention du videur.

Lily rougit en percevant le fort sentiment de propriété dans ces paroles. Personne n'avait jamais parlé d'elle d'une pareille façon. Elle continua de regarder son visage, espérant paraître suffisamment amourachée.

Le videur grogna à son tour.

— Je parierais que ce ne sera plus le cas à la fin de la nuit. Montre-moi ta marque, étranger.

Elle vit Ty serrer les dents, vit le dangereux éclair dans ses yeux.

— Depuis quand vérifie-t-on la lignée au Mabon? D'habitude, tout le monde était bienvenu, ici. Ça a changé?

Le videur se contenta de le dévisager d'un air furieux, et il était évident qu'il n'allait pas bouger, alors Ty découvrit sa marque avec un petit geste sec de la main. Elle perçut l'expression de surprise de l'autre homme — et un mécontentement évident.

— Ça n'a pas changé du moment où tu n'es pas ici pour chercher les ennuis. Anura nous a dit de commencer à vérifier les marques après que quelques bons à rien portant l'ankh soient venus il y a deux semaines et qu'ils aient semé la pagaille. Pour l'instant, les Ptolémées ne sont pas bienvenus ici.

— Je ne suis pas un Ptolémée, répondit Ty d'un air impassible.

— Non? J'ai plutôt l'impression que tu leur appartiens. Et les chats ne gardent pas d'habitude une *sura* comme ça à moins d'avoir particulièrement bien agi pour leurs maîtres.

Le videur se pencha vers Ty, puis ajouta à voix basse :

— En fait, je n'ai jamais vu un chat entretenir une *sura*. Je sais qui tu es, chasseur. Dis à ta reine qu'il n'est pas ici et va-t'en.

Le cœur de Lily se mit à battre la chamade tandis qu'elle sentait le niveau de testostérone grimper à toute allure. L'autre videur, qui était tout aussi énorme que le premier, les surveillait attentivement. Et du coin de l'œil, elle pouvait voir qu'ils commençaient à susciter un certain intérêt de la part de quelques vampires près d'eux.

Ty répondit d'une voix tout aussi basse et tout aussi dangereuse :

— Je ne sais pas qui tu crois que je cherche, mais je ne suis pas ici au nom de la reine. En réalité, je suis venu voir Anura pour des raisons personnelles et qui ne sont donc pas de tes foutues affaires. Mais si tu préfères que je fasse une scène, je peux t'assurer que je n'aurai aucun problème à verser du sang pour entrer et que ce sera le tien. J'ai une réputation bien méritée.

Ils se fixèrent du regard pendant un long moment et Lily craignit que le videur ne recule pas, bien qu'elle se rendit compte en même temps qu'elle croyait chacune des paroles de Ty. Mais finalement, elle vit les épaules du videur se détendre tandis qu'il reculait. Malgré cela, son regard demeurait glacial.

— Bien. Elle est en train de danser. Mais je t'avertis. Si je m'aperçois que tu cherches des déserteurs, tu meurs. Les Ptolémées n'ont aucun pouvoir ici. Les Dracul dominent à Chicago et ils laissent les Empusae croire qu'ils contribuent à gérer la ville, mais tout ce que peuvent faire les Ptolémées, c'est de surveiller à distance et de rêver à ce qu'ils ne peuvent pas avoir. Peu importe à quel point ils le désirent.

Son regard se porta sur Lily.

— Écoute mon conseil, chérie. Flirte un peu, vends-toi. Tu peux avoir beaucoup mieux qu'un chat de gouttière, peu importe les jupes derrière lesquelles il se cache.

Elle était certaine qu'il s'agissait de la goutte qui allait faire déborder le vase, que Ty allait se battre (non pas qu'elle le lui aurait reproché), mais il se contenta de la tirer à l'intérieur du club en émettant à peine plus qu'un grognement menaçant, primal, en direction du videur qui s'adossa au mur, l'air satisfait.

Elle agrippa le bras de Ty en essayant d'attirer son attention. En voyant qu'il ne la regardait même pas, elle se planta devant lui et, se souvenant de ce qu'il avait dit à propos des apparences, elle se pressa contre lui pour pouvoir paraître amourachée pendant qu'elle murmurait furieusement à son oreille :

— Qu'est-ce qui s'est donc passé ? Pourquoi l'as-tu laissé te parler comme ça ?

Il glissa un bras autour de sa taille, l'attirant encore davantage contre lui. C'était une étreinte intime qui jurait par rapport à la colère qu'elle entendait dans sa voix.

— Aurais-tu préféré que je lui ouvre la gorge ? Je te l'ai dit, Lily, les choses fonctionnent différemment ici. Il faut que je trouve Anura et que je découvre ce qui se passe, si elle accepte de me parler. Reste près de moi et ne regarde personne.

Il s'écarta en lui jetant un regard d'avertissement, puis se tourna, lui saisit la main et la conduisit à travers la foule.

C'était révélateur, pensa-t-elle, qu'il n'ait même pas mentionné le fait que le videur l'avait traité avec un mépris évident. En fait, sauf erreur, ce n'était même pas ce qui le préoccupait à propos de cette prise de bec. Il lui avait dit que les gens de sa lignée étaient considérés comme des « chats de gouttière », mais cela n'empêcha pas Lily d'être outrée en voyant la chose se produire et en constatant que Ty l'acceptait. La seule consolation était que le videur semblait avoir une bonne dose de respect pour la prouesse de Ty, même s'il n'en avait aucun envers lui en tant que vampire. Si ce n'avait pas été le cas, elle était pratiquement sûre qu'ils se seraient trouvés tous deux de retour à l'extérieur à essayer de décider quoi faire ensuite.

Toutefois, Lily se rendit compte qu'elle comprenait pour la première fois l'idée que se faisaient les vampires d'une bonne soirée, et même si Ty lui avait dit de ne regarder personne, elle trouvait difficile d'agir d'une quelque autre façon.

C'était décadent. Elle ne savait pas comment décrire autrement ce qu'elle voyait. L'immensité du sous-sol avait été transformée en un antre d'opulence inégale et de débauche ostentatoire. Les planchers avaient été recouverts de bois franc qui luisait encore malgré tous les pieds et Dieu sait quoi d'autre qui les avaient foulés pendant des années. Un grand bar circulaire dominait le centre de l'espace, mais Lily n'était pas certaine de vouloir savoir ce qu'on y versait dans de lourds gobelets de cristal suspendus au-dessus des têtes des barmen et qu'ils prenaient sans arrêt pour les remplir du liquide derrière le mur de gens qui lui cachait le comptoir. La musique remplissait l'endroit de battements et de pulsations qui se mélangeaient aux nombreuses voix pendant que les vampires bavardaient, flirtaient et se battaient. Et Lily était presque sûre d'avoir aperçu un bref moment une piste de danse à l'autre bout de la pièce. C'était presque amusant : l'existence d'un endroit comme celui-ci, inconnu, au milieu d'un quartier fourmillant d'humains qui donnaient l'impression de chercher exactement un lieu comme celui-ci.

Les murs étaient recouverts d'un tissu de soie qui chatoyait dans la lumière de centaines de chandelles. Il y en avait partout, s'agitant dans des bougeoirs, dansant sur les hautes tables de verre disséminées dans la salle, donnant de l'éclat à un endroit qui aurait dû être sombre et humide. Les piliers de ciment avaient été recouverts de bois, de marbre. Des miroirs à bordures dorées reflétaient les yeux sauvages de la foule. Et même si Lily était ébahie par l'endroit, c'était la foule qu'elle ne pouvait s'empêcher de regarder.

Au premier coup d'œil, elle se dit qu'ils ressemblaient à de magnifiques mortels, certains impeccablement vêtus et d'autres en jean. Mais il s'agissait de regarder un peu plus longtemps pour discerner la vérité. Dans leurs yeux dansait une lumière qui n'avait rien à voir avec les chandelles, et chaque bouche qui s'ouvrait pour parler, pour rire, pour gronder, révélait une paire de canines étincelantes. Plusieurs portaient des vêtements qui laissaient à nu leurs marques, et certains semblaient avoir intégré d'autres tatouages, comme le videur, pour mettre en évidence et améliorer les signes de leurs lignées. Ils bougeaient comme des danseurs, rapides et gracieux, et le bruit d'ensemble que formaient leurs voix avait la même musicalité que la chanson qui pulsait dans toute la pièce. Quant à cette pulsation...

Ty lui serra durement la main quand il s'aperçut qu'elle regardait, bouche bée, les yeux écarquillés, deux superbes hommes se partageant une jolie blonde qui portait aussi un ruban à la gorge. Il y en avait un derrière elle, un autre devant, et tous deux avaient les dents enfoncées dans son cou. Cependant, la blonde ne semblait pas s'en préoccuper. Ses yeux étaient fermés, son visage contorsionné de plaisir, et sa jupe était relevée pour faciliter...

— Si tu ne veux pas qu'ils t'invitent à te joindre à eux, alors arrête de les regarder, grogna Ty à son oreille.

Lily ne put qu'avaler difficilement sa salive et acquiescer. Elle réussit à détourner les yeux, mais elle ne semblait pas pouvoir reprendre son souffle. Elle se rendit compte qu'elle avait une idée de ce que cette femme ressentait en ce moment. Mais le fait de voir ça, de voir comment ça pourrait être, d'imaginer comment ça pourrait être si Ty décidait de la plaquer contre le mur...

Elle trébucha un moment quand Ty la tira vers l'avant, et elle aperçut un autre couple enlacé dans une semblable étreinte érotique. Personne ne semblait s'en soucier ; certains les regardaient, plus ou moins intéressés, tandis que la plupart les ignoraient. Il n'y avait aucune restriction ici, comprit Lily, ou en tout cas pas les mêmes qui s'appliquaient dans la majeure partie du monde humain.

Elle sentit soudain sa poitrine se serrer tellement sa peau était sensible. Et sa paume dans la main de Ty devint humide de sueur. Toute sa vie avait tourné autour de la maîtrise de soi et, jusqu'à un certain point, autour du déni. Le fait de se retrouver tout à coup dans un endroit où on semblait encourager, voire célébrer le laisser-aller sans pouvoir y participer était quelque peu renversant.

Et étonnamment attirant.

Il y avait dans l'air une odeur d'encens et de cire, et Lily se demanda si elle serait un jour capable de respirer l'une ou l'autre sans être submergée par le désir sexuel.

Puis elle sentit le souffle de Ty frôlant son oreille, provoquant de petits frissons sensuels sur sa peau, et elle sut qu'elle ne le pourrait jamais.

— Je vois Anura qui danse là-bas sous la lumière blanche, dit-il. Si elle te demande quoi que ce soit, ne réponds pas. Laisse-moi parler. Les choses ont changé ici, mais je ne sais pas trop dans quelle mesure.

Lily fut frappée du fait que Ty ne semblait pas être perturbé comme elle l'était. En réalité, il semblait plus tendu. Elle regarda la foule et vit immédiatement la femme dont il avait parlé. Elle n'aperçut que brièvement une beauté aux cheveux de jais dansant avec un abandon dont Lily n'avait pu que rêver jusque-là, avant que ne résonne une autre voix dangereusement proche.

— Eh bien, eh bien, murmura une voix à son oreille. Comment un chat de gouttière a-t-il réussi à enfoncer ses dents en toi, ma beauté ? Je pense qu'il est temps que tu gravisses un échelon dans le monde.

Lily se raidit. Tynan gronda. Elle était presque certaine que la soirée venait d'être complètement gâchée.

CHAPITRE 10

DAMIEN TREMAINE ÉTAIT adossé nonchalamment contre un immeuble non loin du Mabon, observant l'océan malodorant d'humanité grouillant aveuglément autour de lui. Il y avait si longtemps qu'il avait été l'un d'entre eux; il n'en avait vraiment aucun souvenir. Oh, il se rappelait de diverses choses qu'il avait faites, de gens qu'il avait connus, d'endroits qu'il avait vus, mais le souvenir de ce qu'avait vraiment signifié l'état d'humain, de vivre et de respirer en étant conscient de sa propre mortalité s'était évanoui.

Il ne ferait jamais partie de la «bonne» société vampire, porterait toujours une marque qui l'en empêcherait. Mais il avait œuvré pour plusieurs d'entre eux et intégré quelques-unes de leurs attitudes, en particulier à propos de l'utilité limitée des mortels. Et pourquoi pas? La Maison des Ombres était sa propre aristocratie, raisonna Damien. Elle pouvait lui procurer une bonne vie, sinon une vie facile. Et heureusement pour les Ombres comme lui qui s'étaient forgé eux-mêmes de formidables réputations, il était impossible qu'ils soient chassés ou qu'ils disparaissent.

Les sangs-nobles, ces imbéciles vicieux et simples d'esprit, avaient oublié comment exister sans eux.

Le téléphone cellulaire vibra dans sa poche et Damien prit l'appel. Ce n'était pas une chose avec laquelle il voulait composer, mais il fallait qu'il s'en occupe. L'enfer n'était rien par rapport à la fureur d'un client mécontent.

— Tremaine.

La voix à l'autre bout du fil était si froide que Damien pouvait presque sentir l'air glacial suinter du téléphone.

— Damien. Dis-moi, pourquoi est-ce que je te paie exactement ? Parce que malgré le fait qu'il me manque une assez bonne somme d'argent comptant, j'ai l'impression d'avoir oublié pourquoi.

La voix était calme et même douce. Mais Damien avait appris que sous le vernis du calme se cachait le type de monstre qu'on ne rencontrait plus que rarement parmi les membres de son espèce. La plupart des sangs-nobles étaient des lâches pontifiants qui cherchaient d'autres personnes pour faire leur sale boulot. Mais pas celui-ci. Derrière le superbe masque, il y avait de pures ténèbres.

Damien lutta contre le besoin qu'il avait soudain de se tortiller. Il pouvait s'occuper de ça. On le lui avait justement demandé parce qu'il le pouvait.

— La femme n'est pas ce à quoi nous nous attendions.

Il se souvint de la marque qui avait brillé sur sa clavicule, le choc qu'il avait éprouvé. Il ne l'aurait peut-être pas cru s'il n'avait vu ce qu'elle avait fait, s'il n'avait pas senti la puissance qui l'avait traversé comme une force de la nature.

— Je pense que tu devrais t'expliquer, siffla la voix. Parce qu'une voyante n'est rien d'autre qu'une petite mortelle minable à l'esprit mieux développé. Et il est inadmissible que ça prenne tant de temps.

Damien, chose rare chez lui, eut un moment d'indécision. Mais il se ressaisit assez rapidement et raconta d'un ton rapide ce qu'il avait vu et tout ce qui s'était produit. Après tout, ça n'avait pas grand-chose à voir avec lui. Il était payé pour dispenser un service. Il valait mieux se contenter de fournir ce service et de passer tout de suite à ses propres affaires.

De plus, il serait dangereux de se faire un ennemi de ce gars-là s'il décidait tout à coup d'avoir une conscience. Celui-là, Damien en était presque certain, saurait. Alors, ce serait lui-même qui disparaîtrait.

Quand il termina, il y eut un long silence. Damien attendit, parfaitement immobile. C'était un de ses talents, cette immobilité, et un talent qui avait beaucoup contribué à ses aptitudes en tant qu'assassin. Tynan avait énormément appris, mais il n'assimilerait jamais ça. Il avait toujours été soucieux et agité, et suffisamment loyal pour le rendre juste un peu idiot. Damien s'était parfois demandé si son vieil ami allait un jour comprendre.

Apparemment, c'était fait.

Son employeur finit par reprendre la parole et son ton était réfléchi, délibéré et empreint d'un plaisir pervers qui réussit à susciter un peu de pitié dans le cœur de Damien pour sa jolie cible. Elle n'avait vraiment aucune idée de qui la pourchassait. Et elle n'aurait jamais aucune chance.

— Tu es certain qu'elle est mortelle ? fit la voix.

Damien se rappela son odeur, les battements terrifiés de son cœur. Il se sentit touché malgré lui. Il l'avait désirée, avait voulu la sentir dans ses bras au moment où elle céderait, avait désiré la goûter. Et il était tout à coup certain que ce plaisir allait lui être enlevé.

— Elle est aussi mortelle qu'on peut l'être, répliqua Damien. Et elle ne maîtrise pas ce qui l'habite. La lignée ne s'est peut-être pas éteinte, mais la connaissance qui allait avec semble s'être dissipée. Lily Quinn est une orpheline, dit-il, relayant les informations utiles qu'il avait trouvées sur elle. Ses parents ont disparu dans des circonstances mystérieuses peu après sa naissance. Aucune parenté, aucune famille élargie. Elle a été adoptée, mais elle ne semble avoir aucun contact avec cette famille. Aucune trace d'eux dans sa maison en tout cas. Pas une photo. Je suis sûr qu'il y a une histoire derrière tout ça. Je peux creuser, si vous voulez. Ça ne me prendra qu'un peu plus de travail.

— Non. Finis les délais. Tout ceci prend trop de temps. MacGillivray n'était pas censé trouver qui que ce soit, fit la voix sur un ton neutre. Ce foutu chat était censé n'être qu'un pion; il ne devait pas être au centre de tout ça. Mais entretemps, il s'est mis dans cette situation et il a trouvé un trophée très intéressant. J'aurais vraiment dû y penser. Il semble avoir un don particulier...

Damien sentit vibrer un muscle de sa mâchoire. Non, il n'allait pas obtenir la femme comme bonus. C'était certain.

— Eh bien, il n'y a aucune raison pour gaspiller une créature si fascinante, termina son employeur. Et le fait que sa lignée possède encore tant de pouvoirs latents... inutiles pour quelqu'un comme elle, mais imagine les possibilités dans de bonnes mains... oui.

Damien pouvait entendre clairement dans sa voix la seule chose qu'avaient en commun tous les sangs-nobles : la cupidité.

— Tue le chat de gouttière. Amène-moi la femme. Évidemment, je veux qu'elle soit droguée et attachée. Elle a eu assez de maîtrise pour te faire fuir, et je détesterais devoir la tuer si rapidement. Quand tu l'auras, je vais te donner les coordonnées. Je veux que tout ça reste secret, ajouta-t-il d'une voix plus dure. Est-ce qu'il sait ce qu'elle est ?

— Non. Mais il ne serait pas venu ici au départ s'il n'avait pas décidé d'essayer de le découvrir.

— Ne le laisse pas faire. Il y en a très peu qui se souviennent, mais je ne veux pas que la rumeur se répande.

Damien pouvait imaginer le sourire de l'homme, et il en éprouva un frisson au plus profond de son être.

— Pareilles décisions, Damien. Il y a tant de façons de détruire, tant de façons de régner. Qu'en penses-tu, petit chat de gouttière mercenaire ? Que ferais-tu ?

Sentant que n'importe quelle réponse serait à la fois inadéquate et dangereuse, Damien décida de paraître irréprochable.

— Je ne souhaite pas régner sur quoi que ce soit sauf moi-même. Faites ce que vous voulez. Vous le pouvez, après tout.

C'était la bonne chose à dire.

— Condescendant, mais vrai. Règle ça vite, Damien. Je n'ai pas grand temps. Et si tu me le fais perdre, tu en auras encore moins.

Damien termina l'appel sans un mot de plus, regarda son téléphone pendant un moment, puis le remit dans la poche de son manteau. Il se sentit tout à coup extrêmement fatigué et il ressentit dans son corps chacune des minutes qu'il avait passées dans une situation semblable depuis des siècles, à traquer la proie de quelque noble gâté qui voulait obtenir davantage que ce qu'il devait avoir. Et dans le cas présent, bien davantage.

Mais il faisait partie des Ombres, avait juré de se consacrer à eux corps et âme jusqu'à ce que l'un et l'autre se séparent. Avec une marque comme la sienne, un homme n'avait qu'un nombre limité de choix, comme il l'avait dit à Ty longtemps auparavant, et de bons choix, encore moins. Et comme il l'avait aussi dit à Ty avant qu'ils se dissocient lors d'une confrontation que Damien comptait comme une des plus amères qu'il ait vécues, soit que tu choisis une profession dans laquelle les sangs-nobles supplient que tu les aides, soit que tu te retrouves à leur merci.

Il avait tissé sa propre destinée.

Les gens continuaient d'aller et venir dans le soir d'octobre, inconscients du fait que l'homme appuyé contre l'immeuble sembla disparaître en un clin d'œil.

Tout comme personne n'avait remarqué le gros chat noir qui se tint à sa place pendant un bref instant, puis tourna un coin et s'évanouit dans l'obscurité.

CHAPITRE 11

TY JETA UN coup d'œil au vampire musclé vêtu d'un dispendieux costume et comprit qu'ils allaient avoir des ennuis. Il ne voyait pas la marque de l'homme, mais ce n'était pas nécessaire ; il reconnaissait les sangs-nobles quand il en voyait. Et celui-ci avait posé une main sur l'épaule de Lily avec une poigne qui ne laissait aucun doute sur ses intentions.

Lily s'était complètement immobilisée, mais un seul regard à ses yeux écarquillés fit comprendre à Ty qu'elle n'était pas plus heureuse qu'il ne l'était à propos de la situation.

— Je me trouve bien ici, merci, dit-elle en essayant de s'écarter.

Ty vit la poigne se resserrer et grogna silencieusement. Leur tentative de passer inaperçus s'était révélée un échec complet. Mais il avait su dès le départ que le fait d'avoir une rousse sexy à son bras lui attirerait des ennuis. Il avait seulement espéré que ça ne se produise pas si vite.

— S'il te plaît, dit l'homme sans prendre la peine de jeter un seul regard à Ty. J'ai su que c'était un chat de gouttière à la seconde où je l'ai aperçu. Tu ne peux pas avoir été avec lui depuis longtemps, chérie, sinon tu aurais tout de suite compris que tu avais devant toi toute une différence de qualité. Je serais heureux de t'en faire la démonstration.

Ty sentit les poils se dresser sur sa nuque, un signe avant-coureur d'un grave éclat de colère. Il avait appris longtemps auparavant à ne pas laisser ces trous du cul et leur ignorance le déranger. Mais ce trou du cul particulier avait les mains sur Lily.

— Elle a dit qu'elle était bien où elle se trouve. Montrez à la dame un peu de respect, dit Ty d'une voix basse et rauque.

Il avait peine à se retenir de gronder. Ses paroles attirèrent l'attention du sang-noble et Ty perçut immédiatement qu'il était d'humeur à se battre. Il avait probablement bu du O négatif pur arrosé de vodka dispendieuse. Ce pédant égocentrique avec son joli visage et ses yeux chassieux et rouges serait ridiculement facile à terrasser.

Le problème, évidemment, c'était le groupe de ses camarades qui surveillaient intensément la scène à quelques pas. Ils se tenaient toujours en meutes, exactement comme les loups-garous qu'ils détestaient tant.

— Du respect, hein ? Je pense que c'est une chose que tu as besoin d'apprendre, dit le vampire, ses yeux se plissant tandis qu'il avançait d'un pas. Aucun Dracul ne va se laisser parler de cette façon par un stupide chat. Qu'est-ce que tu vas faire ? Me griffer ?

Sa bouche s'étira en un large sourire sinistre.

Au diable tout ça, décida Ty. Il était capable de se charger d'eux, mais la situation serait probablement épouvantable. Toutefois, aucune autre solution n'était complètement acceptable. Il vit sur le visage de Lily un éclair de compréhension, puis de l'irritation.

— J'avais cru t'entendre dire que tu voulais éviter de faire une scène, murmura-t-elle.

Il l'ignora.

— Je pense que je vais te montrer que la lignée n'a rien à voir avec le pouvoir de botter le cul de quelqu'un, espèce de...

Lily l'interrompit si vivement qu'il ne vit rien venir et ne put jamais finir sa phrase. Elle pivota sur elle-même avec autant de grâce qu'une danseuse, et se pressa contre l'autre vampire dont la lèvre retroussée ne laissait aucun doute sur le fait qu'il serait heureux d'accepter la proposition de Ty. Le soudain changement d'attitude de Lily réduisit les deux hommes au silence, et quand elle parla, sa voix était douce et lisse comme du miel chaud.

— Oh, Tynan, regarde! Ton amie arrive pour te voir.

Elle agita joyeusement la main en direction d'une personne derrière Ty et un rapide coup d'œil lui apprit qu'Anura avait remarqué la scène imminente et qu'elle se dirigeait vers eux. Il ouvrit la bouche pour demander à Lily si elle avait perdu l'esprit, mais l'insensée continuait de parler et cette fois, c'était à l'homme contre lequel elle s'était blottie.

— Peut-être que vous avez raison, roucoula-t-elle. Peut-être que je devrais élargir mes horizons. Vous dansez? J'adore danser.

Lily ronronnait, laissant une main reposer légèrement sur la large poitrine du vampire en le regardant intensément dans les yeux.

Ty la fixait, complètement ébahi. À cet instant, il éprouva plusieurs sentiments, dont aucun n'était agréable. C'était impossible qu'elle soit asservie, n'est-ce pas? Mais, songea-t-il tandis que d'invisibles barres d'acier semblaient se serrer autour de sa poitrine, il n'avait pas trop à se soucier des Dracul, que les Ptolémées détestaient par principe.

Peut-être qu'ils possédaient une sorte de technique particulière... peut-être qu'il perdait seulement la main.

Ou peut-être que Lily était devenue complètement folle.

Mais quoi qu'il en soit, le revirement de Lily avait atténué en un rien de temps l'orgueil de l'arrogant Dracul. Ty ne pouvait l'en blâmer. Si Lily l'avait regardé de cette façon, il aurait probablement arrêté même de penser. Quelque chose de terriblement mauvais se noua profondément dans son ventre.

— Je vais danser aussi longtemps que tu seras ma partenaire, dit le Dracul au moment où Anura intervenait dans la conversation.

— Ty MacGillivray. Je te souhaiterais la bienvenue, mais j'en ai assez sur les bras avec tous ceux qui portent l'ankh.

Le Dracul regarda Anura, qui était aussi splendide qu'une déesse offensée dans sa dignité, puis ramena son regard pédant sur Ty. Lily, qui semblait vraiment avoir perdu l'esprit, le regardait simplement d'un air d'adulation.

— Oh, tu es un des petits animaux domestiques d'Arsinoé. MacGillivray... J'ai entendu parler de toi. Un chat de gouttière arrogant, mais un excellent tueur, non ?

Il haussa les épaules avant de poursuivre :

— Ça explique la superbe femme, mais tu aurais dû être assez intelligent pour ne pas la sortir.

Le Dracul se pencha vers lui et Ty put facilement sentir l'alcool et la colère sur le point d'éclater.

— Tu vas dire à ta chienne de reine de garder ses sales espions en dehors du territoire des Dracul. Nous avons mérité notre droit d'être ici. Si elle continue, elle se retrouvera aussi inerte que la poussière d'où elle vient, siffla-t-il d'une voix si basse que seul Ty put l'entendre.

Puis il s'écarta pour regarder Lily.

— Viens, ma beauté. J'aime cette chanson.

— OK, roucoula-t-elle. Laissez-moi seulement lui dire au revoir.

Elle se pencha pour donner un rapide baiser sur la joue de Ty qui se tenait là, se demandant à quel foutu moment il avait mis le pied dans une autre dimension où les dynasties inférieures insultaient ouvertement, et même menaçaient la reine des Ptolémées, et comment il allait réussir à extirper Lily du Mabon avant qu'elle devienne la *sura* d'un quelconque Dracul.

Le murmure furieux de Lily contribua énormément à redresser son univers même s'il éprouva un soudain besoin de l'étrangler.

— Je peux le garder occupé un moment, mais si ta conversation avec elle dure trop longtemps, je vais trouver un moyen de te trancher la tête et quelques autres morceaux, et je ne rigole pas !

Elle s'éloigna avec un sourire impassible, mais cette fois, il ne manqua pas de voir la lueur glaciale dans ses yeux.

— À plus tard, Ty. Ça a été vraiment chouette.

Elle agita les doigts dans sa direction et partit avec son nouvel admirateur, laissant là Ty qui la fixait avec des idées meurtrières en tête. Le ton impatient d'Anura le ramena rapidement au présent.

— Pourquoi es-tu ici, Ty ? Je ne me souviens pas que tu aies été masochiste au point d'amener tes femmes dans un lieu public pour qu'elles te soient enlevées sous ton nez. Mais en fait, je ne me rappelle pas que tu aies déjà amené des femmes. Tu avais l'habitude d'être discret. Qu'est-ce qui est arrivé ? Est-ce que les Ptolémées ont commencé à punir leurs serviteurs en les frappant sur la tête ?

Il se tourna vers elle. Il avait besoin de détourner son regard de Lily qui glissait sur la piste de danse dans les bras de l'autre homme et se laissait aller au rythme sinueux de la chanson.

— Anura, dit-il en gardant un ton aussi amical que possible malgré la fureur qui bouillonnait maintenant en lui. Tu n'as pas du tout changé.

C'était le cas, sauf en ce qui concernait la lueur de lassitude qu'il n'avait jamais vue auparavant dans ses yeux noirs ovales. À part ça, elle était encore d'une beauté à vous jeter par terre, le parfait portrait d'une déesse méditerranéenne. Ses longs cheveux noirs étaient partiellement relevés et retombaient pour encadrer son visage de mèches lâches. Le reste de sa chevelure s'étalait sur son dos. Elle portait du blanc, sa couleur préférée, et sa robe simple lui découvrant une épaule paraissait briller sur sa peau olive.

Et elle était furieuse, une autre chose qu'il connaissait bien.

— J'ai changé. J'ai encore moins de patience pour les bêtises des Ptolémées que j'en avais.

Comme il se contentait d'attendre, habitué qu'il était à ses accès de rage, elle secoua la tête pour écarter une mèche de son visage et leva les yeux au ciel.

— Merde, Ty, tu viens ici à un bien mauvais moment. Est-ce qu'elle t'a envoyé ? Je l'ai déjà dit aux autres : je ne sais pas où il est. Je ne sais rien à part qu'un autre massacre va vraiment foutre mes affaires en l'air.

Son regard se durcit, puis elle ajouta :

— Il doit avoir des renseignements drôlement intéressants à propos des Ptolémées pour qu'ils lancent leurs experts à la recherche d'un seul petit Cait Sith.

Ty essaya de dissimuler sa surprise même si cette soirée mettait durement à l'épreuve sa capacité de réprimer ses réactions.

— Je suis ici pour mon propre compte, Anura, et je ne suis pas allé à la cour depuis presque un an.

Ce fut maintenant au tour d'Anura de prendre un air étonné.

— Oh? As-tu finalement décidé de t'enfuir aussi? Je me demandais si tu n'allais pas finir par te fatiguer de ça — même si, comme je l'ai dit, l'endroit grouille de porteurs d'ankh beaucoup plus que je ne le souhaiterais.

Elle pencha la tête et le regarda, l'étudiant, et Ty sut qu'elle allait sans doute voir ce que la plupart des gens ne pouvaient distinguer. Elle aurait encore dû être une Empusae de plein droit. Elle appartenait à cette dynastie, avait fréquenté les meilleurs d'entre eux. Mais sa marque montrait la tache qu'elle s'était infligée pour l'amour, insensé comme il pouvait être. Selon la coutume, ses sœurs l'avaient bannie.

Et Anura, aussi têtue qu'elle était belle, gardait sa double marque — une torche dont les flammes suivaient sa clavicule en d'élégantes volutes — fièrement étalée même maintenant, longtemps après que celui qui l'avait faite soit disparu. Et, enveloppant la base de la torche, était dessinée une large patte aux griffes acérées.

Il se souvint du lion qui la lui avait donnée. Mais les Rakshasa avaient été chassés depuis longtemps, et le sang des Rai avait été versé avec la plupart des autres.

Ty secoua la tête, sachant que si elle entrevoyait la moindre compassion dans son regard, Anura le chasserait sans ménagement.

— Non, j'étais… en mission, pourrait-on dire. Il m'a fallu plus de temps que prévu pour en finir.

Les yeux d'Anura s'assombrirent jusqu'à devenir presque noirs.

— C'est à propos des attaques.

Cette fois, il ne put cacher sa surprise.

Anura inclina la tête d'un air triste.

— Ouais, la rumeur circule, Ty. Par-ci, par-là, mais c'est impossible qu'une malédiction de gitan broie tant de vos jeunes et que la chose reste secrète. Arsinoé a bien réussi à limiter les dégâts — je n'en attendais pas moins d'elle —, mais elle doit tenir ses fiers-à-bras en laisse jusqu'à ce qu'elle ait une quelconque preuve sur les vrais responsables. Il y a beaucoup trop de Ptolémées dans les environs depuis quelque temps. Et ce serait un euphémisme de dire qu'ils ont une dent contre les Dracul. Nous savons tous les deux que les relations entre ces dynasties ne sont qu'un baril de poudre sur le point d'exploser, et il semble que tout le monde meure d'envie d'en allumer la mèche.

— J'ignorais que les choses avaient pris une si mauvaise tournure, répondit Ty, et il était désolé que ce soit le cas.

— Eh bien, c'est évident, dit Anura.

Il se demanda si elle n'allait pas le chasser de toute façon, mais elle lui adressa plutôt un demi-sourire. Leur vieille amitié, peu importait depuis combien de temps ils l'avaient négligée, prenait le pas sur son inquiétude à propos de sa présence. Pour l'instant.

Il se sentit mal de l'avoir négligée pendant si longtemps. Anura avait toujours fait preuve de générosité vis-à-vis les parias. Il prit tout à coup conscience qu'il ne lui avait jamais rendu la pareille.

— Alors, qu'est-ce qui t'amène ici, Ty ? Et ne me sers pas une réponse toute préparée. Tu es peut-être un chat, mais tout le monde sait que tu travailles pour la reine ces temps-ci.

Le commentaire lui resta sur le cœur. Davantage encore parce qu'il avait récemment entendu la même chose de la bouche de Lily, le fait que, d'une certaine manière, il *appartenait* à Arsinoé. Dans son esprit, il avait toujours séparé ce qu'il faisait de ce qu'il était. Mais il n'avait apparemment pas remarqué que personne d'autre ne l'avait fait. La chose le préoccupait bien davantage qu'il aurait pu l'imaginer. De toute façon, il y avait combien de temps qu'il n'était pas venu ici ? Dix ans ? Vingt ans ? Et même alors, se rendit-il compte, il avait été plongé jusqu'au cou dans les affaires de la cour.

— Je suis venu chercher des conseils et des renseignements, dit-il, sur la défensive malgré lui.

Il se souciait bien peu des réflexions.

Anura haussa les sourcils de surprise.

— Des conseils ? Eh bien. C'est flatteur. Bien sûr que je vais te dire ce que je pense, Ty. Quant aux renseignements, poursuivit-elle sur ses gardes, et il put lire sur son visage que les choses étaient effectivement devenues difficiles récemment, ça dépend du sujet. Si tu es venu ici mettre ton nez partout pour trouver Jaden, je te dirai seulement ce que je dis aux autres. J'ignore où il est.

Jaden. Les morceaux du casse-tête se mirent en place et il comprit tout à coup.

— Ils sont venus à sa recherche. C'est de lui qu'ils parlaient quand tu es arrivée. Mais pourquoi le chercher à Chicago plutôt qu'ailleurs ? Ce serait la dernière personne qui choisirait d'aller se cacher au milieu d'une horde de Draculs.

Anura fronça de nouveau les sourcils, l'air perplexe.

— Où étais-tu donc, Ty ? Chicago fait partie de la douzaine de bastions des Draculs où les Ptolémées sont apparus ces derniers mois, faisant connaître leur présence et semant la pagaille. Il y a une quinzaine de jours, nous avons eu un foutu massacre qui a commencé par une bousculade entre un Dracul qui s'occupait de ses propres affaires et une bande de Ptolémées qui avait décidé d'en faire un exemple. Ils ont insulté sa lignée en la qualifiant d'illégitime, et je n'irai pas jusqu'à te dire de quoi ils ont qualifié le Dracul lui-même. Des choses qu'Arsinoé n'aurait jamais tolérées dans le passé, qu'elle ait été ou non personnellement d'accord. Beaucoup de sangs-nobles ont dit ça et bien pire à propos des Dracul, mais c'est tout de même leur ville.

Le regard intense, elle serra les bras autour de son corps comme pour se protéger.

— Ma ville, poursuivit-elle. Il y a beaucoup d'autres gens à part moi qui commencent à craindre le pire.

Elle parlait de la guerre, évidemment. Une dynastie contre l'autre jusqu'à ce que l'une d'elles soit rayée de la surface de la terre, son dirigeant mort, ses membres survivants réduits en esclavage par la dynastie qui l'emporterait. Jamais une telle chose ne s'était produite pendant la vie de Ty, mais il avait entendu des rumeurs selon lesquelles c'était beaucoup plus courant par le passé — que la toute première dynastie, en fait, avait disparu de cette façon.

Cette perspective ne l'enchantait pas, mais il comprenait aussi que parfois, il fallait tuer ou être tué.

— Si les Draculs sont responsables des meurtres collectifs des Ptolémées, Anura, ils méritent de disparaître, fit Ty. Tu ne connais pas toute la situation.

Il hésita un moment, puis décida qu'il lui devait au moins une partie de la vérité.

— Quelqu'un a lâché un Mulo contre eux. Des foules entières de participants à des initiations ont été éliminées, les corps, démembrés, les maisons, incendiées. Et on ne tue plus que les jeunes. Chaque fois, quiconque manipule ce Mulo hausse la mise.

Anura ferma les yeux et il sut qu'elle pensait à la purge qui avait emporté son bien-aimé. Pour ce meurtre, il n'y avait eu aucune justice et il n'y en aurait jamais.

— Sainte Mère. Ce n'est pas étonnant, dit Anura en secouant la tête. Merci de m'avoir avertie, Ty, mais tu dois me croire quand je te dis que tu n'es pas non plus au courant de tout ce qui s'est passé. Si les Draculs sont réellement responsables, tu as peut-être raison en disant qu'ils méritent tout ça. Mais sans preuve, on a plutôt l'impression qu'une ancienne et arrogante dynastie a finalement trouvé le parfait prétexte pour évincer les arrivistes et s'approprier un peu plus de pouvoir en passant. Et il semble trop évident, trop facile, qu'ils se servent encore une fois de la magie gitane pour conjurer une malédiction comme un Mulo. Vlad Dracul est beaucoup de choses, mais il n'est pas idiot.

Elle secoua de nouveau la tête et regarda la salle surpeuplée.

— Bien sûr, ajouta-t-elle, ce n'est pas comme s'ils avaient partagé avec n'importe qui les secrets sur la façon dont fonctionnent de telles choses. Qui d'autre est-ce que ça pourrait être ?

Elle poussa un long soupir.

— Je ne sais pas, termina-t-elle. Tout ce que je veux, c'est exercer mon commerce et qu'on me laisse tranquille.

Elle semblait si malheureuse que Ty se retrouva dans la situation inhabituelle de vouloir donner du réconfort. Et le pire, c'était qu'il n'avait aucune idée sur la façon d'y parvenir. Maladroitement, il tendit le bras et tapota timidement son épaule nue.

— Eh bien, tu vas bien t'en sortir, Anura. Tu t'en es toujours bien tirée.

Ses paroles n'eurent pas exactement l'effet escompté, mais au moins, Anura parut perplexe.

— Oh, ne t'attendris pas sur mon sort, Ty. Je ne saurais pas quoi faire si le plus coriace des Cait Sith que j'aie connus se mettait à s'attendrir.

Elle écarta sa main et tourna les yeux vers la piste de danse.

Tout à coup, il se souvint de Lily. Elle dansait avec ce donneur de leçons depuis trois chansons maintenant.

Il se haussa sur la pointe des pieds et aperçut les yeux de Lily qui lui lançaient des couteaux par-dessus l'épaule de l'énorme vampire tandis qu'ils bougeaient au rythme de la musique, pressés l'un contre l'autre. Elle se déplaçait avec grâce, constata-t-il avec un élan de jalousie. Pourquoi était-ce toujours les gentilles filles convenables qui avaient le talent d'aller sur une piste de danse et de faire soudainement suinter le sexe de partout ? Son partenaire semblait au septième ciel, mais n'était pas un danseur. Et Ty reconnut la façon dont il avait commencé à fourrer son nez dans le cou de Lily. Son nouveau prétendant était affamé, excité et impatient de passer à la prochaine étape de sa soirée avec l'adorable Lily.

— Est-ce qu'il faut que j'aille à la rescousse de cette pauvre fille ? demanda Anura. Je suppose qu'il a réussi à l'éloigner de toi en l'asservissant, mais elle semble regretter sa décision.

— Elle n'est pas asservie. Elle est allée avec lui parce qu'elle s'est mise à avoir de drôles d'idées sur le fait que je puisse répandre le sang dans un endroit public, grommela Ty. Même si elle a menacé de répandre le mien à moins que je ne trouve un moyen de la sortir d'ici paisiblement et très bientôt. Elle savait que je devais te parler.

Anura laissa échapper un rire guttural.

— Difficile à asservir et un peu violente ? Je l'aime déjà. Quoique, en tenant compte à quel point tu es difficile à satisfaire, je ne devrais pas me surprendre que ton choix se soit porté sur une femme douée quand tu as finalement décidé de prendre une *sura*.

Elle le regarda curieusement, mais Ty perçut à peine son expression. Il était trop occupé à regarder l'endroit où le vampire avait placé ses mains sur Lily.

Si ses mains descendaient encore le moindrement, Ty allait rendre tout le monde très malheureux malgré les meilleurs efforts de Lily.

— Ah, elle n'est pas encore tienne.

C'était une affirmation plutôt qu'une question, mais Anura avait toujours été terriblement perspicace. Il ne voyait aucune raison de nier la vérité, en particulier puisqu'il avait besoin d'obtenir des renseignements de sa part.

— Elle ne m'appartient pas du tout dit simplement Ty. C'est une voyante.

Anura devint si pâle que même Ty put le voir à la lueur des chandelles.

— Oh, par la déesse, Ty, tu as amené une voyante ici? Pourquoi? Pourquoi la mettrais-tu en danger? Je n'étais même pas certaine qu'il soit encore resté des membres de sa lignée!

— Eh bien, c'est ça le problème, dit Ty. Je ne suis pas vraiment sûr de sa lignée. C'est une longue histoire. Je vais t'expliquer, mais il va d'abord falloir la faire sortir d'ici avant que je ne mette en pièces ton chic établissement.

Elle débordait de fureur et de crainte.

— Je ne suis pas une spécialiste des humains suffisamment malchanceux pour être médiums, Ty. Je ne veux pas d'elle ici. Fais-la sortir. Amène-la à Arsinoé, fais ce que tu dois, mais va-t'en. Si elle n'est pas vraiment une voyante, alors tu auras apporté à la reine une appétissante collation.

Ça ne lui ressemblait pas d'être si insensible, mais Ty voyait bien à quel point il l'avait rendue nerveuse. Malgré cela, l'image de Lily tuée de cette façon l'écorcha.

— J'ai besoin de ton aide.

Anura montra les dents.

— Tu amènes dans mon club une mortelle qui n'a jamais été mordue et tu prends le risque de provoquer une frénésie sanguinaire, et pour quelle raison?

— Anura, connais-tu une marque qui ressemble à un pentacle entouré d'un serpent?

Elle resta bouche bée, et son adorable visage devint complètement impassible pendant un moment. Puis il vit qu'elle comprenait, et il n'eut aucun doute. Un immense soulagement l'envahit.

Elle savait.

Maintenant, Anura regarda Lily plus attentivement.

— Évidemment, murmura-t-elle. Évidemment.

Puis elle tourna les yeux vers lui et Ty s'aperçut que, quel que soit ce qu'Anura venait de comprendre, il s'agissait d'une affaire extrêmement grave.

— Il faut quand même la sortir d'ici, dit-elle. Maintenant. Mais je vais t'aider. J'ai promis de le faire, même si je n'ai jamais cru que ce jour allait arriver.

Ses pupilles, déjà larges, se dilatèrent jusqu'à ce que ses yeux deviennent noirs.

— Par le sang de la déesse, Ty, quel autre malheur m'as-tu apporté?

C'est à ce moment qu'il sentit la fumée.

CHAPITRE 12

En l'espace d'un instant, le chaos s'abattit sur le club. Le partenaire de Lily relâcha rapidement son étreinte, ce qu'elle aurait beaucoup mieux accueilli si elle n'avait pas été entourée de gens qui criaient « Au feu ! ».

— Viens, dit-il. Je vais t'amener hors d'ici.

Lily secoua la tête et recula d'un pas, bien qu'un coup d'œil rapide pour apercevoir Ty ne lui montra rien d'autre qu'une foule de gens se précipitant vers la porte. Il était là quelque part ; il devait être là quelque part. Il n'allait pas l'abandonner — pas volontairement en tout cas. Pas après tout cela.

— Non.

Il parut mécontent, mais il n'essaya pas de la saisir.

— Comme tu veux, dit-il avant de se fondre dans la foule.

Malgré la fumée grisâtre qui commençait à se répandre autour de ses chevilles et l'odeur incontournable de l'incendie, Lily se concentra sur une seule chose : trouver Ty. Elle se fraya un chemin parmi les clients en panique qui s'élançaient tous vers la seule sortie. Il n'y avait pas de fenêtres et elle s'inquiéta du fait que l'air pourrait rapidement devenir difficile à respirer. La musique dominait encore le bruit croissant des cris et des batailles.

Elle savait sans l'ombre d'un doute que tout cela se passait parce qu'elle était ici. D'une manière ou d'une autre,

Damien les avait rattrapés, et beaucoup plus vite qu'elle aurait pu l'imaginer. Pourtant, Ty l'avait avertie.

Tout à coup, il se trouvait près d'elle, une main sur son bras, criant pour se faire entendre dans ce désordre. Ses yeux vif-argent n'exprimaient qu'une solide détermination et celle-ci rassura Lily comme rien d'autre n'aurait pu le faire.

— Suis-moi, dit-il. Par là.

Il lui prit la main et la tira à travers la foule en sens contraire de tous. Ils se dirigèrent vers un grand miroir plus haut que Ty et deux fois plus large, suspendu au mur en face du bar. Après que Ty eut passé la main le long du mur, Lily entendit un faible clic, et le miroir s'ouvrit vers l'extérieur comme une porte. Personne ne leur prêta attention en passant précipitamment près d'eux.

Ty lui fit signe de le précéder, alors elle sortit, l'entendant fermer la porte derrière elle. Lily se mit à tousser pendant qu'elle levait les yeux sur un bureau opulent qui se distinguait à peine à travers la fumée. Il y avait deux personnes à l'intérieur : Anura et un autre homme qu'elle ne se souvenait pas avoir vu dans le club, mais elle supposa qu'elle pouvait l'avoir manqué. Pourtant, elle en doutait. Il aurait pu être le frère cadet de Ty avec ses longs cheveux noirs glissés derrière les oreilles et la même expression méfiante qu'elle était habituée de voir chez Ty. Des traits d'un noir de jais encadraient ses yeux bleus lumineux qui les regardèrent entrer avec inquiétude, et sur un de ses avant-bras s'étalait un tatouage de chat noir tribal.

La réaction de Ty l'étonna, mais elle eut l'impression que les deux autres étaient encore plus surpris.

— Jaden! s'exclama-t-il, un de ses rares sourires illuminant son visage autrement sérieux.

Il s'avança à grands pas vers le jeune homme et le serra brièvement dans ses bras.

— Je craignais que tu sois mort, mon frère. Tu aurais dû essayer de me trouver.

Jaden se raidit un moment, puis sembla accepter la manifestation spontanée d'affection. Après quelques claques sur le dos de Ty, il le relâcha. Il ne rendit pas son sourire à Ty, mais celui-ci semblait trop préoccupé pour vraiment le remarquer. Il se tourna plutôt vers Anura et Lily lut sur son visage la confusion et la colère.

— Je m'attends à ce que tu m'expliques ceci. Tu m'as menti même en sachant que je n'étais pas à sa recherche.

— Je ne pouvais pas en être sûre, répliqua Anura en écartant les mains. Les enjeux sont si importants, et ta loyauté est divisée. Nous ne pouvions pas être certains de quel côté elle allait pencher. Je te l'ai dit… tu ne connais pas toute la situation.

— Nous?

La douleur était si profonde dans les yeux de Ty quand il regarda Jaden que Lily pouvait elle-même la sentir comme un coup de poignard au ventre. Elle n'avait pas le temps de se demander pourquoi elle avait si mal. Tout ce qu'elle savait, c'était qu'elle ne voulait jamais plus être à l'origine d'une telle angoisse chez lui.

— Tu appartiens à la lignée, Jaden. Tout ce que j'ai fait, je l'ai fait pour ma lignée. Je t'ai protégé quand personne d'autre ne voulait le faire. Nous sommes des frères. Comment puis-je ne pas mériter ta confiance?

— Ce n'est pas toi qui m'as dit de ne me fier à personne d'autre qu'à moi-même ? demanda Jaden, bien que Lily pouvait constater à quel point les paroles de Ty le touchaient.

Sur ses joues pâles était apparue une faible rougeur qui ressemblait à de la honte. Jaden détourna les yeux et sa voix devint un murmure qu'elle pouvait à peine entendre.

— En vérité, mon frère, il valait mieux pour toi que tu ne me voies pas. Tu prends suffisamment de risques. Tu l'as toujours fait. Je craignais que tu risques davantage quand tu saurais tout. Ç'aurait été préférable que tu ne viennes pas ici.

Anura soupira.

— Comme mon club est en feu, je ne peux qu'être d'accord. Mais ce qui est fait est fait.

— Alors… c'est ton frère ? demanda Lily, heureuse que Ty ait eu au moins une famille qui l'ait suivi dans sa vie de vampire.

Elle espéra pouvoir faire quelque chose, n'importe quoi, pour le distraire des émotions qui avaient mis une telle expression sur son visage. Son effort n'eut pas grand résultats, mais tout au moins, il lui répondit.

— Jaden est mon frère de sang, dit-il en détournant ses yeux accusateurs d'Anura et de Jaden. Il fait partie des Cait Sith, comme moi. Et lui et moi avons accompli ensemble plusieurs missions pour les Ptolémées au fil des années.

Cette seule phrase semblait lourde de sens.

— Plus maintenant, intervint Jaden d'une voix basse, mais légèrement dure.

— Non, plus maintenant, répliqua Ty en durcissant le ton à son tour. Qu'est-ce que tu fous ici, Jaden ? Tu sais ce qu'ils vont te faire s'ils te trouvent. Qu'est-ce qui s'est passé ?

— Ça devra attendre, dit Anura laconiquement. Vous trois devez partir d'ici. Maintenant. Tout le foutu entrepôt est déjà en flammes et cet endroit n'a jamais respecté la réglementation parce qu'il n'est même pas censé être ici. Peut-être que tout sera disparu demain. Quelqu'un essaie de vous faire sortir, l'un de vous ou les deux, en vous enfumant. Prenez mon escalier. Jaden, tu amènes Ty et Lily à l'appartement. Je vais vous y rejoindre aussitôt que possible, mais ça pourrait prendre quelques nuits. On ne doit pas vous voir quitter les lieux. Et on ne peut pas me voir partir avec vous.

Elle jeta un coup d'œil à Lily, qui parut discerner dans les yeux d'Anura les vestiges d'une tristesse immémoriale.

— Il y a plus en jeu que tu ne le penses.

Jaden porta un regard intense sur Anura.

— Tu es sûre que tout ira bien pour toi ?

Anura eut un sourire dépourvu d'humour.

— J'ai toujours un ou plusieurs plans B. Je vais m'en sortir. Soyez prudents, dit-elle en regardant d'abord Ty, puis Lily.

C'était vraiment la plus étrange des sensations que de regarder dans les yeux noirs d'Anura. Dès que leurs yeux se croisèrent, Lily sentit la pièce vaciller, et l'odeur de fumée sembla disparaître pour être remplacée par les arômes d'encens et de jasmin. Pendant une fraction de seconde, elle crut entendre un chant sauvage sur des sons de flûte et de pipeau, et elle eut la brève vision de femmes vêtues de robes blanches et dansant, main dans la main, en cercle sous une pleine lune d'été.

Elle cligna des yeux et la réalité la rattrapa brusquement. Quelqu'un frappait contre la porte au miroir et la fumée s'épaississait.

— Anura! Vous êtes là? Anura, il faut que nous sortions d'ici. Nous ne pouvons pas sauver le club!

Lily reconnut la voix du videur qui s'était confronté à Ty à l'entrée. Elle aspira une bouffée d'air âcre et se remit à tousser. Ty, qui ne semblait pas affecté, la scrutait d'un air inquiet et Anura marcha rapidement jusqu'à la porte sur le mur opposé, derrière laquelle montait un escalier.

— Allez! ordonna-t-elle. Comme vous pouvez le voir, je ne suis pas sans protection. Non pas que j'en aie besoin, mais c'est tout de même sympathique.

Jaden inclina rapidement la tête, puis s'élança dans l'escalier. Ty plaça Lily devant lui et la poussa vers l'avant. Elle avança, mais s'arrêta un instant sur le seuil où Anura se tenait en attendant qu'ils partent. Les coups contre la porte s'intensifièrent.

Sans en comprendre la raison, Lily tendit une main et agrippa l'avant-bras de la femme. Elle sentit immédiatement la connexion, l'intensité du lien. Elle ignorait toutefois ce qu'il signifiait. Mais elle voyait qu'Anura le savait, et son regard était chaleureux.

— Prenez garde à vous, dit Lily.

Elle se sentait idiote, mais voulait dire quelque chose. Elle avait tant de questions, mais l'occasion de les poser s'évanouissait d'un moment à l'autre. Elle éprouva une cruelle déception.

Anura, qui avait agrippé de la même façon le bras de Lily, lui décocha un sourire à la fois triste et tendre.

— Sois bénie, petite sœur. Prends garde à toi aussi. Nous avons beaucoup de choses à nous dire.

Lily n'aperçut que du coin de l'œil la forme physique d'Anura qui disparaissait, devenant translucide avant de se dissoudre en une colonne de pure fumée blanche. Puis ils repartirent, courant dans la cage d'escalier noire comme le charbon tandis que le monde s'enflammait sous eux et que les sirènes hurlaient au-dessus.

Quelques instants plus tard, tous trois émergèrent dans la nuit froide parsemée d'étoiles indifférentes.

CHAPITRE 13

SES RÊVES L'AVAIENT ramenée à l'incendie.

Lily se tenait debout dans le club désert, regardant le feu dévorer lentement le Mabon. Le seul éclairage provenait des flammes, mais même si la chaleur se faisait de plus en plus intense, la fumée n'envahissait pas ses poumons. Elle marcha lentement à travers la salle, observant le feu grimper le long des murs et s'enrouler autour du bois du bar. La porte donnant sur le bureau d'Anura était ouverte, mais tout était ténèbres au-delà.

C'était vers cet endroit qu'elle était attirée et, bien qu'une partie d'elle sut qu'elle était en train de rêver, Lily sentit son ventre se serrer d'angoisse tandis qu'elle approchait l'espace noir dans le mur. L'endroit semblait l'interpeler tandis qu'elle s'en approchait, mais elle savait qu'il était inutile de résister à son attraction. C'était là qu'elle devait aller.

Regarde à l'intérieur, ma fille. Vois le passé. Notre passé.

La voix l'enveloppait, chaude et familière. Lily savait qu'elle l'avait déjà entendue, peut-être dans d'autres rêves. Alors elle avança d'un pas, n'hésitant qu'un moment avant de franchir le seuil.

C'était un pas dans la folie... mais une folie qu'elle avait vue nombre de fois auparavant et qu'elle connaissait bien.

Elle se trouvait dans un magnifique temple, d'immenses colonnes de marbre s'étirant au-dessus d'elle. Et tout autour résonnaient les cris des mourants tandis que le plancher rougissait du sang qui s'accumulait. Lily s'avança en chancelant tandis que la bataille faisait rage, que des hommes et des femmes vêtus de rouge et d'or s'enfonçaient dans la foule qui s'était rassemblée, les crocs exposés sous leurs lèvres retroussées. Leurs lames d'argent brillaient comme des éclairs en retombant encore et encore, comme la faux de la grande faucheuse.

Des vampires, constata Lily. Mais pas seulement les attaquants. Les innocents avaient aussi des crocs, visibles à chaque cri de bataille, à chaque hurlement d'agonie, et ils combattirent vaillamment, même s'il était évident qu'ils avaient été pris par surprise. Il devait s'agir au départ d'une célébration. Lily le savait, à la façon dont le rêveur semble certain de la réalité de ce qu'il vit. Mais plutôt qu'une célébration, c'était un massacre.

À l'extrémité du temple se tenait une femme qui semblait à la fois faire partie de la scène et n'en pas faire partie. C'était la plus magnifique créature que Lily ait jamais vue, avec sa chevelure rousse qui s'étalait sur les épaules d'une robe simple de soie vert jade lui laissant une épaule à nu. Elle avait une peau d'albâtre et ses lèvres étaient aussi rouges que le sang. Elle regardait l'horrible spectacle de ses yeux tristes et immémoriaux qui se levèrent, puis croisèrent ceux de Lily, aussi verts que la robe qu'elle portait.

Un serpent doré lui entourait le haut d'un bras et elle portait au cou un pendentif en forme d'étoile.

— C'est ainsi que notre peuple est tombé, dit-elle à Lily, sa voix se répercutant sur les murs tandis que celle-ci s'approchait d'elle le long de l'allée centrale, dominant de plus en plus les cris. C'est ainsi que s'est effondrée la première dynastie, la lignée de la Mère.

Lily vit tout à coup que la femme portait dans ses bras un bébé enveloppé dans un riche tissu. Lily pouvait entendre ses cris monter à travers le vacarme.

— Tu es tout ce qui reste de moi, ma fille. En toi le sang renaîtra ou disparaîtra à jamais. Ne les laisse pas le prendre. Ils vont essayer. Mieux vaut disparaître pour toujours que d'être corrompus par ceux qui convoitaient notre pouvoir. Nos sœurs poursuivront du mieux qu'elles pourront, bien que la plupart d'entre elles aient oublié le serment qu'elles avaient fait.

La femme se tourna, puis tendit l'enfant à une autre femme vêtue d'une longue toge. Lily ne voyait pas les traits du bébé, dissimulés qu'ils étaient sous le capuchon que la femme avait tiré sur son visage. La femme et la déesse se serrèrent les bras avant que la femme avec l'enfant s'éloigne en courant, sa toge flottant derrière elle, comme un spectre dans l'air. Ce qui convenait tout à fait, pensa Lily en se dirigeant rapidement vers la femme rousse. C'était un endroit hanté. La panique s'empara d'elle lorsqu'elle se dit que la fin de ce rêve, si terrible et si familier, était proche. Elle se mit à courir, sentant le mal dans l'atmosphère même qui se pressait sur elle de toutes parts. Quelque chose d'horrible allait se produire. Elle ne voulait pas voir ça.

Mais elle savait qu'elle le devait.

Un bruit de tonnerre éclata non loin d'elle et Lily se rendit compte alors que les hommes et les femmes qui luttaient pour leur vie le faisaient non pas seulement avec leurs mains et leurs épées, mais aussi avec une chose qui émanait de l'intérieur d'eux. Elle regarda vers sa gauche, et une femme vampire ensanglantée, mais triomphante, projeta loin d'elle un adversaire tandis qu'un éclair de lumière jaillissait de ses mains. Lily détourna les yeux et vit qu'il se produisait à peu près la même chose partout. Après la surprise initiale de l'embuscade, les vampires du temple avaient reformé les rangs.

Mais chaque fois qu'ils repoussaient un agresseur, deux autres le remplaçaient, et ils étaient puissants et rapides comme l'éclair, si vifs que leurs mouvements étaient à peine visibles.

Si seulement ils avaient été préparés, pensa Lily. Si seulement ils n'avaient pas été pris par surprise, ils auraient remporté la bataille.

La déesse femme accumulait sa propre énergie. Lily le sentait, tout comme elle avait éprouvé le même type d'énergie s'accumulant en elle la nuit où elle avait quitté Tipton. Lily s'élança vers elle en espérant que la femme allait triompher, mais en sachant que le pire était à venir. Puis elle la vit, mince et sombre, les lèvres retroussées d'un air féroce et tenant bien haut au-dessus de sa tête une brillante lame recourbée. Elle alla se positionner directement derrière la femme rousse qui avait fermé les yeux en se préparant à la dernière explosion de puissance qui allait éparpiller ses ennemis aux quatre vents.

— Fiancée du démon ! Putain ! Tu vas tous nous détruire avec ta folie ! cria une voix tout près.

— Non ! hurla Lily tandis que la lame s'abattait, tranchant le long cou pâle.

Le monde prit une couleur d'un rouge brillant, éclatant en flammes, et s'obscurcit soudainement tandis que le hurlement de Lily résonnait douloureusement dans ses oreilles.

Un enfant pleura. Une femme hurla un ordre, mais il se répercuta en un écho comme si elle l'entendait d'une grande distance.

— Trouve l'enfant ! Où est l'enfant ? Il faut le tuer !

Brise ses chaînes, libère notre lignée. Aucune maison ne peut se passer des autres, entendit Lily dans un murmure tandis qu'elle se réveillait brusquement. Ty la secouait.

Elle respira une grande bouffée d'air pur, sans que demeure une trace de la fumée âcre de son cauchemar. Ses poumons se gonflèrent douloureusement et son corps se releva en un mouvement puissant, comme si elle émergeait à la surface de l'eau.

Elle allait bien. Tout ceci n'avait pas été réel. D'une certaine façon, il s'agissait de la même scène à laquelle elle avait assisté des dizaines de fois depuis son enfance. Mais d'un autre côté, tout cela lui avait semblé complètement nouveau.

La femme ne l'avait jamais regardée ni ne lui avait adressé la parole avant cette nuit.

Les yeux de Ty brillaient au-dessus d'elle dans l'obscurité. Il lui tenait les épaules serrées des deux mains.

— Lily, merde, tu vas bien ? Réveille-toi !

Elle tenta de se concentrer pour émerger complètement de son rêve.

— Ouais. Oui. Je suis là.

Sa voix lui semblait rauque et dure. Il lui fallut un moment pour se souvenir de ce que voulait réellement dire « là ». Puis, lentement, tout lui revint. Le club en feu. Le trajet jusqu'à un quartier décidément plus huppé de la ville, un trajet remarquable par le silence malaisé qui régnait entre les deux hommes avec qui elle était. Puis ils étaient venus ici, dans un entrepôt converti en loft où, semblait-il, demeurait Jaden.

Jaden. Lily parcourut la pièce des yeux en pensant à lui, mais elle et Ty semblaient seuls. Il y avait chez Jaden une vulnérabilité qu'elle n'avait pas vue en Ty, et elle s'inquiéta d'où il pouvait être allé même si elle venait seulement de faire sa connaissance. Il était demeuré sur ses gardes avec Ty, mais n'avait fait preuve que de bienveillance à l'égard de Lily. Il l'avait même nourrie avec de savoureuses pâtes en sauce qu'il avait au réfrigérateur. À sa grande surprise, il lui avait timidement souri avant de dire :

— Ce n'est pas parce que nous ne mangeons pas de nourriture ordinaire que nous ne pouvons pas en absorber ou que nous n'aimons pas ça à l'occasion. J'ai toujours aimé cuisiner.

La nourriture dans son estomac, combinée à l'énervement et au changement radical dans sa conscience du temps, l'avait rendue apathique. Elle savait qu'elle s'était sans doute endormie pendant que Ty était sorti un moment et que Jaden s'était occupé en faisant le ménage. Le divan de cuir était confortable, et l'appartement, avec ses hauts plafonds et ses murs de brique nue, était douillet et invitant malgré l'étrangeté de la soirée.

Un instant, elle réfléchissait à ce qu'était exactement parti faire Ty — elle était pratiquement certaine de ce qu'avait signifié le regard que lui et Jaden avaient échangé, et l'image de Ty enfonçant ses dents dans le cou de quelque femme choisie au hasard provoqua chez elle une vague de sensation irrationnelle et passablement violente qu'elle préférait ne pas examiner en profondeur — et l'instant d'après, elle avait sombré dans le sommeil.

Puis le temple, et la femme, et le feu.

Et maintenant, il n'y avait qu'elle et Ty. Apparemment seuls.

Lily se sentit mal à l'aise et repoussa cette idée en frissonnant. Bizarrement touchée, elle constata que quelqu'un avait déposé sur elle une couverture. Et il y avait un oreiller sous sa tête.

— Quelle heure est-il ? demanda-t-elle en remarquant que Ty la tenait toujours.

Elle savait qu'elle ne devrait pas en être contente, mais ce lien, aussi ténu soit-il, la réconfortait.

— Autour de trois heures du matin, dit-il. Tu as dormi pendant un bon moment. J'étais sur le point de te réveiller avant d'aller dormir pour te dire seulement où nous étions et où tu pourras rester pendant le jour. Mais tu as crié et j'étais in... Je pensais que tu avais probablement assez dormi. Il faudrait vraiment que tu t'habitues à dormir en même temps que nous.

Elle l'inquiétait. Lily songea que c'était à la fois gentil et un peu difficile à croire. Après tout, c'était l'homme qui l'avait attachée pour qu'elle ne puisse pas s'enfuir malgré la promesse qu'elle lui avait faite de rester tranquille. Mais son expression embarrassée et son refus soudain de croiser son regard donnaient à son demi-aveu une aura de vérité. Elle s'en réjouit tout en se sentant mal à l'aise.

— C'était seulement un mauvais rêve, dit-elle calmement. Ce n'était rien.

— De quoi rêves-tu, Lily ? Tu sembles avoir beaucoup de cauchemars pour quelqu'un qui, apparemment, menait une vie paisible.

Elle fronça les sourcils et, maintenant que ses yeux s'étaient ajustés à l'obscurité dans l'appartement, qui n'était pas noir comme la nuit, mais illuminé par la lumière traversant les hautes fenêtres, elle pouvait le voir beaucoup mieux. Et il paraissait inquiet pour vrai. Une autre surprise.

Le souvenir d'une paire d'yeux, verts et profondément tristes, et la femme levant sa dague pour les fermer à jamais lui traversa l'esprit et Lily frissonna. Ce n'étaient pas que des rêves et elle le savait. Mais elle ignorait ce qu'elle devait en faire, ce qu'ils signifiaient. Et elle n'avait certainement pas l'intention de les raconter à Ty qui, malgré tous les efforts qu'il faisait pour déchiffrer sa marque, n'œuvrait pas exactement dans son intérêt. Il avait son propre programme.

Brise ses chaînes, libère notre lignée. Qu'est-ce qu'elle devait donc faire de ça ? Elle espéra presque que la femme ne lui ait pas parlé. Auparavant, Lily avait toujours au moins pu attribuer ses cauchemars à quelque vision symbolique. Mais le fait d'être enlevée par un vampire en chair et en os avait presque aussitôt jeté un doute sur la partie symbolique de son interprétation.

— Lily ? répéta-t-il.

Elle savait qu'elle n'imaginait pas l'inquiétude dans ses yeux. Elle avait besoin de l'ignorer, sinon le fait de penser qu'il se souciait réellement d'elle allait lui embrouiller les idées. L'attirance était une chose, mais elle savait qu'elle ne devait pas s'engager davantage. Elle allait seulement en souffrir. Elle s'efforça de se concentrer sur le présent.

— Comment sais-tu que je suis encline à faire des cauchemars ? demanda-t-elle, puis elle fronça les sourcils et secoua la tête pour écarter ce que Ty s'apprêtait à répondre. Non, oublie ça. Je suppose que ta réponse va me donner la chair de poule. Je préfère ne pas savoir.

— Je dirais que tu fais bien. Mais ce n'est pas une réponse à ma question, l'encouragea-t-il en la serrant légèrement.

Lily imagina Ty la regardant pendant son sommeil et cette seule pensée provoqua chez elle une bouffée de chaleur qui n'avait rien à voir avec la température dans l'appartement.

— Je suis seulement… Je ne sais pas. J'ai seulement des cauchemars, OK ? Il s'agit peut-être de quelque vestige psychologique du fait d'être devenue orpheline dans l'enfance. Je ne me souviens pas de mes parents, mais je pense avoir été là quand ce qui leur est arrivé leur est arrivé. Je pense que ça doit venir en partie de là.

C'étaient des sottises, évidemment, mais pendant quelques années, quand elle était plus jeune, c'était la théorie qu'elle avait adoptée. Peut-être que Ty l'accepterait.

— Ah. Très bonne analyse de ta part, répliqua-t-il.

Mais peut-être pas.

Il lâcha alors ses épaules, bien que d'un geste hésitant, et il fit glisser ses mains le long de ses bras avant de les enlever. Il était assis très près d'elle, perché sur le rebord du divan, la hanche pressée contre la sienne, et elle eut l'impression de sentir vibrer dans tout son corps la sensation que provoquait ce seul point de contact.

C'était au moins une distraction de ce dont Ty voulait lui parler, une chose qu'elle ne souhaitait aucunement examiner avec lui. Mais comme toutes les distractions, celle-ci comportait son propre type de danger.

— Ouais, je suis submergée de pensées profondes, dit Lily d'un ton ironique.

Elle écarta ses cheveux de son visage d'une main et réprima un bâillement. Elle se rappela tout à coup qu'il avait dit quelque chose à propos de l'endroit où il lui serait permis d'aller pendant la journée.

— Alors, tu ne m'attaches pas aujourd'hui? demanda-t-elle.

Il secoua la tête.

— J'aimerais mieux que tu aies les mains libres si nous devons partir en vitesse. Cet endroit n'est pas sécuritaire. Je suis sûr que tu as compris que l'incendie de ce soir avait quelque chose à voir avec notre présence au Mabon.

Lily inclina la tête, se souvenant d'Anura, espérant qu'elle allait bien.

— Damien?

Elle détestait prononcer le nom, comme si ce simple fait pouvait le faire apparaître brusquement. Et d'après ce qu'elle avait pu constater jusque-là, l'idée n'était pas si exagérée.

— C'est ce que je pense. Nous n'avons pas eu le temps de parler à Anura et je suis certain qu'il aurait été le sujet principal de notre conversation. Je peux seulement espérer qu'elle a réussi à l'éviter en quittant les lieux. J'ai toujours pensé qu'il valait beaucoup mieux se transformer en fumée qu'en chat, mais nécessité fait loi. De toute façon, nous devrons être très prudents pendant que nous sommes ici. Je ne veux pas rester plus longtemps qu'il ne le faut, mais...

Il laissa sa phrase en suspens et détourna la tête en fronçant les sourcils.

— Mais ? insista-t-elle.

— Ça ne va pas. Rien ne va.

Elle perçut la perplexité dans sa voix et elle se sentit touchée. Elle connaissait mal son monde et n'aurait pas affirmé qu'elle l'aimait d'après ce qu'elle en avait vu, mais il y vivait depuis très longtemps, et elle avait certainement l'impression que les choses changeaient dans ce monde.

— On m'a envoyé à ta recherche à cause des attaques. C'est assez simple, non ? demanda-t-il.

Elle s'étonna qu'il continue de parler, mais il semblait en avoir besoin et elle évita de l'interrompre, se contentant d'incliner la tête. De toute façon, elle était plus sûre qu'il s'adressait à lui-même plutôt qu'à elle.

— Mais en fait, ce n'était pas du tout simple. Je me suis retrouvé à vagabonder dans des bleds perdus pendant presque un an, trop occupé pour prendre part aux stupides petits jeux dynastiques habituels. Puis je te trouve et tu es... différente de ce à quoi je m'étais attendu. Grâce à la personne inconnue qui veut décimer les Ptolémées, les Ombres nous pourchassent. Et maintenant, je découvre que non seulement la foutue dynastie est en danger, mais que ses membres agissent de telle manière qu'il est vraiment difficile pour quiconque de s'attrister de ce qui leur arrive. Je ne comprends réellement pas pourquoi les Ptolémées s'acharnent à provoquer les Draculs. Il est facile de les soupçonner, mais j'avais l'impression qu'Arsinoé désirait obtenir des preuves avant de déclencher une foutue guerre.

Il laissa échapper un grognement de frustration et enfouit sa tête dans ses mains. Lily l'observa tout en réfléchissant à ce qu'il venait de dire. Il y avait du nouveau pour elle dans ses paroles : il n'avait jamais mentionné ces Draculs comme étant la source possible de tous ces problèmes.

— J'ai été complètement coupé de ce qui se passait à la cour, dit-il. Et je n'ai absolument aucune idée de ce que je dois faire.

— Pourquoi eux ? demanda-t-elle. Pourquoi les Draculs s'en prendraient-ils aux Ptolémées ?

Ty frotta son visage de ses mains, puis leva les yeux vers elle. Il paraissait fatigué. D'une manière attirante. Elle essaya de ne pas le remarquer.

— Ça découle d'une vieille rancœur qui existe entre eux depuis que les Draculs ont demandé au Conseil d'être reconnus comme une dynastie de plein droit. Ce sont les plus jeunes, et je suppose que tu peux imaginer à quel point il est rare qu'une nouvelle lignée émerge. Vlad devait prouver qu'il avait été le premier à porter sa marque, et comme il jure qu'elle lui a été donnée par une ancienne déesse plutôt obscure, la preuve était... eh bien, je comprends que c'était toute une entreprise, mais il a réussi. Pourtant, les dirigeants des autres dynasties n'ont pas cessé de tenter de lui faire obstacle. Ce sont eux qui peuvent se changer en chauve-souris, tu vois, dit-il avec un sourire dépourvu d'humour. Les seuls sangs-nobles qui peuvent se métamorphoser en animal. Et les plus célèbres, ce qui enrage tous les autres. Ils n'allaient pas réussir à l'avoir quoi qu'il fasse. Vlad est rusé. Au moment où il a présenté sa demande, il était déjà bien organisé et appuyé par une puissante force. Il était sélectif et intelligent quand il s'agissait de choisir qui il transformait. Ils étaient trop nombreux. Le Conseil ne pouvait pas refuser, en particulier quand quelqu'un a jeté un sort de gitan sur quelques adversaires très bruyants.

— La chose invisible, fit Lily en fronçant les sourcils. Les Draculs sont des gitans?

— Certains d'entre eux, répondit Ty. Et la malédiction s'appelle un Mulo. Un esprit carnivore qui dort dans son cadavre pendant le jour. Peu de gens savent exactement comment en créer un.

— Je ne comprends toujours pas pourquoi il essaierait d'éliminer les Ptolémées. Surtout d'une manière aussi évidente.

Ty haussa les épaules.

— Chacun se sert de ses points forts. Et lui et Arsinoé se détestent vraiment. Elle a clairement exprimé ce qu'elle pensait des Dracul, de leur tendance à intégrer les chats de gouttière dans leurs rangs. Elle a été la seule à voter contre leur acceptation, et quand les deux camps ne s'évitent pas, ils se combattent. Peut-être que Vlad a décidé d'essayer de parvenir à ses fins, Lily. Je ne sais pas. Ce sont des affaires de sangs-nobles. Je ne pense pas comme eux et je ne le souhaite pas particulièrement.

Elle avait déjà remarqué sa façon de distinguer ce qu'il faisait de ceux pour qui il le faisait. Lily décida que n'importe quel tyran médiéval aurait été fier de la façon dont fonctionnait la société des vampires. Et la façon dont il prononçait si facilement les mots «chat de gouttière» était éloquente alors qu'elle l'avait elle-même entendu se nommer ainsi. Il y était tellement habitué... et cela l'attrista.

— Mais tu te laisses devenir une arme dans les mains des Ptolémées, fit Lily d'une voix aussi douce qu'elle le pouvait.

Ne voyait-il donc pas clairement cela?

— Est-ce que ça ne te rend pas terriblement responsable? poursuivit-elle. Je veux dire, ça ne te dérange pas de contribuer au problème? On dirait qu'Arsinoé figure parmi les plus méchants en voulant garder séparés les sangs-nobles et les bas de caste.

Elle le vit fermer les paupières immédiatement.

— Ce n'est pas moi, dit-il d'un ton rude, qui ai créé les problèmes. Et si ce n'était pas moi qui étais chargé de te ramener, ce serait quelqu'un d'autre. Je n'ai pas le luxe de pouvoir choisir ma voie. Je ne suis qu'une arme et non celui qui s'en sert. Et j'ai une dette envers la reine.

— Ouais, tu as mentionné ça, murmura Lily en détournant les yeux. Mais si tu étais si important pour elle, il serait logique qu'elle t'ait parlé de tout le reste. Et Jaden? Ça ne peut pas être si merveilleux s'il s'est enfui.

— Je ne sais pas. Il ne veut pas en parler, et il est parti... ailleurs.

Elle entrevit un éclair de colère dans ses yeux même s'il le réprima rapidement.

— Peut-être qu'il est parti voir Anura pour lui parler de nous, continua-t-elle. Peut-être qu'il travaille maintenant avec Damien et qu'il est en train de préparer notre mort prématurée, continua-t-il. Je n'en ai aucune idée, Lily.

Il poussa un profond soupir et Lily éprouva encore malgré elle de la sympathie à son endroit.

— Jaden est mon frère de sang. Il lui est arrivé quelque chose, mais je ne peux pas l'aider s'il ne me fait pas confiance. Je ne vais pas m'excuser de ce que je suis ni de ce que je fais, mais je n'ai jamais trahi notre lignée.

Il semblait si vulnérable, assis là dans l'obscurité, que Lily sentit son cœur s'ouvrir à lui. D'instinct, elle voulait le réconforter, peut-être parce que c'était le seul homme qui ait jamais essayé de faire la même chose pour elle. Ty était un homme difficile et d'humeur changeante. Elle l'avait constaté dès le départ. Mais c'était quelque chose de savoir qu'il pouvait être blessé par le manque de confiance d'un ami à son égard. Qu'il se croyait digne d'une telle confiance, quand il s'agissait de sa propre lignée, en tout cas. Il y avait une sorte de code d'honneur qu'il respectait, seulement, elle n'avait pas encore trouvé ce que c'était.

Et elle n'avait pas non plus compris encore si ce code la concernait.

— Et moi ? demanda-t-elle doucement, incapable de s'en empêcher. Tu vas me trahir ?

De toute évidence, la question lui importait peu.

— Je pensais que nous avions convenu que j'essayais de faire en sorte que tu demeures en sécurité, Lily. J'ai été tout à fait franc en te révélant pourquoi je t'avais cherchée.

— Non, je veux dire quand il s'agira d'Arsinoé. Qu'est-ce qui arrivera si elle décide que ma marque signifie que je ne devrais pas exister ? Et si elle décidait que je deviendrais une esclave comme…

Elle s'arrêta juste avant de dire *comme toi*.

Il l'observa, un léger regret dans son expression. Cette tristesse et tout ce qu'elle impliquait l'effraya davantage que presque tout ce qu'elle avait traversé depuis qu'elle l'avait rencontré.

— Il y a un dicton parmi les vampires, dit-il doucement. *Le sang est la destinée.* C'est ton sang, Lily, qui t'a amenée ici et qui m'a conduit jusqu'à toi. C'est ce que je crois. Et aussi longtemps que tu seras sous ma garde, je vais te protéger. Ensuite, ton sang te conduira où tu es censée aller. Et il te ramènera chez toi. Si tu ne crois en rien d'autre, tu dois croire en ça.

Elle secoua la tête.

— Je ne crois pas au destin, Ty. J'ai construit le mien. Et toi aussi, non? Tu n'es même pas censé pouvoir regarder une reine et encore moins être en si haute estime d'une reine si puissante. Tu as fait en sorte que ça se produise. Ce n'est pas quelque étrange destinée liée à ton sang.

Il émit un petit rire sans joie, et elle détesta le découragement qu'elle perçut dans ses yeux. C'était le regard d'un homme épuisé au fil de tant d'années, au point où il n'avait plus d'espoir. Qu'est-ce qui arriverait ensuite, dans une autre centaine d'années? Il acquerrait peut-être la froideur qu'elle avait vue en Damien, l'absence complète de sentiments.

Mais Ty était différent. Et si profondément seul.

— Et qui te protège? demanda-t-elle tout à coup, puis elle vit son étonnement.

— Je vais essayer de ne pas me sentir insulté par cette question. Je peux prendre soin de moi-même.

Lily soupira et fit une nouvelle tentative.

— Ce que je veux dire, c'est que tu sembles avoir beaucoup de responsabilités. On t'a chargé de prendre soin de moi et je sais que tu n'avais pas demandé ça. Mais qui est là pour te défendre, Ty ? Est-ce que les Ptolémées se précipiteraient à ton secours si tu avais besoin d'eux ? Qui surveille tes arrières ?

— Je...

Il s'interrompit et elle voyait sur son visage qu'il n'était pas certain de la réponse.

Aux yeux de Lily, c'était en soi une réponse. Elle aurait voulu lui dire qu'elle comprenait, qu'elle savait ce que c'était que de traverser la vie sans avoir personne à part soi à qui se fier. Ce qu'elle ne parvenait pas à comprendre, c'était comment il pouvait tolérer d'être à peine plus qu'un esclave, quel que soit le nom qu'il donne à sa situation. Il avait dit que cette reine l'avait sauvé. De quoi donc avait-elle pu le sauver qui soit pire ?

Le sang est la destinée. Il lui semblait renversant qu'une chose aussi insignifiante qu'une marque puisse tout déterminer. Elle passa une main sur la sienne, la sentant picoter et brûler de sa lente, incontournable chaleur en songeant au rêve, à cet étrange moment où elle s'était sentie liée à Anura. Elle se demanda si elle avait un quelconque choix, si elle en avait déjà eu un dans tout ce qui lui arrivait. Mais non... elle refusait de croire qu'elle était impuissante.

Ty, en cet instant, semblait perdu, là, dans le noir. Les deux dernières nuits avaient été très longues et elle était certaine qu'il en avait déjà vécu de plus éprouvantes. Son propre monde avait complètement basculé, mais il semblait que celui de Ty ait été également bouleversé pendant qu'il était resté éloigné de la cour. Elle se sentit triste pour lui et elle était trop épuisée par tant d'émotions pour combattre ce sentiment.

Il ne s'agissait peut-être pas du type habituel d'asservissement, pensa Lily, mais quand elle était en sa présence, Ty ne cessait pas un instant de l'attirer.

Sachant qu'elle allait le regretter, elle céda.

CHAPITRE 14

Lily tendit la main pour caresser le visage de Ty, s'émerveillant devant la fraîcheur de sa peau, la dureté de sa barbe de plusieurs jours. Ty ferma les yeux et pressa son visage contre la paume de Lily, bien que son expression révélait à la fois du plaisir et de la souffrance.

— Tu ne devrais pas, murmura-t-il.

Comme si je ne le savais pas, songea-t-elle, mais elle poursuivit la douce exploration de son corps, laissant glisser ses doigts à travers ses cheveux. Ils étaient fins, soyeux, et elle leva son autre main pour faire de même. Il renversa légèrement la tête, s'abandonnant juste un peu. Elle entendit tout à coup une sorte de doux raclement de gorge, et il lui fallut un moment pour comprendre d'où il venait. Elle rit doucement et Ty ouvrit les yeux d'un air inquiet. Même maintenant, prit-elle conscience, la première pensée qui lui venait à l'esprit était qu'elle se moquait de lui pour une raison ou une autre. Il ne lui faisait pas confiance... ne faisait confiance à personne, se dit-elle. Elle aurait voulu changer cette situation même si ça n'aurait servi à rien.

Peut-être parce qu'elle comprenait si profondément ce que c'était que d'être seul.

— Tu ronronnes, dit-elle avec un sourire.

Il tenta alors de s'éloigner d'elle, mais elle resserra la poigne sur ses cheveux pour l'arrêter. La dureté du geste s'insinua en elle, sombre et sensuelle. Elle n'avait jamais eu un homme à sa merci, n'avait jamais pris les choses en main. Mais quelque chose en elle lui soufflait qu'elle le pouvait si elle était assez brave pour s'en emparer.

— Je n'ai jamais fait ronronner un homme, dit-elle. J'aime ça.

Il ne tenta pas de s'éloigner encore, mais il ne se rapprocha pas non plus, la laissant plutôt recommencer à caresser ses cheveux, son visage. Il ferma à nouveau les yeux et se remit à ronronner, et Lily se dit alors que c'était là une réaction qu'il ne maîtrisait pas vraiment. Et c'était, tout bien considéré, le bruit le plus sexy qu'elle ait jamais entendu chez un homme.

— Nous ne devrions pas faire ça, fit-il d'une voix rauque.

— Ça ne t'a pas arrêté, la première fois, dit Lily en passant doucement son pouce sur cette bouche qui l'avait tant obsédée.

La peau en était tendre, et elle se souvint de la sensation qu'elle avait éprouvée en la sentant contre ses propres lèvres. Elle eut le souffle coupé de surprise quand les lèvres de Ty s'écartèrent et prirent son pouce dans sa bouche, agitant sa langue contre lui, le suçant doucement. Et pendant tout ce temps, il l'observait. Lily était certaine qu'il pouvait voir le rouge à ses joues, même dans l'obscurité, qu'il pouvait entendre chaque respiration saccadée qu'elle prenait. Son bas-ventre se tordit en un petit nœud chaud et agréable qui envoyait des vagues de sensations dans tout son corps.

Ty déposa un léger baiser sur le bout de son doigt.

— Fais attention à ce que tu suscites, Lily. Il est tard et je suis fatigué de faire semblant de ne pas vouloir prendre une gorgée de toi ce soir.

Elle avait l'impression d'être quelqu'un d'autre, quelqu'un de beaucoup plus assuré qu'elle ne l'avait jamais été. Elle put à peine le croire quand elle s'entendit dire :

— Et si je ne voulais pas que tu fasses semblant ?

Une lueur brilla dans ses yeux et Lily se rendit compte qu'elle ne craignait pas ce côté de lui. Peut-être l'aurait-elle dû, mais elle savait d'instinct que Ty ne lui ferait jamais de mal de manière intentionnelle. Il n'était pas comme ça. Elle était certaine qu'il avait fait des choses horribles. Mais il y avait encore un homme enfoui tout au fond du vampire. Encore un cœur. Lily voyait les deux, même si personne d'autre ne semblait pouvoir.

Même si personne d'autre ne le voulait.

— Tu ne comprends pas, dit-il. Quand j'ai vu ce foutu Dracul qui promenait ses mains sur toi ce soir, j'ai dû me retenir de toutes mes forces pour ne pas lui arracher la tête. Ce n'est pas normal, la façon dont je te désire.

— Ooh, murmura-t-elle avec un sourire en écartant les cheveux de Ty de son visage. Une déviance. Dis-m'en plus.

Mais il lui saisit les mains et les repoussa, serrant fortement ses poignets pour l'immobiliser. Son expression était profondément grave, même s'il était impossible de ne pas discerner le terrible désir dans ses yeux.

— Ce n'est pas normal, Lily. J'ai réussi de peine et de misère à ne pas te mordre la dernière fois, et ça mettrait fin à tout. Mais ton sang, ton odeur... je ne peux pas me raisonner. Tu n'as aucune idée de ce que je veux te faire. Ce que j'ai voulu te faire depuis ce premier soir au manoir.

Elle croisa son regard sans broncher, sans aucune peur.

— Je crois que c'est la même chose que je veux te faire. Tu n'es pas le seul à éprouver cette attirance, Ty. Je ne sais pas ce que c'est non plus, mais je ne suis pas un vampire, et je sens quand même que j'ai envie de plonger mes dents en toi.

Il émit un son doux, étouffé, presque un gémissement.

— Je n'ai rien à t'offrir, Lily. Je suis enchaîné d'une manière que tu ne pourrais pas comprendre et, quoi qu'il arrive, je dois retourner vers Arsinoé.

— C'est ce que tu veux ?

— Ce que je veux n'a pas d'importance, dit-il. Ça n'en a jamais eu.

Elle le fixa pendant un long moment, sachant qu'il avait raison, qu'il disait la vérité. Ça ne servirait à rien, ne changerait rien. Et pourtant, elle avait toute sa vie écarté ses élans du coeur. Pour une fois, elle voulait prendre une chose qu'elle désirait, au moment où elle la désirait, sans avoir à tout gâcher avec des considérations sans fin. Peut-être valait-il mieux que ça ne puisse pas durer. Alors, elle n'aurait pas d'illusions.

— C'est important pour moi, répliqua-t-elle.

Il ne dit rien, mais il relâcha lentement sa prise sur ses poignets.

— Je ne sais pas si je peux continuer à me retenir, dit-il, et il y avait dans sa voix une pure vulnérabilité qu'elle n'avait jamais entendue.

Il avait tellement de défenses. Elle se sentait bien d'avoir réussi à en franchir au moins quelques-unes.

— Tu peux, dit-elle. Je n'ai jamais rencontré personne d'aussi fort que toi.

Il eut un rire amer.

— Tu ne dois pas avoir rencontré beaucoup de monde, alors.

Elle décida qu'il était inutile de parler davantage. Ni l'un ni l'autre ne le voulait de toute façon. Tandis qu'ils étaient assis là, se touchant, si près l'un de l'autre, la tension dans l'air s'était épaissie au point qu'on aurait pu la couper au couteau. Quoi qu'il ait existé entre eux, ce sombre sortilège les enveloppa de nouveau, bloquant le reste du monde jusqu'à ce que rien d'autre n'existe qu'eux deux.

Lily changea de position, se soulevant sur les genoux, et releva doucement Ty jusqu'à ce qu'il soit complètement assis sur le divan près d'elle. Il la regarda avec un appétit non déguisé, mais fit ce qu'elle voulait. Peut-être avait-il encore peur de la toucher, pensa-t-elle. Ou peut-être voulait-il seulement voir ce qu'elle ferait. D'une façon ou d'une autre, cela revenait au même. Et c'était ainsi qu'elle avait besoin que ce soit, au moins un départ. Auparavant, il avait eu la pleine maîtrise d'elle, et elle s'était retrouvée fâchée et confuse. Cette fois, elle voulait que ce soit elle qui dirige, qui prenne.

Qui donne.

Elle glissa sur lui avec une grâce fluide dont elle ignorait même qu'elle la possédait, le chevauchant de manière à ce qu'ils se retrouvent face à face. Elle sut immédiatement qu'il était aussi touché qu'elle : il était niché, dur comme le roc, contre le haut de ses cuisses. Elle se sentit puissante, audacieuse.

Sans le quitter des yeux, Lily redressa le torse et passa son chemisier par-dessus sa tête, exposant sa peau laiteuse et son simple soutien-gorge de soie noire.

Aussi simple que le geste ait été, l'effet qu'il eut sur Ty ne le fut en rien.

Ses doigts montaient sur son torse tandis qu'elle jetait le chemisier derrière elle. Elle arqua légèrement le dos, gémissant doucement tandis que les mains de Ty s'emparaient d'elle. Elle l'entendit émettre une exhalation frémissante.

— Sois certaine, *mo bhilis*, dit-il. Sois certaine.

Pour une fois dans sa vie, elle était absolument certaine.

Sans un mot, elle saisit le t-shirt de Ty et le lui enleva. Il ne souleva aucune objection, l'aida, en fait. Puis ses mains se reportèrent immédiatement sur elle, parcourant avidement sa peau nue. Il l'attira rudement contre lui et Lily passa ses doigts dans sa douce chevelure noire avant d'amener sa bouche contre la sienne.

Ils se fondirent l'un dans l'autre, bouche à bouche, corps à corps, s'adaptant comme si chacun avait été la pièce manquante de l'autre. Elle émit un petit gémissement quand leurs lèvres se rencontrèrent, tandis que Ty s'emparait avidement, complètement, de sa bouche, la fouillant de sa langue. Elle pouvait sentir chez lui un besoin frôlant le désespoir et elle fut surprise de constater qu'il égalait le sien.

Lily retint son souffle quand il bougea, se soulevant subitement quand ses mains agrippèrent son dos pour la tenir en place. Elle lui enserra la taille de ses jambes et lui mordilla l'oreille.

— Le lit, fit Ty d'une voix rauque en se déplaçant à une vitesse surnaturelle vers l'escalier. Je veux être sur toi… en toi…

Elle éprouva une soudaine inquiétude.

— Ce n'est pas le lit de Jaden ?

Son exclamation à propos de ce que Jaden pourrait lui faire si la chose le dérangeait la fit rire, mais le rire se transforma en gémissement alors qu'il l'étendait sur le vaste lit qui occupait le loft. Ty la couvrit de son corps, et la sensation de sa poitrine nue contre elle, celle de son poids sur elle, était un pur plaisir.

Il se débarrassa vite du soutien-gorge, le détachant d'un geste rapide et le lançant sur le sol. Entre des baisers fougueux, de plus en plus avides, ils réussirent à retirer chaque pièce de vêtement qui les couvrait encore et les envoyèrent rejoindre le soutien-gorge. Puis ce fut Lily qui se rendit compte qu'elle émettait un son terriblement félin au moment où Ty se glissait de nouveau contre elle, rien d'autre entre eux cette fois que la chair vive, peau contre peau.

Il lui faisait une impression... incroyable. Ses pensées s'éparpillaient et refusaient de se réorganiser en quoi que ce soit qui ait un sens alors que Ty s'étirait au-dessus d'elle, contre elle. Son membre épais et dur se pressait contre sa cuisse tandis qu'il bougeait avec elle, et Lily tendit le bras entre eux pour l'envelopper de sa main. Ty s'immobilisa en fermant les yeux. Il semblait pris quelque part entre la souffrance et le plaisir.

— Lily, dit-il en laissant échapper doucement son nom. C'est... ah...

Elle le caressa à petits coups, et il sembla oublier complètement ce qu'il allait dire. Sa réaction suffisait amplement aux yeux de Lily. Il pencha la tête vers l'avant et poussa un gémissement rauque, sexy, qui fouetta son désir. Mais il la laissa continuer pendant quelques instants seulement avant d'immobiliser de sa main l'exploration de la peau veloutée de son membre.

— Je ne vais pas tenir le coup longtemps si tu continues, ma douce. Et je veux faire en sorte que ce soit bon pour tous les deux.

Elle sourit.

— Ça me semble déjà passablement bon.

Il lui rendit son sourire d'un petit air pervers qui accéléra encore davantage les battements de son cœur.

— C'est de mieux en mieux. J'ai voulu te goûter depuis le moment où je t'ai vue, dit-il. Je pense que je vais découvrir si ton goût est vraiment aussi bon que ton odeur.

D'un autre savoureux baiser, il réduisit au silence sa réplique embarrassée, née d'un soudain accès de timidité. Mais ses lèvres se déplacèrent rapidement, glissant le long de sa mâchoire sur la peau sensible de son cou. Lily ferma les yeux, renversant la tête vers l'arrière pour lui faciliter la tâche. Puis il descendit encore, faisant jouer sa langue sur sa peau enflammée de désir, puis sa bouche se fermant solidement sur un mamelon durci, avec une soudaineté qui suscita chez Lily un petit cri aigu.

— Ty, murmura-t-elle en glissant ses doigts dans ses cheveux tandis qu'il commençait à la sucer en de longues aspirations languissantes qu'elle ressentait au plus profond d'elle-même.

Ses hanches se frottaient sans relâche contre les siennes, apparemment de leur propre volonté, tandis que quelque chose en elle commençait à se tordre de plus en plus, envahissant son corps entier de sursauts de plaisir quasi insoutenables chaque fois que les dents de Ty grignotaient sa chair tendre.

Il accorda la même attention à chaque sein jusqu'à ce que Lily pense qu'elle allait simplement perdre l'esprit en subissant cette douce torture. Puis, comme elle le souhaitait, cette bouche perversement douée descendit encore davantage. Les baisers passionnés lui firent tressauter le ventre et elle frémit.

— Ouvre-toi pour moi, ronronna-t-il, et le voyant s'installer entre ses jambes, ses yeux gris brillant dans le noir, elle se rapprocha encore davantage du précipice vertigineux où il la menait.

Elle sentit ses jambes s'écarter pour l'accueillir, apparemment de leur propre volonté. Elle se sentait impuissante, complètement sous son emprise. C'était délicieux de s'abandonner ainsi, ne serait-ce que pour ces quelques moments. Sentir plutôt que penser.

Mais à l'instant où sa langue frôla le point sensible enfoui sous ses poils auburn, Lily ne put même plus penser.

Son corps s'arqua sur le lit tandis que la langue de Ty dansait sur la partie sensible de son corps, alternant entre des petits coups rapides et des lapées paresseuses, semblant savoir exactement de quelle façon la pousser à l'extrême limite entre la raison et la folie et la garder en déséquilibre en cet endroit.

— C'est si doux, souffla-t-il. Tellement, tellement doux.

Quand il glissa un doigt en elle, Lily vint dans un éclair intense, aveuglant, son corps se pliant sous Ty. Et le fait qu'elle pouvait le sentir, l'observer, qu'elle pouvait sentir sa respiration devenir plus rauque en constatant l'effet qu'il avait sur elle ne fit qu'intensifier d'autant son orgasme.

Et pourtant, alors que les vagues de plaisir déferlaient en elle, Lily sut qu'il y avait beaucoup plus si seulement elle osait y accéder.

Il déplaça le corps de Lily, se positionnant au-dessus d'elle. Mais Lily accrocha un pied derrière ses jambes, le renversa sur le dos si rapidement qu'elle se serait demandé s'il le voulait n'eut-ce été de l'expression de surprise sur son visage.

— C'est mon tour, souffla-t-elle, son cœur battant dans sa poitrine à mesure que les vagues de plaisir la parcouraient encore, et elle recommença son crescendo.

Les mains de Ty se posèrent sur sa taille, mais elle les écarta, éprouvant la sombre excitation du pouvoir qu'elle avait sur lui. Elle glissa contre lui, leurs corps maintenant couverts de sueur, et Lily sourit en constatant que malgré le fait qu'il paraissait souvent froid, elle pouvait lui insuffler suffisamment de chaleur pour qu'il transpire. Il grogna quand elle écarta de nouveau ses mains.

— J'ai besoin de te toucher, femme.

Elle se redressa assez pour que sa chevelure frôle la poitrine de Ty et le regarda avec un petit sourire espiègle.

— Tu peux… aussitôt que je t'aurai goûté. Chacun son tour, c'est équitable, non ?

Il écarquilla les yeux et elle éclata d'un petit rire rauque tandis qu'il comprenait qu'elle parlait d'inverser les rôles.

— Je ne t'ai pas dit que je voulais que ça dure longtemps ? Je ne… je ne pense pas…

Mais sa voix s'interrompit à mesure que la langue de Lily descendait le long de son corps, et elle se retrouva bientôt complètement absorbée par son contact, son odeur et son goût. Ses mains s'attardèrent sur une poitrine dure comme l'acier, explorant avec amour chaque recoin et chaque courbe de son corps. Il avait une odeur de chandelle, de fumée et de mystère. Elle adorait sentir ses muscles se contracter tandis qu'elle descendait jusqu'à ce qu'elle atteigne son objectif final.

Il faillit tomber du lit quand sa bouche se referma sur son membre.

Elle n'éprouvait aucune sensation de malaise, aucune timidité pendant qu'elle se laissait aller au bonheur de donner du plaisir à Ty. Il était merveilleusement réceptif, son corps se déplaçant et se soulevant sous elle, et chacun de ses halètements était une séduisante musique, chaque note se répercutant au plus profond d'elle jusqu'à ce qu'elle frissonne de nouveau d'un désir ardent. À un certain moment, les mains de Ty glissèrent dans sa chevelure, mais elle ne les écarta pas.

Il goûtait l'océan.

Finalement, quand son corps devint tendu comme une corde de violon, Ty la repoussa.

— Maintenant, fit-il les dents serrées. Maintenant.

Il avait une grâce et une férocité félines tandis que leurs corps s'entremêlaient et roulaient sur le lit, chacun rivalisant pour avoir le dessus. Le sang de Lily pulsait dans ses veines alors qu'elle serrait sa jambe autour de lui, le sentant se presser contre un endroit qui semblait n'être devenu rien d'autre qu'une chaleur moite. Elle ne s'était jamais sentie aussi vivante ni aussi libre que ce soir dans ses bras.

Il la plaqua sous lui et s'enfonça en elle brusquement, d'un seul mouvement rapide, la remplissant complètement. Ty renversa sa tête vers l'arrière en gémissant de plaisir. Lily ne put qu'ouvrir la bouche sans émettre un son, agitée par d'intenses vagues de sensations. Ses ongles raclèrent le dos de Ty quand il commença à se mouvoir en elle, ressortant puis s'enfonçant de nouveau avec une exquise lenteur.

Lily en sentait les secousses monter en spirale de ses orteils jusqu'au sommet de son crâne.

— Ty, soupira-t-elle. Encore.

Elle agrippa ses hanches, guidant ses mouvements jusqu'à ce que le lit commence à branler sous la force de leurs ébats. Elle voulait que ce soit plus dur, plus rapide, maintenant, et le lui dit par petites phrases haletantes, à peine cohérentes, qui ne firent qu'augmenter le désir de Ty. Ses yeux, sa peau, tout brûlait de la chaleur de ce qu'ils avaient créé entre eux.

Puis elle se sentit se précipiter vers un vague point de lumière tandis que tout en elle se concentrait pour atteindre ce sommet.

Son orgasme fut une lente implosion de sensations, s'épanouissant comme les pétales de quelque fleur nocturne. Lily s'agrippait à lui à mesure qu'elle montait, montait encore, jusqu'à ce que les vagues de sensations la laissent faible et frissonnante. Ty ne put supporter qu'une seule de ses vagues avant que la prochaine ne lui fasse franchir le seuil. Il vint avec un cri rauque, se raidissant tandis qu'il se vidait en elle. Lily pouvait sentir chaque pulsation, chaque sursaut, ce qui ne fit qu'alimenter son propre orgasme délirant tandis qu'elle se ruait encore une fois contre lui.

Il chanta son nom comme une prière tandis qu'ils s'accrochaient l'un à l'autre, tandis que Lily surmontait la tempête, tremblant, accueillant avec joie tout ceci. Ty enfouit son visage dans son cou, mais Lily sentait seulement son frémissement et elle sut que pour l'instant au moins, Ty était d'abord un homme bien avant d'être un vampire. Elle ne risquait rien de sa part — aucun danger physique, en tout cas.

Lily se demanda si elle avait pensé qu'il était invulnérable quand Ty releva la tête et que, les yeux ensommeillés, il frôla ses lèvres avec une série de baisers aussi doux que les autres avaient été intenses. Il murmura quelque chose dans une langue qu'elle ne comprit pas, mais ses paroles lui allèrent droit au cœur en raison de l'intonation avec laquelle il les avait exprimées. Et elle sut à ce moment qu'il était peut-être un chasseur immortel, mais que sa solitude, qu'elle avait si souvent sentie pendant le peu de temps qu'ils avaient été ensemble, était une vulnérabilité. Elle ne pouvait que souhaiter que ce nouveau sentiment de plénitude surprenant était une chose qui leur était commune. Pour le moment, il en donnait certainement l'impression. Mais ça ne pouvait pas durer. Il le lui avait dit…

Sachant à quel point c'était stupide, Lily sentit tout à coup ses yeux se remplir de larmes. Elle était idiote. Mais n'était-ce pas mieux de se permettre cette petite tranche de paradis avec le seul homme qui lui ait fait éprouver ce sentiment, aussi peu longtemps que leur lien soit destiné à durer, que de ne jamais l'avoir eu et de se demander sans cesse comment ç'aurait pu être ?

Elle n'en avait aucune idée.

Tout ce qu'elle savait à ce moment, c'était qu'elle courait un grave danger de perdre non seulement sa vie, mais aussi son cœur, pour un homme dont elle n'était pas certaine qu'il en ait un ou qu'il puisse l'offrir en retour.

— Lily. Belle Lily, ronronna Ty en plongeant le nez dans ses cheveux alors qu'il l'entourait de ses bras et s'installait pour dormir. Ma Lily.

Oui, songea Lily en se laissant aller au simple plaisir de se trouver dans les bras d'un homme qui venait de lui faire l'amour, qui avait vénéré son corps d'une façon qu'elle n'avait jamais éprouvée. Elle était vraiment, mais vraiment dans le pétrin.

Et cette fois, elle n'avait personne d'autre à blâmer qu'elle-même.

CHAPITRE 15

ELLE N'ÉTAIT PAS tout à fait certaine de l'endroit où elle se trouvait en se réveillant.

Ça semblait devenir une tendance chez elle dernièrement.

Mais elle savait exactement à qui appartenaient les bras qui l'enlaçaient, et c'était bien suffisant pour elle alors qu'elle sortait lentement du sommeil. Sa nuit avait été profondément reposante, dépourvue de rêves pour la première fois depuis très longtemps, et elle se sentait merveilleusement revigorée. Son corps aussi lui semblait assez étrange, pensat-elle avec un sourire languissant. Et ça n'avait rien à voir avec le sommeil.

La respiration de Ty était profonde et régulière tandis qu'ils gisaient dans le lit, enlacés comme une paire de chatons, et les battements de son cœur étaient lents, mais également réguliers. La tête contre sa poitrine, elle pouvait entendre son rythme éternel. Ses jambes étaient serrées entre les siennes et il avait tiré la couverture sur eux avant qu'ils s'endorment finalement.

Eh bien, en tout cas, après la dernière fois qu'il l'ait tirée du sommeil avec ses ronronnements et ses mordillements et ses coups de langue et…

Lily sentit la chaleur monter en elle à ce seul souvenir. Elle le désirait tout autant maintenant que la nuit dernière, avant même qu'il ne la touche. Et pour Ty, « avidité » était un mot qui paraissait peu convenir pour décrire ce qu'elle sentait émaner de lui; pourtant, aussi débridés qu'aient été leurs ébats, ils avaient été tendres, ce qui empêchait Lily d'y voir un acte purement physique. Il aurait pu la laisser seule, mais il la tenait plutôt dans ses bras pendant qu'il dormait. Même maintenant, elle avait conscience de ses doigts entremêlés dans ses cheveux. Ty était tellement plus que l'image qu'il présentait à l'extérieur. Il y avait tant de choses qu'elle voulait connaître de lui. Si seulement ils s'étaient rencontrés dans d'autres circonstances, si seulement c'était un mortel et qu'elle était normale. Si seulement…

Lily se pressa contre la poitrine de Ty, humant son odeur, se cachant la vérité. Elle avait finalement rencontré l'homme parfait pour elle et il s'était révélé être un vampire métamorphe avec des ennuis. Et c'était avant même qu'elle commence à tenir compte de ses propres problèmes.

Elle resta étendue pendant un moment alors que son euphorie sexuelle se changeait en souci. Elle essaya en vain de se rendormir. Finalement, elle se tomba tellement sur les nerfs qu'elle décida de se lever et de faire quelque chose, même s'il ne s'agissait que d'essayer de trouver du café et d'attendre que son compagnon se réveille.

Plutôt compagnons, pensa-t-elle en se demandant si Jaden était revenu. Dieu du ciel, elle espéra qu'il n'était pas arrivé pendant une des parties les plus bruyantes de la nuit. Elle rougit en y songeant, mais il n'y avait rien qu'elle puisse faire maintenant. Tant pis si elle avait été malgré elle une exhibitionniste. Il y avait au moins des panneaux dans le loft, mais ils n'auraient en rien atténué les sons.

Elle entreprit de se dégager doucement de l'étreinte de Ty. Au début, elle craignit de le réveiller, mais après quelques minutes de lutte avec son poids mort, il lui semblait évident que les vampires dormaient pendant que le soleil brillait, qu'ils le veuillent ou non.

Elle réussit à dégager ses cheveux, ce qui était la partie la plus difficile. Poussant un soupir de soulagement et se frottant la tête là où ses cheveux l'avaient tirée, Lily s'écarta de Ty. Elle regarda son corps endormi, s'accordant un moment pour le reluquer. Il semblait différent quand il dormait, songea-t-elle, le dévorant des yeux. Il était débarrassé de l'inquiétude qu'il portait comme une armure, et son beau visage anguleux était tellement plus ouvert, plus innocent. Son corps ensommeillé était relâché, détendu. Et en le regardant, Lily sentit son cœur devenir douloureux d'une manière qu'elle savait ne pas pouvoir apaiser.

Elle se força à détourner le regard et se glissa hors du lit. Lily prit quelques vêtements dans le sac sur le plancher, se félicitant d'avoir si rapidement acquis l'art de s'habiller dans l'obscurité. Puis elle traversa la pièce à pas de loup et descendit l'escalier en spirale.

Entendant une respiration en bas, elle s'arrêta soudain, jusqu'à ce qu'elle comprenne que Jaden devait être sur le divan. Elle se rendit compte que le vampire qui lui faisait terriblement penser à une vedette du rock, un être sexy et maussade, était un ronfleur. C'était un ronflement léger, mais incontournable.

Lily continua sa descente, craignant une fois ou deux de trébucher.

Elle n'éprouva qu'un bref moment de culpabilité en fouillant dans les poches de Ty pour y prendre de l'argent. Elle n'était pas une voleuse, mais il ne lui avait pas vraiment facilité la tâche lorsqu'il s'était agi de payer pour elle-même, et elle avait désespérément besoin de café. Il avait parlé de la laisser sortir le jour avant qu'ils ne trouvent d'autres sujets de discussion, et un café au lait serait pour elle un trésor en ce moment.

Puis il y avait cette autre chose. Il la tuerait s'il la découvrait, mais elle devait le faire. Lily savait qu'il agissait selon son propre code. Et elle aussi. Mais il y avait certaines choses qu'elle ne pouvait tout simplement pas retenir, peu importent les efforts qu'elle y mettait.

Même s'il y avait le bruit de respiration (et de ronflement), l'endroit ressemblait un peu trop à une tombe au goût de Lily. Elle n'avait pas pris conscience à quel point elle avait besoin de sortir de l'appartement avant de parvenir à la porte qu'elle ouvrit en prenant la clé sur le petit porte-clés en fer forgé à l'entrée. Elle verrouilla la porte derrière elle.

Elle s'engagea dans le vestibule à grands pas, se sentant de plus en plus légère même s'il n'y avait aucun indice de lumière naturelle, jusqu'à ce qu'elle arrive à la porte d'entrée; quiconque avait choisi cet appartement avait fait un bon choix. L'immeuble était une grotte. Puis elle poussa la lourde porte de verre et sortit au soleil, clignant des yeux pendant qu'elle s'ajustait à toute cette luminosité.

Après avoir vécu de nuit ces derniers jours, elle avait l'impression de se retrouver sur une autre planète. Le ciel était partiellement couvert, des nuages défilant et obscurcissant de temps en temps le soleil de l'après-midi. Le vent était mordant, et il donnait l'impression qu'une pluie froide allait bientôt tomber. Lily en respira l'odeur, de même que celle des fumées d'échappement et un léger arôme de nourriture. Des odeurs de ville, pensa-t-elle et, après un moment d'indécision, elle se dirigea vers la droite. Elle tourna à gauche plus loin, suivant l'odeur de la nourriture et, au bout de deux pâtés de maisons, elle aperçut devant elle une gargote du nom de Santo's. À peine deux portes plus loin se trouvait un café, le Brewing Grounds, où elle s'attendait à trouver son café au lait.

Mais il y avait d'abord la question de ce qui se trouvait entre eux : une cabine téléphonique.

Personne ne prêta attention à cette jolie rousse qui lorgnait une cabine téléphonique — qu'elle se sentit chanceuse de trouver à cette époque de téléphones portables — comme s'il s'agissait d'une bête affamée qui pourrait soudain l'attaquer. Malgré cela, Lily avait l'impression que tous les yeux étaient tournés vers elle. On lui avait dit de ne communiquer avec personne. Mais ceci ne comptait pas vraiment, et elle ne voulait pas faire souffrir davantage sa meilleure amie qu'il n'était nécessaire.

Elle fit un appel à frais virés.

Anna, l'adjointe de Bay, accepta immédiatement l'appel, mais elle devait se tenir tout près de Bay parce que ce fut la voix tremblante de celle-ci que Lily entendit aussitôt que les frais furent acceptés.

Elle se sentit envahir par la culpabilité. Elle aurait dû l'appeler plus tôt, même si la chose aurait été difficile.

— Oh mon Dieu. Lily ? C'est vraiment toi ?

— C'est moi, Bay. Je suis… Écoute, je ne peux t'en dire beaucoup, mais je veux que tu saches que je vais bien.

— Bien ? demanda-t-elle d'une voix à peine plus basse qu'un cri. Où est-ce que tu te trouves, Lily, pour l'amour de Dieu ? As-tu été enlevée ? Qu'est-ce qui s'est passé ? Je suis allée chez toi après le travail mardi quand je n'ai pas eu de tes nouvelles et on aurait dit que… Je veux dire, il y avait du verre brisé, des meubles jetés contre les murs, du sang sur le plancher. Tu fais la une de tous les journaux et les flics ne semblent avoir aucun indice sauf le fait que tout cela semble louche.

— Du sang, murmura Lily.

Ce devait être celui de Damien, quand elle l'avait projeté. Les policiers n'en tireraient aucune réponse, et c'était mieux pour eux, décida-t-elle. Quiconque partirait à sa recherche dans les coins qu'elle parcourait maintenant n'y trouverait rien de bien.

— Oui, merde, du sang, Lily! Où es-tu?

Elle réfléchit à la façon de répondre à cette question et souhaita un bref instant avoir réfléchi un peu plus avant de saisir le téléphone.

— Je suis en sécurité pour l'instant. Écoute, je ne peux pas vraiment parler, Bay. Il se passe des choses que je ne peux même pas aborder, et tu ne me croirais pas si je le faisais. Mais, s'il te plaît… ne te fais pas de soucis.

— C'est complètement fou, dit Bay d'une voix qui paraissait tout aussi fâchée que craintive. Toute cette situation est complètement folle. J'ai cru que tu étais morte. Je t'ai imaginée découpée en morceaux dans le sous-sol d'un psychopathe. Et maintenant, tu m'appelles je ne sais d'où en me disant de ne pas m'inquiéter? Me crois-tu stupide?

Elle se sentit honteuse d'avoir causé tout cela, de ne pas pouvoir dire à Bay où elle se trouvait, même si elle n'y avait pas été entraînée de bon gré. Bay était la meilleure amie qu'elle ait jamais eue. Elle lui devait davantage que ce coup de téléphone merdique.

— OK, dit Lily. Je te résume ça, alors. Tu connais la raison pour laquelle je déteste mes parents adoptifs? Ils ont essayé de me placer en institution quand j'étais une enfant. À répétition. Mais ça n'a jamais marché parce que je ne suis pas folle. Je suis, euh… eh bien, je suis une voyante.

Bay demeura muette pendant un moment.

— Ah. OK ?

Ce fut autour de Lily de se hérisser.

— Tu voulais la vérité, tu l'as. C'est pour ça que j'ai du mal à dormir. Les choses que je vois en rêve… Eh bien, ça n'a pas d'importance. Les choses que je peux faire peuvent être destructrices et, quand j'étais petite, je ne les maîtrisais pas beaucoup. Quand le dernier hôpital a renvoyé mes parents en les prenant pour des cinglés qui en avaient assez de leur enfant, mes parents m'ont envoyée dans un pensionnat pour ne plus avoir à s'occuper de moi. Ils ont payé pour mon éducation du moment où je restais à l'écart de leur petite vie bien rangée aussi souvent que je le pouvais, et comme ils me mettaient mal à l'aise quand j'étais présente, j'ai fait comme ils le souhaitaient. Nous ne nous parlons pas. Fin de l'histoire. En tout cas, de cette histoire.

— J'aurais aimé que tu me le dises, fit Bay d'une voix douce.

Aussi simple que ça ; aucun doute dans sa voix. Et à cet instant, Lily comprit à quel point son amie était importante pour elle.

— Tu me crois ? Juste comme ça ?

— Lily. Tu es ma meilleure amie et tu es aussi une des personnes les plus saines d'esprit que je connaisse. Et d'une manière bizarre, tout ceci est logique. J'ai toujours su que tu me cachais certaines choses, mais j'ai laissé faire parce que je me disais que tu me les révélerais quand tu serais prête, et ça doit avoir été douloureux. Mais ça n'explique toujours pas pourquoi tu es partie et que ta maison ressemble à une scène de crime. Est-ce qu'il y a une sorte d'agence gouverne-mentale secrète qui te poursuit ?

Tout à coup, sa voix était devenue plus animée.

— Est-ce que tes parents ont lâché les fédéraux contre toi ? Comme s'ils voulaient que tu utilises tes pouvoirs dans un programme secret pour créer des armes à médiums ?

Lily ferma les yeux, déchirée entre l'amusement et le désarroi. On pouvait compter sur Bay pour porter tout ça à un autre niveau. Bien que la vérité, pensa Lily, se situait à un niveau encore bien supérieur.

— Euh, non, Bay. En fait, c'est encore plus bizarre que ça. C'est… euh…

Elle poussa un soupir, sachant que ça paraîtrait cinglé, peu importe la façon dont elle le formulerait. Finalement, elle se contenta de laisser tomber :

— Je suis avec deux vampires.

Bay grogna.

— Ce n'est pas drôle, Lily.

— Non, vraiment. Apparemment, les vampires ne peu-vent posséder le don de voyance, et ils ont besoin de moi pour trouver un meurtrier que personne parmi eux ne peut repérer. C'est… compliqué.

Lily entendit des bruissements sur la ligne pendant que Bay réfléchissait à ses paroles.

— Est-ce qu'ils te droguent ?

— Non, mais un café serait bienvenu quand même.

Le scepticisme qui avait heureusement été absent jusque-là était maintenant apparu en force.

— Où sont ces vampires maintenant ? C'est le jour.

— Ils dorment à l'appartement. C'est un peu différent de ce qu'on voit dans les films. Ils respirent et tout. Mais je ne pense pas que je pourrais les réveiller.

— Et ils te laissent sortir et te promener pendant la journée?

Super. Maintenant, elle va penser que je suis cinglée, songea Lily. Mais elle s'était elle-même engagée sur la voie de la vérité et elle devrait se rendre jusqu'au bout.

— Écoute, Bay. Tu n'es pas obligée de me croire, mais je te dis la vérité. Au début, je n'étais pas du tout d'accord, mais les choses sont un peu différentes maintenant, dit-elle en pensant à Ty, qui dormait paisiblement dans le lit qu'ils avaient partagé. Mes dons comportent plus d'implications que je ne le croyais. Je vais me retrouver morte si je m'enfuis — tu ne peux pas imaginer comment les vampires sont compliqués et à quel point ils sont nombreux étant donné que tout le monde croit qu'ils sont fictifs —, mais je ne veux même plus vraiment m'enfuir. Je veux savoir ce que je suis. Tu peux comprendre ça?

— Alors, tu as réellement des ennuis, dit Bay.

— Oui, répliqua Lily en n'étant pas tout à fait certaine de quelles parties Bay croyait et ne croyait pas, mais sentant un poids levé de ses épaules seulement en racontant tout ça à quelqu'un. Et non. Je suis très bien protégée.

— Hmm. Quand est-ce que tu vas revenir, Lily?

— Je… je ne sais pas. J'espère revenir aussitôt que je me serai occupée de ce pour quoi ils ont besoin de moi. Mais nous n'y sommes pas encore.

La voix de Bay se fit plus dure.

— Ça ne me suffit pas. J'ignore qui sont ces soi-disant vampires ou ce qu'ils te font, Lily, mais il faut que nous te sortions de là. Dis-moi où tu es. Nous allons te fournir une protection. Nous allons nous assurer que personne ne soit blessé, mais tu dois me dire où tu es.

— Je ne le peux pas, Bay, fit Lily en devinant qu'elle allait se retrouver à faire du mal à son amie, mais encore certaine que l'autre solution était pire, c'est-à-dire que Bay penserait qu'elle allait mourir de manière horrible.

Non pas que ça ne pourrait pas encore se produire, mais jusqu'ici, tout allait bien.

— Merde, Lily, laisse-moi t'aider! Je ne veux pas te perdre encore!

Lily perçut l'anxiété et la peur dans sa voix et sentit la culpabilité et la détresse lui nouer l'estomac. Mais il n'y avait rien qu'elle puisse faire. Elle avait fait ce qu'elle avait voulu quand elle avait saisi le téléphone. Bay savait qu'elle était vivante, et c'était le mieux qu'elle pouvait faire.

— Bay, tu ne peux pas m'aider. Et n'essaie pas de me trouver; ça serait la meilleure façon de te faire tuer ou blesser. Je ne suis même pas censée t'appeler, mais je ne peux pas supporter l'idée que tu me croies morte quelque part. Je vais arranger tout ça d'une manière ou d'une autre, et le vampire avec qui je voyage… il est vraiment puissant, vraiment futé. Il ne va pas laisser quoi que ce soit m'arriver.

— Dieu du ciel, Lily, t'es-tu laissée entraîner par un de ces malades? Dis-moi que ce n'est pas le cas. Tu sais ce qu'est le syndrome de Stockholm — sois assez intelligente pour reconnaître quand ça t'arrive. Fous le camp de là et reviens à la maison!

— Bay, répondit Lily, ces dernières nuits, j'ai vu des choses qui te renverseraient. S'il te plaît, fais-moi assez confiance pour distinguer l'imaginaire du réel. Tout ça est réel. Ces gens sont extrêmement âgés, puissants et dangereux. Je n'ai pas d'autre choix que de les aider, mais en le faisant, j'ai la possibilité de répondre à des questions que je me suis toujours posées sur moi-même. Essaie de comprendre ça.

— Je ne comprends rien à tout ça, répondit Bay, et elle semblait de nouveau au bord des larmes. J'ai peur pour toi, Lily. Je veux que tu reviennes.

— Je vais le faire si je le peux. Et, quoi qu'il arrive, ne laisse pas ma famille prendre mes choses. Mon testament se trouve dans le coffre-fort du bureau. Je te laisse tout.

— Oh, Lily…

— Ouais, eh bien, je veux ravoir tout ça en revenant, dit-elle en sachant que Bay pleurait maintenant à chaudes larmes à Tipton.

Elle se sentit elle-même sur le point de pleurer et décida qu'il était temps de mettre fin à la conversation. Elle ne pouvait rien faire de plus. Tout ce qu'elle aurait pu ajouter ne causerait que plus de souffrance, et elle ne voulait pas en arriver là. Elle allait seulement essayer de se concentrer sur le bien. Bay savait qu'elle était en bonne santé. C'était ce qui importait.

— Prends soin de toi, Bay. Je t'aime.

Elle raccrocha l'appareil avant d'entendre la réponse de Bay et s'essuya les yeux avec la manche de sa veste. Apparemment, elle n'était pas parvenue à le faire aussi calmement qu'elle avait cru le pouvoir, mais c'était fait.

En parlant à Bay et en raccrochant le téléphone, elle eut l'impression de dire adieu à son ancienne vie, comme le fait de briser un lien plutôt que de le renforcer, alors que c'était cette dernière idée qu'elle avait eue en tête. Mais il lui était impossible de changer la réalité ni la tâche qu'elle devait accomplir. Tout ce qu'elle pouvait espérer, c'était s'en sortir en un seul morceau.

Et malgré tout ce qu'elle avait dit, même si elle savait que c'était probablement impossible, Lily espéra qu'elle pourrait réussir à s'en sortir en compagnie de Tynan MacGillivray. Parce qu'il devenait de plus en plus évident qu'elle était en train de tomber en amour avec lui, profondément et rapidement, et elle n'avait aucune idée de la façon dont elle pourrait s'en empêcher.

L'esprit débordant d'impossibilités et alourdi de nouvelles inquiétudes, Lily entra dans le café en espérant qu'elle ne venait pas de commettre une grave erreur.

En se réveillant, la première chose qu'il remarqua fut qu'il était seul.

Puis il se rendit tout à coup compte que ce n'était pas du tout ce qu'il avait voulu. Il s'était endormi dans la chaleur du corps de Lily, dans sa délicieuse odeur. Il ne lui était jamais arrivé, ni dans cette vie ni dans sa dernière, qu'une femme lui ait fait perdre la tête à ce point. Et pourtant, en rencontrant Lily, il avait eu l'impression de retrouver quelque morceau égaré de lui-même qu'il ne savait pas qu'il lui manquait.

La situation était dangereuse, pensa-t-il en se levant lentement du grand lit vide. De diverses façons qu'il n'avait jamais crues possibles, Lily représentait un danger pour lui. Et il n'était plus question de mettre ça sur le compte de son sang qui l'attirait. Nul doute que cet aspect avait contribué de beaucoup, mais le plaisir qu'il avait éprouvé avec elle avait déjà été si intense que, dépassé un certain seuil, l'idée de la mordre avait cessé de lui traverser l'esprit.

Dangereuse. Et pourtant... il ne pouvait penser à rien d'autre qu'à la voir, qu'à se trouver de nouveau avec elle.

Ty glissa ses doigts dans ses cheveux, remonta ses genoux et soupira. Quelque part à travers tout ce chaos, il avait perdu la tête. Et il était pratiquement certain qu'il était dans le pétrin jusqu'au cou dès l'instant où il l'avait aperçue pour la première fois.

C'était vraiment une mauvaise idée que d'avoir couché avec elle.

Alors, évidemment, il s'y était lancé tête première.

Jaden apparut comme un esprit malveillant au bord du panneau qui dissimulait le lit, comme s'il avait été attiré par toute l'énergie négative que produisaient en ce moment les pensées de Ty.

— Je n'ai jamais pensé dire ça un jour, Ty, mais tu vas te faire tuer si tu continues sur cette voie.

Ty lui lança un regard mauvais, n'étant pas du tout d'humeur à se faire donner des conseils.

— Tu en sais long là-dessus, Jaden, en tant que déserteur et tout. C'est de toute évidence un désir suicidaire. Et qu'est-ce exactement que je fais que tu trouves si terriblement dangereux ?

Jaden ne sourit pas, mais de toute façon, c'était une chose que peu de gens l'avaient vu faire.

— La femme. Si tu as vraiment l'intention de l'amener à Arsinoé, ce que je ne te suggérerais pas personnellement, alors tu sais à quel point il est futile de créer des liens avec elle. Même si les Ptolémées la laissaient vivre quand elle leur sera devenue inutile, on ne te permettra jamais de la revoir. Surtout si les choses demeurent comme elles sont.

Ty haussa les épaules en un geste insouciant beaucoup plus forcé qu'il n'aurait voulu le laisser savoir à Jaden.

— Elle n'a aucune illusion à propos de moi. Je ne vois aucune raison de ne pas tirer du plaisir de certains aspects de mon travail pendant que je le peux.

Jaden grogna sur un ton incrédule.

— Ouais. J'aimerais que tu puisses voir la manière dont tu la regardes, Ty, et qu'elle te regarde. Vous êtes tous deux allés trop loin.

— Je ne la considère pas comme autre chose qu'un boulot qui comporte certains avantages intéressants, aboya Ty, détestant la façon brutale et insensible dont il avait prononcé ces mots, au moment même où il essayait de se convaincre que ce pourrait être vrai, que ça puisse un jour être vrai.

Surtout que depuis qu'à l'instant où ses paroles avaient quitté ses lèvres, il commença à s'inquiéter du fait que Lily ait pu les entendre et qu'elle se fasse une fausse idée à propos de ses sentiments.

Les sentiments. Oh, merde, il avait une attaque de sentiments, n'est-ce pas?

Il commença à ressentir un mal de tête. Bon dieu, il avait soif et il n'était même pas dix-neuf heures.

— Où est Lily, soit dit en passant? demanda-t-il en tentant de garder un ton indifférent.

Mais il sut, en voyant le regard dans les yeux bleus de Jaden, que cette simple question n'avait fait que confirmer tout ce que son frère de sang venait d'insinuer.

Il se sentit agacé même s'il saisissait qu'il pourrait y avoir un brin de vérité dans les accusations de Jaden.

— Elle prend sa douche en bas, alors ne t'inquiète pas, elle n'a pas pu entendre les sottises que tu viens de débiter. C'est une fille adorable. Beaucoup trop pour toi. Dommage que tu sois tombé sur elle, vraiment, et je devine que c'est une chose à laquelle tu as aussi pensé une ou deux fois.

Ty lui lança un regard furieux, mais ne dit rien, parce que Jaden avait raison, et il le savait.

— Et à propos de la façon dont tu la regardes, tu sembles vouloir te noyer en elle, poursuivit Jaden d'une voix égale. Et c'est ce que vous faites, tous les deux. Vous êtes en train de vous noyer. Mais ne laisse pas mes méchantes observations gâcher ton plaisir. Je suis seulement le gars qui a dû attendre que le soleil se lève pour pouvoir en toute sécurité revenir m'effondrer sur le divan.

Ty changea de position, mal à l'aise.

— Ah. Navré pour ça.

Ce fut au tour de Jaden de hausser les épaules.

— T'en fais pas pour ça. J'avais quelques choses à régler de toute façon.

— Attends, dit Ty alors que Jaden tournait les talons, et il vit le dos de son vieil ami se raidir.

Il se demanda s'ils étaient encore des amis et ce qui avait fait que les choses avaient basculé à ce point.

— Jaden. Qu'est-ce qui t'est arrivé ?

Jaden tourna la tête pour le regarder d'un air inquiet, mais il y avait maintenant dans son regard davantage que l'armure maussade qu'il présentait aux autres. Il y avait là une lassitude qui n'avait jamais été présente, le même type de lassitude qu'il avait perçue chez Anura. Ty savait que Jaden était un chasseur compétent, impitoyable quand c'était nécessaire, même s'il était parfois terriblement idéaliste. Mais il avait eut son lot d'impudence auparavant aussi.

Ty ne voyait plus rien de son ancienne arrogance maintenant.

— Pourquoi ça a de l'importance? demanda Jaden. Tu retournes là-bas.

— Tu sais pourquoi c'est important, répliqua Ty. Il faut que je sache dans quoi je retourne. Je dois me préparer. Et je dois savoir si je peux aider les autres en cas de besoin.

Jaden se contenta de secouer tristement la tête et d'émettre un petit sourire mélancolique que Ty trouva à la fois condescendant et énervant.

— Je ne pense pas que quiconque ait encore besoin d'aide, Ty. Néron a fait jaillir les pires impulsions d'Arsinoé, des choses que je me suis moi-même efforcé d'ignorer pendant trop d'années. Bien sûr, le fait que je les voie n'aurait rien changé, bien que j'en serais peut-être sorti plus tôt, quelles qu'en aient été les conséquences. Tu penses que tu aides en lui amenant Lily.

La voix de Jaden s'était faite plus basse, plus urgente.

— Mais tout ce que tu fais, dit-il, c'est de la condamner. Ma décision a déjà été prise, Ty. Les Dracul vont être balayés de la surface de la Terre. Tout ce que le reste d'entre nous peut faire, c'est se mettre à l'abri et espérer que les répercussions ne soient pas trop mauvaises.

— Comment sais-tu ça ? demanda Ty alors qu'une peur glaciale s'insinuait dans son cœur. L'as-tu entendue le dire ?

— Ça n'a pas été nécessaire, répondit simplement Jaden. Néron parle à sa place, maintenant. Et ses actes sont encore plus éloquents à propos de ses intentions que ses paroles ne pourraient jamais l'être.

— Sottise, répondit sèchement Ty. Arsinoé prend ses propres décisions. Elle l'a toujours fait.

— Alors, elle est encore plus monstrueuse que nous aurions pu l'imaginer. Rends-toi service, Ty. Trouve-toi une cachette. Si tu as la moindre affection pour Lily, mords-la, parce que nous savons tous les deux qu'elle n'aura aucune chance de mener une vie normale après ça. Mais reste éloigné des Ptolémées. Ils sont assoiffés de sang, et tu ne vas pas leur faire obstacle. Tu vas retourner et ils vont te traiter comme n'importe quel autre animal. C'est tout ce que nous sommes à leurs yeux : des animaux.

Son ton devint amer.

— J'en sais quelque chose.

— Je ne peux pas croire ça, dit doucement Ty. Les autres...

— Ont dépassé le point où ils avaient besoin d'aide, Ty, termina Jaden. Tu as été parti pendant un bon moment. Rends-toi service, et particulièrement à ta malheureuse petite amie, et reste éloigné.

— J'ai bien peur que ce soit difficile à faire, étant donné que la Maison des Ombres est à nos trousses. Les Ptolémées ont besoin de Lily. Ils peuvent la protéger.

Jaden fronça ses noirs sourcils.

— Et toi ?

— Je peux m'occuper de moi-même. Et je refuse de croire que la situation s'est aussi détériorée que tu le dis, Jaden. Je ne sais pas ce qu'ils t'ont fait, et j'en suis désolé, mais la reine entendra raison. Quand je lui apporterai la solution à ce…

— Épargne-moi ton idéalisme, cracha-t-il. Ça n'a jamais beaucoup fait partie de ton caractère auparavant, mais tu as toujours trop fait confiance à une femme qui nous écraserait avec tout autant de facilité qu'elle nous regarderait. Une femme qui, en fait, a écrasé la plupart de ceux qui refusaient de se soumettre. Ou as-tu oublié que nous étions une espèce en voie de disparition hors des murs de l'enceinte? Amène-lui Lily et peut-être qu'elle te jettera un os. Ou peut-être qu'elle te sourira avant de laisser Néron te jeter dans les ténèbres avec les autres. Tu seras sans doute à l'abri des Ombres à la cour.

Il haussa les épaules.

— Mais un animal utile, Ty, est encore un animal. Les Cait Sith peuvent faire mieux. Et toi en particulier.

Ty laissa éclater sa colère.

— Les caniveaux ne sont foutrement pas mieux!

— Ils sont mieux que beaucoup de choses, répondit Jaden d'une voix douce. Mais fais comme tu veux. Je vais faire ce que je peux pour toi pendant que tu es ici. Elle est adorable, ta Lily. Mais je ne vais pas retourner là-bas et j'espère qu'en tant qu'ami, tu vas respecter ça.

— Je ne trahirais jamais un Cait, Jaden, dit Ty avec une profonde tristesse.

Ce n'était pas le moment pour lui de ressentir une telle incertitude à propos de sa mission. Mais tout ce à quoi Jaden avait fait allusion ne faisait que soulever davantage de questions pour lui, davantage d'inquiétudes.

— Ouais, je le sais, répondit Jaden, et l'espace d'un instant, il était l'homme que Ty avait connu pendant plus de deux siècles maintenant, avec une moitié de sa bouche formant un petit sourire ironique. Nous, les chats de gouttière, nous devons nous épauler, non ? Je suis vraiment content de t'avoir vu, mon frère. Malgré tout ce qui s'est passé.

Il se retourna et s'éloigna sans ajouter un mot, et Ty se retrouva à se poser mille questions, ce qui, imagina-t-il, était exactement ce qu'avait voulu Jaden.

CHAPITRE 16

Les rues de la ville étaient humides de pluie quand Ty quitta finalement l'appartement peu avant minuit. Jaden déambulait à quelques pas devant lui alors que Lily marchait à son côté. Il préférait qu'elle demeure là, et non pas seulement parce que sa présence semblait atténuer quelque peu les peurs qu'il ne pouvait se permettre d'entretenir. Il était mal à l'aise en sachant qu'elle était sortie plus tôt. Il ne le lui avait pas précisément défendu — et en fait, il avait failli lui dire de ne pas hésiter à aller prendre l'air et jouir du soleil si elle se réveillait trop tôt, du moment où elle ne s'éloignait pas trop.

Elle n'était pas du genre à tout faire foirer et à s'enfuir. Il le savait et s'en voulait un peu de s'en réjouir à un niveau purement pratique. Mais son malaise demeurait. Maintenant, elle ne devrait plus le fuir à moins qu'il ne lui fasse du mal. Et cela n'était plus une option, si jamais elle avait déjà existé.

Il s'en voulait un peu pour ça aussi.

Mais par ailleurs, quelque chose l'avait agacé toute la soirée, une chose sur laquelle il ne pouvait mettre le doigt, mais qui le rendait nerveux. Ce n'était pas tout à fait comme être surveillé, même s'il était presque certain qu'ils l'étaient vraiment. C'était davantage le sentiment d'un danger imminent, comme si quelque chose allait tomber du ciel sur leur tête et qu'il ne pourrait rien y faire.

Contrairement à son habitude, Lily était tranquille. Il lui avait fallu quelque temps en soirée pour saisir que c'était par timidité, ce qui contrastait fortement avec l'être sauvage qu'elle avait su être avec lui dans l'obscurité. Les choses avaient évolué entre eux à un niveau plus profond qu'il n'en avait eu l'intention. Ty savait qu'en fin de compte, ça ne changerait rien, qu'il ne pourrait vraiment rien changer.

Alors, il laissa Lily être tranquille et légèrement gênée, parce qu'il n'avait aucune idée de la façon de gérer ça non plus, et que le silence relatif lui permettait d'éviter d'essayer.

Toutefois, rien ne pouvait l'empêcher d'être enveloppé par son odeur, douce et incroyablement femelle, plus forte et en quelque sorte même plus attirante qu'auparavant. Ty essaya de se concentrer sur autre chose, n'importe quoi d'autre. Parce que même si elle lui avait tout fait oublier à propos du sang pendant que leurs corps s'étaient joints, par la suite, son désir de boire son sang n'avait fait qu'empirer.

À ce moment d'une soirée normale, il aurait soif.

Ce soir, il était foutrement affamé.

— Es-tu sûr qu'elle ne viendra pas à nous? C'est son appartement. Et elle semblait vraiment sincère, dit Lily en essayant de rester à sa hauteur même si ses pas étaient deux fois plus longs que les siens.

Ty était heureux qu'elle ne se soit pas plainte — ils étaient pressés, et il devait faire aussi vite que possible. Il ravala sa soif pour le moment et se concentra sur la situation présente. Il espéra seulement qu'elle ne le regarde pas trop attentivement dans les yeux par crainte de ce qu'elle pourrait y voir.

— Elle a pu être sincère, mais ne pas pouvoir venir quand même, répliqua Ty. Le Mabon ne rouvrira pas avant plusieurs semaines, bien que je sois content qu'ils aient pu sauver l'immeuble. Elle va reconstruire, rouvrir. Anura a eu des problèmes dans le passé et elle s'en est toujours sortie. Mais nous n'avons pas vraiment le temps d'attendre, surtout pas si elle a dû entrer dans la clandestinité.

Lily plissa les yeux et il détourna la tête. Mais ce n'était pas lui qui l'inquiétait.

— Obligée d'entrer dans la clandestinité ?

— Possiblement, répondit-il en penchant la tête vers elle. Tu te fais vraiment beaucoup de souci pour elle. Tu ne l'as rencontrée que quelques minutes. En quoi ça t'importe ?

Il comprit immédiatement que ce n'était pas la bonne chose à dire. Les yeux bleus de Lily brillèrent de colère.

— Oh, je comprends. Je devrais seulement me soucier de ce que les gens peuvent faire pour moi, c'est ça ? Pas des gens eux-mêmes.

Ty haussa les épaules, mal à l'aise.

— C'est une façon plus pratique de vivre.

— C'est une triste façon de vivre. Comment me traiterais-tu si je ne t'étais pas utile ?

— Je n'aurais pas à te traiter d'une quelconque façon, répliqua-t-il, parce que nous ne nous serions jamais rencontrés.

Lily laissa échapper un profond soupir et il pouvait constater que la réponse ne lui avait pas plu. Il était seulement heureux d'avoir eu une réponse qui possédait une certaine logique et qui n'allait pas susciter de sa part une nouvelle réplique cinglante. Enfin, il ne pensait pas.

À pas feutrés, elle s'approchait dangereusement d'un territoire qu'il n'avait aucune intention de parcourir avec elle.

Heureusement, quand elle parla, il comprit clairement qu'elle n'entendait pas se quereller en ce moment.

— Qu'est-ce qu'elle est de toute façon ? Anura, je veux dire. Que signifie sa marque, la torche et la patte ?

Oui, elle était intéressée. Un peu trop intéressée, décida Ty. Il croyait avoir décelé la même chose chez Anura, cet éclair de reconnaissance quand les deux femmes s'étaient quittées. Et il savait qu'il était nécessaire pour lui de comprendre ça.

Il se sentait irrité que Lily ne lui ait pas révélé l'accord silencieux qu'elles semblaient avoir passé. Et il était encore davantage irrité de ne pas pouvoir l'extirper de sa tête. Il se concentra quand même sur l'esprit de Lily, essayant tout au moins de percevoir un tant soit peu ses émotions. Il était tellement plus facile de traiter avec les humains quand il pouvait voir ce qu'ils pensaient, ce qu'ils voulaient. Et ce qu'ils essayaient de dissimuler.

Immédiatement, il la sentit le repousser, de même qu'il perçut une poussée d'agacement.

— Ne fais pas ça, dit-elle.

Elle était forte, pensa Ty. Tellement plus forte qu'elle le croyait. Il avait eu un avant-goût de sa puissance la nuit où ils avaient quitté Tipton, et même quand son esprit fouillait le sien, il ressentait le même courant bouillant d'énergie qu'elle portait en elle.

— Je ne le ferais pas si tu étais franche avec moi. Pourquoi cet intérêt envers Anura ? Quelque chose s'est passé, dit-il, et il vit à l'expression de Lily qu'il avait raison.

Elle était transparente comme le verre. Il espéra qu'elle n'ait jamais à lui mentir à propos d'une chose importante. Puis il l'imagina ayant à traiter avec Arsinoé, qui avait autant de talent pour pratiquer la tromperie qu'elle en avait pour la déceler, et il sentit un moment le découragement l'envahir.

— J'ai seulement… perçu quelque chose de sa part. Vu quelque chose. Quand nous nous sommes touchées, dit Lily sans le regarder tandis qu'ils suivaient Jaden le long d'une rue sordide dans les faubourgs de la ville.

Ils dépassèrent, en succession rapide, un bar de danseuses aux fenêtres noircies, une boutique de films et de jouets pornos, et un endroit qui était à la fois une boutique de prêteur sur gages et un bureau de chasseur de primes. Lily ne vit pas les deux hommes dépenaillés qui la regardaient avec concupiscence, adossés au mur d'un bar de l'autre côté de la rue, mais Ty les vit.

Elle est mienne, pensa-t-il en se concentrant sur eux avec une puissance perverse. Ils allaient le savoir sans en comprendre la raison, allaient le sentir jusque dans leur moelle. Aussitôt, les deux hommes s'enfuirent vers le trou humide d'où ils étaient sortis, lui lançant des regards apeurés tout en courant.

C'était satisfaisant. Même si le sentiment n'était pas tout à fait fondé. Mais, d'une certaine façon, elle était sienne. Pour l'instant.

— Tu as vu quelque chose, répéta-t-il en reportant son attention sur leur conversation.

La mauvaise humeur commençait à l'envahir. Elle lui cachait quelque chose, se dit-il. Elle le faisait toujours quand il était en cause. Il se demanda qu'est-ce qu'elle cachait d'autre, qu'est-ce qu'elle pourrait taire parce qu'elle se méfiait de lui ou le trouvait trop stupide pour comprendre.

— Tu aurais pu le mentionner, dit-il en réussissant à peine à éviter de montrer ses canines.

Malgré sa disgrâce, Anura était si clairement une sang-noble. Bien sûr que Lily souhaiterait attendre et lui parler, se vider le cœur. Mais pas à lui.

Pas à un chat métamorphe qui ne pouvait que ramper devant les puissants.

Ses pensées tourbillonnaient furieusement, menaçant de se transformer en colère sourde. Et ce fut à ce moment que Ty se rendit compte qu'il éprouvait un sentiment qu'il ne se croyait plus capable de ressentir. Un sentiment dont il avait ardemment souhaité se débarrasser, qui l'avait cruellement tourmenté : la souffrance. Elle l'avait blessé en lui taisant ses secrets.

Il faillit s'arrêter net, puis s'enfuir vers les collines. Il avait si rapidement commencé à laisser entrer Lily là où il ne l'avait permis à personne pendant des siècles. Et si elle pouvait le blesser si aisément, il ne voulait pas imaginer ce qu'elle pourrait lui faire plus tard…

— Je ne savais pas trop comment décrire ça, dit Lily. Je ne suis pas encore tout à fait sûre que c'était réel.

Il constatait à quel point elle était inconsciente des émotions qui l'agitaient, et c'était mieux ainsi.

— Tu aurais quand même pu me le dire, fit-il d'un ton neutre. Chaque petit détail pourrait nous aider à trouver la signification de cette marque. Et s'il y a quoi que ce soit d'autre que tu n'as pas dit, tu devrais le faire maintenant. Je ne vais pas me ridiculiser devant les Cait Sith.

— Ouais, confirma-t-elle en inclinant la tête. Il y a quelques autres petites choses que tu devrais probablement savoir.

Un aveu si simple. Et pourtant, il le renversa complètement, le prenant tout à fait de court. Sa colère s'évanouit comme si elle avait été futile, remplacée par l'ébahissement. Il n'était aucunement habitué à obtenir si rapidement ce qu'il voulait. Et quand ça lui arrivait, eh bien, il y avait matière à être prudent.

Mais la même chose qui l'agaçait à propos d'un danger invisible provenant d'une source inconnue lui fit comprendre que Lily était sincère.

Elle soupira, puis renversa la tête vers l'arrière pour regarder le ciel tandis qu'elle rassemblait ses pensées et Ty ne put s'empêcher de se souvenir du soir où il l'avait rencontrée, debout dans un jardin éclairé par la lune. Elle avait conservé la même innocence qu'elle affichait ce soir-là, mais il vit aussi sur son visage une inquiétude qui n'y était pas auparavant.

Il n'avait jamais rencontré quelqu'un d'aussi pur, n'avait jamais eu une femme qui s'était donnée à lui sans vouloir obtenir quelque chose en retour. Pourtant, Lily était là, magnifique, légèrement timide, mais avec des nerfs d'acier, encore avec lui après la nuit dernière. Elle ne demandait rien.

Puis quelque chose le frappa, prenant d'immenses proportions et s'abattant sur lui comme une vague, des sentiments qu'il avait enfouis au plus profond de lui-même pendant des siècles parce que le fait de s'y abandonner revenait à souhaiter la souffrance. Mais il ne pouvait les rejeter, ne pouvait les enfouir de nouveau. Ty s'arrêta tout à coup sur le trottoir, cédant à l'impulsion incontournable qui l'avait saisi. Il vit la surprise de Lily quand il lui agrippa la main et l'attira pour la presser contre lui.

— Qu'est-ce qu'il y a? demanda-t-elle les yeux écarquillés.

Puis elle était dans ses bras, son corps s'adaptant au sien comme si elle était son autre moitié, et il s'empara d'elle dans un baiser qui disait tout ce qu'il ne pouvait exprimer en paroles. Elle se fondit immédiatement en lui, sa langue réagissant coup pour coup à la sienne, lui agrippant les épaules comme si elles représentaient son seul point d'ancrage à cet endroit. Il pouvait sentir cette chose sauvage qui remuait en elle, et son propre corps y réagir.

Il eut une petite idée de l'enfer en sachant qu'il devait s'éloigner d'elle, mais s'il ne le faisait pas, il allait se donner en spectacle en pleine rue.

Quand il relâcha son étreinte, le regard de Lily était agréablement vague, ses lèvres pleines et enflées par le baiser, sa peau rougie.

— Pourquoi as-tu fait ça? demanda-t-elle d'un ton perplexe.

Il sourit pour cacher la tempête qui faisait rage en lui sous la surface.

— J'ai du mal à maîtriser mes impulsions. Je ne t'avais pas dit ça?

Un sourire exquis s'épanouit lentement sur le visage de Lily. Elle ouvrit la bouche pour répondre, mais la voix de Jaden l'interrompit.

— Navré de m'interposer, leur dit-il par-dessus son épaule, mais je pense que quelqu'un nous attend.

C'était là toute l'histoire de son temps passé avec Ty : des moments de félicité, des heures d'irritation, et de-ci, de-là, un événement qui menaçait sa vie.

Il semblait que ce soit encore un de ces événements.

Lily se tourna pour regarder Jaden complètement immobile au milieu du trottoir. Il jeta un coup d'œil par-dessus son épaule avec un air qui n'avait rien d'étonné et peut-être légèrement désireux d'en découdre. Elle se demanda s'il s'agissait d'un comportement de Cait Sith, de vampire, ou si Jaden et Ty n'étaient pas tous deux un peu dérangés de cette façon.

— Ils arrivent, leur dit-il avant de sourire.

Elle trouva révélateur que ce soit la seule chose qui l'ait fait sourire depuis qu'elle l'avait rencontré.

Trois vampires se détachèrent du mur auquel ils étaient adossés et se dirigèrent vers eux. Il y avait deux hommes, grands et costauds, et une petite femme au visage anguleux. Tous étaient vêtus de noir, davantage comme la façon dont Lily aurait imaginé un habillement « traditionnel » de vampire. Elle pensa tout de même que la société des vampires devait comporter des membres qui aimaient faire étalage de cet aspect de leur existence.

Ces trois-là ressemblaient à des combattants, comme le montraient de façon claire leurs regards assoiffés de sang. Elle n'eut pas de mouvement de recul. En fait, elle avait passé l'après-midi à réfléchir à la façon dont elle pourrait aider si ce genre de chose continuait à lui arriver, ce qui semblait passablement certain. Elle avait souvent pensé à son rêve, en particulier aux choses qu'elle avait vu accomplir par les gens de la femme vampire rousse. Si c'était davantage qu'un rêve, une réelle vision, Lily s'était dit qu'elle pourrait se servir de ce qu'elle avait en elle de la même façon qu'elle l'avait fait avec Damien.

C'était une tentative risquée, mais Lily songea que si ça fonctionnait, ça démontrerait certaines choses sur son passé, aussi cinglé que ça puisse paraître. Si Lily pouvait le faire, alors la femme qui dirigeait la «Maison de la Mère», comme la femme en vert l'avait appelée, était directement liée à elle. Elle dressa le dos en inspirant profondément.

— Reste derrière moi, lui ordonna Ty tandis qu'ils allaient rejoindre Jaden et attendre.

Elle lui jeta un regard dur, mais il ne lui prêtait aucune attention. Tout son être était concentré sur les trois vampires qui s'étaient approchés d'un pas nonchalant, puis s'étaient arrêtés devant eux, leurs postures exprimant à la fois la compétence et la confiance.

Elle se plaça à côté de Ty et put réellement sentir sa désapprobation. Mais il ne pouvait rien faire pour l'instant.

— 'soir, tout le monde, dit le plus grand des trois.

Il avait un teint olivâtre et une tignasse bouclée de la même couleur que ses yeux sombres et expressifs. Il avait aussi un accent vaguement étranger que Lily ne pouvait reconnaître, pas plus que le dessin complexe du tatouage qui grimpait de sous sa chemise pour orner un côté de son cou. Ça ressemblait un peu à une fleur. Ou à une chauve-souris.

C'est à ce moment qu'elle se rappela ce que lui avait dit Ty à propos de ceux qui pouvaient se transformer en animaux et de qui pouvait faire quoi. C'était des Draculs. Et ils étaient sur leur territoire.

— On peut faire quelque chose pour vous? Ou vous faites seulement une petite promenade en soirée? demanda Ty.

Lily fut frappée par la façon dont il semblait détendu, mais il était probablement habitué à ce que des gens veuillent le tuer. Quant à elle, il lui faudrait quelque temps encore.

L'homme sourit et ses compagnons gloussèrent.

— Nous sommes aussi en promenade que vous l'êtes. Vous êtes sûrement au courant qu'il y a des quartiers plus sûrs à cette heure de la nuit. À moins, évidemment, que vous ayez des projets nocturnes plus exotiques que la plupart des gens.

Ses yeux se tournèrent vers Lily pendant un bref instant et elle sentit son esprit essayer de s'insinuer dans le sien. Avec Ty, c'était seulement agaçant. Avec cet homme, elle le ressentait comme une intrusion. Elle frissonna et repoussa instinctivement le sentiment, vers lui.

Elle vit l'éclair de triomphe dans ses yeux et comprit qu'elle avait fait exactement ce qu'il attendait d'elle. Il semblait que l'impénétrabilité de ses pensées allait toujours finir par la trahir. Le combat était maintenant inévitable, bien qu'elle eût été pratiquement certaine qu'il l'avait été depuis le début.

— Qu'est-ce que tu veux, Ludo? demanda Jaden sur un ton ennuyé. C'est une belle petite réunion et tout, mais je suis sûr que vous avez mieux à faire. Je sais que c'est notre cas.

— En réalité, je fais exactement ce pour quoi on m'a envoyé, répliqua Ludo. Vlad a entendu dire que tu étais en ville il y a quelque temps, Jaden. Dommage pour toi, parce qu'il t'aurait laissé en paix si tu ne t'étais pas encore une fois allié à MacGillivray que voilà. Les Draculs ne s'intéressent absolument pas aux déserteurs des Ptolémées. En fait, je t'aurais dit que c'était une bonne décision. Mais tu as des goûts merdiques en matière d'amis.

— Contrairement à toi, bien sûr, rétorqua Jaden d'un ton égal.

La femme le fixa des yeux en retroussant les lèvres sur ses dents.

— Je suis honoré d'avoir suscité un tel intérêt, dit Ty. Mais je ne vois pas ce que Vlad pourrait me vouloir. Je travaille peut-être pour les Ptolémées, mais je ne suis qu'un chat, après tout.

— Un chat qui possède quelque chose de très intéressant, dit Ludo en s'assurant cette fois de croiser le regard de Lily. Vlad s'intéresse énormément à cette femme. Et à ce qu'elle fait ici alors qu'on pourrait penser que tu l'aurais tout de suite livrée à Arsinoé. C'est de ça qu'il s'agit, non ? Trouver une humaine, une voyante, qui peut révéler la source des malheurs des Ptolémées ?

— On a déjà d'assez bonnes idées à ce propos, gronda Ty, et le visage de Ludo s'assombrit.

— Tes idées ne m'intéressent pas. De toute évidence, tu as tort. Mais, évidemment, la grande Arsinoé aimerait penser autrement. Nous sommes un affront pour elle. Des animaux. Comme toi.

— Nous n'avons rien en commun, répondit sèchement Ty.

Les deux hommes se rapprochèrent l'un de l'autre et Lily sentit ses muscles se tendre. Elle attendait seulement que quelqu'un fasse le premier geste, parce que l'atmosphère était surchargée de violence.

— Nous avons plus en commun que tu le crois, dit Ludo d'une voix douce et menaçante. Mais c'est sans importance. Tu es aveugle. Pourquoi n'es-tu pas allé vers le sud, à la cour de la reine? Pourquoi chercher à voir Anura?

— Pourquoi poser des questions en sachant que je ne te répondrai pas? répliqua Ty.

Ludo regarda de nouveau Lily, et cette fois, Ty et Jaden émirent des feulements d'avertissement. Toutefois, Lily voulait entendre ce qu'il avait à dire. Il se passait davantage de choses ici qu'elle ne l'avait pensé.

— Qu'est-ce que c'est? demanda-t-elle à Ludo. Qu'est-ce que tu sais?

— Il ne sait rien! gronda Ty.

Mais les yeux de Ludo restaient fixés sur les siens.

— Notre chef, Vlad, s'intéresse vivement à l'histoire et aux traditions des vampires. Le savais-tu? demanda-t-il d'une voix suave.

— On dirait qu'il y a beaucoup de choses que j'ignore, dit Lily. Je ne suis pas un vampire.

— Tu n'es pas une voyante non plus. D'après Anura, en tout cas.

Jaden jura.

— Va te faire voir! Qu'est-ce que tu as fait à Anura?

— Elle est venue nous voir de son propre gré. Vlad la respecte même si son propre peuple l'a reniée, intervint la femme. Cette « voyante » servira d'arme contre notre dynastie. Anura a eu raison de venir à nous. Et vous allez devoir nous donner votre trophée si vous ne voulez pas perdre vos têtes.

Lily regarda les deux camps et il était évident que ni l'un ni l'autre n'avait l'intention de reculer. Cette fois-ci, elle savait qu'elle ne pouvait éviter le bain de sang. Ce qui était fort dommage, parce que les paroles de Ludo l'avaient intriguée au plus haut point. Tout cela pouvait être un mensonge. De plus, l'homme qui pourrait lui expliquer ce qu'elle était pouvait bien être celui contre qui Ty essayait de protéger les Ptolémées.

Merde. Pourquoi les choses n'étaient-elles jamais faciles ? Mais il fallait qu'elle reste avec Ty. Et elle ne connaissait pas les Draculs. C'était un risque qu'elle ne pouvait pas prendre.

— Si ce Vlad veut me parler, dit-elle, il peut venir me trouver lui-même.

— Ce n'est pas de cette manière que ça fonctionne, *gadje*, répondit Ludo. Mais si c'était le cas, crois-moi, tu ne voudrais pas que Vlad Dracul se lance à ta recherche.

— Ça ne change rien. Si c'était si important, il faudrait qu'il se montre, répliqua Lily. Alors, je pense que je vais rester avec Ty.

Ludo soupira.

— Tu sais que je vais t'emmener de toute façon.

— Arrête de lui parler, dit Ty. Pas un mot de plus. Elle reste avec nous et Vlad Dracul peut aller se faire foutre.

— C'est comme tu veux.

Lily vit l'éclair de plaisir traverser le visage de Ludo tandis qu'il commençait à les encercler avec ses deux compagnons. Il avait espéré se battre, comprit-elle. Mais il avait tout de même su qu'elle n'allait pas se livrer. Elle se rapprocha de Ty. Contrairement au trio de Dracul, lui et Jaden étaient immobiles comme des statues, même si leurs yeux ne manquaient rien de ce qui se passait. Ils étaient aussi complètement silencieux, mais Lily entendit soudain clairement la voix de Ty dans sa tête.

Reste tout près. Je vais te protéger.

Apparemment, il pouvait faire en sorte qu'elle l'entende même si elle ne pouvait se faire entendre de lui. Elle ne prit pas la peine de répliquer qu'elle pouvait se protéger elle-même. Elle se dit qu'elle allait plutôt essayer de le lui démontrer, même si elle était terriblement nerveuse. Pouvait-elle se défendre ? Est-ce que ses talents fonctionnaient de cette façon ?

Apparemment, si elle voulait le savoir, c'était l'occasion de le découvrir.

Elle commençait à peine à rassembler son pouvoir quand Ludo frappa, faisant d'un coup de griffes surgir du sang sur la joue de Ty. Celui-ci n'émit pas un son, bien que ça devait être douloureux. Ludo, quant à lui, gloussa.

— C'est ta première blessure, chat. Prépare-toi à beaucoup plus.

Et soudainement, le pouvoir était là.

Une fraction de seconde avant qu'elle ne réplique, Lily songea que tout ce qui semblait lui falloir, c'était qu'elle soit furieuse. Ce pouvoir aurait pu l'effrayer quelque peu si elle avait été capable de voir autre chose que le sang qui dégoulinait sur la joue de Ty.

— Ne le touche pas, cracha Lily, et son pouvoir s'amplifiait, montait, montait en elle jusqu'à ce qu'elle sut qu'il allait exploser.

C'était à la fois terrifiant et grisant, et oh Dieu, elle n'aurait pu arrêter même si elle avait essayé…

Quand le deuxième vampire tenta de l'attraper, elle n'eut qu'à l'agripper par la chemise et le pousser mentalement. Il y eut un éclair de lumière, un cri strident, et un corps vola dans les airs pour aller retomber sur le pavé, plus loin sur la rue. Dans les moments qui suivirent, quand tous se tournèrent pour la fixer, Lily tira pleinement parti de la situation. Elle saisit la femelle, la souleva du sol avec les deux mains agrippées au-devant de sa chemise, et la projeta de la même manière que le premier vampire, lequel s'efforçait maintenant de se remettre sur pied. Elle ne pouvait penser qu'au rêve et à la façon dont les vampires du temple s'étaient battus.

Un brouillard rouge passa devant ses yeux, et dans ses oreilles résonnèrent les cris des condamnés. Son peuple... son peuple...

Elle sentit une odeur de feu.

Elle vit Ludo et sut seulement qu'il était l'ennemi. Dans sa tête, elle pouvait entendre la femme qui lui criait, et ses paroles s'échappèrent de ses propres lèvres d'une voix qui à la fois lui appartenait et ne lui appartenait pas.

— Tu ne prendras pas ce qui m'appartient! cria-t-elle, et cette fois, la lumière jaillit de ses mains tandis qu'elle les tendait vers Ludo.

Mais elle ne le lança pas, se contentant de le tenir avec le pouvoir qui le traversait, sa tête se balançant d'un côté et de l'autre. Un vent furieux surgit de nulle part, hurlant avec elle. Elle commença à parler dans une langue qui n'était pas la sienne, que son esprit conscient ne comprenait pas.

La partie rationnelle de son cerveau qui n'avait pas été submergée par les événements ne pouvait que les observer avec une horreur muette.

Je te maudis au nom de la Mère.

Je te maudis au nom du sang éternel.

Elle sentit le monde au bout de ses doigts, la nuit s'ouvrant en elle comme une fleur maléfique, pleine de possibilités et entièrement, éternellement sienne. Elle était l'enfant de la Mère, la préférée. La seule qu'il restait.

Le pentacle et le serpent lui brûlaient la peau comme des charbons ardents.

— Lily !

Elle l'entendit crier son nom et la tempête en elle et hors d'elle se calma. Lily reprit immédiatement ses esprits et c'était presque réjouissant. Elle avait dérivé sur quelque océan de pouvoir et de colère sombres et rageurs, puis elle était simplement redevenue elle-même.

Lily cligna des yeux, regardant autour d'elle, ébahie. La rue était déserte, bien que parsemée de détritus comme s'il y avait eu une tempête particulièrement violente. Jaden et Ty la fixaient et ils semblaient encore plus pâles qu'à l'habitude.

Et elle agrippait toujours la chemise de Ludo. Les pieds du vampire touchaient à peine terre et elle pouvait le sentir trembler. Au moment même où elle voyait qu'il était là, il commença à s'effondrer. Instinctivement, Lily tenta de le supporter, et elle se trouva profondément hébétée en le voyant grimacer à son contact.

— Non ! gémit-il. Va-t'en !

Lily observa, impuissante, alors que Jaden s'avançait pour l'attraper.

— Je l'ai, dit-il, et Lily détesta la façon dont il la regardait maintenant.

Dieu du ciel, qu'est-ce qui lui était arrivé ? Elle serra ses bras autour d'elle et frissonna, mais ce n'était pas de froid.

Elle ne voulait même pas tourner les yeux vers Ty, ne voulait pas voir l'horreur qu'elle était certaine d'y trouver.

— Ça va aller ? entendit-elle Jaden demander à Ludo.

La voix du vampire Dracul était faible au début, mais reprit rapidement de la force. Ce fait, à tout le moins, était encourageant.

— Ça ira, gronda Ludo en se libérant de la poigne de Jaden pour se tenir debout tout seul.

Il jeta à Lily un regard sinistre, ses yeux lançant des éclairs de rage.

— Tu as raison, poursuivit-il, Vlad peut venir te chercher lui-même. Je ne vais pas prendre part à tout ça.

Puis il tourna les yeux vers Ty derrière son épaule.

— Amène-la aux Ptolémées. J'espère qu'elle va les tuer jusqu'au dernier.

Puis il disparut. Une petite forme ailée battit l'air et s'évanouit. Lily le regarda partir le cœur lourd. Même parmi les monstres de la nature, on la considérait comme un monstre. Et dans ce monde-ci, il ne lui semblait pas aussi possible d'empêcher ça. Elle s'affaiblissait et elle ne savait pas pourquoi.

Tout ce qu'elle savait, c'était que peu importe où elle était allée, la voix de Ty l'avait ramenée. À ce moment, celle de Jaden capta son attention.

— Dieu du ciel, femme. Qu'est-ce qui t'a pris ?

Elle ouvrit la bouche, mais aucun son ne s'en échappa. Que pouvait-elle dire ? Lentement, en hésitant, elle se tourna pour regarder Ty. Il était impassible, mais elle savait qu'il allait profiter de la première occasion pour la livrer à Arsinoé et se sauver. Tout comme s'était enfui chacun de ceux qui avait assisté à une de ses « crises ».

Elle ne pouvait pas vraiment le leur reprocher, mais ça ne lui rendrait jamais la chose plus facile.

— Lily, lui souffla-t-il. Qu'est-ce qui est arrivé ?

Le monde commença à tanguer autour d'elle à mesure qu'elle prenait conscience avec une intensité incroyable de ce qui s'était passé. La puissance était exaltante, mais la dégringolade était affreuse. Elle vacilla, mais ne tenta pas de s'accrocher à Ty. Elle était sûre qu'il ne voudrait plus la toucher maintenant.

— La femme rousse de mes rêves, dit Lily en s'efforçant de ne pas balbutier. La prêtresse, ou quoi que ce soit qu'elle était.

Ty fronça les sourcils.

— La prêtresse ?

Lily secoua la tête et le regretta immédiatement. Le mouvement lui causa la nausée. Bon Dieu, ça n'avait jamais été aussi terrible auparavant. Mais elle n'avait jamais non plus projeté autant d'énergie.

— La prêtresse vampire. Je ne sais pas. Je l'entendais dans ma tête. Puis tout à coup, je n'étais plus moi-même.

Elle fut stupéfaite quand elle sentit sur elle les mains de Ty, bien qu'elle crût que c'était seulement pour la faire tenir debout. Elle s'affaiblissait rapidement. Trop de puissance projetée et pas assez d'énergie pour la maintenir en état ensuite.

Merde.

— Qui est cette femme, Lily ? De quoi parles-tu ? Qu'est-ce que tu as vu ?

Son ton était presque frénétique, mais il y avait peu de choses qu'elle pouvait lui dire et encore moins qu'elle pouvait expliquer. De plus, elle tombait maintenant vers l'obscurité, chaude et accueillante. Elle n'avait pas le temps de bavarder.

— Elle règne sur la Maison de la Mère, dit Lily en voyant changer l'expression de Ty. Mais elle est morte il y a longtemps. Son peuple a été massacré. Et elle dit que je suis la seule survivante. Je porte sa lignée… d'une manière ou d'une autre…

Il semblait ébahi, mais Lily était trop pressée.

— Ce n'est pas possible, dit-il.

— Oui, ça l'est, répliqua Lily en sentant ses jambes plier sous elle, soulagée à l'idée qu'elle allait réussir à s'échapper ne serait-ce que quelques moments.

— Mais tu vas devoir me rattraper pendant que tu résous ce mystère, OK ? termina-t-elle.

La dernière chose qu'elle sentit fut ses bras autour d'elle tandis qu'elle perdait connaissance.

CHAPITRE 17

ELLE N'AVAIT AUCUNE idée de combien de temps elle avait dormi, seulement qu'elle s'était éveillée dans un lit confortable et contre une délicieuse source de chaleur.

Lily ouvrit lentement les yeux et vit qu'elle se trouvait dans une chambre qu'elle ne connaissait pas. Elle était petite, propre, et éclairée par une seule chandelle vacillante qui avait presque brûlé jusqu'à sa base. On lui avait retiré ses souliers, mais tout le reste était en place. Toutefois, on l'avait soigneusement bordée avec un doux édredon. Et elle s'aperçut que la chaleur qu'elle avait ressentie venait d'un énorme chat noir étendu contre elle.

Ty. Elle sut immédiatement que c'était lui. Il dormait, prenant de petites respirations profondes et régulières. Même si elle pensait que ce devait être le jour à l'extérieur, elle se déplaça précautionneusement pour éviter de le déranger.

Alors, c'est cette forme qui a fait de lui un paria parmi les vampires, songea Lily, fascinée du fait que l'animal près d'elle puisse être l'homme qu'elle avait vu toute la semaine. Il n'avait pas changé de forme en sa présence, bien qu'elle ne fût pas sûre de ce qu'il faisait lorsqu'il disparaissait pour aller se nourrir. Elle ne l'avait vu ainsi qu'une seule fois et pendant un bref instant.

Une chose était certaine : tout comme personne n'allait jamais le prendre pour un mâle domestiqué, il n'allait jamais passer pour un chat de maison.

Il était long et mince, s'étendant sur la moitié de la longueur de son corps. Sa fourrure brillait dans la lumière vacillante, et il était musclé, davantage comme un chat sauvage fait pour la chasse. Ce qu'il était, Lily le savait. Elle leva une main, incertaine pendant un moment.

Oh, et puis quoi ? Il est endormi. Il ne va pas s'en apercevoir si je le caresse.

En hésitant, Lily fit glisser sa main sur son flanc, ses doigts caressant la fourrure soyeuse. Ses caresses étaient d'abord légères, puis plus assurées, apaisée qu'elle était par le plaisir de le toucher tandis qu'elle commençait à réfléchir à tout ce qui venait d'arriver et à ce qui allait venir. Elle laissa sa main parcourir son flanc, son visage, s'arrêtant un moment pour frotter ses oreilles veloutées.

Elle eut un petit sourire quand ses caresses commencèrent à générer une vibration basse. Elle ne savait pas comment il était avec les autres, mais il semblait facilement ronronner avec elle.

Son sourire s'évanouit quand elle repensa à ce qui s'était produit dans la rue. Elle avait perdu la maîtrise d'elle-même. Elle ne comprenait absolument pas comment elle avait pu maîtriser sa force, et encore moins comment elle l'avait sentie lui appartenir. Elle n'aurait pas dû s'en soucier, mais la pure terreur sur le visage de Ludo allait la hanter.

C'était le regard que sa mère adoptive avait eu quand... quand...

Lily écarta cette idée de son esprit. Il était inutile de repenser à un événement si lointain de son passé. Ce qui était fait était fait. Elle devait décider quoi faire dans l'avenir. C'était le chaos complet. Anura avait rejoint le chef des Draculs. Damien était toujours quelque part, à sa poursuite. Et Ty semblait toujours décidé à l'amener à Arsinoé qui, au mieux, allait probablement être déçue de son aptitude à générer le type de vision dont elle avait besoin.

Elle laissait aller sa main, perdue dans ses pensées.

Puis elle se rendit compte tout à coup qu'elle ne caressait plus une fourrure, mais plutôt une peau tendue, soyeuse.

Lily arrêta de respirer en retirant instinctivement sa main. C'était maintenant Ty qui était étendu à côté d'elle, vêtu seulement d'un jean et avec au visage une expression ensommeillée qui la fit vouloir le plaquer contre le lit et ramper sur lui. Ses réflexions troublées s'évanouirent, remplacées par le besoin qu'elle avait du corps de Ty et par un désir qu'elle n'aurait pu vraiment bien exprimer, car il était bien davantage que seulement physique.

— Tu devrais m'avertir avant de faire ça, dit-elle en entendant l'intonation frémissante dans sa voix et en sachant qu'elle n'avait rien à voir avec ce qui s'était produit plus tôt.

Elle avait tout à voir avec lui.

Il s'étendit sur le côté, sa tête reposant sur sa main, la fixant de son œil vif-argent. Son air ensommeillé avait disparu presque aussitôt qu'elle l'avait remarqué et il était maintenant plus éveillé que jamais. Il ne souriait pas, semblait seulement chercher quelque chose sur son visage.

— Tu vas bien, dit-il, et il y avait dans sa voix quelque chose d'étrange, quelque chose qu'elle n'y avait jamais entendu.

Lily acquiesça lentement de la tête.

— Ouais. Je suppose que la possession par un esprit est une de ces choses dont les effets ne durent pas.

Sa blague ne suscita aucune réaction chez lui.

— Je n'étais pas sûr du moment où tu te réveillerais. Ou même si tu te réveillerais, dit-il. Jaden et moi t'avons transportée ici. Heureusement, c'était tout près.

Lily avait du mal à détourner les yeux de ceux de Ty, mais la curiosité l'emporta et elle jeta de nouveau un regard autour d'elle. La chambre était petite et simple, avec un lit de fer et une table de nuit. Le plancher était de bois. Il y avait deux portes fermées et l'une d'elles était verrouillée.

— Et où c'est, «ici», exactement?

— C'est un refuge. Toutes les grandes villes en ont, et il en existe d'autres un peu partout. Ce sont de bonnes cachettes si tu es un bas de caste qui a des ennuis. En fait, c'est vers ici que nous nous dirigions quand nous sommes tombés sur Ludo et… tout le reste. C'est un vieil ami à moi qui s'en occupe. Un autre Cait Sith.

Ty détourna les yeux.

— J'avais pensé, continua-t-il, qu'il pourrait savoir où était allée Anura, mais nous avons déjà la réponse à cette question.

Lily acquiesça, se sentant mal à mesure qu'elle se souvenait.

— Pourquoi aurait-elle rejoint les Draculs? Je ne comprends toujours pas pourquoi elle aurait parlé de moi à Vlad. Elle semblait si…

Lily s'interrompit, mais plusieurs mots lui vinrent à l'esprit dont «chaleureuse» et «sage». Des descriptions qui ne correspondaient absolument pas à ce qu'elle avait fait.

Ty semblait moins étonné qu'elle ne le se sentait.

— Nul doute qu'elle a pris soin de ses intérêts. Il n'est pas le plus aimé, mais Vlad Dracul est quand même un puissant vampire, et même si les Empusae sont présents ici, c'est vraiment sa dynastie qui tolère leur présence et non le contraire. Elle sent l'odeur de la guerre, Lily, et elle n'a probablement pas tort. Anura consolide seulement ses défenses. Je n'aime pas ça, mais ça ne nous visait pas. Même si elle est du mauvais côté.

— Et tu es du bon côté ?

Il soupira.

— Ce sera celui qui l'emportera. Ce qui en fait le bon côté, à mon avis. Je ne vais pas pouvoir éviter tout ça, alors je préfère me ranger du côté des Ptolémées.

Il secoua la tête, puis poursuivit :

— Ça n'a pas d'importance pour l'instant. Ce qui importe, c'est que nous avons de graves ennuis.

Il la regarda attentivement, hésita, puis écarta une mèche de cheveux de son visage avec une tendresse qui surprit Lily.

— Tu es certaine de bien aller ?

— Aussi bien que possible dans les circonstances. Je ne suis pas tout à fait sûre de ce qui s'est passé.

Ty haussa les sourcils.

— Tu parlais de la Maison de la Mère juste avant de t'évanouir. Tu sais ce que c'est ? demanda-t-il.

Lily secoua la tête en réprimant ses souvenirs de feu, de fumée et de hurlements. Ils avaient fondu sur elle si rapidement dans la rue, la submergeant.

— Aucune idée. Mais je pense que la femme que je vois en rêve, celle dans ce que je suppose qu'on pourrait appeler mes visions en quelque sorte... je pense que c'est elle qui les dirige. Elle est rousse, comme moi. Et elle porte toujours cette robe verte qui lui laisse une épaule nue et qui ressemble à un vêtement grec ou romain ou quelque chose du genre. Je la vois toujours dans un temple où il y a un terrible combat. En fait, ça ressemble à une embuscade, et ses adversaires portent du rouge.

Lily ferma les yeux et revit clairement la scène.

— C'est un bain de sang, tout au moins un début. Les attaquants sont si rapides.

— Comme l'éclair, murmura Ty, mais elle l'entendit à peine.

— Mais alors, la situation commence à tourner. Je n'ai jamais vu des gens se battre comme ça, en projetant des choses avec un seul geste du doigt. Des éclairs de lumière. C'est un chaos total, dit-elle, d'une voix absorbée par ce souvenir, par l'intensité de la scène qu'elle avait observée tant de fois. Je crois toujours qu'elle en sortira victorieuse en fin de compte. Mais chaque fois, elle meurt.

— Elle meurt? fit Ty d'une voix apaisante, mais lointaine.

Lily pouvait de nouveau sentir la fumée et entendre l'écho distant des cris des condamnés. Contre sa volonté, elle se sentit glisser, tomber de nouveau dans ce sombre lieu où elle savait que quelqu'un d'autre se terrait — quelqu'un qui s'était déjà levé pour se servir de son corps, de sa voix. Quelqu'un d'incroyablement fort. Sa marque la picota d'une manière inquiétante.

— Il y a une belle femme aux cheveux noirs avec un couteau, dit Lily en essayant d'échapper aux ténèbres qui semblaient l'envahir.

Elle ouvrit les yeux, bannissant la vision qui voulait s'emparer de son esprit à nouveau.

— Elle apparaît de nulle part derrière la femme en vert. Elle lui dit des choses terribles. Et ensuite... tu sais... elle veut savoir où se trouve le bébé. C'est toujours la dernière chose que j'entends, cette femme qui exige de savoir où se trouve l'enfant.

Ty la regardait attentivement d'un œil impassible. Elle ne voulait pas lui dire tout ça par peur qu'il croie, comme l'avait fait sa famille, qu'elle était folle. Mais elle savait qu'elle n'avait pas le choix. Cette fois, c'était important.

— Lily, dit-il, est-ce que les gens que tu vois chaque fois sont des vampires ?

Elle hocha la tête.

— Oui. Leurs dents sont visibles. Et de toute évidence, les capacités qu'ils ont ne sont pas normales.

— Alors je ne comprends pas qu'il puisse y avoir un enfant. Les vampires ne peuvent pas en avoir. Et tout bien considéré, c'est probablement mieux ainsi.

Lily haussa les épaules et détourna le regard, frustrée.

— Je sais. Peut-être qu'elle l'a enlevé.

Sauf que ce n'était pas ça. Elle en était sûre. Elle avait vu la tendresse sur le visage de la femme rousse, vu la façon dont elle tenait l'enfant. C'était le sien. D'une manière ou d'une autre, il était le sien.

— De toute façon, termina Lily, le bébé était important. Mais elle l'a tendu à une autre femme avant qu'ils puissent amener la petite fille.

— C'était une fillette ?

Lily fronça les sourcils.

— Je... ouais, ça l'était.

Elle savait que c'était vrai. Ça lui semblait vrai. Même si elle prenait conscience en ce moment qu'elle n'avait jamais entendu quiconque dans son rêve parler du bébé comme étant un garçon ou une fille. Tout de même. Elle savait.

Elle regarda Ty, un oasis de puissance silencieuse juste à l'extérieur de son propre tourbillon, et elle essaya de se servir de son calme extérieur pour se centrer elle-même.

— Je ne comprends pas ce qui s'est passé tout à l'heure, Ty. C'était… comme si j'étais quelqu'un d'autre. Quelques incidents sont survenus au cours des années, mais cette fois, c'était pire. Ou peut-être pas, précisa-t-elle en se souvenant de l'excitation du pouvoir qui l'avait envahie comme une drogue, l'attrait de la force qu'elle avait possédée. C'était plus dangereux, décida-t-elle.

Elle aurait pu tuer Ludo. Elle sentait la vie de Ludo entre ses mains, son pouls et son rythme. Elle ignorait pourquoi elle s'était arrêtée. Elle ne pouvait qu'être reconnaissante de l'avoir fait parce qu'elle avait su aussi dès qu'elle l'avait touché qu'il n'était pas un adversaire digne d'elle.

La seule héritière de la Maison de la Mère. Quoi que ça ait été.

— Ça t'est déjà arrivé?

Sa voix était calme, mais elle pouvait lire l'inquiétude dans ses yeux.

— Avant Damien, même? ajouta-t-il.

Lily hésita pendant un instant. Si elle lui révélait tout le reste, alors pourquoi pas cette chose de plus? Au moins, Ty n'allait pas la croire folle. En fait, elle ignorait ce qu'il allait penser.

Elle acquiesça.

— Ouais. J'ai été adoptée. Je pense te l'avoir mentionné, ou peut-être que tu le savais déjà. De toute façon, ils étaient très à l'aise financièrement, très fiers d'eux pour s'être approprié un beau bébé à adopter. Acheté, je devrais dire. Tout le monde sait que, dans ce pays, le système d'adoption fonctionne un peu différemment pour les riches. Elle — ma mère, Elizabeth — disait à tout le monde qu'elle ne pouvait pas tomber enceinte, mais en réalité, elle voulait garder son apparence jeune. Elle me l'a dit quand j'étais jeune. Qui dit une pareille chose à son enfant ?

Le cœur de Lily se serra en se souvenant de ce que ça avait été de grandir dans cette maison où il ne fallait rien toucher et où personne ne lui laissait oublier qu'elle était différente, une paria.

— Quinn, murmura Ty en penchant la tête vers elle, et elle sut qu'il avait fait le lien. Tu ne serais pas la fille d'Ellis Quinn, n'est-ce pas ? Ce célèbre producteur de films ?

Elle émit un sourire qui semblait aussi rempli d'amertume qu'elle en éprouvait.

— Oui. Lui et son adorable épouse, Elizabeth Raines, l'actrice qui n'a jamais pénétré le monde du cinéma comme elle le voulait. Seulement la télévision, et tu ne peux pas savoir à quel point ça l'enrageait. Ça a fait vendre beaucoup de journaux quand elle m'a adoptée ; c'est ce qu'ils ont dit. Comme c'était merveilleux que ce couple immensément riche donne à cette pauvre petite orpheline un foyer plutôt que d'avoir le leur à eux seuls. J'étais un accessoire de cinéma et ils se sont servis de moi. Pendant un temps, j'ai eu des nounous et tous les jouets que je pouvais désirer. J'ai fait le tour du monde. Mais ils n'ont jamais vraiment été mes parents. Puis, il y a eu un événement inattendu.

— Elle est tombée enceinte, dit Ty. C'était une fille. Je l'ai vue. Elle a fait beaucoup parler d'elle à l'adolescence.

Lily le regarda d'un air incrédule. Ty semblait content de lui-même.

— Tu n'as pas été un adolescent depuis, quoi, trois siècles ? Et tu n'es pas une fille. Comment connais-tu *Totally Galactic* ?

Elle grimaçait encore en prononçant le nom de l'émission dans laquelle sa sœur avait joué le rôle d'une terrienne qui découvre qu'elle est à demi extra-terrestre et se rend à l'école dans un énorme vaisseau intersidéral. C'était ridicule, mais l'émission avait fait d'elle une vedette pendant un temps.

— Tu le sais, je reste réveillé toute la nuit, dit Ty en haussant un sourcil. Parfois, la seule chose qu'on voit à la télé, ce sont les reprises de *Nick at Nite*. En tout cas, je l'ai vue. Elle était assez mignonne. Mais ce n'était rien en comparaison avec toi.

Lily rougit de plaisir. C'était stupide d'avoir encore des rancœurs après tant d'années. Mais ça signifiait beaucoup pour elle de l'entendre de la bouche de Ty.

— Ouais, eh bien, dit-elle, merci. Mais Ellis et Elizabeth n'étaient pas d'accord. À ce moment, il était peut-être inévitable qu'ils ne le soient pas.

Elle soupira.

— Ils n'étaient jamais là et j'aurais tellement voulu qu'ils y soient. Quand ils étaient présents, ils me refilaient la plupart du temps aux nounous. Puis ils m'ont dit qu'Elizabeth

— ils n'ont jamais voulu que je l'appelle maman, a dit que ça la faisait se sentir trop vieille et traditionnelle — allait avoir un bébé, et je l'ai su tout de suite. J'ai su immédiatement que ce serait une fille et qu'elle allait me remplacer. Tout l'amour qu'ils ne m'avaient jamais accordé irait à cette intruse. Je me souviens encore, j'avais cinq ans et je jouais dans la chambre, et tous deux venaient de m'apprendre leur grande nouvelle. J'étais si en colère. Ma colère augmentait de plus en plus dans mon esprit, et ils me regardaient en s'attendant à ce que je saute de joie.

— Et je crois comprendre que tu leur as montré que ce n'était pas le cas.

— J'ai perdu la tête, fit Lily en blêmissant. Une super perte de moi-même aux proportions épiques. Je suppose que tu peux imaginer la scène.

— Jouets brisés, trous dans les murs, objets volant dans la pièce, et une petite fille extrêmement furieuse au milieu de tout ça.

Lily perçut la sympathie dans sa voix et cela lui réchauffa le cœur.

— Oui. C'était terrible. Une version beaucoup plus modérée de ce soir, parce que je n'aurais fait de mal à personne, bien que, même à cette époque, je l'aurais pu, et je le sentais. Mais ils l'ignoraient. Et pour couronner le tout, je hurlais dans une autre langue, la même qui sortait de ma bouche ce soir. Je savais que je les maudissais, mais eux l'ignoraient. Ils étaient... eh bien, « horrifiés » est un mot trop faible. C'en était fini même du fait de prétendre que j'étais leur fille. J'avais des problèmes psychiatriques à profusion. Mes parents ont essayé de me faire interner. Malheureusement, je suis ennuyeuse à tous les autres égards imaginables, alors ça n'a pas fonctionné pour eux. Ils ont eu Rainey, ma sœur. Et elle est devenue le centre de l'univers, avec papa qui tirait des ficelles pour la faire entrer dans l'industrie et maman qui représentait une influence horrible parce qu'elle revivait sa propre jeunesse à travers sa fille.

— C'est un monstre, alors.

Lily sourit de nouveau, et cette fois, avec moins d'amertume.

— Oui. On peut dire ça.

— Et en grandissant, elle a fini par ressembler à un énorme chihuahua.

Lily éclata d'un grand rire rauque et parfaitement sincère. Elle vit à quel point il était surpris, se rendant compte qu'il ne l'avait jamais entendu rire aussi ouvertement, et elle espéra seulement ne pas l'effrayer, parce qu'elle n'aurait pu s'arrêter même si elle l'avait voulu. Rainey, le chihuahua géant. L'image était si parfaite. Et le fait de rire lui faisait tellement de bien. Elle se sentait merveilleusement vivante. Et même normale, ne serait-ce que pour un moment. Elle rit jusqu'à ce que son ventre lui fasse mal et que ses yeux soient remplis de larmes.

Quand son fou rire diminua, Lily s'essuya les yeux et vit que Ty l'observait d'un air perplexe. Et le regard dans ses yeux, doux et chaleureux, lui coupa le souffle. Elle douta qu'il sût de quoi il avait l'air en ce moment, mais elle ne l'oublierait jamais.

C'était le regard d'un homme qui pourrait l'aimer. Qui peut-être l'aimait déjà un peu. Et bien qu'elle sût que c'était stupide et que ça ne reposait sur rien, Lily imprima cette image de lui dans son esprit et dans son cœur. Quoi qu'il arrive, c'était ainsi qu'elle voulait se souvenir de lui.

Jamais personne ne l'avait aimée. Pas vraiment. Mais si les choses avaient été différentes, Ty aurait pu. Et ce devrait être son prix de consolation.

— Alors, tu as coupé tous les liens et suivi ta propre voie. Tu as déménagé à l'autre bout du pays et tu es devenue une érudite plutôt que de tomber dans le même piège que le reste d'entre eux. Et je suis sûr qu'ils ne voient pas du tout à quel point cela te rend particulière.

Lily grogna, amusée malgré la tristesse que suscitait son commentaire.

— Hum. Particulière. Ça serait la manière la plus polie de l'exprimer.

Elle secoua la tête.

— Ça n'a pas d'importance, poursuivit-elle. Je n'aurais jamais appartenu à ce monde, même si ce n'était pas arrivé. Les choses n'auraient pas été bien différentes, sauf qu'Elizabeth m'aurait probablement obligée à participer à quelque stupide projet de télévision pour enfants.

Elle haussa les épaules.

— J'ai continué ma route. Il le fallait.

Puis elle lui sourit avant d'ajouter :

— Toutes ces années de consultations chez les psys ont eu du bon, après tout. Je suis étonnamment bien équilibrée pour une gosse d'Hollywood que ses parents détestent.

— Je ne suis pas certain qu'ils te détestent.

— Non. Ils ont dépassé ça il y a longtemps. Maintenant, ils sont seulement indifférents.

— Lily.

La façon dont il prononça son nom lui fendit le cœur en songeant à ce qu'ils ne pourraient être. Il lui caressa les cheveux encore, et cette fois, son geste n'avait rien d'hésitant.

— Ce sont des imbéciles. Je peux franchement dire que je n'ai jamais connu personne qui soit comme toi.

— Eh bien, je n'ai jamais connu quelqu'un qui boive du sang et qui se transforme en un gros chat, alors je suppose que nous sommes quittes.

Il sourit et son visage anguleux s'adoucit. Chaque fois qu'elle voyait ce sourire, Lily finissait par souhaiter le voir plus souvent.

— Alors, qu'est-ce que c'est, Ty ? Quand j'ai dit que j'avais des visions à propos de la Maison de la Mère, tu avais l'air de savoir de quoi je parlais.

Son sourire s'évanouit aussi rapidement qu'il était apparu, et Lily en éprouva de la tristesse. Mais elle voulait aussi que tout cela se termine, parce qu'il lui semblait que tout ce qu'elle faisait maintenant, c'était d'avancer avec difficulté sur les pentes glissantes de son désir, de son affection pour Ty en essayant de ne pas sombrer dans l'abysse.

— J'ai entendu des histoires selon lesquelles la toute première dynastie avait été engendrée par la Mère elle-même. Lilith. La génitrice de tous les vampires, par l'entremise d'un démon.

Elle sentit soudain sa gorge se serrer. Lilith. Lily.

— C'est... une intéressante coïncidence. Qu'est-ce qui est arrivé à cette dynastie ?

— On dit que Lilith est devenue folle. Peut-être qu'il y avait là un rapport avec le démon qui lui avait transmis son sinistre don ? Je ne sais pas vraiment. Personne n'en parle. C'est censé attirer la malchance que de prononcer son nom.

Lily fronça les sourcils.

— Les vampires sont si superstitieux?

Ty haussa les épaules.

— Nous sommes des gens bizarres, au cas où tu ne l'aurais pas remarqué. Notre existence tout entière représente une sorte de magie sombre. Alors, pourquoi ne serions-nous pas superstitieux?

— Tu as raison.

— De toute façon, d'après ce que tu décris, ce serait logique que tu voies la fin des Lilim, la toute première dynastie de vampires. Mais comme je l'ai dit, personne n'en parle. Je n'en connais pas les circonstances, et je ne connais rien de cette femme qui te parle. C'est peut-être Lilith elle-même. Difficile à croire, mais... peut-être. Tout à l'heure, quand tu as commencé à parler dans une autre langue, avec une autre voix, je n'étais pas certain de ce qui se passait. Qu'est-ce qui a été le déclencheur pour toi?

— Je... euh... je pense que c'était le sang. Sur ta joue, dit Lily.

Elle avait l'impression que si elle lui disait qu'elle avait paniqué parce qu'il avait été blessé, qu'elle avait déliré dans quelque langue disparue depuis longtemps en disant probablement que personne n'allait lui prendre encore une fois ce qui lui appartenait ne le ferait pas se précipiter dans ses bras avec joie et reconnaissance. La majeure partie de ce qui s'était passé lui revenait maintenant en mémoire, même si c'était plutôt comme de regarder un film dans sa tête que de se souvenir de choses qu'elle avait faites. Elle avait observé les événements se dérouler de l'intérieur d'elle-même pendant que quelqu'un d'autre avait tenu le volant.

Et c'était, encore bien davantage que le pouvoir lui-même, absolument terrifiant.

Et sans savoir comment, elle était certaine que si elle lui disait tout, Ty s'en irait tout aussi sûrement que la vérité avait éloigné sa famille. Elle ne savait pas s'ils avaient même eu la capacité de l'aimer, et elle était suffisamment âgée pour, dans une certaine mesure, voir la chose de manière philosophique. Mais le fait de détruire la chambre de bébé quand elle était enfant avait fait en sorte qu'elle ne saurait jamais s'ils avaient pu en fin de compte apprécier qui elle était.

Elle éprouva tout à coup le désir presque irrésistible de s'enfuir. Elle le maîtrisa, mais ses paroles étaient quand même impulsives.

— Pourquoi n'oublierions-nous pas tout ça? dit-elle, et elle comprit en voyant Ty plisser les yeux qu'il avait mal interprété sa question. Je veux dire, précisa-t-elle, oublier cette partie du voyage. Anura nous a laissé tomber et nous irons au-devant des ennuis si nous restons à Chicago, alors pourquoi n'irions-nous pas simplement chez ta reine et en finir une fois pour toutes? Je crois comprendre que Damien ne peut pas entrer à sa cour. D'une manière ou d'une autre, tout le monde saura qui est responsable des massacres perpétrés contre les Ptolémées, pourvu que quelqu'un puisse trouver comment m'orienter pour que je voie ce que je suis censée voir. Enfin, je l'espère. Et alors, je vais revenir chez moi.

Elle lui sourit, même si ce fut difficile.

— Peut-être qu'on pourrait aller voir un film, dit-elle. Aller manger. Je suis d'accord pour sortir après la tombée de la nuit si tu l'es aussi — c'est-à-dire si tu veux encore me fréquenter après tout ça.

Le désir dans ses yeux, à la fois si étrangers et si familiers, lui coupa le souffle par son intensité.

— Lily… commença-t-il.

Ce seul mot était imprégné de plus de désir et de regret qu'elle n'en avait jamais entendu. Tellement qu'elle était pratiquement sûre de ce qu'il allait dire. Qu'ils devraient profiter du moment parce que c'était tout ce qui lui serait permis, tout ce qu'ils pourraient avoir. Elle maudit silencieusement les sangs-nobles pour la façon dont ils avaient structuré leur société en ce féodalisme hors du temps et de l'espace. Elle n'était même pas un vampire, mais elle pouvait comprendre comment un bas de caste pourrait leur en vouloir suffisamment pour se rebeller, pour se dresser contre le système. Il y avait des façons discrètes de le faire, comme de s'occuper d'un refuge, et d'autres manières plus publiques, comme devenir une Ombre subversive, violente, amorale. Mais Lily comprenait.

Son propre sang, quel qu'il fût, lui avait nui au cours de sa jeunesse. Maintenant, il semblait que le sang de Ty allait la priver du seul homme avec qui elle s'était jamais liée à un niveau si profond. Elle combattrait ça si elle savait comment.

Il caressa légèrement le dos de sa main, un geste rapide, tendre, qui se répercuta dans tout son corps.

— Lily, répéta-t-il encore. Je…

Le coup à la porte les fit sursauter. Ty tourna brusquement la tête vers le bruit dérangeant.

— Qui est-ce ? demanda-t-il d'une voix rude, et Lily comprit que le moment était passé, irrémédiablement et complètement.

— C'est Jaden, fit la voix familière.

Mais même dans ces deux simples mots, Lily entendit l'étrange intonation qu'ils sous-tendaient.

— Rogan veut te voir. Et il est accompagné d'une personne... plutôt étrange à laquelle tu pourrais vouloir parler.

Lily regarda Ty, qui semblait aussi perplexe qu'elle-même. Il secoua la tête.

— Tu pourrais être un peu plus précis ?

La voix se fit plus irritable.

— Non. Je pense que tu devrais seulement descendre. Rogan est impatient. Et tu sais comment il est quand il est impatient. Ses va-et-vient me rendent fou et ça ne fait pas longtemps. Contente-toi de descendre.

Puis ce fut le silence, et Lily était certaine que Jaden était reparti aussi rapidement qu'il était arrivé. C'est à ce moment qu'elle vit que les mains de Ty étaient demeurées sur les siennes. Le poids de ses mains et le symbolisme du geste étaient rassurants.

— Tu sais tout à propos de moi, dit-elle en ayant le sentiment que s'il y avait un moment pour aborder ce sujet, c'était maintenant ou jamais. Vas-tu finir par me dire ce qui t'est arrivé à toi ?

— C'est sans importance. C'était il y a longtemps.

Il lui serra légèrement la main, mais elle le vit se refermer et elle aurait voulu pleurer de frustration. Il n'allait pas la laisser approcher jusqu'à ce point. Et, ironie du sort, il était une des seules personnes de qui elle avait jamais senti qu'elle pourrait se rapprocher.

D'un mouvement gracieux, Ty descendit du lit et endossa une chemise. Puis il marcha, pieds nus, jusqu'à la porte et il se tourna en l'atteignant pour regarder Lily par-dessus son épaule. En cet instant, il était d'une beauté à fendre le cœur. Et il donnait l'impression qu'il allait s'en aller.

À un certain moment, il allait le faire. C'était une réalité qu'elle devrait gérer un jour.

— Tu es prête ? demanda-t-il.

Lily acquiesça.

— Prête comme jamais, dit-elle.

Mais intérieurement, elle souffrait pour ce qui ne pourrait jamais être. Ty s'était fermé à l'amour. Et aucun pouvoir, soit-il psychique ou autre, n'allait lui permettre de creuser une brèche dans les murailles qu'il avait édifiées autour de son cœur.

CHAPITRE 18

L E REFUGE ÉTAIT un taudis, pensa Ty tandis qu'ils descendaient un escalier miteux, le passage étant assez étroit pour le rendre légèrement claustrophobe. Mais ça n'en était pas moins un endroit génial.

Il était brillamment situé sur une rue délabrée, au milieu de maisons en rangée. Carcasses de voitures dans la rue et détritus dans le caniveau. Un pâté de maisons plus loin, les fumeries de crack et les criminels abondaient. Ce ne pouvait être plus convaincant, et personne d'autre qu'un immortel n'aurait osé s'aventurer dans cette partie de la ville s'ils attachaient une quelconque valeur à leur argent ou à leur vie. Mais, Ty devait l'avouer, Rogan était un as dans son métier, qui consistait à cacher et à déplacer les fugitifs, outre quelques activités illégales par-ci par-là pour le plaisir et le profit. Et la construction de ce refuge particulier était parfaite. À l'extérieur, il semblait y avoir deux maisons distinctes aux murs mitoyens, mais à l'intérieur, un labyrinthe de pièces et de corridors interreliés s'étendait tout au long du pâté de maisons. Un visiteur occasionnel pouvait s'y retrouver assez bien, mais seul le propriétaire était capable de parcourir l'ensemble du lieu sans s'y perdre. Rogan ne révélait jamais à personne les plans de son labyrinthe et Ty songea que cela représentait bien la philosophie d'affaires de sa vieille connaissance : « Quand les choses se gâtent, c'est chacun pour soi. »

Ty ne lui faisait pas confiance. Ne l'avait jamais fait, ne le ferait jamais. Mais ce soir, il avait besoin de lui.

Le vieux salaud allait adorer ça.

Ty entendait les pas de Lily sur les marches grinçantes derrière lui. Qui plus est, il entendait chaque respiration qu'elle prenait, chaque battement de son cœur humain.

Son histoire était si semblable à la sienne même si elle ne le saurait jamais. S'il la lui racontait, il s'ouvrirait d'une manière qu'il avait juré de ne jamais refaire. À la fin, elle ne saurait rien d'autre de lui que le fait qu'il était un Cait Sith et qu'il ne méritait pas l'affection qu'elle lui avait accordée.

Ainsi était la vie pour les bas de caste qui servaient leurs maîtres.

Il s'arrêta en bas de l'escalier au début d'un long corridor. Des chandelles brillaient dans des bougeoirs fixés aux murs, illuminant du vieux papier peint en lambeaux. La plupart des pièces étaient obscures, mais une porte à l'autre bout du corridor était éclairée par plusieurs chandelles. Un rire rauque leur parvenait de la pièce et Ty se raidit dans l'attente de ce qui allait venir.

Il y avait un siècle qu'ils s'étaient rencontrés pour la dernière fois et plus longtemps encore depuis que Ty avait déclaré qu'il préférait servir une dynastie respectable que de tirer le diable par la queue en étant son propre maître. Il ne doutait pas que Rogan allait le lui rappeler.

Ty tourna la tête pour jeter un regard derrière lui où se trouvait Lily, tête penchée, l'oreille tendue. Ses cheveux brillaient dans la lumière tamisée et sa peau avait une vague luminescence. De petits éclats de lumière dansaient dans ses yeux quand elle le regarda.

Dieu qu'elle était belle.

Mais il y avait une raison à cela, n'est-ce pas ? Elle portait une marque qui menaçait de bouleverser l'ordre des dynasties si c'était vraiment celle de la Mère. Oui, elle était humaine, mais elle avait du sang noble.

Le seul fait de son existence allait causer tout un émoi... si on lui permettait de vivre. Et après l'avoir vue à l'œuvre ce soir, il était de moins en moins sûr qu'Arsinoé l'autoriserait.

Ses yeux glissèrent jusqu'à son cou, où il remarqua avec une agréable surprise qu'elle y avait de nouveau fixé son ruban. Il éprouva de la culpabilité en même temps qu'un soudain élan de désir. Son ruban. Sa femme.

— Rogan va savoir que tu n'es pas ma *sura*, Lily, dit-il aussi doucement que possible.

Mais il ne put s'empêcher de toucher le ruban de velours, laissant l'extrémité de ses doigts frôler le pouls qui battait à la base du cou de Lily. Il s'accéléra à son contact et immédiatement lui vinrent à l'esprit des images de son corps nu sous le sien, de ses dents dans son cou pendant qu'il la pénétrait frénétiquement. C'était le summum de la passion pour un vampire, et il savait que ce serait tellement bon avec elle. Meilleur que tout ce dont il avait pu rêver au cours de sa longue vie.

Il dut faire un effort terrible pour retirer sa main, pour parler comme s'il n'avait rien d'autre en tête que la situation présente.

— Je ne peux lui cacher la majeure partie de la vérité. Il a des yeux et des oreilles partout.

— Je sais, répliqua Lily. Mais c'est un refuge, non ? D'autres vampires y viennent temporairement. Ils ne savent pas qui je suis. Tout ce qu'ils sauront, c'est que je ne suis pas un vampire. Alors, j'ai pensé que nous ferions tout aussi bien de continuer de faire semblant. À moins que ça ne te dérange.

Il vit un éclair de vulnérabilité sur son visage, et sa culpabilité s'accrut. Évidemment, elle n'avait fait qu'augmenter depuis que s'était évanouie l'euphorie qui avait immédiatement suivi leurs ébats. Depuis que Jaden lui avait rappelé sa bêtise.

— Non, bien sûr que non, dit Ty en sentant sa poitrine se serrer. Tu as raison.

Puis il fit une blague en espérant atténuer le besoin presque suffocant qu'il avait d'elle.

— Essaie juste de t'abstenir de tuer quelqu'un ou de parler des langues étrangères, et tout devrait bien se passer.

Lily grogna et lui fit un sourire.

— Je suis partante.

— Bien, alors, dit Ty en s'efforçant de ramener ses pensées à la situation délicate dans laquelle ils se trouvaient. Rogan et moi nous connaissons depuis très longtemps. Ne le laisse pas t'intimider. Et ne le laisse pas te tripoter non plus s'il essaie. C'est un salaud, mais un salaud rusé et il devrait pouvoir nous aider.

— Pourquoi ne pouvons-nous pas simplement sauter dans ton auto et partir ? demanda-t-elle.

— J'aimerais bien, soupira Ty. Mais il est beaucoup trop tard pour ça. Tu étais… je veux dire, j'étais… Je ne pouvais pas être certain que tu étais en sécurité. Il fallait te trouver un endroit sûr, et rapidement. Le coin grouillait probablement de Dracul avant même l'incident avec toi. Ils ont tendance à ne pas se déplacer sans arrière-garde. Nous n'allons pas sortir d'ici sans l'aide de Rogan. Il connaît cette ville comme le fond de sa poche. Moi pas.

Lily plissa les yeux.

— Et tu es sûr que nous pouvons lui faire confiance ?

Comme si ça avait de l'importance. Elle ne devrait même pas lui faire confiance. Il l'avait avertie, se souvint-il. Mais ça n'avait rien changé — et comment aurait-ce été possible si elle ressentait pour lui ne serait-ce qu'une fraction de l'attirance qu'il avait pour elle ? Mais il l'avait prévenue. C'était une piètre consolation, mais c'était tout ce qu'il avait.

Et la partie égoïste de lui refusait de gérer ça en ce moment, préférant se complaire dans le fait qu'ils formaient pour l'instant une équipe.

— Eh bien, dit-il, Rogan ne travaille que pour lui-même. Mais il tient parole et, si nous nous mettons d'accord sur le prix, il respectera sa part du marché.

— Tu dis que c'est un homme d'honneur.

La façon dont elle avait prononcé ces paroles le fit rire.

— Ouais, je suppose. Mais ne va surtout pas lui dire ça ; il détesterait l'entendre. Viens, maintenant.

Il ne ressemblait en rien à la façon dont elle aurait pu imaginer un vampire criminel touche-à-tout.

Rogan McCarthy était assis au milieu d'un salon délabré, vautré dans un vieux fauteuil à bascule et tenant sa cour dans cet espace caverneux avec une bouteille de liquide rouge plantée dans son entre-jambes. C'était un petit homme maigre, mais doté de la beauté surnaturelle dont semblait jouir toute son espèce. Sa chevelure brun foncé était ondulée, ses traits, presque délicats, et il avait de grands yeux sombres légèrement bridés. On aurait dit qu'il s'était échappé d'un conte de fées, peut-être un farfadet malicieux ou un des membres les plus imprévisibles des

Fées. C'était déconcertant, mais elle apprenait rapidement qu'avec les vampires, les apparences ne révélaient rien. Ils étaient tous beaux à leur façon.

C'étaient leurs actes qui étaient éloquents. Mais il fallait un peu plus de temps pour s'en faire une idée.

D'après l'attitude du petit groupe rassemblé dans la pièce, Lily supposa qu'il y avait probablement davantage que du sang dans la bouteille de Rogan. Le rire était juste un peu trop fort, un peu trop sauvage, pour être naturel. De plus, dans la lueur des chandelles, leurs yeux brillaient d'une teinte rouge qu'elle n'avait jamais vue dans ceux de Ty. Elle l'entendit pousser un juron à voix basse.

— Sois prudente, murmura-t-il. Ils ont faim et l'alcool ne fait qu'empirer les choses.

Même si elle avait une vague impression de la présence d'autres personnes dans la pièce, l'attention de Lily fut immédiatement attirée par les deux hommes de chaque côté de Rogan, l'un d'une immense stature, avec ses cheveux blancs ramenés derrière la tête en une courte queue de cheval, révélant un visage magnifiquement sculpté. Saisissant, incroyablement beau, mais froid. Il ressemblait à une statue de marbre qui aurait pris vie et se serait échappée d'un musée — et un peu fâchée d'avoir dû rester immobile pendant si longtemps. L'autre vampire était son contraire, mince et basané, avec une peau café au lait, une chevelure d'ébène, et les yeux cerclés de noir d'une beauté fluide malgré leur couleur troublante.

Tous deux se tournèrent vers Lily, leur rire s'interrompant net tandis qu'elle et Ty pénétraient dans la pièce. Un rapide coup d'œil circulaire révélait des murs de panneaux de bois crasseux, de même que des meubles usés à la corde qui donnaient l'impression d'avoir été ramassés sur les trottoirs et sauvés de la décharge publique. Jaden, qui avait réussi à se fondre presque complètement dans l'obscurité, se trouvait dans un recoin éloigné. Elle essaya de lui lancer un sourire encourageant — il y avait quelque chose chez Jaden qui lui laissait penser qu'il avait besoin dans sa vie d'autant de douceur qu'il pouvait en obtenir — mais il était profondément préoccupé tandis qu'il fixait l'autre personne qui essayait de se fondre dans l'obscurité plutôt que de se joindre aux autres.

Lily suivit le regard de Jaden et elle s'étonna de voir une autre femme assise d'un air nonchalant dans un fauteuil rembourré aux motifs floraux, aussi silencieuse que les autres étaient bruyants. Ses cheveux étaient d'une riche couleur chocolat parsemés de mèches d'un blanc éclatant, et ses yeux bruns dorés surveillaient attentivement la scène. Elle était apparemment beaucoup moins ivre que les autres, peut-être même sobre. À part ça, il y avait quelque chose de différent chez elle, une chose sur laquelle Lily ne parvenait pas à mettre le doigt. Et son expression réservée, méfiante, la rendit nerveuse.

Pas autant, toutefois, que l'homme qui occupait le milieu de la scène. Elle vit immédiatement que Rogan était tout à fait sobre, ses canines allongées illustrant éloquemment l'appétit terrible qui le tenaillait. Et son sourire ne faisait qu'ajouter à l'impression qu'il était prêt à mordre.

— Tynan, te voilà, dit Rogan d'un air incroyablement ravi. J'avais le sentiment que tu finirais avec le temps par renier ta parole. Tu n'étais pas censé ne revenir ramper jusqu'à moi que si le monde prenait fin, que l'enfer gelait et que les quatre cavaliers de l'Apocalypse étaient à tes trousses ?

Ty haussa un sourcil noir.

— Es-tu sorti ce soir ?

Rogan éclata d'un rire profond et bruyant que Lily trouva étonnamment contagieux. Il se leva et marcha jusqu'à Ty, ne semblant pas le moins du monde intimidé par le fait que ce dernier le dépassait d'une tête. Il serra les mains de Ty et lui tapota rudement le bras.

— Tu es encore un petit futé. Ah, je suppose que c'est bien de te revoir après tout. Et ce sera encore mieux de voir cet argent des Ptolémées qui remplit sans aucun doute tes poches. Foutu chanceux. Comment vont les choses au pays des puissants ?

Puis il tourna les yeux vers Lily et elle aperçut la lueur calculatrice dans ses magnifiques yeux.

— Messieurs, laissez-moi vous présenter mon vieil ami Tynan MacGillivray, jadis d'Édimbourg, et un membre récent de la cour des Ptolémées, fit-il avant de lancer un clin d'œil en direction de Lily. Et voilà sans doute son adorable *sura*, Lily. Les choses se passent bien pour les Cait des Ptolémées, s'ils vont jusqu'à laisser leurs animaux domestiques préférés garder des *suri*. Surtout une comme celle-là.

Il se dégagea prestement de la poigne de Ty pour saisir une des mains de Lily, puis il se pencha et la lui baisa. Ses lèvres étaient froides contre sa peau.

— Je dois avouer ma préférence pour les rousses. Ça me rappelle mon pays.

— Et où c'est ? demanda Lily en essayant de toutes ses forces de ne pas se laisser séduire parce que Ty l'en avait avertie. L'Irlande ?

Son accent le trahissait indéniablement, mais elle était curieuse de connaître ses origines. Ty n'avait pas voulu lui raconter sa propre histoire, et Jaden parlait à peine de toute façon. Pourtant, l'histoire qu'ils avaient sûrement en commun la fascinait.

— Je suis un enfant de Dublin, ma chère dame, répliqua Rogan avec un petit sourire diabolique. Mais j'ai vécu à Édimbourg pendant longtemps sans jamais, Dieu merci, en adopter l'accent. Je pouvais à peine comprendre Tynan quand je l'ai rencontré, avec tous ces mots qui roulaient sur sa langue, et de plus, il parlait surtout gaélique. C'était stupide et peu pratique, même à l'époque. Mais je suppose que sa famille considérait important de conserver cet héritage des Highlands. On n'a jamais vu un endroit aussi pathétique que la chaumière où ils vivaient, avec son plancher de terre battue et toute sa saleté.

Il éclata de rire et Lily regarda Ty. Son expression était tendue, sinistre. Et pourtant, elle ne pouvait s'empêcher d'espérer que Rogan continue pour la seule raison que c'était la première fois qu'elle entendait parler du passé lointain de Ty.

Pourtant, il était évident, même maintenant, que ce souvenir le faisait souffrir.

Rogan, qui devait savoir exactement l'effet que produisaient ses paroles nonchalantes, poursuivit gaiement.

— Tu te souviens quand tu y es retourné, Tynan? La vieille sorcière qui t'avait mis au monde avait craché sur l'argent que tu essayais de lui donner! Vieille bique superstitieuse. Elle a fait le signe pour éloigner Satan et tout, gloussa-t-il. J'ai toujours pensé qu'ils avaient fini par mourir de faim ou que la maladie les avait emportés. Lequel des deux c'était ?

— La variole, répondit Ty d'une voix à peine audible.

— Parfait, fit Rogan d'un air approbateur en retournant s'affaler dans son fauteuil et en prenant une gorgée de sa bouteille. Bon débarras.

Sans savoir pourquoi, Lily se rapprocha de Ty et glissa sa main dans la sienne à l'insu des autres, la lui serrant doucement, de manière rassurante. Elle pouvait sentir la douleur qui émanait de lui comme s'il s'agissait de la sienne propre, et elle avait remarqué le petit sourire dur de Rogan quand il s'était tu.

Ty avait eu raison. Sous le mince vernis de charme se trouvait un homme avec qui il fallait être prudent. Et il avait tout de suite su frapper le point faible de Ty. Ce dernier avait vécu dans la misère et perdu sa famille à cause de la variole après qu'elle l'ait banni pour être devenu ce qu'il était. Pas étonnant qu'il soit si prudent, même maintenant. Pas étonnant non plus qu'il s'accroche encore si fort à sa position auprès d'Arsinoé. Il trouvait là une certaine acceptation. Et au moins, les Ptolémées avaient besoin de lui.

Lily pensait encore que sa loyauté était mal placée. Mais même le peu d'information qu'avait transmis Rogan l'aidait à le comprendre un peu mieux.

Ty se pressa contre elle l'espace d'un instant, se sentant réconforté par sa présence. Il lui serra la main en retour, et le cœur de Lily fit un bond dans sa poitrine. Puis il laissa glisser son pouce sur sa paume sensible avant de lui lâcher la main, mais sans s'éloigner d'elle.

— Même si j'adorerais me rappeler plein de souvenirs avec toi, Rogan, dit Ty, je suis un peu pressé en ce moment.

Tu sais que nous devons sortir de la ville. J'accepte à l'avance ton prix.

Rogan haussa les sourcils, ses yeux s'écarquillant d'un air innocent.

— Pourquoi donc ferais-je payer un vieil ami ?

— Parce que tu l'as toujours fait, répondit Ty, même s'il ne paraissait pas particulièrement agacé par ce fait. Dis-moi ton prix. J'aimerais que nous partions au plus vite. Nous ne serons plus en sécurité à Chicago.

Le vampire à la chevelure d'ébène éclata de rire.

— Je sais de quoi tu parles, mon ami.

Rogan l'ignora et pencha la tête de côté pour regarder Ty et Lily.

— Non, murmura-t-il d'un air pensif. Non, vous ne serez pas en sécurité ici. Moi non plus, s'ils vous trouvent. Ce qui n'arrivera pas parce que je suis excellent dans ce que je fais.

— Ouais, tu l'as toujours été, répliqua Ty en inclinant la tête.

— Tu travailles toujours pour les Ptolémées, non ?

— Je porte toujours leur marque, répondit Ty, et Lily sentit la tension dans sa voix.

— Hum, fit Rogan. C'est un peu étrange que tu t'enfuies avec Jaden, qui est recherché, et que tu t'éloignes tant de l'endroit où Arsinoé a installé sa cour.

Ty plissa les yeux.

— Ton prix, Rogan. Arrête de tourner autour du pot.

Rogan laissa échapper un grognement agacé en retroussant les lèvres sur ses dents acérées. C'était, aux yeux de Lily, le premier signe que l'homme avait un tempérament qui s'alliait à la dureté de ses paroles.

— Ne me parle pas de haut, garçon. J'étais déjà là quand tu rampais dans les rues à demi mort de faim. C'est moi qui t'ai pris sous mon aile jusqu'à ce que tu apprennes nos us et coutumes. Je t'ai habillé et nourri.

— Ça m'a coûté cher, dit Ty. Et c'est un des tiens qui m'a transformé.

— Oui, je me rappelle de lui. Oswalt. Un bon à rien. Si je me souviens bien, il a perdu la tête au tournant du siècle dernier. Pas étonnant. Je pense que c'est un de ceux qu'il a transformés qui l'a tué. En fait, je me demande si ce n'était pas toi.

— Oswalt est mort? demanda Ty, et Lily put constater sa surprise.

Rogan semblait ravi d'avoir réussi à surprendre Ty avec cette nouvelle. Il eut un sourire totalement dépourvu de gentillesse.

— Aussi mort qu'on puisse l'être. Je crois comprendre que ce n'était pas toi, n'est-ce pas? C'était peut-être Damien. Vous étiez comme les deux doigts de la main et aussi impitoyables l'un que l'autre quand vous aviez une idée fixe. Vous étiez la fierté des Cait Sith.

Rogan se tourna de nouveau vers Lily.

— Ton homme était un excellent chasseur, même à ses débuts. Certains sont tout simplement nés pour ça. C'était son cas. Après toutes les récriminations et les gémissements à propos de sa famille évidemment. Je suppose qu'il t'a raconté comment il en était venu à fréquenter les Ptolémées. Voilà quelque chose d'assez illustre pour s'en vanter.

Il avait un regard plein de défis, et Lily se sentit mal à l'aise. Bon Dieu, elle espérait que la situation ne se transformerait pas en une autre bataille. Le corps de Ty était tendu à côté du sien.

— Hum… pas beaucoup, en fait, dit-elle en espérant que cela suffirait à calmer Rogan. Il ne parle pas beaucoup de lui-même. Il est… modeste.

Le regard exaspéré que lui lança Ty fut pire que le nouvel éclat de rire de Rogan.

— Elle ment. Elle ne sait rien de toi, rien de tout cela, intervint le gros homme aux cheveux blancs d'un air ennuyé tandis qu'il demeurait assis, le dos droit, près du foyer éteint.

Rogan tourna vivement la tête vers lui en exposant ses canines. Lily et Ty le regardèrent aussi. Elle avait commencé à se demander si ce gros vampire taciturne était même capable de parler.

— Du calme, Sammael. Tu vas faire fâcher nos hôtes, dit Rogan d'un ton féroce.

Le vampire garda un air imperturbable.

— Mes excuses. C'est une habitude.

Son regard croisa celui de Lily et elle se sentit désorientée pendant un moment. C'était, songea-t-elle plus tard, comme plonger les yeux pendant un moment dans l'immensité du cosmos et prendre conscience d'à quel point elle était insignifiante dans l'ordre des choses. Le brouillard se dissipa rapidement et elle vit qu'il n'était pas le moins du monde désolé.

— Veuillez l'excuser. Sammael est un Grigori et ils n'ont pas vraiment la réputation d'avoir des manières, dit Rogan d'un ton un peu raide avant que ses lèvres ne se fendent d'un demi-sourire. En tout cas, il *était* un Grigori. Nous ne sommes pas tout à fait sûrs qu'ils voudront encore de lui quand ils l'auront trouvé. Peut-être qu'ils voudront seulement l'étriper. Taj et moi avons fait des paris là-dessus.

L'autre vampire rit, mais Sammael ne semblait pas très content. Ty semblait seulement curieux.

— Qu'est-ce que tu as bien pu faire ? demanda Ty tandis que ses yeux se rétrécissaient en regardant le colosse. Je crois pouvoir compter sur les doigts de la main le nombre de fois où j'ai rencontré quelqu'un de ta lignée. Je n'ai jamais entendu parler non plus d'un déserteur. Qu'est-ce qu'il faut que tu fasses pour te faire expulser ?

Taj ouvrit la bouche, mais le Grigori le fit taire d'un coup d'œil. Puis il redirigea son regard vers Ty. Il était devenu glacial et Lily comprit qu'elle voyait un être qui n'était pas vraiment humain. Qui ne l'avait peut-être jamais été.

— Occupe-toi de tes affaires, chat. Je pense que tu en as assez sur les bras.

Sammael regarda Lily, et le savoir dans ses yeux rouge-violet était infini, effrayant. C'était encore comme de scruter un abysse. Puis il tourna les yeux, et l'enchantement se rompit.

— Tu as probablement raison, répliqua Ty, mais il paraissait encore perplexe.

— Adorable. La camaraderie qui règne parmi nos parias me réchauffe le cœur. Maintenant, parlons affaires, dit Rogan, toute trace d'humour maintenant disparue tandis qu'il changeait de ton pour discuter des conditions.

— Pas encore, intervint Jaden.

Lily, étonnée, se tourna vers lui. Il était demeuré si silencieux qu'elle avait presque oublié sa présence.

Jaden fixait toujours l'autre femme dans la pièce avec un mélange de méfiance et de dégoût.

— Je ne veux pas l'avoir ici pendant qu'on discute.

La femme haussa un sourcil et pencha la tête. Elle ne semblait ni perturbée, ni vraiment surprise, mais elle avait l'air de quelqu'un à qui Lily ne voudrait pas marcher sur les pieds. Jamais. Sa voix était à la fois rauque et invitante quand elle parla.

— C'est terriblement vieux jeu de ta part. Si j'avais voulu te pourchasser, mon chaton, je l'aurais déjà fait. Les affaires des vampires ne m'intéressent pas le moindrement.

Lily ne put s'empêcher de demander :

— Vous n'êtes pas un vampire ?

Les yeux de la femme, d'un jaune flamboyant, qui étaient aussi magnifiques et étranges que tout ce que Lily avait pu voir, se tournèrent vers elle et elle souhaita avoir pu ravaler ses paroles. Elle ne sentait vraiment aucune méchanceté de la part de la femme, mais il y avait chez elle quelque chose de sauvage, d'encore moins dompté que Ty et Jaden.

— Non. Quant à toi tu ignores de toute évidence à quel point cette question est insultante, sinon tu ne l'aurais pas posée.

Rogan paraissait ennuyé.

— Allons, Jaden. Je traite toujours mes hôtes de manière équitable. Et Lyra n'a rien à voir avec toi. Elle en a assez de ses propres problèmes.

Jaden se contenta de retrousser les lèvres.

— Je n'avais pas su que tu t'étais mis à donner asile à des loups. C'est un fichu moyen d'arrondir tes fins de mois. Tes affaires vont si mal ?

— Jaden, dit Lily, renversée du fait qu'il se montre aussi ouvertement brutal.

Mais Lyra poussa un profond soupir d'agacement puis se leva. Elle était vraiment resplendissante, constata Lily, d'une façon très peu traditionnelle. Et grande, même si ses bottes à talons hauts y étaient sans doute pour quelque chose.

— Oublie ça, ma chérie. J'y suis habituée. Les vampires s'imaginent être le centre de l'univers. Mais je préfère rester une créature à sang chaud et libre plutôt que de devenir froide et d'avoir à gérer toutes ces bêtises dynastiques.

Puis elle regarda Jaden en arquant le dos et en dévoilant des incisives aussi acérées que celles de n'importe quel vampire.

— Tu ne veux pas me voir ici ? D'accord. Si je peux faire quoi que ce soit qui te permette de te sentir mieux au bas de la chaîne alimentaire des vampires… J'ai des choses plus importantes à faire que de t'entendre gémir.

Elle pivota sur elle-même et quitta rapidement la pièce tandis que tous la fixaient des yeux sans émettre un son.

Rogan fronça les sourcils en direction de Jaden.

— Son argent vaut autant que le tien ici, Jaden. Qu'il ne te prenne pas l'envie de la chasser de nouveau, ou je vais te réduire en pièces. Elle sera chef de meute un jour si elle vit jusque-là.

Jaden poussa un grognement.

— Ça n'arrivera jamais avec l'attitude qu'elle a. Et les loups sont censés rester hors des villes.

— Tout comme tu es censé rester avec les Ptolémées et nous pouvons tous constater que ce n'est pas le cas. Lyra est importante pour son espèce et c'est important à mes yeux. Il ne me reste plus beaucoup d'endroits pour cacher des gens qui ne veulent pas qu'on les trouve. Les humains sont trop curieux et ça pourrait leur nuire. Sois seulement heureux que j'aie accepté ta présence ici, parce que vivant, tu ne vaux plus rien pour personne. Mais mort, tu vaux une récompense. Rappelle-toi de ça avant de rouvrir ta grande gueule.

Ceci dit, Rogan détourna les yeux de Jaden, qui avait pris un air piteux, et reporta son attention sur Ty. Son sourire rappela à Lily un requin sur le point d'attaquer.

— Allons dans mon bureau, si vous êtes prêts, dit Rogan, l'air satisfait de lui-même. Seulement toi et moi. Ça va te coûter cher, MacGillivray. Et ce sera un plaisir pour moi.

Il se leva, marcha jusqu'à Ty, puis tendit le bras pour lui tapoter la joue si durement que c'était pratiquement une gifle.

— Bienvenue à la maison.

CHAPITRE 19

IL FAISAIT PRESQUE jour quand ils eurent terminé, et à ce moment, Ty était assuré d'avoir à la fois une auto et une escorte pour les conduire hors de la ville, mais il avait aussi un compte-chèques vide, une liste de faveurs que Rogan espérait obtenir de la reine des Ptolémées en échange de son aide pour conduire son précieux chargement à destination en toute sécurité, un orgueil blessé et un mal de tête fulgurant.

C'était bien suffisant pour une seule nuit. Il grimpa les marches, sentant l'habituelle léthargie commencer à s'installer dans ses os tandis que le soleil s'apprêtait à pointer. Le fait que Lily soit dans la pièce à l'attendre avec des questions auxquelles il ne voulait pas répondre ne l'aidait pas. Il maudit Rogan pour avoir abordé le sujet de sa famille. Et sa propre stupidité pour être venu ici au départ.

C'était ce qu'il méritait pour s'être écarté du droit chemin, supposa-t-il. Ils en savaient à peine davantage sur la marque de Lily qu'au moment où ils étaient arrivés, mais maintenant, il avait à sa remorque un Cait Sith fugitif et une femme que Vlad Dracul lui-même voulait voir sur une base permanente. Les dieux devaient le détester si l'un d'entre eux s'était déjà soucié de le remarquer.

Parfois, certaines soirées comme celle-ci, le doute le saisissait.

Il faillit percuter l'autre vampire avant de voir qu'il se dressait de toute sa hauteur devant lui. Il réussit de justesse à éviter le Grigori qui, apparemment, s'était tapi dans le corridor pour l'attendre. Il s'arrêta brusquement à un cheveu du géant silencieux qui dépassait d'une tête les deux mètres et plus de Ty.

— Par tous les dieux, mon vieux ! s'exclama-t-il en se détestant de s'être laissé prendre par surprise.

Toute cette histoire le dérangeait, modifiait son instinct normalement infaillible.

— Qu'est-ce que tu essaies de faire, me faire mourir une deuxième fois, mais de peur ?

Le Grigori — Sammael, se souvint Ty — leva à peine un sourcil d'un air dédaigneux. C'était, selon son expérience décidément limitée avec cette dynastie, un air qu'ils avaient perfectionné.

— Tu n'es pas très futé pour un Cait, dit Sammael.

— Eh bien, c'est une manière intéressante de faire en sorte que je te parle, répliqua Ty.

Dieu qu'il était épuisé. Il aurait voulu se rendre à sa chambre, s'étendre auprès de la femme avec laquelle il n'était pas censé coucher et oublier toute cette merde pendant quelques heures.

— Il faut que je te parle de la femme, dit Sammael.

Ty soupira.

— Elle semble vraiment susciter des réactions où que nous allions, dit-il avec une pointe de désespoir.

— Tu dois être prudent avec elle.

La voix de Sammael était profonde et sonore, et il en émanait un sentiment d'urgence même si son expression demeurait impassible.

— Je n'ai pas besoin de voir sa marque pour savoir ce qu'elle est, poursuivit-il. J'ai connu celle de qui elle est issue. Il y a beaucoup de Lilith en elle, malgré les nombreuses générations qui les séparent. Le sang est puissant.

Ty ne put que le fixer pendant un moment, bouche bée. Le Grigori le regarda de nouveau comme s'il n'avait rien dit d'important. Comment avait-il pu savoir ? Et pourtant, il circulait des rumeurs à propos des Grigori, à propos de leurs origines. Ils étaient peu nombreux, mais ils étaient puissants, et comme ils préféraient demeurer entre eux, on les voyait rarement en société. Aux États-Unis, ils se tenaient dans les déserts, bien que personne ne sache réellement s'il s'agissait de leur vraie base. Certains disaient qu'il y en avait beaucoup plus sur une île de la Méditerranée alors que d'autres insistaient sur le fait qu'ils avaient une forteresse sur quelque sommet de montagne européen. D'autres encore prétendaient qu'ils pouvaient voler. Certains affirmaient qu'ils n'étaient pas vraiment des vampires, mais des démons. Personne ne semblait être certain de rien. Personne même ne savait vraiment qui les dirigeait, si jamais ils avaient un chef. Mais ils avaient tous l'allure de Sammael. Énormes. Intimidants. Dépourvus d'émotions. Et tous avaient pour marque une paire d'ailes noires.

— Tu as connu Lilith ? La Mère ?

Et finalement, Sammael réussit à exprimer une émotion évidente : de l'agacement.

— Je ne viens pas justement de te le dire ? Ne pose pas de questions stupides. Ce que j'ai à te dire est important.

— OK, alors, qu'est-ce que c'est ? demanda Ty en luttant à la fois contre une lassitude et une anxiété croissantes en s'attendant à ce que le ciel lui tombe sur la tête avant même qu'il ait réussi à rejoindre Arsinoé.

— Seulement ça, chat ingrat. Elle est du sang de Lilith et elle est destinée à bien davantage que ce que tu prévois pour elle. Les Ptolémées vont la détruire s'ils découvrent ce qu'elle est. L'histoire va se répéter. Mais cette fois, la lignée de Lilith va se terminer. Elle valait la peine qu'on la préserve, même si nous n'avons pas essayé d'arrêter ce qui s'est produit.

— De quoi tu parles ? Tu veux dire l'incendie du temple que Lily n'arrête pas de voir ? demanda Ty. Vous auriez pu arrêter toute cette folie ?

— Nous sommes des observateurs. Ce n'est pas notre rôle, répondit Sammael.

— On vous reconnaît bien là, rétorqua Ty avec colère. Personne parmi les sangs-nobles ne semble penser que c'est son rôle de faire quoi que ce soit à moins d'être eux-mêmes menacés. Et quand ça arrive, ils passent surtout la main à leurs serviteurs.

Sammael lui jeta un regard intense.

— Quelques-uns. La plupart, peut-être. Mais pas tous. Il existe encore de l'honneur au sein de notre espèce, bien qu'on le trouve parfois en des endroits étranges. Lilith était différente. Et cette héritière de sa dynastie l'est aussi.

Le mal de tête de Ty empira même s'il n'avait pas cru la chose possible. Il se frotta la tempe du bout des doigts.

— Écoute, Sammael, merci pour l'encouragement, mais tu ne m'en dis pas assez. Pourquoi exactement avons-nous cette conversation ? As-tu l'intention de me combattre pour obtenir Lily ?

Ses paroles suscitèrent un petit sourire sur le visage du Grigori, une expression dont Ty ne pensait pas que l'homme était capable.

— Hélas, non. Tu pourrais être un adversaire digne de ce nom, Tynan le Cait Sith, mais tu n'y survivrais pas. Et je suis curieux de voir ce que tu vas faire de ce qui t'a été accordé.

— Je vais faire ce qu'on m'a entraîné à faire. Je chasse et je ramène.

Il soupira et se frotta de nouveau la tempe. Même à ses propres oreilles, ses paroles avaient semblé insensibles.

— Écoute, j'apprécie ton... eh bien, ce n'est pas exactement de l'aide, n'est-ce pas ? Mais je n'ai pas le choix. Les Ptolémées se meurent. Et que je le veuille ou non, je suis lié à eux. Seule Lily peut régler ça.

— Hum, fit Sammael en reprenant son air impassible. On pourrait espérer que tu acquières un peu d'intelligence avant qu'il soit trop tard. Mais fais comme tu veux, chat. Les limites entre mon espèce et la tienne n'ont pas toujours été aussi clairement définies. Elles peuvent s'embrouiller de nouveau pendant que je respire encore. Je vais attendre avec mes frères et mes sœurs et observer.

— Oui. Tu as déjà mentionné que c'était ce que vous faisiez.

Ty pivota sur lui-même, impatient de partir et habité d'une nervosité qui, pensait-il parfois, allait l'accompagner tout au long de sa vie peu importe à quel point il la combattait.

Voyant que le Grigori ne bougeait pas, Ty s'accrocha à ce qu'il lui restait de patience et réussit à demeurer poli.

— Bien. Bonne nuit, alors, Sammael. Ça a été un plaisir de te rencontrer. J'espère que tu vas régler le problème qui t'a amené ici et tout ça.

Le géant eut de nouveau ce sourire énigmatique.

— Rogan adore les bonnes histoires. Mais tu n'as pas à t'en faire. Je n'ai pas d'ennuis. J'ai fait ce que je suis venu faire ici.

Les soupçons se multiplièrent dans l'esprit de Ty — de même qu'une crainte soudaine qu'il ne serait jamais davantage qu'un pion dans quelque jeu que dirigeaient des gens beaucoup plus puissants qu'il ne pourrait jamais l'être.

— Tu veux dire que tu es venu ici et que tu as menti à Rogan seulement pour me servir ce petit discours ? demanda Ty en regardant ce géant aux cheveux blancs, son étrange et anguleuse perfection. Qu'est-ce que tu es au juste, Sammael ? Laquelle des rumeurs à propos de ton espèce est vraie ?

— Aucune, évidemment, répondit Sammael. Bien que j'en aie entendu quelques-unes qui comportaient un brin de vérité. C'est sans importance. Nous allons te surveiller, chat. Montre-toi digne d'elle et notre monde se transformera de nouveau.

— J'aimerais vraiment que tu m'expliques ça.

— Oui, je n'en doute pas. Bonne nuit, Tynan MacGillivray. Puisse l'obscurité te protéger.

Sur ce, Sammael inclina la tête, tourna les talons et s'éloigna.

Ty envisagea brièvement de le poursuivre et de lui arracher la vérité, mais il doutait qu'un tel geste lui apporte davantage. De plus, la façon dont Sammael avait dit qu'il ne survivrait pas à un combat entre eux sonnait vraie. Il était un féroce combattant, mais les Grigori étaient juste... sinistres. Pire encore que selon son souvenir.

Merde. Il avait assez de préoccupations sans être accosté par d'anciens vampires effrayants qui émettaient des prophéties insensées. Il savait que la marque de Lily allait entraîner des problèmes avec les Ptolémées. Ne serait-ce que parce qu'Arsinoé n'avait jamais aimé qu'on rivalise d'attention avec elle, particulièrement les belles femmes. Pourtant, il refusa de croire qu'elle n'allait pas l'écouter, tenir compte de son plaidoyer.

Parce qu'après avoir été somme toute arnaqué par Rogan, Ty avait décidé que pour cette fois au moins, la reine des Ptolémées allait lui devoir un paiement équitable pour ses services. Il ne voulait qu'une chose : pouvoir respecter sa parole, juste cette fois. Il voulait que Lily puisse retourner chez elle. Il existait certaines plantes qui l'aideraient à effacer ses souvenirs une fois qu'elle les aurait aidés. Des plantes qui l'aideraient à oublier qu'elle avait rencontré un vampire... qui la feraient l'oublier. Et cela, il le savait, était particulièrement important. On ne pourrait jamais lui permettre de se souvenir de lui, parce que ce qu'il avait clairement perçu dans ce visage ce soir-là quand elle lui avait parlé avait déclenché chez lui toutes les sonneries d'alerte.

Aussi impossible que cela puisse lui paraître, Lily était en train de tomber amoureuse de lui. Et malgré ce qu'avait dit Sammael à propos du fait d'essayer d'en être digne, Ty savait au plus profond de lui-même qu'une telle chose était impossible. Il était un bas de caste, un menteur et un assassin, et il n'allait jamais être bon à autre chose. Il ne pouvait refaire la société des vampires ni changer les restrictions qu'elle lui imposait ainsi qu'aux gens de son espèce.

Mais il pouvait faire de son mieux pour l'en sortir et pour en effacer toutes traces de sa mémoire. Elle pourrait poursuivre sa petite vie tranquille, survivre.

Et lui pourrait retourner à la lente agonie que représentait la vie éternelle.

Avec en tête l'idée épouvantable de vivre une éternité sans Lily, Ty monta pesamment les marches.

Demeurée seule dans la petite chambre, Lily faisait les cent pas comme un ours en cage. Le ressentiment bouillonnait juste sous la surface, de même qu'une inquiétude certaine à propos de Ty. Comment, en l'espace de quelques jours, était-elle passée d'une vie confortable et tranquille d'enseignante à une pièce crasseuse dans un refuge de vampires, poursuivie par une dynastie entière de créatures qui voulaient l'emprisonner et jeter les clés?

Elle était furieuse qu'on la tienne délibérément dans l'ignorance maintenant, alors qu'il s'agissait de son avenir. D'accord, Ty connaissait les règles, le protocole et ces étranges créatures de l'ombre. Mais ç'aurait été bien de ne pas se trouver prise dans cette petite pièce nue pendant plus d'une heure sans aucune autre compagnie que ses propres pensées qui l'entraînaient lentement vers la folie. Même Jaden l'avait laissée tomber en se rendant à sa chambre sans presque émettre une parole. Il semblait avoir énormément de préoccupations, ce dont Lily ne doutait pas un instant.

Ils en avaient tous.

Elle s'arrêta au milieu d'un autre circuit autour de la pièce et enfouit ses mains dans ses cheveux, se prenant la tête à deux mains. C'est à ce moment, tandis que ses pas avaient cessé de résonner dans la pièce, qu'elle entendit des bruits légers juste de l'autre côté de la porte. La chambre de Jaden.

Peut-être qu'il la jetterait dehors. Peut-être que la porte serait verrouillée de l'intérieur et que ça ne servirait à rien de toute façon, mais elle ne put résister à la possibilité de se changer les idées.

Lily marcha à pas de loup jusqu'à la porte séparant les deux pièces et tourna doucement la poignée.

Elle n'eut qu'à l'ouvrir un peu pour constater qu'elle était la copie conforme de la sienne : petite, fonctionnelle, éclairée par une chandelle, sans fenêtre. Au centre de cette pièce se tenait un homme vêtu seulement d'un jean usé, le dos tourné pendant qu'il fouillait dans un petit sac sur le lit. À sa carrure et aux mouvements de sa tignasse noire, elle sut que c'était Jaden.

Mais rien de ce qu'elle connaissait de lui, rien de ce qu'il avait dit ou fait, ne l'avait préparée au choc qu'elle éprouva en voyant sa peau nue.

Son dos était parsemé de cicatrices, certaines blanches, certaines encore rosâtres, formant des motifs qui ne pouvaient être que les marques d'un fouet. Sa peau blanche en était presque entièrement recouverte, et Lily ne pouvait imaginer la douleur qu'il avait supportée. Pas étonnant qu'il ait été si silencieux et étrange avec Ty ; pas étonnant non plus qu'il ait fui les Ptolémées.

Lily frémit à la pensée du nom de la dynastie. Seul un monstre pouvait infliger une telle chose à une autre créature. Et Ty la conduisait justement aux monstres qui en étaient responsables. Pour la première fois, elle commença à douter de la promesse de Ty, pas de Ty lui-même, mais de la personne qui lui avait permis de la faire. Si les Ptolémées étaient capables d'infliger une pareille chose à quelqu'un de leur peuple, allaient-ils respecter la parole qui lui avait été donnée et se contenter de la laisser partir ?

— C'est impoli de fixer les gens, tu sais.

La voix de Jaden, calme, mais intense, la fit sursauter.

— Je, euh, je suis désolée, je voulais seulement…

Il se tourna et elle ne perçut aucune surprise sur son visage. Seulement de la résignation et ce regard égaré qu'il semblait avoir constamment. Maintenant, elle savait au moins pourquoi, mais ça ne rendait pas les choses plus faciles.

— Non, dit-il d'un ton beaucoup plus doux. J'espérais te voir avant… Eh bien, tu ferais aussi bien de rentrer, ajouta-t-il en lui faisant signe de s'avancer avant de se retourner vers son sac. Le jour va bientôt se lever et il faut que je sois sorti d'ici avant.

Lily lui jeta un regard incrédule.

— Tu pars ? Maintenant ?

— C'est le meilleur moment pour m'échapper. Juste avant que le soleil se pointe. Il faut seulement être sûr du prochain endroit où on va crécher, et ce n'est pas loin, mais je connais des gens. Tu peux venir avec moi, si tu veux.

Elle pouvait deviner à son mince sourire presque railleur qu'il savait fort bien qu'elle ne s'enfuirait pas avec lui. Mais elle était aussi pratiquement certaine que l'invitation était sincère.

— Pourquoi te sauves-tu ? demanda-t-elle. Je pensais que tu allais nous aider.

— Quelle aide puis-je apporter ? répondit-il. Anura a choisi de se ranger du côté des Draculs. Je ne sais foutrement pas pourquoi, mais c'est son droit. Ce qui veut dire qu'il serait stupide de retourner à l'appartement. Quelqu'un nous y attendra, et ce ne sera personne que nous aimerions rencontrer. Tynan ne va pas cesser d'espérer que les Ptolémées vont apprécier ce qu'il fait pour eux et peut-être jeter un os au reste d'entre nous en passant. Une idée sympathique, mais un projet chimérique. Et toi…

Il pencha la tête, l'étudiant pendant qu'il s'interrompait.

Comme celui de Ty, son regard intense était agaçant. Il était très beau, se rendit compte Lily. Mais il souriait encore moins souvent que Ty. Ils avaient une vie difficile, ces Cait Sith. Elle aurait tant voulu les aider, mais il n'y avait rien qu'elle puisse faire.

Elle entendit dans sa tête la voix de la prêtresse. *Brise ses chaînes…*

Mais comment ? Sortir toute une lignée de l'esclavage n'était pas vraiment un travail pour une seule personne. Et certainement pas pour une *humaine.*

— Je ne parviens pas à te cerner, Lily Quinn. Tu débordes de contradictions, dit-il en enfilant une chemise foncée qu'il prit sur le lit. Pendant un moment, je pense que tu n'es qu'une fille naïve qui a hérité d'un don qu'elle ne peut pas maîtriser, et l'instant d'après, je vois quelqu'un qui pourrait représenter une puissance formidable si elle essayait.

Lily sentit tout le mordant de cette déclaration émise d'un ton neutre.

— Aucune des deux affirmations n'est très flatteuse.

Jaden haussa les épaules.

— Je n'essaie pas de t'insulter. Mais il y a une chose dont je suis certain : c'est qu'il y a beaucoup plus chez toi qu'il n'y paraît. Mais tu ne coucherais pas avec Ty si tu n'étais pas au moins un peu naïve. En ce qui concerne la maîtrise de ton pouvoir, ce n'est pas vraiment ta faute. Je n'ai jamais vu quoi que ce soit de semblable. Je n'ai aucune idée de ce qu'on pourrait éprouver en réussissant à le maîtriser.

— C'est comme essayer de serrer un éclair dans ses mains, avoua Lily.

— Hm.

Il termina ce qu'il était en train de faire, puis s'approcha d'elle.

— Laisse-moi regarder ta marque, dit-il. Ty ne semble pas vouloir que j'examine ta peau immaculée. Aucune idée pourquoi.

Il lui fallut un moment pour comprendre qu'il la taquinait, puis elle lui obéit gentiment en tirant le col de son chemisier pendant qu'elle le regardait s'approcher.

— D'où te vient tout à coup ce sens de l'humour ? demanda-t-elle en étirant le cou pour lui permettre de mieux voir.

Il frôla sa marque du bout des doigts et son contact froid la fit frissonner.

— J'en ai un, mais il n'y a aucune raison de s'amuser en ce moment.

Il s'interrompit, puis murmura :

— Étrange et belle. Comme celle qui la porte.

La remarque surprit Lily. Quand elle regarda de nouveau dans ses yeux, elle s'étonna de voir toute la puissance qui brillait au fond. Jaden était peut-être silencieux, mais il était comme tous les vampires qu'elle avait rencontrés jusqu'ici : bien davantage que son apparence le laissait croire. Jaden la fixait d'un regard si intense qu'elle eut l'impression qu'il cherchait quelque chose dans les tréfonds de son âme. Finalement, il soupira et s'écarta.

— Je comprends pourquoi il te veut. Il faudrait qu'il soit fou pour ne pas te vouloir, et si tu restes sur cette voie, il ne sera pas le dernier. Mais tu fais une erreur en restant, Lily. Il y a beaucoup de choses que tu ne comprends pas à propos de nous. Et à propos de lui.

— Tu ne peux pas imaginer à quel point je suis fatiguée d'entendre ça.

Jaden pouffa de rire, une autre rareté, bien que le son ait véhiculé bien peu de véritable humour.

— Au moins, Ty a essayé de te le dire, mais pas suffisamment, de toute évidence.

Son visage prit un air grave.

— Je devine que ce soir, c'est la première fois que tu as entendu parler de sa famille. Il ne parle pas de ça et je ne peux pas le lui reprocher. La vie a été difficile pour lui dès le départ, et elle l'est devenue encore plus pendant un moment après sa transformation. Est-ce qu'il t'a dit comment il avait abouti chez les Ptolémées ?

Lily s'agita, mal à l'aise.

— Non. Seulement que la reine des Ptolémées l'avait sauvé et qu'il avait une dette envers elle.

Jaden grogna.

— Ouais. Eh bien, elle n'aurait pas eu besoin de le sauver s'il n'avait pas riposté pendant une attaque des Ptolémées contre la tanière des Cait Sith.

Il s'interrompit et secoua la tête.

— Mais ce n'est pas à moi de te raconter tout ça, termina-t-il. C'est à lui.

Il avait piqué sa curiosité, mais elle refusait de mordre à l'hameçon. Elle n'avait pas beaucoup parlé de son propre passé elle-même non plus, et Ty ne lui avait pas posé de questions jusqu'à ce qu'elle éclabousse pratiquement un pâté de maisons avec des entrailles de vampires. Ce qui était bien, se dit-elle. Tout à fait bien. Elle ne voulait pas en parler. Il ne voulait pas en parler. Ce qui les laissait... où ?

— Le passé n'a pas d'importance, répondit Lily en haussant le menton. Et je n'ai pas d'attentes, Jaden. Il ne m'a pas menti en prétendant que nous avions un avenir ensemble. Et je ne prétends pas que nous en ayons un. Si le fait d'être avec lui de toute façon me rend naïve, eh bien, je suppose que je le suis.

Elle n'avait pas saisi à quel point elle se sentirait blessée en disant qu'il n'y avait pas d'avenir, seulement le présent. Non plus qu'elle avait compris à quel point Jaden remarquerait facilement cette souffrance. Elle vit la pitié dans ses yeux et elle eut un mouvement de recul. On avait assez eu pitié d'elle au cours de sa vie. Elle ne l'avait jamais provoqué et en ce moment non plus. Pourtant, elle ne put s'empêcher d'ajouter :

— Ty est différent. C'est un homme bon, même s'il pense qu'il ne l'est pas.

— Tu vois, c'est ce qui va te coûter cher, de t'en soucier, Lily, répliqua Jaden tandis que son visage s'assombrissait. Ty n'est pas un homme mauvais. C'est un des meilleurs que j'aie fréquentés. Il m'a pris sous son aile quand je ne pouvais faire la différence entre mon cul et un trou dans le sol et que je détestais tout et tout le monde. Mais c'est un bas de caste. Pis encore, c'est un Cait Sith bas de caste qui est la propriété des Ptolémées. Sa vie ne lui appartient pas, et il fait ce qu'il doit faire pour survivre.

— Ouais, je comprends, répondit Lily d'un ton triste. Je n'aime pas ça, mais je peux l'accepter.

La fureur soudaine de Jaden la surprit.

— Ne prétends pas que tu ne vas pas souffrir quand il te donnera à cette vipère et qu'il partira ! aboya-t-il, les yeux brillant d'un éclair de lumière surnaturelle. Et il va partir, Lily. C'est tout ce qu'il sait faire. À part ça, toute cette situation le dépasse de loin. Les Cait Sith représentent sa famille et il pense d'abord à eux : quelles répercussions ses actes auront sur la manière dont ils sont traités, comment le fait de demeurer dans les bonnes grâces d'Arsinoé lui permettra d'aider certains des plus misérables serviteurs des Ptolémées. Je dois dire qu'elle lui laisse plus de liberté qu'à la plupart des autres. Mais j'ai aussi été un de ses petits animaux domestiques. Et je pense que tu vois où ça m'a mené.

Il secoua la tête, sa colère disparaissant aussi vite qu'elle était apparue.

— Ty est le porte-étendard des Cait Sith qui doivent vivre sous le joug des Ptolémées, Lily. Dans une certaine mesure, l'affection d'Arsinoé à son endroit se répand sur tous les Cait à la cour. Il est une foutue légende pour ceux qui sont encore dans le monde à essayer de survivre du mieux qu'ils le peuvent en espérant que les sangs-nobles ne vont pas leur tomber dessus comme ils l'ont fait pour tant d'entre nous.

Lily fronça les sourcils pendant qu'elle assimilait tout cela et se souvint de la scène dans sa cuisine.

— Damien, l'Ombre qui me poursuit, a pratiquement dit de Ty qu'il avait capitulé. Peut-être que c'est comme ça qu'on le percevait, point final.

Jaden leva les yeux au ciel.

— Damien. Ouais, ce serait son genre de dire ça. N'écoute jamais ce que dit une Ombre, Lily. Ce sont des assassins professionnels qui se prennent pour Dieu. Il se croit indépendant ? Vraiment pas. Comme le reste d'entre nous, il doit rendre des comptes. Mais il y a quelque chose qui le fait se sentir mieux à propos de la voie qu'il a choisie. De toute façon, tu ne verrais pas beaucoup de gens de notre lignée autour d'ici pour leur demander ce qu'ils pensent de Ty. Les Cait Sith ont tendance à vivre dans les bastions des Ptolémées, et ici, ça n'en est sûrement pas un. On peut voir que leur reine est égyptienne. Foutue fixation de chat. Au moins, ils nous donnent du travail quand personne d'autre n'en veut, mais on paie le prix fort si on refuse. Pour les Ptolémées, les gens de mon espèce ne peuvent être que des esclaves ou des proies. Je vais essayer de voir si je peux m'éloigner assez pour n'être ni l'un ni l'autre.

— Qu'est-ce qui est arrivé ? Est-ce qu'elle t'a fait ça ? demanda Lily.

Il fallait absolument qu'elle le sache.

Le regard de Jaden se fit tout à coup glacial et il détourna les yeux.

— Ça se pourrait bien, mais ça importe peu. Je ne vais pas y retourner. Plutôt mourir.

— Jaden.

Lily franchit la distance qui les séparait et posa une main sur son bras. Elle sentit à quel point il se tenait raide, et ce fut son tour d'avoir pitié de lui. Mais le geste le fit se tourner vers elle.

— Tu dois le dire à Ty. S'il te plaît.

— Me dire quoi ?

La voix était bourrue, ensommeillée et clairement irritée. Lily regarda derrière elle et vit Ty debout dans l'embrasure de la porte, avec une attitude qui correspondait à sa voix. La première impulsion qu'elle eut en le voyant fut la même qu'elle avait toujours : elle voulut immédiatement se retrouver dans ses bras, enlacée par lui. Et quand leurs yeux se croisèrent, elle vit qu'elle n'était pas la seule à ressentir ce soudain élan de désir.

Le soupir de Jaden la ramena à la réalité.

— Je vous dirais de vous trouver une chambre, mais c'est déjà fait. Le soleil se lève, mon frère. Tu devrais te coucher.

— J'aurais du mal à dormir. Rogan pillerait tout ce qui a la moindre valeur sur ma carcasse, répliqua Ty en venant se placer près de Lily, sans la toucher, mais suffisamment près pour que chaque fibre de son être donne à la jeune femme l'impression de vibrer à sa seule présence.

Il regarda le sac sur le lit, remarqua que Jaden avait changé de vêtements, et ses yeux se durcirent brusquement.

— Tu vas quelque part ?

— Et si je le fais ? Je te l'ai dit : je ne retourne pas auprès des Ptolémées. Comme je l'ai fait savoir à l'adorable Lily, vous êtes les bienvenus si vous voulez m'accompagner. Mais je doute que ce refuge soit un endroit sûr et je ne vais certainement pas y rester pour le savoir. Il faut que je quitte Chicago, que je laisse passer l'orage en territoire plus neutre.

— Ce n'est pas pour ça que je viens de payer Rogan ? Nous faire sortir d'ici ?

La voix de Ty résonnait d'une colère incrédule, son intensité croissant. Jaden, quant à lui, avait pris un air carrément provocant.

— Je vais mieux m'arranger tout seul. En ce moment, c'est toi qu'on pourchasse, pas moi. Ça sera plus facile pour moi de me défiler. Si je reste avec vous, ça pourrait être plus difficile. Je ne peux pas risquer que les Ptolémées me trouvent, Ty. Essaie de comprendre ça. Tu as quelque chose qu'ils veulent, et pour cette raison, il est deux fois plus dangereux qu'on me trouve. Puis ça paraîtrait mal pour toi. Vaut mieux se séparer maintenant.

— Jaden, s'ils sont à ta recherche, ils vont te débusquer où que tu ailles. Qu'est-ce donc que tu as fait ?

Jaden croisa les bras sur sa poitrine d'un air furieux.

— Est-ce que ça changerait quoi que ce soit si je te le disais ? Tu vas y retourner de toute façon.

— Ils l'ont fouetté, laissa échapper Lily, qui se sentit rougir quand Jaden tourna les yeux vers elle. Il a des cicatrices partout sur le dos, Ty. Je les ai vues.

L'expression de Ty s'adoucit et devint triste.

— Non. Jaden.

Jaden retroussa les lèvres sur ses incisives brillantes.

— Et malgré tout, tu vas retourner vers elle. Tu sais ce que j'ai fait pour mériter ça, Ty ? J'ai mentionné à son altesse vénérée que son amant répandait partout la rumeur selon laquelle nous nous dirigions vers une guerre avec les Draculs, et je voulais savoir si c'était vrai. Et pourquoi je voulais savoir ? Parce que les Cait sont toujours en première ligne quand les sangs-nobles se querellent stupidement.

Peux-tu imaginer comment ce serait si ça devenait une guerre ouverte ? J'ai pensé que nous méritions de savoir si ça se produisait vraiment pour pouvoir préparer les autres.

Il secoua la tête avant de poursuivre :

— Elle l'a dit à Néron. On m'a fouetté pour insubordination et le fouet contenait un poison qui faisait en sorte que les cicatrices demeurent. Elle n'a pas dit un mot. Si j'étais resté, ils m'auraient mis un collier.

Ty serra les dents. Lily vit frémir un muscle de sa mâchoire.

— Ils ont recommencé à se servir du collier ?

Il se tourna vers Lily avant qu'elle pose la question.

— Il y a un millier d'années, à l'avènement de ma lignée, les Ptolémées ont conçu des colliers qui empêchaient les Cait Sith de reprendre l'apparence humaine. À cette époque, on se servait de nous pratiquement comme des chats vampires intelligents, des gardes et des chasseurs dont la seule caractéristique humaine était que nous pouvions écouter et comprendre, penser et obéir. Plusieurs en sont devenus fous — en si grand nombre qu'on a fini par cesser de les utiliser.

— Pour un certain temps. Plus maintenant, intervint Jaden. Maintenant, les sentinelles portent un collier et des chaînes, Ty. Les seuls qu'on a laissés sur leurs deux pieds sont ceux qui ont besoin de leurs mains pour faire le service.

Sa voix se durcit.

— Je sais ce que tu penses. Tu ne peux pas les sauver. Tu ne peux pas la faire changer d'avis. Les choses sont revenues au point de départ à la cour, et il n'y a rien qu'on puisse y faire. Pour les Ptolémées, il n'y a que les sangs-nobles et les bas de caste. Aucune exception. Si tu y retournes, tu t'en rendras compte à tes dépens. Laisse-les crever.

— Alors, plusieurs de notre race mourront aussi, fit Ty en soupirant et en se passant une main dans les cheveux. Je ne sais pas, Jaden. Je ne me serais jamais attendu à ce que les choses aillent si loin.

— Eh bien, c'est comme ça, répliqua Jaden froidement. Arsinoé n'est pas ce que tu croyais, non plus que ce que je croyais. Elle ne l'a jamais été. C'est seulement une salope de sang-noble qui règne sur la multitude mal léchée.

Ty secoua lentement, tristement la tête.

— Non. Il y a déjà eu davantage que ça là-bas.

— Il n'y a rien là-bas !

Lily éprouva un choc en entendant dans la voix de Jaden la fureur qu'exprimait clairement son visage. Il y avait plusieurs aspects chez Jaden, constata-t-elle, et tous n'étaient pas agréables. Celui qu'elle voyait en ce moment était celui du tueur. Même Ty sembla étonné de cet élan de colère, regardant sans mot dire Jaden qui continuait à lui crier au visage.

— Qu'est-ce qu'il faut qu'ils fassent pour que tu perdes foi en eux, Ty ? Ils éliminent notre espèce. Ils font du reste d'entre nous des ombres pathétiques de nous-mêmes. Et tu continues de la défendre en me disant et en disant à tout le monde d'avoir confiance en leur système, que les choses vont s'améliorer. Et parfois, ils améliorent les choses, Ty, mais pas pour longtemps. Et ensuite, elles empirent. Chaque foutue fois.

Ty sembla surmonter rapidement son étonnement, puis vint se placer devant Jaden, si près que les deux vampires se touchaient presque. Lily sentait crépiter la violence dans l'air et espéra de toutes ses forces que Ty et Jaden se laissent mutuellement en paix.

— Ils nous crachent tous dessus ! Tous autant qu'ils sont ! lança Ty d'une voix hargneuse. Arsinoé nous a au moins donné du travail plutôt que de nous laisser pourrir, sans ressources, dans quelque caniveau dégoûtant.

— Ce serait mieux...

En un éclair, Ty saisit Jaden, le soulevant du sol, ses pieds balançant à quelques centimètres au-dessus. Lily resta bouche bée d'horreur. Elle n'avait jamais vu Ty ainsi, tellement imbu d'une rage aveugle.

— Ty, dit-elle d'un ton urgent, non !

Mais il ne sembla pas l'avoir entendue.

— J'y suis allé dans ce caniveau, mon frère, siffla Ty au visage de Jaden, les dents exposées, les incisives longues et menaçantes. J'y suis né. J'y suis mort. Toute ma foutue famille est morte là. Ne me dis jamais plus que la façon dont nous vivons est pire que ça alors que tu n'as jamais eu à vivre parmi des gens qui se noyaient sans espoir dans la pire saleté. Sans aucun espoir. Si je dois vivre, je préfère cette vie.

Il laissa retomber Jaden sur le sol où le vampire furieux réussit à atterrir sur ses pieds, malgré la force avec laquelle il avait été lâché.

— Va, alors. J'espère que tu trouveras ce que tu cherches.

Ty avait craché ces paroles en direction de Jaden avant de tourner les talons et de franchir rapidement la porte.

Lily essaya de l'attraper par un bras en passant, mais il l'évita. Toutefois, elle perçut brièvement la lueur dans ses yeux. La douleur qu'elle y vit lui coupa le souffle.

La porte entre les deux pièces se referma bruyamment, laissant Lily et Jaden face à face. Son expression était lasse, méfiante, comme lorsqu'elle l'avait rencontré pour la première fois. Elle lui jeta un regard désespéré en souhaitant pouvoir réparer tout ce qui les éloignait l'un de l'autre. Elle se rendit compte qu'avant que tout soit accompli, Ty et elle seraient eux-mêmes arrachés l'un à l'autre.

— Je suis désolée, fit-elle dans un souffle en reculant vers la porte. J'ai besoin de…

— Ne sois pas désolée, dit Jaden d'un ton neutre. Il s'en rendra compte un jour ou l'autre. Si ça ne se produit pas, je ne pourrai pas être là pour essayer de le sauver. Pour les chats, c'est chacun pour soi. Comme ça l'a toujours été.

Lily recula d'un autre pas en se dirigeant vers la porte que Ty avait fermée entre eux. Son cœur souffrait pour lui, et elle ne souhaitait rien d'autre que d'être un baume sur ses blessures à la fois anciennes et très profondes.

— Peut-être que toi et lui pourriez faire en sorte que les Cait se rassemblent, dit-elle en entendant le ton désespéré dans sa voix. Si vous vous souleviez en exigeant qu'on vous laisse tranquilles. On a vu ça cent fois dans l'histoire !

Et alors, elle et Ty pourraient être ensemble… rester ensemble…

— Non, Lily, répondit doucement Jaden, le regard triste. Ils sont trop puissants. Ils ont pris la vie de trop d'entre nous. Les Cait Sith vivent mieux tout seuls de toute façon. J'y suis habitué… Et Ty aussi.

Il hésita un moment, puis se détourna d'elle.

— Adieu, Lily Quinn. J'espère qu'un dieu ou l'autre décidera de te protéger quand Ty ne le pourra plus.

— Jaden.

Qu'il se fut agi simplement du fait d'entendre son nom ou de la façon dont elle l'avait prononcé, il se retourna vers elle. C'était instinctif, mais Lily se retrouva à marcher vers lui avant que son esprit puisse l'arrêter. Rapidement, elle se rendit à Jaden et l'étreignit de la manière réconfortante dont Bay l'avait souvent enlacée, mais qu'elle n'avait jamais vraiment su comment lui rendre. Elle le sentit se raidir et elle le serra rapidement avant qu'il l'éloigne. Puis elle recula et vit la confusion sur son visage. Son cœur se serra. Elle savait ce que c'était que de ne pas être aimée, d'être à ce point sur ses gardes devant un geste d'affection si librement accordé.

— Adieu, Jaden, dit-elle doucement. Fais attention à toi.

Puis elle tourna les talons et marcha rapidement, silencieusement, jusqu'à la porte, l'ouvrit, et laissa Jaden exactement comment il affirmait vouloir l'être.

Tout seul.

CHAPITRE 20

L ILY REFERMA TRANQUILLEMENT la porte derrière elle.
Ty avait le dos tourné. Il se tenait au milieu de la
pièce, parfaitement immobile. Son corps était rigide, ses
mains, refermées en un poing, sa tête, penchée. Vaincu,
songea Lily. Il paraissait complètement anéanti, ce qui
l'effraya au plus haut point. Elle le pensait vraiment quand
elle lui avait dit qu'il était l'homme le plus fort qu'elle ait
jamais connu. Comment avait-il pu supporter tout ce par
quoi il était passé en continuant quand même de fonctionner? Comment avait-il réussi à perdre tant, à perdre
tout, sans s'effondrer?

Elle fit un pas vers lui, puis un autre, prudemment.

— Jaden est parti, dit-elle.

— Je sais, répliqua Ty d'une voix douce, légèrement
rauque.

— J'en suis désolée, fit Lily en réprimant son désir de
presser ses doigts contre les épaules raides de Ty pour
l'apaiser. Je suis désolée que vous vous soyez séparés de
cette façon.

Ty eut un faible rire dépourvu de joie.

— C'est toujours comme ça avec les Cait Sith. Nous
allons chacun de notre côté. J'ai bien peur que ça ne donne
rien de s'allier.

Si elle était plus forte, ou au moins plus brave, elle trouverait elle-même Arsinoé et ses bons à rien de courtisans et

leur ferait payer ce qu'ils avaient fait à Ty et à son espèce. Ils avaient transformé des créatures fières et puissantes en des serviteurs, les avaient traités si cruellement qu'ils ne savaient plus que faire de la gentillesse ; ils leur avaient insufflé tant de doutes à propos d'eux-mêmes qu'ils n'osaient partir de peur de ne pouvoir fonctionner hors des contraintes qu'ils avaient toujours connues. C'était dégoûtant.

— Il a seulement peur, dit Lily. Et franchement, Ty, après avoir vu ce que les Ptolémées lui ont fait, j'ai peur aussi.

L'idée lui était venue tandis qu'elle arpentait la pièce plus tôt en l'attendant. Maintenant, cela lui semblait la seule porte de sortie et les mots lui échappèrent des lèvres à toute vitesse.

— Je pense que nous devrions nous joindre à Vlad Dracul.

Il se tourna vers elle, mais son regard lui fit souhaiter de n'avoir rien dit.

— Tu dis que nous devrions faire quoi ?

— Écoute-moi un instant, dit Lily en levant les mains. Anura est allée se réfugier chez Vlad, n'est-ce pas ? Elle devait avoir une bonne raison. Et rien ne prouve que ce sont eux qui aient attaqué les Ptolémées pendant leurs initiations, n'est-ce pas ? C'est seulement l'histoire qui fait qu'on les soupçonne.

L'expression de Ty semblait indiquer qu'il croyait qu'elle avait perdu l'esprit.

— Nous sommes immortels, Lily. Ce n'est pas rien que l'histoire oriente les soupçons dans leur direction. Quant à Anura, elle gagne sa vie sur le territoire des Dracul et son club vient d'être incendié et pratiquement détruit. Je vois bien qu'elle t'a impressionnée, mais comme je te l'ai déjà dit, le résultat de tout ça la concerne directement.

— Pourquoi m'as-tu menée à elle si tu ne lui fais pas confiance ?

— Je ne fais confiance à personne, dit Ty.

Même s'il n'avait pas voulu la blesser, Lily ressentit ses paroles comme un coup de poignard au cœur. Trop occupé à contrer l'argument de Lily, il sembla ne pas s'en rendre compte.

— Je pense que la question qu'il faut se poser, poursuivit Ty, c'est pourquoi tu es si déterminée à faire confiance à une femme que tu viens tout juste de rencontrer. C'est une bonne personne, Lily ; je ne vais pas le nier. Mais comme tu l'as peut-être remarqué, les vampires recherchent par nature leur avantage personnel.

Ce n'est pas ton cas, aurait-elle voulu dire, mais elle se retint. Elle savait qu'il rejetterait cette idée. Il semblait décidé à avoir la pire opinion de lui-même.

Elle s'en tint plutôt au sujet en question.

— J'ai senti quelque chose chez elle. Je sais que ça semble fou, mais c'était presque comme si quelque chose en moi la connaissait. Et je sentais la même chose chez elle.

Lily secoua la tête en essayant d'y trouver une logique.

— Je ne comprends rien à tout ça, continua-t-elle. Comment est-ce possible que je descende d'une quelconque déesse vampire ? Comment puis-je sentir ce bizarre lien avec Anura en sachant que je ne l'ai jamais rencontrée de ma vie ?

Elle leva les mains pour se frotter les tempes en espérant pouvoir tenir à distance le mal de tête qui la menaçait.

— J'aimerais avoir des réponses, dit Ty en la regardant de sous ses épais sourcils noirs. Comme je te l'ai dit, les vampires ne peuvent pas avoir d'enfants. Mais tu es une mortelle qui porte la marque d'une dynastie ancienne et tout à fait éteinte. Tu as un pouvoir comme je n'en ai jamais rencontré. Je suis vieux, Lily, mais loin de l'être assez, je pense, pour connaître les réponses.

— Anura l'est-elle assez ?

Ty laissa échapper un soupir et elle vit une lueur d'agacement traverser son regard.

— Encore Anura. Oui, elle est très vieille, Lily. Elle a probablement connu certains des Lilim. C'est pour ça que nous sommes allés la voir. Et c'est pourquoi c'est si grave qu'elle soit allée voir Vlad Dracul et qu'elle lui ait parlé de toi.

Il ferma les yeux un moment, comme pour se raidir, puis poursuivit :

— Peu importe. Nous n'avons plus de temps. Dès que le soleil se couchera, nous devrons quitter la ville.

— Pour aller où ? demanda Lily en croisant les bras sur sa poitrine et en regardant Ty qui semblait sur ses gardes.

Elle commença à sentir la panique monter en elle. Elle connaissait la réponse. Elle savait. Peu importait à quel point elle refusait de croire qu'il le ferait réellement.

— Lily, commença Ty, et la résignation dans sa voix faillit la faire éclater en sanglots.

— Ne fais pas ça. Je t'en prie, ne me livre pas aux Ptolémées, Ty. Tu as su ce qu'ils ont fait à Jaden. S'il te plaît, nous pouvons aller chez les Dracul, trouver Anura et découvrir la vérité!

— La vérité, fit Ty avec un petit sourire triste, est une
chose que toutes les dynasties connaissent bien peu. Tu vas
te faire raconter une autre histoire, mais est-ce que ce sera la
vérité? J'en doute. En ce sens, toutes les dynasties se ressemblent, Lily. C'est inutile.

Elle comprit tout à coup et ce fut un choc.

— Même maintenant, après tout ce qui s'est passé, en
sachant qu'ils ont torturé ton ami, qu'ils font subir à ton
espèce des tourments terribles pendant que tu fais le travail
à leur place, tu vas me conduire à eux?

Son cœur s'agitait comme un oiseau en cage.

— Tu te contenterais vraiment... de me donner à eux?

Il aurait pu lui répondre qu'ils n'avaient aucun avenir
ensemble. Mais il était pratiquement renversé en constatant
cette réalité. Ses yeux s'assombrirent d'une émotion
indéfinissable.

— Je vais m'occuper d'eux, Lily. Personne ne va te faire
de mal. Quoi qu'en dise Jaden, je sais comment agir avec
Arsinoé. Je vais...

— Elle va me tuer, Ty, dit Lily en commençant à s'éloigner de lui comme s'il pouvait à tout moment l'attraper et la
traîner jusqu'aux Ptolémées. C'est impossible qu'elle me
laisse partir. Je ne suis pas une voyante. Je ne suis pas ce
qu'elle pense et quand elle découvrira... Ne fais pas ça!

Elle poussa un cri quand Ty lui saisit brusquement les
poignets, les encerclant dans une poigne de fer. Lily essaya
de se dégager, mais il ne voulait rien entendre. Elle se
retrouva plutôt serrée contre sa poitrine, les bras de Ty la

tenant fermement immobile. Il était inutile de se débattre, mais Lily essaya jusqu'à ce qu'elle voie que Ty s'agrippait à elle comme un homme sur le point de se noyer saisit la seule chose qui puisse lui permettre de garder la tête hors de l'eau.

Lily cessa de bouger en entendant sa voix dans son oreille, dure et remplie d'émotion.

— Je ne vais pas t'abandonner, Lily. Je vais trouver un moyen de te sauver, de nous sauver tous les deux. Fais-moi seulement confiance, dit-il, et elle pouvait saisir le désespoir dans sa voix. Il faut que j'essaie de redresser la situation. Mais je ne vais jamais laisser personne te faire du mal. Il faut que tu me fasses confiance.

Elle ne pouvait imaginer à quel point il était difficile pour Ty de lui demander une telle chose. Et ce fut cela, de même que l'émotion brute dans sa voix, qui décida Lily à s'abandonner dans ses bras, se laissant envelopper encore davantage dans son étreinte. Elle enfouit son visage contre sa poitrine, consciente d'avoir besoin d'entendre le battement régulier de son cœur.

— D'accord, Ty, fit-elle, mais ne m'abandonne pas.

Une étincelle de désir jaillit et les embrasa, mêlée de désespoir, tandis qu'ils s'accrochaient l'un à l'autre. Ils étaient seuls au monde, pensa Lily, sauf l'un pour l'autre. Elle avait presque tout perdu. Elle ne pouvait le perdre aussi. Pas maintenant.

Ty s'écarta juste assez pour la regarder en face. Lily put voir la détresse dans ses yeux, une brève lueur argentée comme la lune, avant qu'il écrase sa bouche contre la sienne. La pure férocité du geste lui coupa le souffle. Sa bouche était chaude et dure contre ses lèvres, exigeante, violente, tandis que ses mains caressaient ses cheveux.

Lily éprouva un vertige, vaincue par le besoin qui envahissait tout son corps comme un raz-de-marée. Il ne pouvait pas lui dire qu'il avait besoin d'elle. Mais il le lui faisait sentir, lui laissant savoir exactement ce qu'il éprouvait pour elle. C'était bouleversant. C'était irrésistible.

— Je ne t'abandonnerai pas, murmura-t-il.

Puis sa bouche se retrouva de nouveau contre la sienne, et elle sentit toute la puissance qui l'habitait jaillir en un élan de désir irrépressible, une sensation différente de tout ce qu'elle avait pu vivre auparavant.

Il la soutint, lui tenant les fesses tandis qu'elle se soulevait pour envelopper sa taille de ses jambes. Elle pouvait sentir son membre palpiter contre elle et, instantanément, son cœur se liquéfia. Leurs baisers devinrent passionnés, leurs langues, brûlantes, leurs dents s'entrechoquant tandis qu'il titubait à travers la pièce jusqu'à ce qu'elle se trouve le dos contre le mur.

Son chemisier avait disparu. Elle n'avait aucune idée comment, mais il n'était pas passé par-dessus sa tête. Le soutien-gorge s'était évanoui aussi, et Ty lui enveloppa les seins de ses mains tandis qu'elle s'accrochait à lui, les cuisses serrées contre sa taille. Elle renversa la tête à son rude contact, alors que ses pouces calleux frottaient ses mamelons durcis, et Lily poussa un gémissement de plaisir.

— Bon dieu, Lily, j'ai besoin…

— Oui, l'interrompit-elle dans un souffle avant de lui mordiller l'oreille et de parcourir de ses lèvres la peau sensible à la base de son cou. Prends-moi.

Il poussa un gémissement rauque, puis se désengagea juste assez longtemps pour enlever ses propres vêtements. Lily fut surprise en apercevant brièvement plusieurs lacérations dans le tissu de sa chemise. Avait-elle fait ça ? Elle déboutonna son jean, qu'elle laissa rapidement tomber sur le sol en le repoussant du pied. Puis ils se tinrent l'un face à l'autre, deux corps nus éclairés par la lueur d'une chandelle. Et même alors que le désir s'amplifiait et palpitait en elle, couplé à la puissance qui fusait dans son sang en un éclair, elle ne put s'empêcher de demeurer immobile pendant un moment et de contempler sa pure beauté féline. De longs traits, des muscles sinueux, sombres, magnifiques et sauvages. Ses yeux trahissaient mille émotions tandis qu'il la regardait, et Lily sentit toute pudeur l'abandonner, debout ainsi devant lui.

L'intensité de son regard qui parcourut son corps la fit frémir. Il grogna quelque chose en gaélique, une chose qui la fit frissonner de désir.

— Tu ressembles à une déesse.

— Tout ce que je veux, c'est être à toi.

Une partie de la vérité. Le maximum qu'elle pouvait lui avouer sans qu'il se détourne d'elle.

Elle le vit frémir comme si ses paroles l'avaient transpercé.

— Tu ne sais pas à quel point je le souhaiterais, dit-il.

— Pour ce soir, je le suis, fit Lily en lui tendant les bras, souhaitant recevoir quoi qu'il pût lui donner.

Elle se sentit s'ouvrir à lui, surprise de constater à quel point la puissance augmentait facilement en elle, sans restriction, mais, pour la première fois, inoffensive. Elle fit son chemin à travers elle comme une rivière scintillante, lui apportant un tel plaisir, une familiarité si étonnante, qu'elle l'accueillit avec plaisir. Lily ferma les yeux, renversa la tête et laissa la magie s'abattre sur sa peau, sous sa peau, l'embrasant d'une façon que seule la présence de Ty pouvait susciter.

Partage ta magie. Brise ses chaînes. Elle l'entendit dans son esprit, une voix imprégnée d'une sagesse immémoriale. Et les paroles avaient un ton de vérité.

Elle n'avait jamais essayé de partager cette partie d'elle-même avec quiconque, mais c'était tout ce qu'elle pouvait lui donner mis à part son cœur. Son cœur, il le possédait déjà — elle le savait maintenant — même si elle n'allait jamais le lui imposer comme un fardeau. Mais ceci, elle pouvait le partager volontairement, ouvertement. Elle allait le lui donner.

Cette magie faisait partie d'elle.

Elle rouvrit les yeux et elle avait pour une fois fait la paix avec la tempête qui faisait rage en elle.

— Sois seulement avec moi, dit-elle.

Son regard était affamé, si affamé.

— Je ne peux pas être doux ce soir, dit-il. Je ne suis pas un homme délicat, Lily. Tu ferais mieux de me mettre à la porte et de la verrouiller. Je te veux à tout prix et rapidement. Je veux te baiser jusqu'à ce que tu hurles pour m'avoir en toi.

Les muscles de son bas-ventre se durcirent de désir inassouvi.

— Montre-moi, dit-elle simplement en lui faisant signe de venir vers elle.

Sa peau brillait dans la lueur de la chandelle, illuminée aussi de l'intérieur. Elle ne savait comment et ne voulait pas s'interroger. Tout son être n'était que désir.

Il vint à elle et Lily hoqueta de plaisir en sentant son corps contre le sien, sa peau fraîche et soyeuse contre sa chair brûlante et prête à l'accueillir. Et malgré ce qu'il venait de dire, elle le sentit se retenir, essayer de ralentir son élan. Elle ne voulut rien savoir.

Ses mains parcouraient avidement le corps de Ty tandis que leurs bouches fusionnaient, leurs baisers entremêlés, ponctués seulement de soupirs et de gémissements. Lily laissa ses mains descendre le long de ses muscles jusqu'à ses fesses dures comme le roc, qu'elle admirait chaque fois qu'il se retournait. Finalement, sa main enveloppa toute la longueur de son membre, qu'elle caressa durement.

— S'il te plaît, fit-elle quand elle le sentit frémir. Je te veux tout entier. Maintenant.

— Contre le mur, dit-il d'une voix qui ressemblait à un grognement. Tourne-toi.

Elle lui obéit, se penchant légèrement vers l'avant pendant qu'il coinçait ses mains contre le mur sous les siennes.

— Écarte les jambes.

Il la pénétra d'un coup, la remplissant jusqu'au fond de ses entrailles. Lily poussa un cri, allant et venant contre lui, désirant davantage. Les muscles de son sexe se serrèrent autour de celui de Ty comme un poing brûlant et humide, et il feula comme un chat. Puis il commença à bouger, ses mains descendant le long de son corps jusqu'à ses hanches. Et il les empoigna fermement pendant que Lily se poussait contre lui, l'exhortant à continuer. Tout en elle se serrait de plus en plus tandis qu'il la pénétrait à coups répétés, violemment, émettant des sons incohérents de plaisir qui ne servaient qu'à alimenter le sien. Et derrière le battement rythmé de leur accouplement, Lily sentit la magie s'expulser maintenant, jaillir d'elle jusqu'en lui. Elle pouvait sentir son plaisir comme si c'était le sien, et ils fusionnèrent pour créer une chose dont Lily craignit qu'elle allait la rendre folle si elle se prolongeait suffisamment. Son cœur battait en cadence avec le sien, chaque inhalation et exhalation se faisant au même rythme. Et toujours ils grimpaient, vers quelque sommet lointain et chatoyant qui leur promettait le paradis lui-même s'ils l'atteignaient.

Lily allait et venait contre lui, et elle entendait sa voix dans son esprit, à demi délirante de plaisir : *Donne-toi à moi oh oui donne-toi toute à moi douce Lily je te veux j'ai besoin de toi ma Lily oh ma Lily...*

Elle vint dans un éclair aveuglant. Elle hurla son nom, le resserrant tandis qu'il venait aussi dans un cri. Un éclair de lumière jaillit d'elle comme si elle était une bougie qu'on venait d'allumer, suffisamment puissante pour les envelopper tous les deux. Puis elle eut un autre orgasme, plus puissant que le premier, qui la traversa si violemment qu'elle se poussa de nouveau contre lui. Le cri qu'il émit en enfonçant ses doigts dans ses hanches pour vivre ce moment avec elle était une musique à ses oreilles. Ty lui saisit les cheveux, attirant sa tête vers l'arrière pendant qu'il continuait son va-et-vient, et elle comprit ce qui allait arriver, ce qu'il voulait faire.

Elle sut d'une manière ou d'une autre que ce serait l'apogée de tout ça, un plaisir différent de ce que n'importe quel être humain pourrait jamais connaître. Et elle l'accueillit, accueillit ce lien qui ne pourrait jamais être rompu avec lui.

— Oui, fit-elle dans un souffle, sur le point d'atteindre un autre sommet. Fais-le.

Mais il émit un gémissement exacerbé et laissa plutôt tomber sa tête contre le dos de Lily. Elle n'eut qu'une seconde pour sentir le bref sentiment de déception avant que son dernier orgasme n'explose en elle comme une étoile sombre, la faisant presque s'agenouiller par sa puissance. Elle sentit les jambes de Ty se plier derrière elle quand il cria, mais il réussit à demeurer debout. Ils se tinrent enlacés, Ty lové contre elle, alors que les vagues de sensation s'atténuaient lentement, le pouvoir de Lily les enveloppant tous les deux comme dans un chaud cocon. Elle pouvait sentir Ty dans chaque respiration qu'elle prenait, dans chaque cellule de son corps.

Quelque chose avait changé. Quelque chose de fondamental que Lily ne comprenait pas, même si chaque fibre de son être en était consciente. Mais quoi que ce fût, elle devait essayer de le comprendre plus tard alors que Ty commençait à s'effondrer sur le plancher, son sexe s'échappant d'elle et lui laissant un étrange sentiment de vide.

Tu es si proche, ma fille... si proche de tout ce qui pourrait être...

— Lily, murmura-t-il, au moment où elle se tournait, le rattrapait et réussissait tout juste à le soutenir jusqu'au lit.

Il se laissa tomber en l'attirant contre lui, s'enveloppant autour d'elle, enfouissant son visage dans ses cheveux. Puis tout à coup, il devint immobile, ses respirations profondes et régulières étant les seuls sons qui brisaient le silence du refuge.

— Je t'aime, Tynan, murmura-t-elle en se détendant et en se laissant glisser dans le sommeil.

À l'extérieur, le soleil se levait.

CHAPITRE 21

Il rêva de Lily.

Elle se tenait dans un jardin éclairé par la lune, vêtue d'une simple toge blanche qui brillait autant que les étoiles au-dessus d'elle. Ty marcha jusqu'à elle, le cœur insouciant comme il ne l'avait jamais été au cours de sa longue vie, ne désirant rien de plus que le plaisir d'être avec elle. Elle rit gaiement quand elle l'aperçut, se tournant en faisant onduler le bas de sa robe autour d'elle et se sauva précipitamment parmi les roses qui brillaient d'un rouge écarlate.

— Prends soin d'elle, frère chat. Elle m'est précieuse.

La voix le fit s'arrêter net. Il se tourna vers celle qui avait parlé, une femme enveloppée d'obscurité. Il apercevait vaguement sa peau d'albâtre, sa chevelure d'un roux profond et ses yeux lumineux, aussi verts que le jade. Mais l'obscurité la cachait à sa vue.

— Lilith, dit-il en sachant au profond de lui-même qu'il s'agissait d'elle.

— C'est moi, même si la plupart préféreraient m'oublier. Ils me qualifiaient de monstre quand j'étais la première, quand ils n'auraient pu exister sans moi.

Il pouvait entendre la colère dans sa voix, ancienne et terrible, de même que l'amour qu'elle éprouvait pour son espèce.

— Que voulez-vous de moi ? demanda-t-il en entendant le rire lointain de Lily tandis qu'elle s'éloignait de lui, courant à travers le jardin. Il se sentit envahi d'un désir inimaginable.

Lilith lui jeta un regard perçant, les yeux brillants. Ils voyaient davantage en lui qu'il l'aurait voulu.

— Elle t'a choisi, le dernier enfant de sa lignée. J'avais commencé à me demander si le sang redeviendrait assez puissant pour manifester la marque de ma dynastie, la marque que m'a donnée mon seul amour. Et pourtant, le temps de cet avènement est finalement revenu. Lily, entre toutes, est vraiment mon héritière. Alors, bien sûr, tu es d'un grand intérêt pour moi. Tu vas contribuer à réparer ce qui a été brisé il y a longtemps.

Elle s'interrompit un moment en arquant un sourcil.

— Si tu es suffisamment fort, termina-t-elle.

Il savait qu'il devait demeurer prudent avec une telle créature, mais il y avait tant de choses qu'il aurait voulu savoir. Le cœur douloureux en entendant s'éloigner la voix de Lily, il osa demander :

— Comment est-ce possible ? Comment une mortelle comme Lily peut-elle porter votre sang ?

Même dans l'obscurité profonde qui l'entourait, Ty put entrevoir la bouche de Lilith se tendre en un sourire amer.

— Veux-tu vraiment connaître le rituel ? J'en doute. Mais je peux te dire ce qui est advenu avant et après. Un superbe démon, un des Déchus, est tombé en amour avec moi. Il m'a accordé le don sinistre de l'immortalité pour que je puisse toujours demeurer auprès de lui. Et c'est ainsi maintenant, dit-elle avec un soupir. Je ne suis plus vivante, mais ne suis pas vraiment morte, même maintenant.

— Alors comment les autres vous ont-ils détruite ? Et pourquoi ? Personne n'en parle, dit Ty en comprenant qu'il ne s'agissait plus d'un rêve, impatient d'obtenir les réponses que seule Lilith pouvait lui fournir.

Lilith fit un geste dédaigneux de sa main élégante.

— Jalousies mesquines. Désir de pouvoir et de domination. Crainte de mon amoureux déchu, Seth, alors qu'il ne leur aurait pas fait de mal. Comme beaucoup d'autres l'ont fait, j'ai alors sous-estimé mes ennemis. Mais j'ai été au moins assez perspicace pour préserver quelque chose de ce qui était. Peu importait le prix.

— Alors ce Seth vous a donné un enfant, dit Ty.

Peut-être Lilith avait-elle raison. Le type de rituel démoniaque qui pouvait féconder une femme vampire était une chose qu'il ne voulait pas imaginer. Une telle chose exigerait une puissance stupéfiante et serait sombre... très sombre.

— Effectivement. Mais malheureusement, l'enfant ne pouvait avoir une part de lui. Certaines choses sont vraiment impossibles. Il y avait bien sûr un humain en cause, mais il était assez consentant, tout au moins au départ. Un moyen pour parvenir à une fin, dit-elle tandis que passait brièvement sur ses traits fins une expression qui aurait pu être du regret. C'est sans importance. Le sang a été transmis à l'enfant le plus âgé, toujours une fille, à travers les siècles. Le pouvoir n'a cessé d'être là, dormant, attendant que quelqu'un puisse le réveiller. Quand Lily est née, je savais que c'était elle. La première à réellement manifester la marque. Ma marque.

— Vous l'avez observée ?

La voix de Lilith se durcit.

— Il y a peu d'autres choses que j'aie pu faire pendant toutes ces années sauf observer. Bien que, tu as pu le constater, quand il le faut, je peux protéger les miens. Même si je m'en trouve complètement affaiblie.

Son ton s'adoucit, devint las, et Ty sentit finalement à quel point cette femme avait traversé les âges. Il éprouva une sorte de pitié pour elle, bien qu'elle lui rappelât davantage les sangs-nobles qu'il avait connus que Lily. Il y avait chez elle quelque chose d'impitoyable, une volonté pure de protéger ce qui était sien, une volonté qui, il en était convaincu, abattrait quiconque se mettrait en travers de son chemin.

Il la reconnaissait, tout comme il reconnaissait que la nature humaine de la lignée de Lily avait été essentielle pour forger sa nature. Sa douceur, son empathie.

Ty prit conscience que Lily était bien plus que celle qui l'avait précédée. Et Lilith le savait. Peut-être avait-ce été le plan dès le départ.

Lilith acquiesça.

— Oui, dit-elle. Je sais ce que tu penses. Et tu as raison. Elle est davantage que ce que j'étais. Je me suis départie de la majeure partie de mon humanité — peut-être toute — en devenant la première des vampires. J'ai peu de regrets, mais ces parties de moi-même que j'ai perdues me manqueront toujours. Cet enfant, ma Lily, possède les forces et les faiblesses des deux mondes.

Lilith pencha la tête de côté en l'observant, les ombres jouant sur son visage. Même ici, en cet état qui n'était ni sommeil ni éveil, Ty voyait que la lumière de la lune passait directement à travers elle.

— Vous vous équilibrerez l'un l'autre, dit-elle. Une bonne paire, si tu peux la garder. Si tu te montres digne de ce que j'ai de plus précieux.

Le souvenir de toutes les années où il avait été ridiculisé l'oppressait, menaçant de le suffoquer. Digne ? Lui, un misérable chat ?

— Ma lignée...

— En est une dont tu peux être fier, l'interrompit Lilith impatiemment. Comme elles le sont toutes. D'autres dieux, d'autres démons, tous ont vu ce que Seth avait fait et se sont créé leurs propres idées de la perfection immortelle qui coulait dans leurs veines. Des compagnons, des rivaux, des amis pour moi, et je leur en étais reconnaissante. Comment la diversité ne pouvait-elle pas être merveilleuse ? Nos différences, ensemble, nous rendent forts. Il y en aura toujours qui préféreront diviser et conquérir. Ma Lily aura toujours besoin d'être protégée. Mais vous pouvez trouver des alliés à des endroits inattendus, si vous le souhaitez suffisamment et êtes assez sages pour les chercher.

Le fardeau qu'elle voulait lui imposer était renversant. Être le protecteur de Lily, son amoureux, son amant, pour reconstruire tout ce qui avait été perdu, avec si peu de chance d'y parvenir... et lui issu d'une lignée qui ferait éclater de rire les autres sangs-nobles.

Mais que pouvait-il faire d'autre ? Il n'existait personne d'autre pour lui. Il l'aimait.

Il l'aimait. Et le fait de l'accepter, d'accueillir cette vérité, embrasa son cœur. Soudainement, tout était clair. Il savait ce qu'il devait faire, peu importait à quel point cela paraissait insensé.

Lilith l'observait en souriant.

— Réveille son sang, Tynan des Cait Sith. Cela te revient, et à personne d'autre. Sois digne du cadeau que je t'ai fait. Et sois prudent. Le danger qui te guette est beaucoup plus imminent que tu ne le crois.

Le jardin sous la lune disparut autour de lui et Ty se retrouva tout à coup dans le temple que Lily avait décrit, envahi par le feu et par la mort. Lilith se tenait devant lui sur une estrade, une déesse régnant sur une bataille perdue. Et il vit, s'élevant derrière la femme qui le regardait désespérément, un visage qu'il ne s'était jamais attendu à voir. Pas ici. Pas comme ça.

— Je l'ai avertie que ma maison allait renaître, dit Lilith d'une voix claire comme le jour au-dessus du vacarme. Mon enfant commencera à réunir ce qui s'est fractionné il y a si longtemps. Elle a déjà commencé. Tu n'as pas à avoir honte de ton sang, Tynan des Cait Sith. La puissance du vampire, la magie des fées, la beauté du chat. Toutes ces choses seront des atouts pour moi si ma dynastie reprend vie. Ne faiblis pas. Reste toi-même.

Il regarda avec horreur pendant qu'Arsinoé, les canines exposées par une fureur proche de la folie, tranchait la tête de Lilith d'un seul coup de sa lame incurvée.

— Comme vous présentez un charmant tableau!

Ty ouvrit brusquement les yeux, les hurlements d'agonie résonnant toujours à ses oreilles. La première chose qu'il vit fut que Lily était toujours à l'abri et chaude dans ses bras.

La deuxième chose fut que tous deux n'étaient plus seuls.

Damien était perché sur le rebord du lit, les observant avec le détachement dont Ty l'avait un jour cru incapable.

Mais il ne semblait plus y avoir aucun sentiment chez le vampire qu'il avait connu. Damien était tout Ombre maintenant. Et il les avait finalement coincés.

— C'était vraiment stupide de ta part de t'impliquer de cette façon. Mais tu as toujours eu un côté insupportablement gentil.

Ty essaya de dissiper rapidement le sommeil de son esprit pour trouver un moyen de se sortir de cette situation, trouver un moyen de réagir. L'un d'eux allait mourir, et il préférait que ce ne soit pas lui.

— Rogan m'a trahi, dit Ty en essayant de converser pour gagner un peu de temps.

Mais si la gentillesse était sa faiblesse, celle de Damien était d'aimer faire étalage de son intelligence. Et cette fois ne semblait pas faire exception.

— Pas du tout, répondit Damien avec un rictus. Rogan, ou devrais-je dire le corps décapité de Rogan, se trouve toujours au lit, complètement inconscient du fait que sa tête sera mise en évidence au bout d'une pique en guise d'avertissement pour les bas de caste qui pensent pouvoir échapper à la justice. Je suis certain que ça va causer toute une commotion. Je me réjouis seulement de pouvoir faire un peu plus d'argent en réglant cette affaire en même temps. Rogan avait rendu beaucoup de gens très mécontents. Des gens importants. Et ce fils de pute n'a jamais rien fait pour nous, alors ne va pas perdre davantage de ton temps précieux à te lamenter sur sa mort. Il est mieux ainsi. Et il y a toujours un autre refuge infesté de rats pour ceux qui en cherchent un.

Il y eut un bruit sourd en bas, suivi de cris et de pas lourds.

— Qu'est-ce que c'est? demanda Ty en sentant la panique monter en lui comme de la bile dans sa gorge. As-tu amené avec toi toute la Maison des Ombres, cette fois?

L'expression de Damien révéla une extrême irritation, mais aucune surprise.

— Merde, siffla-t-il. Les Ptolémées.

Ty jeta un regard incrédule en direction de Lily qui se réveillait près de lui, ses yeux bleus s'ouvrant d'abord avec chaleur, puis la panique s'emparant lentement d'eux tandis qu'ils se tournaient vers Damien.

— Mon Dieu, dit-elle.

— Pas vraiment, lui répondit méchamment Damien.

Il ramena son regard accusateur vers Ty.

— Tu peux remercier ta petite erreur de la nature pour ça. Elle a une amie dans ce trou perdu du Massachusetts qui fait les manchettes ces temps-ci en claironnant comment son amie disparue l'avait appelée pour lui dire qu'elle allait bien, mais qu'elle avait un grave problème. La magie de l'affichage téléphonique a indiqué que vous vous trouviez à Chicago. Non pas que j'aie eu besoin de ce renseignement, évidemment. J'avais suivi votre piste dans toute cette misérable ville. Mais je suppose que vos allers et venues ont quelque peu étonné tous les Ptolémées qui savaient ce que tu t'apprêtais à faire dans le Massachusetts.

Ty jura et entendit à peine Lily murmurer un nom.

— Bay? Tu as appelé ta meilleure amie?

Les yeux de Lily reflétaient le plus profond chagrin.

— Elle pensait que j'étais morte. Je... je ne pouvais pas la laisser croire ça. Elle devait savoir que je reviendrais. Je suis tellement désolée, Ty. Je ne savais pas qu'elle appellerait la police. Je lui avais dit de ne pas le faire.

Les regrets si évidents dans sa voix ne contribuèrent en rien à atténuer sa colère à peine contenue, même si elle était surtout dirigée contre sa propre malchance. Qu'une si petite chose, un événement si insignifiant et inattendu puisse tout faire s'effondrer pour lui, pour tous deux, lui semblait effroyablement inéquitable en ce moment. Et le fait qu'elle le lui ait caché lui était plus douloureux qu'il ne l'aurait cru.

Il devait gagner du temps. Il devait se sauver aussi loin que possible avant que les Ptolémées comprennent ce qu'il avait fait. Parce que maintenant, il n'avait plus l'intention de la leur ramener. Pas après ce qu'il avait vu. Pas après ce que Lilith lui avait montré.

Le rire de Damien lui fit brutalement oublier sa fureur. Il regardait Lily d'un air de dérision amusée.

— Tu penses… Tu penses qu'il va te ramener chez toi ? Oh, Lily, vraiment. Es-tu réellement si naïve ?

Il rit de nouveau, puis se tourna vers Ty.

— Je dois t'accorder ça, mon vieil ami. Coucher avec la cible, la convaincre que tout redeviendra normal si elle joue son rôle — par tous les dieux, tu aurais vraiment dû venir avec moi chez les Ombres. Un homme comme toi aurait pu nous être utile !

Le vacarme avait gagné l'escalier.

— Tu me disais la vérité, n'est-ce pas ? demanda doucement Lily.

Pendant une fraction de seconde, Ty eut horriblement peur qu'elle ne le croie pas. Qu'elle ait aussi peu confiance en sa parole que tous ceux qui l'avaient connu pendant sa longue vie. Puis il songea à la confiance qu'elle lui avait accordée seulement en demeurant auprès de lui, à la façon dont elle s'était abandonnée à lui corps et âme la nuit précédente. Leurs regards se croisèrent.

— Non, Lily. Pas pour l'instant. Je ne peux pas te ramener chez toi. Mais je vais faire tout en mon pouvoir pour te garder en sécurité si tu restes avec moi.

Il s'interrompit un moment, espérant qu'elle accepte la façon dont les choses devraient se passer.

— Je pourrais devoir t'amener au bout du monde pour t'éloigner d'eux, mais je ne vais pas laisser les Ptolémées mettre la main sur toi.

Il y avait tant de choses qu'il avait besoin de lui dire... mais pas devant Damien. Pas avant qu'ils aient pu quitter cet endroit. Le vacarme dans l'escalier avait maintenant atteint leur étage, s'amplifiant à mesure que les Ptolémées fouillaient le refuge.

Le soulagement et la confiance dans le regard de Lily provoquèrent chez lui un sentiment d'humilité.

Lentement, elle acquiesça.

— OK, dit-elle.

Pouvait-elle l'aimer en retour? se demanda-t-il. Il pensait qu'elle le pourrait s'ils avaient la possibilité d'essayer. Si nécessaire, il allait passer sur le corps de Damien pour obtenir cette chance.

Damien les regardait tous les deux, sa bouche tordue en un rictus de dégoût.

— Je devrais me contenter de laisser les Ptolémées vous attraper tous les deux. Tout ça sent mauvais, dit-il.

Ty regarda Lily.

— S'ils ont envoyé des Cait Sith pour nous traquer, je peux probablement les convaincre de nous aider à sortir d'ici.

— Allons, Ty, fit Damien d'un air impassible en se remettant gracieusement sur pied. Tu penses qu'ils vont envoyer tes frères et sœurs de sang à la poursuite de leur héros ? Ce soir, ce sont des sangs-nobles qui te courent après, Ty. Et tu sais aussi bien que moi à quel point ils adorent de temps en temps pourchasser les chatons.

Ty retroussa les lèvres sur ses crocs en direction de Damien et rejeta les couvertures, sautant sur ses pieds et attrapant son jean froissé par terre.

— Allons-nous nous battre maintenant ? demanda-t-il à Damien en les enfilant et en remarquant que Lily l'avait imité, se rhabillant rapidement et silencieusement. Parce que tu pourrais vouloir en finir avant que la porte vole en éclats et que nous ayons de la compagnie.

Damien l'examina avec son habituelle expression indéchiffrable. Il n'avait pas beaucoup changé, se dit Ty en boutonnant sa chemise. Damien n'avait de prévisible que son imprévisibilité. Il pouvait en un instant vous sauter à la gorge ou, par un soudain caprice, vous prêter main-forte.

C'était peut-être en raison de sa haine à l'égard des sangs-nobles en général, ou des Ptolémées en particulier. Peut-être était-ce en raison de leur amitié de si longue date. Mais Damien choisit cette dernière solution.

— Hmm. Je suis fort bien payé pour vous tuer. Et l'arrivée inopinée des Ptolémées pour vous enlever à moi gâcherait tout. Que pensez-vous de ça ? Venez avec moi et je vais essayer de vous tuer quand nous aurons trouvé un meilleur endroit. C'est équitable.

— Tu es un foutu bâtard tordu, Damien. Depuis quand te soucies-tu d'être équitable ? gronda Ty en saisissant la main de Lily.

Damien haussa les épaules.

— Suivez-moi si vous le voulez. Sinon, allez vous faire foutre. Tu auras le plaisir de t'expliquer devant Arsinoé.

Il se fondit en sa forme féline et bondit jusqu'à la porte menant à la chambre de Jaden.

Ty regarda Lily de nouveau.

— Je pense que nous n'avons pas tellement le choix.

Les portes claquaient en s'ouvrant dangereusement près de leur chambre. Le refuge était pratiquement vide, et les Ptolémées en chasse avaient accéléré leurs recherches. Si Damien connaissait une autre sortie, ils devaient la prendre.

— Comment allons-nous partir d'ici ? demanda Lily dans un souffle, ses yeux s'écarquillant à mesure que les voix s'approchaient maintenant dans le corridor.

C'était la damnée vitesse dont les Ptolémées avaient hérité.

— Ici, petit chaton ! Nous savons que tu es ici !

Un bruit sourd se fit entendre, celui de meubles qu'on renversait.

— Viens, dit Ty à Lily tandis qu'il l'entraînait dans la chambre de Jaden, une véritable peur commençant à se déployer dans sa poitrine.

Si jamais ils les attrapaient… Ils ne le devaient pas, merde, pas maintenant !

Ils retrouvèrent Damien, toujours sous son apparence féline, avec sur le visage une expression signifiant « Je savais que vous viendriez», se léchant une patte au milieu de la pièce. Il pressa un nœud sur le bois au bas du mur le plus éloigné et une partie glissa d'un côté, juste assez pour qu'un humain puisse la franchir et certainement un chat. Damien se précipita dans l'ouverture. Les Ptolémées atteignaient la porte.

Ty tira Lily vers lui, mais elle s'arrêta brusquement. Elle avait une expression qu'il n'avait jamais vue chez elle auparavant.

— Sors de là, chaton, sinon il n'y aura pas que le collier pour toi! Nous pensons que nous pourrions te dépecer vivant pendant que la femme regardera! Que penses-tu de ça?

Un bruit sourd. Une cassure.

— Ils ne vont jamais arrêter de nous traquer maintenant. J'ai fait en sorte que tu ne puisses pas retourner. Je n'avais pas l'intention de…

La culpabilité de Lily le rendit honteux.

— Je m'en fous, Lily. Nous allons continuer de nous sauver jusqu'à ce qu'ils abandonnent ou que nous trouvions une autre façon. Je sais ce que nous devons faire, maintenant. J'ai seulement besoin de toi. Viens, ils sont pratiquement ici!

— Ils sont trop près. Tu vas te faire tuer pour moi.

Elle semblait au bord des larmes.

— Tu en vaux la peine, lui dit-il.

Impatient de la cacher, de s'enfuir, Ty tira de nouveau Lily. Mais quand il s'élança dans l'escalier secret, la main de Lily glissa de la sienne. Il entendit sa voix derrière lui et sut immédiatement que ses paroles allaient le hanter à jamais.

— Je ne vaux pas la peine qu'on meure pour moi. Il est trop tard. S'il te plaît, comprends ça… Je t'aime.

Ses yeux s'écarquillèrent d'horreur tandis que le mur se refermait, et il entendit la porte s'ouvrir bruyamment une fraction de seconde plus tard, la pièce se remplissant de cris.

— Je m'appelle Lily Quinn, l'entendit-il dire. Il faut que je voie tout de suite la reine Arsinoé. Je suis la voyante qu'elle cherche depuis si longtemps.

Ty restait paralysé, son esprit tourbillonnant. Qu'est-ce donc qu'elle pensait être en train de faire ?

Lui dire qu'elle l'aimait, puis…

Lui sauver la vie. Mais ce faisant, elle pourrait fort bien sacrifier la sienne. Et elle le savait. Une rage sauvage mêlée de terreur s'empara de lui. Elle était juste de l'autre côté du mur, entourée de puissants sangs-nobles qui le réduiraient en pièces en une fraction de seconde s'ils l'apercevaient, et il ne pouvait qu'à peine s'empêcher de se précipiter au milieu d'eux.

— Ne sois pas stupide, Tynan, fit la voix hargneuse de Damien dans l'obscurité. Les dieux seuls savent pourquoi, mais elle vient de te donner une occasion de survivre. Saisis-la. Si tu restes, ils vont probablement te tuer sur place. On m'a dit que les choses avaient pris une tournure intéressante pour les Cait pendant ta trop longue absence. Tu es en sécurité avec moi. Pour l'instant.

Même si les dernières paroles d'amour de Lily résonnaient encore à ses oreilles, Ty savait que Damien avait raison. Il ne pouvait rester là. Il se transforma en chat et se força à disparaître en bas des marches jusque dans l'obscurité.

Dans l'obscurité totale de la ruelle, Lily lança un dernier regard en direction du refuge, espérant que Ty était en sécurité, espérant qu'il puisse un jour lui pardonner ce qu'elle avait fait. La seule chose qui atténuait la terrible douleur de le quitter était de savoir qu'elle lui avait peut-être donné le temps de s'enfuir.

Pendant ces derniers moments ensemble, elle avait su la vérité : les Ptolémées étaient trop près d'eux pour qu'ils s'échappent. Alors, elle avait donné à Ty le seul cadeau qu'elle pouvait.

Son amour. Et, l'espérait-elle, la liberté.

Lily se laissa entraîner dans l'une de la longue série de voitures noires, du type qu'utilisaient les politiciens et les dignitaires. Elle essaya de se détendre sur le siège de cuir, heureuse de ne se retrouver qu'en compagnie d'un chauffeur silencieux. Mais quand l'auto démarra, elle ne put s'empêcher de se retourner une dernière fois.

Elle avait brisé ses chaînes, songea-t-elle, comme l'avait dit la femme qui semblait être son ancêtre. Mais en fin de compte, il semblait bien qu'elle allait se retrouver seule.

Les yeux humides de larmes, Lily espéra qu'elle avait fait le bon choix.

Parce qu'à partir de maintenant, l'espoir était tout ce qui lui restait.

CHAPITRE 22

Ty OBSERVAIT LA scène de derrière une benne à ordures malodorante alors qu'on poussait Lily dans une des voitures des Ptolémées. Elle paraissait à la fois triste et résolue, et absolument magnifique.

Ne fais pas ça. Ne reste pas ici à te détester. C'est un tel gaspillage incroyable d'énergie et en plus, c'est énervant.

La voix de Damien se fit entendre clairement dans sa tête, ne faisant qu'alimenter la rage impuissante qui bouillonnait en Ty tandis qu'il regardait l'auto de Lily s'éloigner du trottoir, suivie d'un cortège de voitures noires identiques. La scène ressemblait à une visite d'un chef d'État dans ce petit coin malfamé de Chicago.

Il faut que je la rattrape. Il dirigea cette pensée vers Damien, qui agita la queue sans prendre la peine de se retourner.

Ne sois pas stupide. C'est fini. Tu ne la rattraperas jamais maintenant. En particulier quand ils vont voir qu'elle porte la marque des Lilim. Et tu oublies que toi et moi avons une affaire à régler. Nous y allons ?

Quand le dernier véhicule disparut en laissant la ruelle sombre et vide, Ty sortit de derrière la benne et reprit sa forme humaine. Damien fit de même. Ce moment de vulnérabilité, quand la fourrure devenait chair, constituait l'ouverture que Ty avait attendue depuis qu'il avait aperçu Damien perché sur le rebord du lit. Grâce aux réflexes rapides comme l'éclair qu'il avait si bien affinés au fil des années, Ty se projeta sur l'Ombre. Un plaisir pervers le traversa quand son poing atteignit le visage de Damien.

Damien recula en titubant, mais se redressa aussitôt, puis retroussa les lèvres sur ses dents et feula.

— Tu triches. Ça ne te ressemble pas.

Il lui décocha une droite, mais Ty, qui s'y attendait, l'évita facilement.

— Tu ne me connais plus, cracha-t-il.

Tout le supplice qu'il avait ressenti devant la décision de Lily de se sacrifier pour lui, toute la fureur qu'il avait éprouvée contre ceux qui l'avait enlevée, se canalisèrent en un désir de sang qui ne connaissait pas de limites. Et Damien, qui les avait pourchassés impitoyablement, représentait une excellente première cible.

Les deux vampires se déplacèrent en cercle, l'un devant l'autre. Damien s'élança encore, et Ty l'agrippa par la chemise, bondissant et projetant Damien contre le mur de la ruelle avec une force incroyable. Damien poussa un grognement de douleur quand Ty le jeta au sol et recula d'un pas, la respiration haletante, attendant.

— Lève-toi. Lève-toi, espèce de fils de pute.

Damien essuya une mince coulée de sang qui était tombée de sa lèvre sur son pied.

— Le petit chaton est en colère, n'est-ce pas ?

Son ton moqueur redoubla la fureur de Ty. Avec un rugissement d'indignation, ce fut Ty qui s'élança cette fois. Damien commença à rouler sur lui-même pour s'éloigner, mais Ty, ses réflexes affûtés par des années de vie auprès de vampires qui pouvaient le tuer n'importe quand sans aucun scrupule, fut plus rapide. Il attrapa Damien par les cheveux, puis atterrit habilement sur ses pieds. Il tira vers lui la tête de Damien, exposant son cou, et le fit s'agenouiller d'un coup de pied bien placé. L'Ombre s'effondra avec un grognement. En un éclair, Ty avait sa dague à la main.

— Tue-moi, alors, si ça peut te faire sentir mieux, fit Damien dans un souffle.

Ses yeux s'embrasèrent au moment où Ty lui tira la tête encore davantage et pressa sa lame contre le cou de Damien, dont les dents étaient encore exposées, à la fois par défi et à cause de la douleur.

— Rien ne pourrait me faire sentir mieux, grogna Ty d'une voix rauque. Tu les as directement menés à nous, fils de pute. Ils doivent t'avoir suivi.

— C'est impossible, rétorqua Damien en grimaçant lorsque la pointe de la lame s'enfonça juste assez pour faire sortir une goutte de sang écarlate. Il n'aurait pas...

Il s'interrompit, mais il en avait déjà trop dit. L'esprit de Ty fut envahi de noirs soupçons. Il enfonça la lame un peu plus, tirant un plaisir pervers du petit gémissement que poussa Damien.

— Il ne les aurait pas envoyés à ta poursuite? Travailles-tu pour un Ptolémée?

Le regard furieux de Damien constitua une réponse suffisante pour Ty. Il se sentit transpercé par cette vérité. La terreur qui régnait avait été engendrée au sein même de la dynastie. Et si les plus détestables sangs-nobles que Ty connaissait auraient trouvé impensable le fait de massacrer les leurs, il y en avait un qui n'aurait pas hésité. Un qui ne serait jamais satisfait de jouer un rôle secondaire, peu importait à quel point il s'était approché du sommet de la hiérarchie.

Tous les éléments s'ordonnèrent.

Sa voix était à peine un murmure quand il parla de nouveau, et la main qui tenait la lame trembla sous l'effort qu'il fit pour s'empêcher de l'enfoncer dans la gorge de Damien.

— Tu es un stupide bâtard. Néron n'a de loyauté pour personne d'autre que lui-même. Il n'est pas patient et ne fait confiance à personne. Tu pensais réellement qu'il ne t'avait pas fait suivre ?

La vérité était clairement inscrite sur le visage ébahi de Damien. Avec un rire amer, Ty se pencha davantage sur l'Ombre qui pendait au bout de son poing fermé.

— Tout ce travail pour rien. Tu as détruit ma vie, probablement mis fin à celle de Lily, et on ne t'a même pas payé. Je parierais que ce n'est que cette dernière chose qui te dérange vraiment, misérable sac à merde.

— Contente-toi de me tuer et d'en finir au plus vite, répondit Damien d'une voix haletante.

— Je suis certain que tu préférerais ça. Ce serait tellement plus facile que ce que te feront tes patrons quand ils découvriront que tu as échoué une mission si importante.

Pourtant, Ty était près, si près, d'accorder à Damien ce qu'il demandait. Un peu de pression, et la tête de Damien se séparerait de son corps. L'exutoire parfait pour sa rage... mais il savait que sa satisfaction ne durerait qu'un moment.

Il sentit la vie qu'il tenait entre ses mains. Il en avait pris plusieurs de la même façon et n'avait rien éprouvé par la suite. Puis il regarda l'immeuble près de lui et les fenêtres sombres derrière lesquelles gisait maintenant le corps sans vie de Rogan.

Tant de morts. Mais Lily était encore vivante quelque part. Et aussi longtemps qu'elle vivrait, il avait la possibilité de redresser la situation, de commencer une nouvelle vie. Quand il regarda de nouveau Damien, c'était toujours avec une colère brute, mais un froid calcul avait commencé à s'insinuer en lui également. Peut-être allait-il donner aussi ce soir une deuxième chance à son frère de sang.

Que celui-ci le veuille ou non.

— Non. Tu vas m'aider à récupérer Lily, gronda Ty.

Damien réussit à émettre un rire rauque.

— Tu peux toujours rêver.

Ty réagit en ramenant la lame qu'il avait contre le cou de l'Ombre et d'un geste rapide, il l'enfonça dans le haut du bras de Damien. Le sang jaillit sur le sol et Damien grogna de douleur, essayant de s'éloigner de Ty. Celui-ci tira encore davantage sur ses cheveux.

— Tu vas le faire. C'est ça, Damien, ou tu vas devoir retourner devant tes maîtres avec toutes sortes de détails sur ton incompétence. Des choses qui vont te mériter une longue et douloureuse agonie. Et je vais récupérer Lily de toute façon. Rien ne va m'arrêter. Mais ce sera plus facile si tu m'aides. Et si tu le fais, je vais m'assurer que tu vives.

— Comment ? demanda Damien d'un ton ironique. Ma réputation sera ruinée. Tu vas seulement retarder l'inévitable ; tu ne l'empêcheras pas. Les Maîtres des Ombres n'acceptent pas l'échec.

Sa blessure ne saigna que brièvement, mais il avait démontré son intention. Ty n'avait aucun scrupule à lui faire du mal, et il le referait si nécessaire.

— J'ai bien peur que tu doives me faire confiance là-dessus, dit Ty, le visage impassible.

Il avait quelques idées, mais aucune n'allait porter fruit s'ils ne se mettaient pas en route au plus vite.

— La confiance, siffla Damien. La seule chose en laquelle j'ai confiance, c'est que tu vas nous faire tuer tous les deux. Même si j'accepte de participer à cette folie, deux Cait Sith n'y parviendront pas.

Ty réfléchit quelques instants, mais il avait déjà pris sa décision. Damien était insupportable à plusieurs égards, mais il représenterait une précieuse source de connaissances dans le cadre de ce qu'il allait entreprendre. Et s'il le trahissait, ce qui était possible, Ty le tuerait sans aucun remords.

— Il faudra nous en accommoder. Tu vas bien te conduire ou je vais devoir te trancher le bras, cette fois ?

Damien grimaça et se tortilla sous la main de Ty, mais il céda finalement.

— D'accord. Mais seulement parce que ce sera une mort plus douce que celle que mes maîtres m'accorderaient. Tu es un foutu bâtard, MacGillivray. Bien pire que ce dont je me rappelle. Et dans les circonstances actuelles, ce n'est vraiment pas un compliment. Maintenant, lâche-moi.

Ty le relâcha et Damien se mit lentement sur pied en le regardant d'un air inquiet.

— Quel est ton plan ? fit-il. Ou est-ce que j'ai seulement la permission de le demander ?

— Nous allons convaincre Vlad Dracul de nous aider à éliminer Néron et à sauver Lily.

Ty savait que son idée paraissait une pure folie, mais c'était tout ce qu'il avait.

Damien grogna et parut sur le point de vomir. La scène était profondément gratifiante.

— Merde, Ty, pourquoi t'en préoccupes-tu à ce point ? Ils vont nous tuer et elle aussi. Néron obtiendra ce qu'il veut.

Et crois-moi, il veut tout. Je n'ai jamais rencontré un monstre comme lui, et ce n'est pas peu dire. Tout ça est inutile !

— Je l'aime.

Voilà. Ces mots qu'il n'avait pu dire, même à lui-même, jusqu'à ce qu'il soit trop tard, venaient de lui échapper. La seule chose de sa vie entière dont il fut encore certain.

Damien parut ébahi.

— Je vais mourir pour un pathétique élan de sentimentalité ? Écoute-moi, Ty. Deux chats ne peuvent pas faire ça. Nous aurions besoin d'une autre personne, et même à trois, nous n'avons que la plus mince des chances d'y parvenir.

Une autre voix, à la fois familière et bienvenue, résonna à côté de Ty.

— C'est une bonne chose que nous soyons trois chats, alors.

— Jaden.

Le soulagement qui l'envahit faillit lui faire plier les genoux. C'était là la pièce manquante. Les trois ensemble pourraient réussir à faire ce qu'il avait en tête. Oui, avec deux autres Cait, il avait une chance raisonnable de redresser cette situation. S'ils y parvenaient, les choses allaient changer, et de manière radicale. Il en avait assez des Ptolémées. Mais tant d'autres choses l'attendaient, s'il était assez fort pour saisir les occasions. Les yeux cernés de noir de son frère de sang étaient sombres quand Ty se tourna pour le regarder.

— J'ai entendu parler du raid, dit Jaden. Je suis venu aussi vite que j'ai pu.

— C'était Néron, répondit Ty, et le nom avait le goût amer du poison sur sa langue. Tout ça est arrivé par la faute de Néron.

Jaden prit un air grave, mais parut peu surpris. Il hocha la tête.

— Qu'est-ce que tu veux faire ?

— Il veut mourir, cracha Damien. Et de toute évidence, il aimerait que tu te joignes à nous.

Jaden haussa les sourcils en direction de Damien, puis se tourna vers Ty d'un air interrogateur.

— Damien vient avec nous. Je t'expliquerai en chemin. Nous n'avons pas beaucoup de temps, dit Ty.

Il se sentit soulagé quand Jaden se contenta d'incliner la tête à nouveau. Damien poussa un soupir de résignation et Ty comprit qu'il allait pouvoir compter sur lui également. Maintenant, tout ce dont il avait besoin, c'était de la chance et du temps.

Il espéra que, pour une fois dans sa vie, les dieux daigneraient lui accorder les deux.

Vlad Dracul n'était pas un homme qui appréciait beaucoup la compagnie des autres. Surtout pas ces jours-ci, quand la plupart de ses visiteurs voulaient soit le tuer, soit lui transmettre des messages de gens qui voulaient le faire. Alors, il était peu réceptif à l'idée quand Marco, son majordome, arriva à la porte de la bibliothèque en lui annonçant qu'un trio de Cait Sith souillait son entrée par sa présence et refusait de partir sans lui avoir parlé.

— Un autre message d'Arsinoé, je suppose ? demanda Vlad en marquant soigneusement la page du livre avec lequel il venait de s'asseoir pour la soirée.

Sa nervosité n'avait fait que s'accroître ces dernières semaines alors qu'il attendait la déclaration de guerre qu'il savait devoir venir. La reine des Ptolémées l'avait toujours détesté, mais jusqu'à tout récemment, même lui n'avait pas saisi à quel point cette haine était profonde.

— Je ne crois pas, monsieur. Ils sont un peu plus... dépenaillés... que ses messagers habituels. Il y en a un qui semble s'être battu. Je leur ai fait montrer leurs marques. Celui qui a un œil au beurre noir est une Ombre, si vous pouvez croire ça. Les deux autres sont des chats des Ptolémées, mais il y a quelque chose d'étrange chez eux.

— Il n'y a pas de femme avec eux ? demanda Vlad en essayant de garder un ton neutre.

Quand Anura était venue à lui, il avait à peine osé croire qu'elle pouvait dire la vérité. Les mystères et les légendes entourant les Lilim depuis longtemps disparus représentaient une de ses préoccupations particulières. Peut-être parce qu'il avait toujours pensé que Lilith aurait pu être une alliée naturelle pour lui. Pourquoi pas une héritière de son sang ? Et maintenant, plus que jamais auparavant, il avait besoin d'un allié fiable, songea-t-il en serrant les dents.

Mais il semblait que, quoi qu'ait été cette femme qu'avait rencontrée Anura, elle lui avait glissé entre les doigts.

— Ils ne t'ont donné aucune indication sur ce qu'ils veulent ? demanda-t-il.

Marco secoua la tête.

— Non, monsieur. Le plus grand, un des chats des Ptolémées, a dit qu'il ne parlerait qu'à vous. J'aurais trouvé un moyen de les chasser de la propriété, mais compte tenu de...

Marco laissa sa phrase en suspens et Vlad comprit ce qu'il pensait. Ludo avait beaucoup bavardé avant que Vlad n'aille le voir et lui dise de se taire.

— C'est une bonne chose que vous n'ayez pas essayé, fit une voix étrangère.

Vlad se tourna avec intérêt vers un homme élancé aux cheveux noirs qui était apparu dans un coin obscur de la pièce, adossé contre les étagères et qui le surveillait sans ciller de ses yeux vif-argent.

Marco laissa échapper une série d'obscénités et allait s'élancer vers l'intrus quand Vlad l'arrêta d'un signe de la main. Sur ce simple geste, son majordome bien entraîné s'immobilisa, bien que son expression trahissait son mécontentement.

— Laisse-nous, Marco. Ça va.

Son éventuel protecteur hésita, ses yeux bruns parcourant la pièce.

— Mais, monsieur, les autres...

— Sont ici quelque part, j'en suis certain. Considère ça comme une leçon, Marco. Les chats qu'on laisse sur le pas de la porte trouvent généralement un moyen d'entrer.

Il fit signe au majordome de partir.

— Va, dit-il. Je t'appellerai si j'ai besoin de quoi que ce soit.

Quand la porte se referma, Vlad concentra toute son attention sur son visiteur au regard furieux. Malgré lui, il était impressionné par la façon dont il était entré. Mais il en connaissait tout un chapitre sur le fait d'être sous-estimé.

— Assieds-toi. Tes amis aussi. MacGillivray, n'est-ce pas ?

Les deux autres apparurent derrière des meubles, l'un d'eux pouvant passer pour le frère de MacGillivray et l'autre qui paraissait effectivement s'être battu, bien que ses blessures semblaient presque guéries. Tous deux regardèrent MacGillivray en attendant quelque signal, le désignant ainsi comme leur chef.

Intéressant.

Le Cait Sith à l'air furieux secoua la tête.

— Merci, mais nous n'avons pas le temps. Je suis Tynan MacGillivray. Ce sont mes frères de sang, Jaden et Damien. Nous sommes venus parce que les Ptolémées ont capturé Lily Quinn, la femme dont Anura vous a parlé.

Il s'interrompit un instant.

— Elle est l'héritière de Lilith.

Vlad était bouillant d'excitation, excitation qu'il réussit à dissimuler grâce à des années de pratique. Il afficha un intérêt poli.

— Excusez-moi si je trouve ça difficile à croire, dit-il d'une voix douce. Évidemment, si vous en avez la preuve, c'est une autre histoire.

Tynan plissa les yeux.

— Vous avez envoyé vos fiers-à-bras à sa poursuite sur la seule parole d'Anura. La mienne ne vous suffit pas ?

Vlad haussa les épaules, prenant conscience à la fois du tempérament colérique et de la fierté qui brillaient à travers la fente de ses yeux.

— Je ne vous connais pas. Tout ce que je sais, c'est que votre maison est sur le point de me déclarer la guerre. Pourquoi devrais-je vous croire ?

Il lui arrivait rarement d'être surpris, mais Tynan y réussit quand il s'élança à travers la pièce d'un seul bond élégant, lui empoigna la gorge et le plaqua contre le dossier de son fauteuil de cuir. Personne n'avait osé faire une telle chose depuis des siècles. Vlad s'immobilisa sous le choc, tiraillé entre la colère et l'amusement. Il aurait pu renverser les rôles et décapiter ce parvenu en une fraction de seconde. Enfin, il en était pratiquement sûr. Ce fut cette incertitude qui souleva son intérêt et arrêta sa main.

— Sois prudent, chat. Ce n'est pas sans raison que j'en suis venu à régner sur une dynastie.

— Je n'ai pas le temps d'être prudent non plus, gronda Tynan, mais il relâcha sa poigne et recula d'un pas. Lily est vraiment l'héritière, ajouta-t-il. Je l'ai vue exercer son pouvoir et elle m'a parlé de la vision qu'elle avait à propos de la fin des Lilim et… j'ai eu ma propre vision de Lilith pas plus tard que la nuit dernière. Comme un rêve, mais pas vraiment. Je comprends ce qui arrive maintenant, mais ça n'aura pas d'importance. Les Ptolémées se sont emparés de Lily. Arsinoé pense qu'elle n'est qu'une voyante et veut se servir d'elle pour avoir une vision de votre peuple utilisant le Mulo contre elle. Une preuve pour provoquer une guerre.

Vlad jura à voix basse.

— C'est de ça qu'on parle ici? Un Mulo? Elle pense vraiment que je serais assez stupide pour me servir d'une malédiction de gitan contre son espèce? C'est aussi subtil que si j'affichais mes intentions sur un panneau clignotant à l'extérieur!

— Elle déteste les Draculs. En fait, elle ne les déteste pas seulement, mais elle veut les éliminer de la surface de la

Terre, souligna celui que MacGillivray appelait Jaden. Peut-être que ça ne suffirait pas, mais elle s'est isolée avec une bande de sangs-nobles qui se font un plaisir d'alimenter sa paranoïa.

Il jeta un coup d'œil en direction de Tynan.

— Un sang-noble en particulier, termina-t-il.

— Son peuple se meurt, dit Tynan. Il était facile de la manipuler. Ça n'excuse pas la moitié de ce qu'elle a fait, mais elle n'est pas à l'origine de tout ceci. Si vous voulez éviter ce qui s'annonce, nous avons besoin de votre aide.

Vlad les toisa d'un air ébahi, ces bas de caste suffisamment braves pour résister à la maison qui les avait depuis toujours maintenus en esclavage alors qu'ils avaient si peu d'espoir de réussir. Les Ptolémées étaient pratiquement invincibles.

— Admettons que je vous crois, dit Vlad lentement. Que m'offrez-vous en retour de ce que vous demandez? Parce que si je vous aide et que je perds mon pari, ce sera la fin de ma dynastie.

— Ce sera sa fin même si vous refusez de nous aider, fit remarquer Tynan. Néron, le Ptolémée derrière tout ça, fera en sorte que ça se produise. Il n'est pas du type à laisser quoi que ce soit au hasard. Je suis sûr qu'il avait un plan d'urgence au cas où Lily se présenterait. Et maintenant qu'il sait ce qu'elle est, j'ignore ce qu'il va lui faire.

En entendant l'inquiétude dans la voix de Tynan, Vlad haussa un sourcil.

— Tu fais ça pour la femme, alors.

— J'ai mes propres raisons qui ne vous regardent pas. Aidez-nous et vous éviterez ainsi la guerre et gagnerez un allié de poids.

— Alors, tu me promets cette alliance au nom des Lilim ? Tu t'engages à tenir parole ?

— Oui, répliqua Tynan sans hésitation.

— Et si je refuse ? demanda Vlad en posant calmement une cheville sur son genou et en se laissant aller contre le dossier de son fauteuil.

Un éclair traversa les yeux du chat.

— Alors, si votre dynastie survit, ce dont je doute fort, vous aurez gagné un ennemi beaucoup plus puissant que les Ptolémées. C'est une chose que je peux aussi vous promettre.

La tension dans la pièce était oppressante. Vlad avait la certitude que tous trois le combattraient s'ils le jugeaient nécessaire. Et il était certain aussi que Tynan était on ne peut plus sérieux à propos du fait de récupérer la femme avec ou sans son aide. Mais bien sûr, il n'aurait pas à le faire lui-même, songea Vlad, se réjouissant silencieusement de la chance qui venait de lui être accordée.

Lentement, il sourit et tendit la main, heureux de la surprise que son geste provoqua sur le visage de Tynan MacGillivray.

— Bien, alors, dit Vlad. Nous sommes d'accord, frère chat. Préparons-nous.

CHAPITRE 23

LILY ÉTAIT ENFERMÉE dans la plus belle pièce qu'elle ait jamais vue. Le garde des Ptolémées qui l'avait poussée à l'intérieur lui avait expliqué avec un sourire des plus agréables que si elle arrivait à trouver un moyen de s'échapper, les choses iraient extrêmement mal pour elle une fois la nuit tombée. Il ne précisa pas ce qu'il entendait par « les choses iraient très mal », mais ce n'était pas vraiment nécessaire. Elle avait passé trois nuits à observer la façon dont ces Ptolémées fonctionnaient.

Elle avait compris.

On lui avait apporté de superbes vêtements neufs, déployés sur le lit pour son arrivée. Que des vêtements griffés, tous de la bonne taille.

C'était quelque peu effrayant.

Peut-être se serait-elle sentie flattée de cette attention ou enthousiasmée qu'on la lui ait accordée si elle n'avait pas su ce qu'elle savait. Mais peu importait à quel point Arsinoé se montrerait chaleureuse, Lily n'avait en tête que les cicatrices sur le dos de Jaden et celles que Ty portait de manière si évidente en lui. Elle ignorait si Arsinoé était responsable de ces dernières, mais elle s'en était certainement servies.

Elle était étendue sur l'immense lit, fixant le plafond et attendant que quelque chose se produise. Elle était dans une magnifique vieille maison au milieu de nulle part, dans ce qui, croyait-elle, était un siège favori du pouvoir que les Ptolémées s'étaient gardé à l'abri des regards dans la campagne du Maryland. Par sa fenêtre, elle pouvait apercevoir ce qui semblait être une large rivière coulant le long d'une petite plage sablonneuse non loin de la maison. Un endroit paisible. Superbe. Mais malgré qu'on ait si bien pris soin d'elle jusque-là, il lui était impossible de se détendre le moindrement.

Quelque chose d'important se produisait ce soir. Lily pouvait sentir la tension chez les Ptolémées qui étaient venus la surveiller. Cette situation lui mettait les nerfs en boule, et ils l'étaient déjà passablement. Mais on lui avait ordonné de se laver, d'enfiler les vêtements qu'on lui avait achetés, de se donner une apparence qui conviendrait à une audience avec la reine.

Avec quelque difficulté, Lily y parvint. Elle se doucha avec les savons et les shampoings parfumés qu'on lui avait fournis, des mixtures fascinantes dans de petits contenants de verre qui, elle le savait, avaient été mélangées sur place. Leur odeur était un peu plus opulente que le parfum qu'elle utilisait d'habitude. Épicée et musquée. Toutefois, elles étaient meilleures que les bouteilles d'échantillons bon marché ou, pire encore, le shampoing pour homme qu'elle avait utilisé quand elle avait eu quelques minutes à elle et une douche à portée de main ces derniers jours.

Alors elle se lava, s'habilla, accomplissant ces petits rituels qui la réconfortaient quelque peu parce qu'elle était encore vivante pour les réaliser. Dans le miroir de la salle de bain, elle nettoya un cercle de buée et examina sa marque. Elle semblait plus vive qu'auparavant, brillante sur sa peau pâle. Elle soupira et la recouvrit de son chemisier, sachant qu'elle aurait des problèmes si on la voyait. De graves problèmes. Des problèmes possiblement mortels. Et ses chances lui semblaient bien minces de pouvoir compter sur une quelconque possession pour la sauver cette fois.

Elle ne pouvait penser à Ty, ne le voulait pas, même si elle savait qu'il devait parfois avoir vécu ici, déambulé dans ces corridors, parlé à ces gens. L'idée la faisait trop souffrir. Et elle avait le sentiment qu'ici, les pleurs seraient mal accueillis.

Il lui faudrait du temps, probablement beaucoup de temps, pour oublier le grand vide qu'elle éprouvait maintenant au plus profond d'elle-même. Mais, songea-t-elle tristement, même s'il était demeuré avec elle au refuge, elle serait encore seule en ce moment. Au mieux, on l'aurait déjà relégué à ses tâches de serviteur. Et au pire...

Non, elle ne pouvait y penser. Elle devrait se contenter de savoir qu'il était là-bas, quelque part, en vie.

Après qu'elle eut fait les cent pas sur le somptueux tapis pendant une dizaine de minutes, quelqu'un cogna fortement à la porte.

— J'arrive, dit-elle en allant ouvrir.

Elle savait qu'il y avait des gardes en sentinelle à l'extérieur, mais ils l'avaient au moins laissée seule dans sa chambre. Elle n'en avait pas été tout à fait certaine quand elle avait aperçu les impressionnants colosses qui l'avaient accompagnée, mais elle imaginait qu'ils voulaient qu'elle se sente confortable, qu'elle pense qu'ils lui faisaient confiance jusqu'à un certain point.

Elle trouvait étrange que personne ne lui ait demandé ce qui était arrivé à Ty. Pas une seule question. Et la seule fois où elle avait mentionné son nom à un des gardes les plus amicaux, l'homme aux yeux d'un jaune couleur de miel lui avait lancé un regard de colère.

— Ne parlez pas de lui, avait-il dit.

Lily n'avait eu d'autre choix que d'acquiescer. À ce moment, elle ne se sentait réellement pas prête à se frotter à un ancien vampire égyptien.

En fait, elle ne l'était toujours pas.

Au moment où elle s'apprêtait à ouvrir la porte, Lily se demanda ce qu'elle ferait si Ty se trouvait de l'autre côté, venu la sauver, venu lui avouer son amour, pour l'enlever vers la vie qu'elle souhaitait — une vie auprès de lui. Sa bouche se plissa d'amertume. Des rêves insensés. Mais désormais, elle devrait œuvrer seule pour s'en tirer. Ça avait été son choix et elle devrait maintenant l'assumer.

Lily ressentit un frisson de peur lui parcourir l'échine quand elle ouvrit la porte. Un homme entra, la toisant du regard comme si elle était un morceau de choix dont il allait faire son repas. Chaque vampire qu'elle avait vu possédait cette beauté surnaturelle, mais presque tous l'avaient laissé froide. Et aucun n'avait suscité en elle les sentiments qu'elle avait éprouvés pour Ty le premier soir de leur rencontre.

Merde. Elle devait se concentrer sur le présent. N'était-ce pas la façon dont il avait vécu parmi ces créatures pendant si longtemps?

— Salut, dit-elle en espérant que son ton était détendu et amical. Entrez donc.

Il était superbe, avec sa blondeur parfaite et son visage qui aurait fait pleurer de joie n'importe quel sculpteur de la Renaissance. Ses cheveux étaient courts, mais de coupe élégante, et il était tout de noir vêtu : un pantalon de soirée, une chemise ajustée, le tout parfaitement taillé. Lily n'était pas une spécialiste, mais elle savait que les souliers qu'il portait valaient probablement davantage que lui coûtaient ses mensualités hypothécaires.

Les poils se dressèrent sur sa nuque. Sa marque, qui l'avait picotée depuis qu'elle avait mis les pieds dans ce complexe, commença à la brûler. Au premier regard, elle n'avait pas aimé cet homme.

— Lily, dit-il avec un sourire glacial. Heureux de te rencontrer finalement. J'ai beaucoup entendu parler de toi. J'espère qu'au moins une petite partie de ce qu'on m'a dit est vraie. En fait, tu devrais l'espérer aussi.

Il s'interrompit et sembla attendre une réaction de sa part. Comme la seule chose que souhaitait Lily était de courir et de s'enfermer dans la penderie jusqu'à ce qu'il parte, elle demeura muette. Plus il restait là, plus elle se sentait agitée. Il donnait une toute nouvelle signification à l'expression « mauvaises vibrations ».

L'air légèrement agacé de n'avoir pu la faire réagir, le vampire poursuivit :

— Il semble que nous ayons une longue nuit devant nous. La reine aimerait te voir maintenant.

Les yeux de Lily s'écarquillèrent même si elle s'était juré de ne montrer aucune émotion en ce lieu.

— Elle… Tout de suite ?

Le visiteur lui lança un regard interrogateur.

— Oui. Tu as bien dit à mes hommes que tu étais Lily Quinn la voyante ? Ce n'était pas ça ?

— Non, bien sûr que non. C'est mon nom. Je suis ce que j'ai dit.

La colère commença à l'emporter sur sa peur. Elle n'aimait pas qu'on se montre condescendant à son endroit, et c'était ce qu'elle ressentait en ce moment.

— Alors, ça ne devrait pas être trop difficile pour toi. À moins que tu ne caches quelque chose que tu veuilles que tout le monde ignore.

Il émit un ricanement rauque, puis poursuivit :

— Mais je suis sûr que tu ne serais pas stupide à ce point. Même si tu es une humaine.

Elle eut la chair de poule. Elle ne pouvait penser à autre chose qu'à la marque sur sa peau et à cette seule idée, elle la sentit pulser plutôt que brûler, comme un deuxième cœur. *Oh... c'est nouveau.* Et pourtant, elle trouvait la chose curieusement réconfortante.

— Non, je ne suis pas stupide, fit-elle d'un ton neutre.

Il haussa à peine un sourcil blond.

— Tu dois comprendre qu'Arsinoé est anxieuse de te rencontrer, petite voyante. Plus de deux cents frères et sœurs de notre race ont été massacrés maintenant. Il en mourra sans aucun doute d'autres si nous attendons. Elle est convaincue que tu détiens la solution.

Son expression indiquait qu'il pensait autrement.

— Viens avec moi si tu es prête.

— Aussi prête que je le serai jamais, dit Lily, haïssant le sourire mauvais qui effleura les lèvres de l'homme tandis qu'il lui offrait son bras.

Mais elle se força à le prendre. Elle allait devoir se comporter comme il le fallait, décida-t-elle. Elle allait faire ce qu'elle était censée faire en espérant de toutes ses forces pouvoir faire surgir en elle quelque type de vision pour ces gens — et que rien d'insensé ne se produirait qui ferait voler des meubles. Et qu'elle pourrait négocier une entente selon laquelle on lui permettrait de rester en vie.

Ils franchirent la porte et parcoururent le vestibule, au-delà des quartiers d'Arsinoé, puis descendirent un magnifique escalier.

— N'oublie pas que tu seras en présence de la reine des Ptolémées, le dernier pharaon vivant, lui dit l'homme en lui jetant un regard sévère. Elle n'a aucune patience avec ceux qui lui font perdre son temps.

— Autrement dit, je dois faire ma bonne fille? demanda Lily.

Décidément, elle n'aimait pas le personnage.

— Oui, répondit-il en plissant les lèvres.

— Je vais faire de mon mieux, répliqua-t-elle tandis qu'ils traversaient un long vestibule se terminant par des doubles portes dorées.

Elle pouvait entendre derrière les murmures de plusieurs voix qui montaient et descendaient. Néron cogna violemment sur l'une d'elles. Un couple de vampires qui ressemblait peu aux Ptolémées richement vêtus qu'elle avait rencontrés jusque-là ouvrit les portes. Ils étaient habillés de noir. L'un avait les cheveux blonds, l'autre bruns. Tous deux étaient d'une minceur effrayante, et il y avait dans leurs yeux rougeâtres une lueur primitive que Lily ne reconnut que trop bien.

Elle ne voyait pas leurs marques, mais ce n'était pas nécessaire. C'étaient des serviteurs Cait Sith. Et ils donnaient l'impression qu'on les affamait délibérément, ce qui les rendait peut-être plus méchants. C'étaient des gardes, supposa-t-elle. Mais il y avait chez eux une incontournable aura de misère.

— Merci, leur dit-elle.

Elle vit la surprise sur leurs visages.

L'homme à son côté lui souffla :

— Vraiment, ce ne sont que des serviteurs.

— Entre, Lily Quinn, dit Arsinoé. Nous t'attendions.

Sa voix était riche, chaleureuse et accueillante, mais Lily demeura méfiante en pénétrant dans ce qui paraissait être une salle de bal.

Les planchers de bois franc reluisaient. Les rideaux aux grandes fenêtres ondulaient dans la brise fraîche de la nuit. Un immense chandelier descendait du plafond. Et tout autour d'elle, Lily vit des Ptolémées, leurs yeux brillants d'intérêt en la voyant entrer. Ils étaient une multitude, tous en vêtements de cérémonie, tous affichant au moins une teinte de pourpre. C'était leur couleur, devina Lily. La couleur du sang. Elle se souvint des vampires du temple dans sa vision, et elle trébucha en saisissant dans quel guêpier elle s'était fourrée.

Dans le temple des Lilim, les guerriers avaient porté du pourpre. C'étaient les Ptolémées qui avaient répandu tant de sang innocent. Le sang de son peuple. Elle était au milieu des membres de la dynastie qui avaient détruit les Lilim.

Ce qui signifiait…

— Fais attention, espèce de chienne maladroite. La reine te regarde !

Arsinoé se tenait sur une estrade à l'extrémité de la pièce. Même en connaissant la laideur sous sa beauté, même en sachant que c'était cette femme qui avait mis fin à la dynastie des Lilim d'un simple coup de lame, Lily se trouva déroutée par sa première vraie rencontre avec la reine des vampires.

Elle était tout simplement d'une beauté renversante, drapée dans une simple robe sans bretelles d'un blanc immaculé, les boucles de sa chevelure d'un noir d'ébène pendant sur ses épaules. Sa peau était parsemée d'or, ses yeux brillants, ornés de noir. Et sa marque, la toute première des Ptolémées, était particulière : un ankh qui scintillait de noir et d'or, orné de volutes compliquées qui semblaient avoir été peintes avec une lumière pure. Elle leva les bras vers Lily en signe de bienvenue, et les bracelets et anneaux qu'elles portaient étincelèrent.

— Bienvenue, voyante. Approche.

Sa voix était douce, apaisante et pourtant autoritaire. Il était impossible de résister à une pareille voix, une voix qui avait commandé une armée de vampires pendant plus longtemps qu'aucun humain ne pouvait se rappeler. Lily comprit tout à coup pourquoi il y avait tant de gens sous sa coupe qui ne penseraient jamais à remettre en question son pouvoir.

Dans ses visions, elle était certainement imposante, mais en personne, Arsinoé des Ptolémées était une force de la nature. Lily sentit le découragement l'envahir. Elle avait cru pouvoir marchander avec ça ? Qu'elle pourrait parvenir à se débrouiller ?

Lily imagina Arsinoé qui abattait sa lame, son magnifique visage tordu par la rage. Elle sentit ses jambes devenir de plomb et son cœur battre dans sa poitrine.

Mère, pensa-t-elle en s'adressant directement pour la première fois à l'esprit qui la hantait. Mais elle ne reçut pour réponse qu'un faible murmure dans sa tête.

Libère notre lignée.

Apparemment, la vue de tant de Ptolémées rassemblés en chair et en os représentait trop même pour un esprit aussi flamboyant que celui de Lilith.

C'était ça, ou il était seulement temps pour Lily de se tenir debout.

Ou, plus probablement, de connaître sa chute finale.

Les chats quittèrent furtivement les terres du domaine sous le couvert d'une nuit sans lune. Ty et Jaden flanquaient Damien pour s'assurer qu'il n'allait pas disparaître quand ils auraient besoin de lui. La visite qu'ils venaient de rendre au chef des Draculs avait donné à Ty plus d'espoir qu'il n'en avait eu depuis longtemps que la guerre pourrait être évitée. Vlad était aussi futé qu'on le lui avait dit et il n'était pas facile de déchiffrer ses pensées. Mais il était beaucoup plus compréhensif que tout autre sang-noble qu'il ait rencontré, à l'exception peut-être d'Anura.

Il regarda par-delà l'étendue de pelouse, où flottait une brume argentée à travers les arbres. Anura avait insisté pour venir. Elle représentait tellement plus que Ty l'avait imaginé. Lily l'avait senti, mais elle serait probablement surprise de constater l'ampleur du lien qui les unissait. C'était pourquoi Anura s'était réfugiée chez les Draculs, pourquoi il lui avait semblé absolument nécessaire qu'un homme qui connaissait à fond la dynastie disparue comprenne ce qui était en jeu.

Ty le comprenait maintenant et n'avait aucune rancœur à son endroit. Il se sentait honteux d'avoir été conditionné à croire qu'on allait toujours le trahir. Elle allait être importante pour Lily si celle-ci décidait de suivre la voie qu'avait imaginée pour elle son ancêtre longtemps auparavant.

Il était temps de réveiller les Lilim et, d'une certaine façon, cela allait sans doute ébranler les fondements mêmes de la hiérarchie des sangs-nobles. Mais ils avaient le puissant soutien des Draculs. Ils avaient Anura. Et bientôt, s'ils étaient prudents, ils auraient à leurs côtés les Cait Sith qui habitaient ici.

Le seul avertissement qu'ils eurent d'une attaque imminente fut un faible grondement. Ty s'arrêta et les deux autres en firent autant.

Qui va là ?

C'était une voix que Ty connaissait bien.

Duncan. Paix, mon frère. C'est Ty, et Jaden est avec moi.

La voix dans sa tête changea immédiatement de ton.

Tynan ? Merde. Va-t'en, mon frère. Tu ne dois pas être ici. Il vaut mieux que tu restes ailleurs. Et, Jaden, ils vont te tuer si tu te montres à l'intérieur. L'endroit fourmille de Ptolémées ce soir. Ils ont leur voyante et, nous le savons tous, ça signifie que nous devrons nous battre pour eux avant longtemps.

Ty repoussa ces pensées avec insistance.

La voyante est ma femme et elle est beaucoup plus puissante qu'ils ne le croient. Mais elle a besoin de notre aide. Nous arrêtons tout ça. Et je vous libère, toi et les autres. Jaden m'a parlé des colliers. Il est temps de résister. Tout cela dure depuis trop longtemps.

Tu es cinglé, fit une autre voix intérieure, et un couple de Cait Sith s'approcha lentement dans l'ombre des arbres. Il s'agissait de Duncan et d'un jeune Cait que Ty connaissait sous le nom de Jake.

Ils vont nous massacrer avant que nous n'ayons fait dix pas dans la salle de bal, poursuivit Jake. *Tu n'as pas entendu combien ils sont nombreux ? Et même s'il ne s'agissait que des courtisans habituels, nous n'y parviendrions jamais. Ils nous pourchasseraient comme des loups. Nous libérer ? Pour nous précipiter vers quel destin, Ty ? Vous êtes, quoi ? Seulement trois ?*

Malheureusement, pensa Damien avec irritation en direction de n'importe qui en particulier, ce qui signifiait qu'ils avaient tous compris.

Menez-moi aux autres, insista Ty en ponctuant sa pensée d'un grognement sourd, gémissant. *Nous avons des renforts. Nous n'aurons plus aucune raison de choisir entre les caniveaux et les Ptolémées après ce soir.*

Des renforts ?

Duncan et Jake avaient transmis la même pensée pratiquement à l'unisson, juste à temps pour qu'une volée de chauve-souris les survolent tous dans l'obscurité, se dirigeant vers les lumières du manoir. Elles étaient invisibles dans le ciel obscur, le seul indice de leur présence étant le doux battement de leurs innombrables ailes.

Les yeux jaunes de Duncan s'écarquillèrent, puis se tournèrent vers la brume argentée qui avait pris la même direction.

Dieu du ciel, frère. Qu'est-ce que tu as fait ?

Les autres, insista Ty, qui sentait l'adrénaline commencer à se répandre en lui. *Je vous expliquerai en route. Mais à compter de cette nuit, nous ne serons plus des esclaves.*

Lily se tenait sur l'estrade avec Arsinoé, sentant un mince filet de transpiration froide s'écouler entre ses seins. Elle ignorait avant ce soir qu'elle avait le trac en public puisqu'elle ne s'était jamais mise dans une pareille situation, mais apparemment, son cas était grave.

Tout au moins, si sa nausée et son étourdissement en étaient une indication. Mais il ne lui était jamais arrivé non plus de se faire fixer des yeux par des centaines de vampires affamés.

Arsinoé, debout derrière elle, avait posé ses mains sur ses épaules, et Lily ne pouvait penser à rien d'autre qu'à l'éclair de cette lame incurvée qui traversait la gorge de Lilith dans une position très semblable. Sa marque continuait de pulser et de palpiter sous son chemisier, et son pouvoir, sombre, indompté, dépourvu d'orientation, bouillonnait dangereusement en elle. Elle pouvait le sentir qui menaçait de jaillir d'une horrible façon. Et alors, elle allait se faire attaquer, mettre en pièces, par une foule déchaînée de Ptolémées.

— Ce soir, nous allons trouver l'origine du Mulo! cria Arsinoé, et la foule se mit à rugir. Ce soir, nous amorçons la guerre qui fera disparaître nos ennemis de la surface de la Terre et nous montrerons à toutes les dynasties que rien, absolument rien, ne peut ternir la gloire des Ptolémées, la dynastie la plus ancienne, la plus puissante, la plus vénérée de toutes!

Leurs visages nageaient devant les yeux de Lily, se fondant en un seul monstre aux yeux brillants et aux dents acérées. Merde. Qu'est-ce qu'ils pouvaient bien penser qu'elle allait faire? Se transformer en une colonne de feu et les mener sur le pas de la porte de Vlad Dracul? Et qu'arriverait-il si sa vision n'avait pas de sens?

Qu'arriverait-il si elle ne réussissait même pas à avoir une vision?

Son estomac se noua douloureusement.

Puis, la foule s'immobilisa, devint terriblement silencieuse sans même que leur reine ait émis un seul mot. C'était comme s'ils savaient que le temps était venu. L'atmosphère était surchargée de leurs attentes. Et le pire cauchemar de Lily se réalisait. Elle était seule, Ty était parti, et elle n'avait aucune idée de ce qu'elle devait faire.

Elle entendit à son oreille la voix douce et chaleureuse de la reine.

— Le temps est venu. Tu as besoin de mon aide?

— Quoi que vous puissiez faire, faites-le, dit Lily parfaitement honnête. Je n'ai jamais essayé ça auparavant. Vous pouvez réellement m'aider?

— Bien sûr. Je ne suis peut-être pas capable de voir, mais je l'ai assez souvent observé pour savoir comment on fait. Écoute ma voix. Je vais te guider.

— OK, dit Lily.

Que pouvait-elle dire d'autre? C'était ça ou une mort certaine. Elle souhaita que quelque chose, quoi que ce soit, survienne, mais elle ne pouvait penser qu'au seul homme qu'elle savait devoir essayer d'oublier.

Le visage de Ty. Les yeux de Ty. La voix de Ty.

— Détends-toi.

La voix d'Arsinoé était autoritaire, mais chaude et douce comme du velours.

Il était étonnamment facile de tomber sous son charme du moment où elle baissait sa garde. Étonnamment facile d'oublier qu'elles n'étaient pas seules, toutes deux, dans la pièce.

— N'écoute que ma voix. Laisse aller tout le reste.

La reine la mena à travers les étapes d'une lente relaxation de chacun de ses membres, ne la faisant se concentrer que sur sa respiration. C'était un peu comme ce que savait Lily de l'hypnose, sauf qu'il s'agissait moins ici d'introspection que de suggestion. Finalement, elle dériva langoureusement dans l'espace entre la veille et le sommeil, tout à fait consciente, mais complètement en paix, son esprit hyperactif tranquillisé, en attente, semblait-il, d'une directive. Arsinoé la lui donna. Et sa voix s'éleva pour que tout l'auditoire puisse l'entendre clairement.

— Je cherche l'être qui maintient sa malédiction sur mon peuple, le cadavre de qui jaillit le Mulo auquel un autre a ordonné de détruire la grande dynastie des Ptolémées. Ouvre ton Œil, voyante, et trouve où gît le Mulo.

À sa grande surprise, Lily sentit quelque chose en elle, une chose qui semblait située entre ses yeux, s'épanouir comme une fleur. Son troisième œil. Le don et la malédiction des véritables voyants.

Puis elle vit comme elle n'avait jamais vu auparavant, survolant des arbres et des montagnes, des rochers et de la terre, flottant au-dessus de tout ce qui existait et avait existé et existerait. Son cœur déborda de joie en éprouvant cette soudaine liberté différente de tout ce qu'elle avait jamais connu.

— Cherche le Mulo, voyante. Tu ne parcours pas les cieux pour ton propre plaisir !

La voix d'Arsinoé était brutale, forçant Lily à se reconcentrer. Elle flotta au-dessus du monde, attendant un indice sur la direction à prendre, se remplissant l'esprit de ce qu'Arsinoé lui avait dit de chercher. Immédiatement, elle sentit une attraction, quelque chose qui l'entraînait à travers l'air nocturne, au-delà d'amas serrés de maisons, leurs lumières brillant d'une lueur fantomatique, à travers de vastes champs agités par le vent et, finalement, dans une immense et vieille maison, une coquille sombre sur fond de noirceur. Elle ne voulait pas entrer, mais savait devoir le faire, et elle se laissa entraîner à l'intérieur. Elle eut une vision fugitive de meubles recouverts de draps, de corridors vides, avant d'être attirée de plus en plus vers une chambre dissimulée dans une cave humide si différente de la beauté vieillissante du reste de la maison.

Là, sur un bloc de pierre, se trouvait un cadavre en décomposition. Lily eut un haut-le-cœur en respirant l'odeur putride et le souffle coupé quand la puanteur lui remplit les poumons.

— Y es-tu ? Le vois-tu ?

La voix d'Arsinoé était intense, son ton, urgent. Lily entendait à peine les murmures des autres vampires, si lointains maintenant.

— Oui, Lily s'entendit-elle prononcer d'une voix rauque qui lui parut étrangement distante.

Elle aurait tant voulu partir, s'envoler d'ici, et pourtant, elle se sentait toujours attirée, forcée de regarder les restes charnus d'une chose qui abritait l'âme tourmentée que cherchait la reine. De la chair en putréfaction pendait des os, les lèvres retroussées sur des dents jaunies. Les yeux aux paupières probablement collées avaient sombré dans leurs orbites.

Puis les paupières s'ouvrirent et Lily ne vit que des flammes jumelles qui lui renvoyaient son regard. Elles la voyaient… Semblaient affamées.

Te voulons… voulons te manger…

Une chose jaillit du corps, qui ressemblait à une brume noire avec des yeux rouges vicieux, prenant parfois la forme d'un homme et d'autres fois, celle d'une masse informe, mouvante, de haine. La chose s'élança vers elle.

Les yeux de Lily s'ouvrirent brusquement tandis qu'elle émettait un hurlement de frayeur. Elle recula d'un pas mal assuré, essayant toujours de s'éloigner de la chose, puis s'effondra au pied de la reine. Lentement, elle se rappela d'où elle se trouvait, mais ne fit aucun geste pour se relever. Elle demeura seulement assise là, sur le plancher, tremblante. Elle avait ressenti chez cette chose une incroyable faim, un pouvoir immense et terrible, et elle venait tout juste d'y échapper.

— Tu l'as vu! s'exclama Arsinoé.

Lily leva les yeux et vit la reine penchée sur elle, ses yeux profonds non moins affamés à leur propre façon que ceux auxquels elle venait d'échapper.

— Dis-moi ce que tu as vu, où c'était! Dis-moi!

Des doigts s'enfoncèrent dans les bras de Lily et elle se retrouva sur pied comme si elle n'avait pesé qu'une plume. Elle oscilla légèrement devant Arsinoé.

— C'était si effrayant, murmura-t-elle en serrant ses bras contre son corps. Ça a essayé de m'attraper.

Arsinoé lui administra une forte gifle.

— Stupide chienne, je me fous de ce que ça a essayé de te faire. Dis-moi ce que j'ai besoin de savoir!

Sous le choc, Lily sentit des larmes lui monter aux yeux, mais elle réussit à les réprimer. Elle n'allait pas se montrer faible devant cette créature. Hors de question.

— Il y avait une maison, parvint-elle à dire en détestant le frémissement dans sa voix.

Ses paroles se répercutèrent dans la pièce pendant que la foule bougeait et murmurait, attentive.

— C'était un vieux manoir victorien dans la campagne, poursuivit-elle. Une espèce de domaine, mais laissé à l'abandon. Désert. Les meubles étaient tous recouverts de draps. Le cadavre... il était sur un bloc de pierre. Dans la cave. Dans une pièce dissimulée.

— Et ? C'est tout ?

Lily ne voulait pas le dire, et encore moins y penser, mais elle devait finir de décrire ce qu'elle avait vu.

— La chose... m'a regardée. Elle est sortie de son corps, dit Lily en recommençant à trembler. Elle a dit qu'elle me voulait. Elle avait faim...

À l'autre extrémité de la salle de bal, les portes s'ouvrirent avec un tel fracas que pendant un moment, Lily fut certaine que c'était le Mulo, venu trouver la femme qui avait perturbé son repos. Et elle crut percevoir de la peur dans les premiers cris et hurlements des vampires.

Puis elle se rendit compte qu'ils étaient outrés.

— Qu'est-ce que ça signifie ? Faites sortir ces bas de caste !

Jusqu'à ce moment, Lily n'avait jamais compris ce que voulaient dire les gens quand ils affirmaient que leur cœur avait explosé de joie. Sans même l'apercevoir, elle sut : Ty était venu la chercher. Sans réfléchir, elle s'avança, son premier instinct étant de le rejoindre. Mais Arsinoé lui agrippa le bras.

— Je ne pense pas, dit-elle d'une voix douce, bien qu'au moment où Lily se tourna pour la regarder, elle aperçut la fureur flamboyant dans ses yeux sombres.

— Arsinoé, reine des Ptolémées ! Vlad, chef des Draculs, exige une audience ! Sur-le-champ !

La demande, transmise d'une voix puissante et claire, avec un accent britannique teintée de roumain, provoqua des cris et des jurons. Lily se rendit compte que ce n'était pas Ty et ses espoirs s'évanouirent aussi rapidement qu'ils avaient surgi. Toutefois, c'était un événement inattendu, et elle ne pouvait réfréner sa curiosité. Elle était absolument heureuse de cette distraction qui l'éloignait d'une abjecte terreur.

Lily étira le cou, essayant d'entrevoir pour la première fois l'homme qu'Arsinoé détestait tant. Elle pouvait distinguer qu'il y avait tout un remue-ménage à l'autre bout de la pièce.

Arsinoé siffla d'une voix furieuse :

— Laissez-le venir à moi. Peut-être qu'il souhaite déjà capituler.

Une vague de rires nerveux traversa la foule qui s'écartait. Lily regarda, fascinée, pendant que le chef des vampires le plus honni se dirigeait vers elles. Compte tenu de son nom, elle s'attendait à un cliché de cinéma : la pousse de cheveux en V sur le front, les sourcils arqués, peut-être un nœud papillon et une cape, mais elle vit plutôt s'avancer un homme grand et musclé aux cheveux d'un blond pâle et aux yeux d'un bleu glacial qu'elle voyait scintiller même de l'endroit où elle se trouvait. Il portait un élégant complet, gris foncé, avec une cravate lie-de-vin par-dessus une chemise noire. Les couleurs sombres mettaient sa beauté en évidence, et elle était certaine qu'il le savait.

Ses traits étaient fins, terriblement aristocratiques, avec un menton large et volontaire et des yeux très enfoncés qui ne trahissaient aucune émotion tandis qu'il montait sur l'estrade. Il jeta un regard vers Lily, puis fixa son attention sur Arsinoé.

— Je ne me souviens pas t'avoir invité, Vlad. Les seuls animaux qui sont admis ici sont des serviteurs.

Il lui adressa un mince sourire.

— Comme c'est amusant. Je vois que je t'ai interrompue pendant que tu essayais d'attribuer à mon peuple les problèmes de ta dynastie.

Arsinoé s'avança vers Vlad et Lily recula. Peu importe ce qui allait se passer, elle était pratiquement sûre qu'elle devait s'éloigner de la ligne de feu. Elle recula d'un autre pas en voyant Arsinoé jeter un regard furieux à son ennemi.

— En fait, tu arrives un peu en retard. La voyante vient juste de décrire une maison que je connais très bien. Après tout, elle m'appartenait avant que tu l'achètes et que tu la laisses aller à l'abandon. C'est là que gît le cadavre du Mulo. Une malédiction gitane que seule ton espèce connaît, cachée dans une maison qui t'appartient. S'il y avait des doutes sur le fait que tu sois responsable, et il y en avait peu, ils sont disparus maintenant. Tu as choisi la mauvaise bataille, Vlad Dracul.

En reculant d'un autre pas vers les rideaux qui dissimulaient une petite estrade, Lily sentit quelque chose frôler sa cheville.

— Arrête, cracha Vlad, sa voix se répercutant à travers la pièce. Tu peux me détester, Arsinoé, mais je ne suis pas stupide. Comme c'est fascinant qu'un Mulo se trouve dans une maison abandonnée qui m'appartient, attendant tout bonnement que tu le découvres. Et comme ça tombe bien qu'il s'agisse d'une malédiction que tout le monde associe à mon peuple. Si tu recevais une confession mal rédigée avec quelque chose qui ressemblerait à ma signature, considérerais-tu cela comme une preuve aussi ? N'importe quel prétexte te suffirait pour te débarrasser de nous !

Lily sentit de nouveau quelque chose lui frôler la cheville, plus fort cette fois, et elle regarda à ses pieds. Elle eut du mal à contenir son ébahissement en voyant un gros chat noir qui tournait autour de ses jambes. Ç'aurait pu être n'importe lequel d'entre eux, se dit-elle. N'importe lequel.

Mais les yeux vif-argent qui plongèrent dans les siens étaient ceux de Ty.

Il lui fallut tout son courage pour s'empêcher de le prendre dans ses bras. Il secoua vigoureusement la tête. *Non.* Elle réussit à détourner les yeux de lui, mais elle avait compris. L'enthousiasme se mêlait à la peur tandis qu'elle regardait autour, cherchant d'autres Cait Sith, d'autres Draculs… d'autres n'importe qui. Ces deux-là n'étaient certainement pas venus seuls.

Arsinoé vociférait au visage de Vlad, et la foule piétinait sur place en s'efforçant d'entendre, certains se demandant entre eux s'il valait la peine de tuer immédiatement le chef des Draculs.

— Tu massacres mon peuple ! cria-t-elle, et Lily remarqua qu'elle semblait vraiment en souffrir.

Elle avait certainement des sentiments envers sa propre lignée. À ses yeux, le problème résidait chez tous les autres, supposa Lily.

— Mensonges ! Je suis venu ce soir parce que j'ai la preuve que ton peuple a été massacré par un des tiens. Mets fin à cette folie avant que ne soit répandue une seule autre goutte de sang innocent. Écoute-moi jusqu'au bout, Arsinoé.

Ces paroles la firent taire. Arsinoé, bouche bée, regarda Vlad pendant un moment tandis que montaient de la foule des exclamations d'incrédulité.

— Bâtard, Lily l'entendit-elle dire doucement. Quel que soit le jeu pervers que tu essaies de jouer, je refuse d'y participer. Sors d'ici. Personne parmi mon peuple n'a le pouvoir ni n'est assez tordu pour faire une telle chose.

Vlad soupira et, pendant un instant, ses traits s'adoucirent, transformant son visage beau et anguleux en celui d'un ange. Ses paroles surprirent Lily, mais elle n'avait pas envers lui les mêmes préjugés qu'Arsinoé, et l'idée d'une manœuvre de l'intérieur avait autant de sens que n'importe quoi. En fait… elle se demandait…

Elle chercha Néron, qui s'était tenu près de l'estrade, mais il avait disparu. Son inquiétude redoubla.

— J'ai avec moi l'Ombre qui a été embauchée pour tuer Tynan MacGillivray et Lily Quinn, dit Vlad. Viens ici, Damien.

Un chat bondit de nulle part, puis atterrit sur l'estrade, suscitant dans l'assemblée des sifflements et des insultes ordurières. Le chat, quant à lui, semblait imperturbable. Il regarda brièvement la foule, puis se mit sur ses pattes arrière et se transforma en un homme dans une ondulation fugitive de mouvement et de lumière.

Ce fut au tour de Lily de demeurer bouche bée. Elle n'avait jamais voulu revoir Damien. Elle refusait de se remémorer les souvenirs qu'elle avait de lui. Mais elle sentit Ty qui se pressait contre sa jambe de manière rassurante, et elle s'immobilisa, tentant de se concentrer sur sa chaleur, sur le réconfort qu'il essayait de susciter chez elle.

— Damien Tremaine, Votre Majesté, dit Damien en faisant une fausse révérence au pied de la reine. Embauché par Néron des Ptolémées pour exécuter la voyante avant qu'elle n'arrive ici, de même que le chasseur qui devait la ramener.

Il s'interrompit, un petit sourire moqueur aux lèvres.

— De toute évidence, j'ai eu quelques problèmes, termina-t-il.

Arsinoé ne semblait pas convaincue. Elle paraissait plutôt indignée.

— Comment oses-tu amener cette créature à ma cour et la payer pour vomir des mensonges ! hurla-t-elle au visage de Vlad. Je ne croirai jamais la parole d'un Cait contre celle de quelqu'un de mon propre sang ! Où est Néron ? J'exige qu'il vienne ici et qu'il se défende !

Il y eut un moment embarrassant tandis que l'assistance s'agitait et murmurait. Damien haussa un sourcil.

— Hmm. Il semble avoir trouvé tout à coup quelque chose de mieux à faire.

La reine retroussa les lèvres en direction de Damien, qui semblait tout aussi dégoûté de se trouver en sa présence.

— Tu portes gravement atteinte à l'honneur de Néron et à celui de ma maison.

D'une voix claire, pour que tous l'entendent, Damien dit :

— Épargne-moi ton indignation. Il est probablement en train de remplir la pièce d'un gaz toxique pendant que nous nous parlons. Puis il prendra toutes nos têtes et les portera comme des trophées. Il a tué une gitane pour réaliser la malédiction et il l'a jetée comme un déchet. Et elle était loin d'être la première. Il avait même décidé de garder votre voyante à votre insu comme animal de compagnie plutôt que de la tuer, pour pouvoir faire avec elle des choses que je n'ose pas imaginer. Vous n'avez aucune idée de ce qu'il est.

— S'il essaie de s'enfuir, il n'ira pas loin, intervint Vlad avant d'incliner la tête vers Lily. Et toi, Arsinoé, tu détiens contre son gré l'héritière d'une ancienne dynastie. Tu vas devoir la relâcher, maintenant. Elle doit être présentée au conseil.

Arsinoé éclata d'un rire rauque qui aurait pu être beau s'il n'avait pas contenu une pointe de folie.

— La petite humaine ? Elle n'est rien. Elle a eu besoin de mon aide pour avoir une simple vision. Tu te trompes, Vlad. Et si tu as été assez stupide pour entourer cette maison de tes soldats, alors tu l'auras cette guerre, peu importe qui est responsable du Mulo — ça, je te le jure !

— Arsinoé. Il a raison.

Cette voix était la chose la plus merveilleuse que Lily ait jamais entendue. Puis il était près d'elle, grand, mince et sombre. Il ne la regarda pas — pas encore —, mais maintint ses yeux fixés sur la reine. Elle le regarda comme s'il venait de la poignarder au cœur, et Lily vit alors qu'elle avait réellement de l'affection pour lui. Certainement pas d'une manière saine, mais l'espèce de souffrance inscrite sur son visage indiquait bien que lorsqu'il s'agissait de Ty, Arsinoé n'était pas indifférente.

— Tu... tu as amené les Draculs ici ? demanda-t-elle d'une voix mal assurée.

Ty l'observa un long moment et il inclina la tête.

— Oui.

— Mais… pourquoi ?

— Parce que je ne veux pas voir tout ceci vous détruire, répondit Ty. Et parce que je suis amoureux de la femme que vous retenez prisonnière ici. Écoutez les Draculs, s'il vous plaît, Arsinoé. Ce ne sont pas vos ennemis.

Lily n'aurait pu bouger même si elle l'avait voulu. Elle était rivée au plancher et tout ce qu'elle pouvait entendre, c'était sa déclaration d'amour. Avait-il vraiment dit cela ? Elle aurait voulu l'entendre encore et encore.

— Tynan, dit doucement Arsinoé. Tu t'es rangé du côté de Vlad ? Tu affirmes être amoureux de cette petite chose insignifiante ? Une humaine ? Tu me trahis, ajouta-t-elle, sa voix devenant plus assurée tandis qu'elle regardait Ty d'un air accusateur bien que non moins dépourvu de souffrance. Tu nous trahis tous.

— Non, intervint Lily en s'approchant. Vous avez trahi Lilith. Et je lui appartiens.

Elle n'avait plus peur maintenant et elle exposa sa marque aux yeux d'Arsinoé, qui devint blanche comme un drap.

— Fille de démon, marmonna-t-elle et, incroyablement, elle recula. Semence de démon, abomination ! ajouta-t-elle en pointant Lily du doigt d'un air horrifié.

Étrangement, c'était comme de la regarder admonester Lilith dans ses visions.

À ce moment, une colonne de fumée apparut près de Lily en prenant lentement la forme d'une femme. Une femme magnifique à la chevelure de jais, avec des yeux lumineux aussi anciens que les étoiles.

— Écoutez-moi tous, maintenant, cria Anura, et la foule fit silence en entendant sa voix chaude. Lilith, la Mère, n'était pas un démon, non plus que ne l'est son enfant! C'est vrai que Lilith a fait appel à un démon pour concevoir, dit-elle. Mais son sang n'a rien de démoniaque. C'étaient des mensonges répandus pour la détruire, elle et tous ceux qui la suivaient.

Arsinoé semblait renversée par l'apparition d'Anura.

— Avons-nous été envahis par tous les bas de caste de la région? demanda-t-elle, l'air abasourdi. Anura, tu as trahi ta propre dynastie. Tu as volontairement mêlé ton sang à celui d'un homme qui était à peine mieux qu'un animal. Malgré cela, tu t'attends à ce que j'avale ces bêtises!

— Oui, répondit calmement Anura. Parce que j'y étais. J'ai mis au monde l'enfant que Lilith avait conçu avec un humain, à l'aide de son amoureux démoniaque, et elle en paiera le prix pour l'éternité. Ce n'était peut-être pas une voie que beaucoup auraient choisie, mais c'était son choix. Et voici la descendante de sa fille, l'enfant de sa lignée. Ce n'est pas une semence de démon. Elle est à demi humaine et à demi vampire. Lilith s'en est assurée pendant le rituel.

— Vous, dit doucement Lily en comprenant tout à coup. C'est vous qui avez sauvé le bébé du temple.

Le sourire d'Anura était radieux.

— Lilith était comme ma propre sœur. Nos lignées ont des liens très anciens, ma petite. J'avais juré de protéger le nourrisson. C'était la promesse qu'avaient faite les Empusae de prendre soin de l'enfant humain de Lilith jusqu'à ce que la dynastie reprenne vie. Mais le temps et l'insouciance ont fait en sorte que les porteurs de son sang ont été perdus.

Pourtant, je crois que c'est le même sang qui t'a ramenée à moi.

— Le sang est la destinée, murmura Lily.

— Pour l'amour de Sekhmet, intervint Arsinoé.

Le tumulte régnait dans la salle, ses gens lançant des épithètes en direction de Lily et des Cait Sith, et menaçant les Draculs d'un lent démembrement. Arsinoé écarta Vlad et s'approcha de Lily qui resta sur ses positions. Elle n'avait plus peur. Quoi qu'il arrive, elle savait qu'elle obtiendrait l'appui de ces gens.

Si le sang était la destinée, s'il l'était vraiment, alors, il l'avait conduite au peuple qui était destiné à l'entourer. Mais de redonner vie à une dynastie entière, de créer une chose si importante alors qu'elle n'était qu'une humaine portant une marque unique dans le monde entier... comment était-elle censée faire ça ?

Mais au moment même où elle se posait la question, elle comprit.

Brise ses chaînes. Libère notre lignée.

— Aucune maison ne peut se passer des autres, répéta doucement Lily ce que lui souffla la voix de Lilith dans sa tête. Le sang était peut-être la destinée, mais il y avait toujours des choix possibles.

D'un seul mouvement vif de sa main, Arsinoé ouvrit le chemisier de Lily. Celle-ci n'eut même pas le temps de réagir avant qu'Arsinoé apparaisse à quelques centimètres d'elle, fixant des yeux la marque qui semblait étrangement illuminée à la lueur des chandelles.

La reine exposa ses canines.

— Elle aurait semé le chaos. Elle a conçu un enfant avec un démon, que son sang coule dans tes veines ou non. Alors que nous tentions de protéger nos lignées, elle prenait plaisir à mêler son sang. Les actes de Lilith méritaient la mort à ce moment. Et je refuse de voir se poursuivre sa folie.

Elle tourna les yeux vers Ty, qui s'avança pour venir se placer devant Lily.

Lily l'arrêta avec un geste de la main et un regard éloquent. Elle vit toute l'émotion brute de Ty, si près de la surface, imprégnée sur son visage bien-aimé.

— Tu n'as pas besoin de me sauver, cette fois, Ty.

— Et si je le voulais? demanda-t-il d'une voix dure.

— Je vais vous tuer tous les deux, cracha Arsinoé. Ça résoudrait tous les problèmes.

C'est à ce moment que Lily la vit surgir derrière la reine des vampires comme l'ombre de la Mort elle-même. C'était une tache de pure obscurité, à forme vaguement humaine, avec des yeux rouges qui exprimaient une faim immémoriale. Et elle seule pouvait la voir.

Néron avait envoyé le Mulo. Et dans toute cette confusion, il avait l'intention d'assassiner la reine.

Lily s'entendit lancer un cri d'avertissement au moment même où Arsinoé tirait la même lame incurvée et brillante qu'elle voyait dans ses rêves depuis l'enfance. Le Mulo entrouvrit ses mâchoires béantes sur des dents acérées, irrégulières, un trou pourrissant encore tacheté de gouttes de sang et de morceaux de peau. Et il émit un hurlement furibond, vorace, une fraction de seconde avant qu'il ne frappe; son seul avertissement, et beaucoup trop tard.

Mais, se rendit compte Lily, le coup n'était pas dirigé contre elle.

Elle ne réfléchit pas, n'eut même pas à essayer. Pour la première fois de sa vie, la puissance qui l'habitait jaillit d'elle aussi naturellement et aussi facilement qu'une respiration. Il n'y eut aucune lutte intérieure, rien qui soit retenu derrière quelque mur invisible.

En cet instant, tout en elle était Lilim. Il n'y avait ni la voix, ni la sensation étrange que quelqu'un d'autre partageait son corps. C'était entièrement elle.

Son propre cri lui emplit les oreilles alors qu'elle écartait brusquement Arsinoé. Elle éprouva une vive douleur, mais n'eut pas le temps de réfléchir à ce qu'elle pouvait signifier. Le Mulo se tenait devant elle dans toute sa fureur perverse et, s'étant vu privé de sa cible, il tourna son attention sur la première chose qu'il vit devant lui : Lily.

C'était ce qu'elle voulait. Lily ne broncha pas quand il s'élança sur elle. Elle tendit les bras vers lui, même s'il n'avait aucune substance visible, et agrippa les côtés de sa bouche puante qui pulsaient d'une lumière aveuglante. Le Mulo hurla, s'agitant d'un côté et de l'autre en essayant de se dégager. Mais Lily, possédée par une force qu'elle n'avait jamais connue, mais toujours sentie tout près, toutefois hors de sa portée, resserra son étreinte. Elle expulsa son énergie dans le Mulo en écartant sa bouche, la brûlant alors même qu'elle s'efforçait de séparer l'ombre en deux.

La salle de bal se remplit d'un hurlement d'horreur provenant de la créature mourante qui n'aurait jamais dû avoir cette seconde vie.

Avec un dernier rugissement assourdissant, le Mulo se soumit à l'inévitable alors que Lily le déchirait littéralement. Il y eut un éclair, une odeur d'ozone, et elle regarda les minces volutes d'ombre suspendues à ses mains qui se dispersèrent rapidement dans quelque brise invisible avant de disparaître tout à fait.

Elle avait réussi. Elle avait finalement pu se servir de ce qui était en elle pour faire le bien, réussi ce qu'elle n'avait jamais cru pouvoir faire. Même si ce n'était que cette seule fois, elle avait été impressionnante, songea Lily pendant que la panique explosait autour d'elle, les Ptolémées se précipitant vers les sorties et des dizaines d'hommes et de femmes qu'elle n'avait jamais vus auparavant se déversant par les fenêtres, enfonçant les portes. Elle venait d'empêcher une guerre. Elle avait sauvé les Ptolémées, même si ce geste pouvait être discutable. Elle comprenait ce qu'elle était, comment elle en était venue à être ce qu'elle était. Et elle avait un homme qui l'aimait. Qui avait clamé son amour devant les plus effrayants vampires du monde.

Il était vraiment difficile d'être plus dévouée que ça. Et tout ce qu'elle voulait, c'était de se blottir dans ses bras et d'aller quelque part, dans un endroit sombre et tranquille, pour lui dire ce qu'elle éprouvait, pour lui dire à quel point elle ne voulait rien avoir à faire avec les querelles de cette dynastie à moins qu'il soit à ses côtés.

Lily se tourna, trouvant étrange que la pièce semble tourner avec elle. Tout semblait bouger trop lentement. Elle aperçut Jaden (*Jaden !* pensa-t-elle avec un élan de plaisir) projetant Néron sur le sol, une grimace primitive sur son visage, et lever sa lame. Elle vit Vlad se précipiter vers Arsinoé qui fixait sa propre dague, de laquelle semblait s'égoutter du sang. Damien l'observait avec dans les yeux une chose qui ressemblait à de la pitié.

Elle trébucha en se retournant et sentit Ty la rattraper. Elle aurait reconnu le contact de ses mains même dans la noirceur la plus impénétrable, songea Lily avec un léger sourire aux lèvres. Elle se demanda pour quelle raison tout devenait soudainement si sombre.

— Lily, l'entendit-elle lui dire, et elle leva les yeux vers lui. Reste avec moi. S'il te plaît, Lily... S'il te plaît...

Ses yeux étaient les étoiles, la lune dans le ciel.

Puis elle perdit connaissance.

CHAPITRE 24

IL LA REGARDAIT respirer profondément et régulièrement pendant qu'elle dormait. Il la surveillait attentivement, à demi convaincu qu'à tout moment, sa poitrine cesserait de se soulever. Qu'elle disparaîtrait d'auprès de lui aussi furtivement que le fantôme qui l'avait déjà hantée, pour ne jamais revenir.

La porte s'ouvrit derrière lui, projetant un peu de lumière dans une chambre meublée d'un élégant lit à baldaquin drapé de tissus taupe et crème, d'un coffre sculpté, d'une penderie ornée de visages de chérubins. C'était un peu trop pour Ty, mais il reconnaissait les antiquités quand il en voyait, et cette pièce valait une fortune. Il avait de la difficulté à se soucier de quoi que ce soit en ce moment, y compris la personnalité de marque qui bougeait doucement à son côté pour étudier le visage immobile de Lily.

— Elle est chanceuse. J'ignore comment Arsinoé, entre tous, a réussi à rater les organes internes. Tout aurait pu s'arrêter là, mais elle a quand même perdu beaucoup de sang. Heureusement qu'il y avait tout ce chaos. Peu de gens auraient pu résister à l'odeur.

Ty leva les yeux vers Vlad.

— Lily a sauvé la vie d'Arsinoé et ça ne l'a pas empêchée de s'enfuir comme si tous les démons de l'enfer étaient à ses trousses. Sans une parole. Seulement avec cette expression étrange au visage.

Il soupira et passa une main dans ses cheveux.

— Au moins, ajouta-t-il, personne n'a réagi quand tous les serviteurs Cait Sith sont partis. Les Ptolémées devront s'occuper d'eux-mêmes pendant un moment, je pense. Ça pourrait leur faire du bien.

Vlad regarda Lily d'un air interrogateur.

— Tu es sûr qu'elle va les prendre sous son aile?

Ty acquiesça.

— On pourrait avoir bien pire que les Cait Sith pour fonder une dynastie. Je suppose que vous pourriez faire beaucoup mieux aussi, mais elle semble avoir un penchant pour les chats errants, dit-il. Non, ils ont besoin d'elle. Et ce ne serait pas son genre de leur tourner le dos. Elle a un grand cœur.

On s'occupait de ses frères et de ses sœurs. Cela, au moins, il y avait vu. En fait, les choses avaient pris une mauvaise tournure quand l'emprise de Néron sur Arsinoé s'était accrue. Il avait fait surgir le pire en elle, mais Ty ne pouvait en faire de reproches à nul autre qu'à la reine elle-même. Le pire avait toujours été présent. Il avait seulement évité de le voir. Il ignorait comment il avait pu si mal la juger. Elle lui semblait si fragile maintenant, si épuisée. Si différente de la petite créature chaleureuse qui l'avait alternativement rendu furieux et amoureux, celle qui gisait ici maintenant. Il comprenait trop tard la différence.

Arsinoé l'avait jugé digne malgré la marque qu'il portait.

Lily l'avait trouvé digne sans même tenir compte de sa marque.

Maintenant, il était peut-être trop tard. Même en tenant compte de ce qu'elle lui avait dit avant de se rendre aux

Ptolémées, Ty savait, mieux qu'elle, à quel point les choses avaient changé. Elle allait porter sur ses épaules beaucoup de responsabilités et des milliers d'années d'histoire. Une femme qui devait maintenant choisir un compagnon, un partenaire avec lequel redonner vie à la plus vieille et la plus importante dynastie de vampires envisagerait-elle vraiment de choisir un humble Cait Sith? En particulier quand chacun des membres du conseil s'élèverait contre ce choix?

Peut-être pas Vlad. Mais Ty était certain que le Dracul serait heureux de se porter volontaire si Lily le rejetait.

Vlad se tira une chaise, apparemment inconscient du fait que Ty aurait voulu réfléchir et se morfondre en paix. Il avait déjà irrité Anura au point qu'elle sorte.

— Alors, comment va-t-elle?

— Lily? demanda Ty avant de secouer la tête. Aucun changement. Je suis heureux que vous ayez eu un médecin avec vous pour la recoudre. Mais comme vous l'avez dit, elle a perdu beaucoup de sang.

— J'aurais été heureux de lui donner une partie de nos provisions. Mais comme tu le sais, son sang n'est pas... normal.

Il s'interrompit un moment avant de poursuivre :

— Tu dois prendre une décision, Ty. Nous sommes tous d'accord : c'est ton droit.

Ty poussa un profond soupir et se massa le visage.

— Ouais. Je sais.

Et il s'en voulait terriblement d'avoir désiré planter ses dents en elle au moment même où elle était mourante dans ses bras, son sang se déversant sur sa chemise et le priant, le suppliant de boire. Son odeur flottait encore sur elle, même si elle avait été recousue et bandée, sa blessure, nettoyée, ses vêtements, brûlés.

Il sentit Vlad qui l'observait.

— Sa marque est superbe. Je n'avais jamais imaginé voir un jour une véritable marque des Lilim après l'avoir tant étudiée. Et ta Lily ressemble énormément à Lilith.

C'était un fait. Et de toute évidence, Vlad avait été fasciné par elle dès le moment où il l'avait vue, au point où Ty commençait à songer sérieusement à lancer sa propre guerre contre le Dracul. Mais... Vlad avait traité Ty et ses frères comme s'ils étaient leurs égaux plutôt que comme quelques bas de caste frappant à la porte. Il avait écouté. Et, Ty s'en était progressivement rendu compte, l'homme était un formidable stratège.

Ty supposa qu'il était officiellement un traître. Bizarre, l'impression d'avoir fait ce qui convenait après toutes ces années.

— Alors, est-ce que Lilith n'était vraiment qu'une reine démoniaque assoiffée de pouvoir ? demanda Ty.

Il avait retourné dans sa tête les accusations, se demandant où se trouvait la vérité. Ça n'avait plus d'importance. Quant à lui, Lily était parfaite, rituel démoniaque ou non. Mais il se posait tout de même la question.

— D'après les légendes populaires, certainement, répondit Vlad en s'installant plus confortablement.

Après deux nuits passées en compagnie de Vlad, Ty pouvait deviner quand le Dracul était sur le point de se lancer dans un monologue sur un de ses sujets préférés. Malgré qu'il soit un formidable vampire, l'homme se comportait parfois un peu comme un intello un peu trop enthousiaste. Damien semblait l'apprécier. Damien et sa connaissance encyclopédique de pratiquement tout. Pour quelqu'un qui avait été si empressé de reprendre sa vie d'intrigues et d'assassinats, Damien ne montrait aucun signe de vouloir partir bientôt, même si Vlad lui avait versé le double de ce que Néron lui devait pour le travail. Sa réputation était bien ancrée. Les Maîtres de l'Ombre seraient ravis… si jamais il retournait.

Plus d'une fois, Ty avait dû lutter contre l'envie de les assommer tous les deux avec un énorme livre pour les faire taire.

— Je ne l'ai jamais cru, poursuivit Vlad. Il n'y avait plus que ses ennemis pour raconter l'histoire de Lilith, ou ceux qui étaient suffisamment incertains de la vérité pour se taire. Ça donne une histoire assez déformée. Pendant des années, son aptitude à rassembler sa dynastie m'a fasciné. L'acceptation des autres. À l'époque, les familles considérées bas de caste n'étaient pas si nombreuses, et probablement que quelques-unes ont disparu depuis. Mais elle les a acceptées à sa cour et leur a permis de participer aux décisions. Les Lilim n'étaient pas que leur marque. En fait, elle n'était qu'un fragment de l'identité de la dynastie, un fragment qui n'était pas nécessaire. «Personne ne peut se passer des autres», affirmait-on qu'elle avait dit dans certains des anciens textes que je possède, mais on n'en parle nulle part ailleurs. Les vampires adorent leur système de castes. Ou à tout le moins, ceux qui peuvent le conserver le font. Mais ses paroles ont eu un écho en moi. Les Draculs ne sont pas parfaits, mais j'essaie d'améliorer les choses sans qu'on me décapite pour être allé trop loin. Par petites étapes.

Il eut un sourire.

— Et maintenant, un nouvel allié. Du sang neuf. C'est exactement ce dont nous avons besoin même si les autres dynasties vont s'y opposer avec vigueur.

Ty tourna les yeux vers Lily. À part sa respiration régulière, elle ne bougeait pas. Et elle était pâle, si incroyablement pâle.

Il soupira.

— Tout ce qu'elle voulait, c'était retourner chez elle.

— Nous savons tous les deux que c'est impossible de toute façon, fit Vlad d'une voix douce, son sourire s'évanouissant. Elle ne se réveillera probablement pas, à moins que tu la transformes. Elle ne va pas ouvrir les yeux et te demander de la mordre, Ty.

Ty tourna brusquement la tête pour fixer le visage triste de Vlad.

Vlad inclina la tête.

— Elle a perdu trop de sang. Morgan, mon médecin, te l'a dit : elle ne dort pas, elle est dans le coma. Il n'y a que la transformation qui puisse l'en faire sortir, et ce n'est qu'ainsi que sa moitié vampire pourra se réveiller complètement. Si la situation était différente, je la prendrais moi-même, mais... elle t'a déjà choisi.

Ty fit la grimace.

— Elle s'est éloignée de moi. Et elle avait probablement raison.

Vlad haussa un seul de ses sourcils blonds.

— Si je comprends bien, elle pensait te sauver la vie. Mais je suis sûr qu'elle sera heureuse de te faire entrer ça dans la tête si tu lui en donnes la possibilité.

Il lui sourit.

— J'ai bien peur que ce soit tout ce que je puisse te conseiller en matière de relations.

— Et le fait que je sois un bas de caste Cait Sith ? Vous ne craignez pas que je vais… souiller son sang ?

Vlad se contenta de grogner, puis se leva.

— Tu parles comme un vrai Ptolémée. Écoute, Ty, je vais te dire une chose. Je vais revenir dans une demi-heure et si cette fille est encore au seuil de la mort, je te jette à la rue et je la prends moi-même. Et si tu persistes à déprécier ta lignée, je vais y ajouter quelque torture imaginative seulement pour te faire oublier cette anxiété pendant un moment. OK ? Bien. Je serai dans mon bureau si tu as besoin de quoi que ce soit.

Vlad tourna les talons et quitta la pièce en fermant la porte derrière lui. Ty fixa la porte pendant un long moment, essayant de décider si le Dracul était amusant, s'il était un con, ou les deux. Il penchait vers la dernière hypothèse.

Mais Vlad avait émis quelques arguments convaincants.

Ty se retourna vers Lily, silencieuse et immobile, et remarqua que ses respirations étaient devenues plus rapides. Il lui prit la main. Elle était glacée. Lily était en train de le quitter. Il pouvait le sentir, avait éprouvé le goût amer de sa propre mort alors qu'il était en train d'amorcer cette nouvelle vie. Un sentiment de panique l'envahit, serrant sa poitrine.

— Lily, dit-il, reste avec moi. S'il te plaît, *mo bhilis*, reste avec moi.

Il s'interrompit par peur de ne pouvoir retenir ses paroles. Finalement, il se laissa aller, sachant qu'il n'avait rien à perdre. Elle était tout ce qu'il avait — et tout ce dont il avait besoin.

— Je ne veux pas vivre sans toi. Je t'aime, Lily. S'il te plaît, reste. Je t'aime.

Il sentit alors sur sa main un serrement à peine perceptible. Et, dans son état de faiblesse, il l'entendit dire pour la première fois ce qu'elle avait à l'esprit.

Ty... je... t'aime.

Il avait enfin la réponse qu'il attendait. Peut-être l'avait-il connue dès le départ. Même lors de cette toute première soirée, quelque chose en lui avait su qu'elle était sienne.

Il se glissa dans le lit en s'étirant le long du corps de Lily. Sa chaleur, sa merveilleuse chaleur, s'atténuait rapidement. Il pouvait la sentir qui s'échappait d'elle. Une partie n'allait jamais revenir... mais il en resterait suffisamment. Et elle serait auprès de lui.

Il espéra qu'elle puisse lui pardonner de lui transmettre ce don qu'elle n'avait jamais demandé. Ce droit qu'elle possédait par la naissance même s'il avait presque ruiné sa vie. Un baiser éternel de la part d'un vampire qui ne la mériterait jamais.

Ty se souleva sur un coude, écartant tendrement les cheveux de Lily. Même en cet instant, il pouvait sentir le sang qui coulait de plus en plus lentement dans ses veines, son odeur enivrante qui le saisissait à la gorge et refusait de disparaître. Ses crocs s'allongèrent, acérés. Il n'avait jamais voulu qu'elle voie cette partie de lui parce qu'il pensait que son estime à son égard diminuerait. Mais elle lui avait ouvert son cœur. Elle méritait aussi de tout savoir de lui.

Il parcourut doucement son cou du bout des lèvres, s'émerveillant devant la douceur soyeuse de sa peau.

Il pouvait sentir les savons d'Arsinoé sur elle, comme les fragments d'un mauvais souvenir. Mais les huiles naturelles de sa peau se mêlaient aux épices pour faire de cette odeur la sienne propre, celle de Lily. Puis il fit ce qu'il avait désiré depuis la toute première fois où il l'avait aperçue sous les étoiles : il ouvrit la bouche, enfonçant ses dents dans la chair tendre, et but.

Son goût à la fois sauvage et doux éclata dans sa bouche et jaillit à travers tout son corps, l'inondant de cette faim ancienne et incontournable, cette compulsion à boire jusqu'à ce qu'il ne reste plus rien. Mais plus encore, il se trouva rempli de l'essence de Lily, de ce goût qui lui appartenait en particulier, ce goût différent de celui de toute l'humanité. Elle ne ressemblait à rien ni à personne qu'il ait jamais connu. En s'abreuvant à elle, il se rapprochait aussi près du paradis que son âme tourmentée le lui avait jamais permis, et il s'en délectait, la soulevant vers lui, ses mains emmêlées dans les cheveux de Lily.

Le cœur de Lily s'arrêta un instant contre sa poitrine, puis battit faiblement.

Le moment était venu.

Il retira ses dents de son cou en hésitant, luttant contre son instinct qui l'entraînait à s'abreuver à elle jusqu'à la fin. De pâle, elle était devenue blanche comme un drap, les deux empreintes de ses dents étant la seule couleur sur sa peau. Rapidement, Ty fit allonger son ongle en une griffe et fit une incision dans la chair tendre de son poignet. Quand le sang jaillit de sa coupure, il pressa son poignet contre les lèvres exsangues de Lily.

— Bois, mon amour, l'exhorta-t-il en éprouvant un accès de culpabilité qu'il n'avait jamais ressenti aussi fortement pendant qu'elle gisait là, glissant à travers le voile de la mort.

Elle n'avait besoin que d'une gorgée, qu'une seule goutte minuscule pénètre son système.

— Bois. Reste avec moi, Lily. Tu m'entends? Reste avec moi pour toujours. Je t'aime.

C'était si facile à dire maintenant, et elle ne pouvait l'entendre.

Ou peut-être le pouvait-elle. Elle prit une minuscule gorgée. Puis une autre.

Il se sentit si soulagé qu'il faillit se mettre à pleurer comme un enfant. Elle n'allait pas le quitter. Ni ce soir, ni jamais, s'il y pouvait quoi que ce soit.

Il commença à sentir les aspirations dans son poignet, plus fortes maintenant que son sang pénétrait en elle et que la véritable transformation s'amorçait. Il s'étonna du plaisir qu'il tirait de l'expérience débutant par un chatouillement à l'endroit de la coupure qu'il avait faite et devenant lentement plus intense, palpitant avec chaque gorgée. La langue de Lily léchait sa peau avec avidité, et la respiration de Ty s'accéléra.

Ce n'est pas encore le moment, se dit-il. Elle n'était pas assez forte; elle pourrait même ne plus vouloir de lui de cette façon.

Puis elle retira sa bouche de son poignet et attira ses lèvres sur les siennes.

Il émit un grognement de surprise qui se transforma rapidement en un gémissement tandis qu'elle l'étreignait avec force.

— Lily… femme… tu n'étais pas en train de mourir à l'instant ? Vas-y lentement, ma chérie, prends ça…

— Je ne veux pas que ça soit lent. Je te veux. *Maintenant.*

Elle lui déchirait ses vêtements, l'étonnant par sa férocité.

— Mais, tu ne penses pas que…

— Contente-toi de la fermer et laisse-moi te prendre. Sais-tu à quel point tu m'as manqué ?

Il était difficile d'en débattre en ce moment. Il l'aida où il put avec les vêtements, lui laissant fixer le rythme, renversé par l'intensité de son énergie. Puis elle était contre lui, sa peau si incroyablement douce, plus froide, oui, mais la chaleur qu'ils créaient entre eux serait bien plus que suffisante.

Lily se souleva au-dessus de lui, une pâle déesse dans l'obscurité, ses cheveux comme des flammes. Et ses yeux, vit-il, scintillaient comme des étoiles bleues. En tant qu'humaine, elle avait été magnifique. En tant que vampire, vit-il tandis qu'il en avait le souffle coupé, elle était éblouissante. Et elle était sienne.

Avec ses yeux de chat, il pouvait voir sa marque, brillant encore d'une luminosité verte, le pentacle, le serpent. Mais les entourant, comme en une étreinte protectrice, se trouvaient maintenant des pattes de chat. Hésitant, il tendit une main pour la toucher, déchiré entre le plaisir d'effleurer le symbole qui les liait et le regret de n'avoir pu l'imprégner d'une marque qui avait de l'importance dans son monde.

Elle regarda et parut comprendre.

— Tu as la même marque maintenant, dit-elle en effleurant sa clavicule.

Puis elle sourit avec un humour qui le toucha jusqu'au plus profond de son âme.

— Mon sang était plus fort. Le foutu ankh a disparu. Tu es mien maintenant.

Jamais de si merveilleuses paroles n'avaient été prononcées.

— Tu dois savoir que je t'aime, Lily Quinn, dit-il.

— Je t'aime aussi, Ty. Je suis désolée de t'avoir abandonné comme ça. Je ne voyais pas d'autre issue.

Elle secoua la tête.

— Je pensais pouvoir le faire seule. Mais j'avais besoin de toi. J'aurai toujours besoin de toi.

— Hé, dit-il doucement en laissant tomber sa main pour suivre la courbe de son sein. Ça nous a menés ici. Et je veux tout te dire. Tout ce que tu voulais savoir à propos de moi. Plus aucun secret entre nous.

— D'accord, répondit-elle. Mais il y a une chose que nous devons faire d'abord.

Elle se laissa glisser jusqu'à son membre rigide avant qu'il puisse ajouter une parole, puis il perdit la faculté de penser. Elle était si ardente, si serrée. Il ne put que soulever ses hanches vers elle et émettre un gémissement étranglé.

— Oui, dit-elle dans un souffle en relevant la tête.

Puis elle commença à se mouvoir. Lily le chevaucha au-delà de toute pensée, au-delà de toute raison, jusqu'à ce que tous deux se retrouvent, tremblants, au bord de l'orgasme. Et, en un seul instant de lucidité, Ty sut de quelle façon leur faire franchir le seuil. Il la saisit par la taille, la renversa pour qu'elle se retrouve sous lui et s'enfonça profondément en elle, lui arrachant un gémissement.

— Mords-moi, gronda-t-il, puis il enfonça ses dents dans son cou.

Une vague de plaisir le parcourut tandis qu'il se mouvait en elle. Puis il sentit ses dents, nouvellement acérées, percer la peau sensible de son propre cou, et il éprouva immédiatement une explosion de pures sensations. Il la pénétra encore et encore, la prenant et se laissant prendre, si complètement imprégnés l'un de l'autre qu'il n'était plus certain d'où se terminait l'un et d'où commençait l'autre.

Jusqu'à ce qu'ensemble, ils sombrent dans la noire et pernicieuse extase.

Plus tard, ils se tenaient enlacés dans l'immense lit. La tête de Lily reposait sur la poitrine de Ty pendant qu'il lui racontait sa vie : la pauvreté dans laquelle il avait grandi, le rejet de sa famille quand elle avait découvert ce qu'il était devenu. Ses compagnons et les voies qu'ils avaient choisies, aucune d'entre elles n'étant particulièrement bonne. Et finalement, la raison de son allégeance à l'égard d'Arsinoé.

— C'était pendant un raid contre un refuge Cait Sith, assez semblable à celui que nous avons subi, bien que les chats se montraient plus solidaires à cette époque.

Il caressait son dos sans s'en rendre compte en parlant, et elle écoutait le grondement de sa voix.

— Les Ptolémées avaient l'habitude de les forcer à sortir de leur cachette de temps en temps, pour le plaisir, je suppose. Certains se retrouvaient en esclavage et d'autres étaient massacrés. Ensuite, ils incendiaient la maison. J'ignore combien de fois j'ai réussi de justesse à échapper à ces raids, mais en fin de compte, la chance m'a abandonné.

À ce moment, je travaillais pour Rogan en faisant de la contrebande, en volant — un peu de ci, un peu de ça. Il était absent, bien sûr. Ce salaud l'était toujours quand il y avait des problèmes. Les Ptolémées sont apparus un peu avant l'aube. Ils n'étaient qu'une petite troupe, mais c'était suffisant. Ils se sont bien amusés à piller et à violer quelques femmes qui n'avaient pu s'échapper. Je leur ai dit ce que je pensais d'eux.

Il eut un sourire mélancolique avant d'ajouter :

— J'étais imbu de moi-même à l'époque. Je pensais que quelques bas de caste pourraient changer le monde en se révoltant.

— Je parie que tu lui as botté le cul, dit Lily en se blottissant contre lui.

Ty émit un petit rire amer.

— Mes paroles dépassaient de loin mes capacités à ce moment. En moins d'une seconde, je me suis retrouvé avec une lame contre ma gorge. Je me suis dit que ma fin était arrivée. J'en étais presque heureux, dit-il en baissant la voix. Puis j'ai entendu une autre voix. La voix d'Arsinoé qui leur disait de foutre le camp. Il était évident qu'elle était en colère. Au fil des années, je l'ai vue devenir vraiment furieuse parfois à propos de la chasse aux bas de caste, mais d'habitude, elle détournait les yeux. Ça ne s'arrêtait jamais vraiment.

Il secoua la tête.

— En tout cas, elle a dit au vampire qui tenait sa lame contre ma gorge — Jeremy, il s'appelait — de s'écarter. Elle m'a aidé elle-même à me relever en me tendant la main. Elle s'est excusée pour les crétins dont elle était responsable et m'a offert un travail en disant aux autres de ne pas lever un doigt sur moi sous peine de mort.

Lily fronça les sourcils.

— Bizarre. On dirait presque de la compassion.

— Ouais. Elle pouvait être compatissante, alors. Mais les choses changent, et ces changements l'avaient d'une certaine manière fragilisée. Ce fut un coup dur pour elle quand les Draculs ont été admis au sein du Conseil. Elle préfère les vieilles traditions. Mais je ne saisissais pas à quel point. Tout ce que je savais, c'était qu'elle avait ordonné à Jeremy de laisser tomber son couteau et qu'elle m'a donné la chance de vivre une vie meilleure que celle que j'avais connue jusque-là. Pendant longtemps, ça m'a suffi.

— Et maintenant ? demanda Lily en connaissant déjà la réponse, mais en ayant besoin de l'entendre.

— Maintenant, je veux davantage. J'ai davantage, dit-il en déposant un baiser sur son front. Je t'ai. Et tu es liée à moi, que tu le veuilles ou non.

Il soupira.

— Et aussi aux autres Cait Sith. J'ai encore du mal à croire que tu nous veux tous. Nous sommes une espèce indisciplinée.

— La question, c'est de savoir s'ils me veulent moi, et non pas le contraire, fit remarquer Lily. Je comprends ce qu'est ma destinée maintenant, mais édifier une nouvelle dynastie prendra un certain temps et je vais avoir besoin de beaucoup d'aide. Et ils devront se montrer patients. Les choses ne vont pas changer en une nuit. Mais s'ils le veulent…

— La plupart le souhaitent, Lily, fit Ty en lui caressant le dos pour la rassurer.

Elle pouvait le sentir même dans son sang, leur sang, une partie d'elle maintenant éternelle. Elle pensait ne jamais finir par se fatiguer de cette intimité.

— Pendant des siècles, on a craché sur mon peuple ou on s'est servi de lui pour ensuite le rejeter. Nous avons toujours pu compter les uns sur les autres, mais le fait de faire partie de quelque chose de plus grand, le fait d'être appréciés — de ne plus se faire qualifier de chat de gouttière, même — ça vaut davantage pour eux que tu ne peux le penser. Et pour moi.

— Du moment où tu es avec moi, dit doucement Lily, je pense que nous pouvons y parvenir.

— Nous le pouvons, répondit Ty. Je serai avec toi. Toujours.

Elle se pelotonna contre lui, prenant plaisir à écouter les battements lents et réguliers de son cœur. Il ne savait pas, ne pouvait savoir, le don qu'il lui avait fait. Le pouvoir la traversait comme une lumière, comme du sang. Quand la transformation avait allumé un incendie dans ses veines, Lily s'était comprise d'une manière dont elle ne l'avait jamais pu. Le combat intérieur avec lequel elle s'était habituée à vivre à chaque moment de chaque jour avait immédiatement disparu et avait fait place à la paix. Le sombre baiser de Ty lui avait ouvert la nuit comme une fleur, et dans cette nuit, elle s'était vue comme elle était vraiment. Elle était une Lilim. Elle était une Cait Sith. Elle était sienne.

Lilith avait eu raison, tout comme Ty à sa façon. Elle avait brisé ses chaînes et en retour, il lui avait fait lever

le voile sur tous ses secrets les plus enfouis, les plus merveilleux. Finalement, elle était libre.

En songeant à cela, elle se souleva sur les coudes pour le
regarder, ébourriffé et bien-aimé.

Son sang était sa destinée. Mais lui aussi.

LES NOUVEAUX LILIM

CHEF : Lily Quinn-MacGillivray
ORIGINE : Lilith, la première femme vampire,
maintenant mêlée à la lignée des Cait Sith
LIEU : Réémergeant en sécurité
sur le territoire des Draculs
APTITUDES : Poussées mortelles d'énergie psychique ;
peuvent se transformer en chat

Remerciements

Je dois des remerciements infinis aux personnes suivantes :

Selina McLemore et Latoya Smith — pour leur enthou-siasme, leur soutien et pour avoir eu un tel plaisir à tra-vailler avec elles. Ce livre représente l'aboutissement d'un grand rêve. Merci d'avoir contribué à le réaliser !

Kevan Lyon — pour être un agent incomparable et pour m'avoir toujours dit : « Nous allons y arriver. » Eh bien, nous y sommes. T'es le meilleur !

Cheryl Brooks, Marie Force, Loucinda McGary et Linda Wisdom — je ne peux pas imaginer ce que j'aurais fait sans vous quatre. Vous m'abreuviez de vos rires quand j'en avais besoin, me compreniez quand personne d'autre ne le pou-vait, sans oublier les singes volants. Votre amitié est inestimable.

Et bien sûr, je n'aurais jamais pu y parvenir sans mon extraordinaire famille. Maintenant et pour toujours, merci de m'avoir tolérée sans relâche. Il ne se passe pas un jour sans que je vois à quel point je suis chanceuse. Je vous aime !

Ne manquez pas

le tome 2

CHAPITRE 1

Tipton, Massachusetts

PAR UNE NUIT où seul un croissant de lune illuminait le ciel, à un moment où même les humains les plus aventureux étaient au lit et avaient succombé au sommeil, un chat solitaire avançait à pas feutrés d'une zone d'ombre à l'autre tandis qu'il traversait la grande place déserte du centre de la petite ville. Il était gros, de la taille d'un lynx, et son pelage lustré était de couleur jais. Sa fourrure chatoyait pendant qu'il bougeait, brillant sous la lumière glauque des lampadaires entre les ombres, et il se déplaçait rapidement et gracieusement, mais sans but apparent. Ses yeux qui brûlaient comme des tisons bleus demeuraient centrés sur les pavés devant lui.

Le chat avait porté plusieurs noms au cours de sa longue vie. Pendant plus d'un siècle maintenant, il s'était simplement appelé Jaden, ou encore plus simplement, « chat ». Si on l'y poussait, il répondait à l'un ou à l'autre et, s'il pouvait l'éviter, à aucun des deux.

Ce soir, dans l'étreinte de la nuit séductrice et silencieuse, Jaden ne rendait de compte qu'à lui-même.

Il prenait son temps alors qu'il traversait la ville, savourant l'immobilité que conférait à la nuit l'absence appréciée des humains avec tous leurs bruits, leurs émotions et leurs complications. Il s'arrêta devant la façade obscure d'un salon de beauté, laissant son regard errer jusqu'à l'enseigne où on pouvait lire CHARMÉE, ASSURÉMENT puis il leva le museau pour capter l'odeur de l'air, lourd d'humidité et précurseur de pluie. Jaden sentait que l'été était sur le point d'atteindre ce petit coin de la Nouvelle-Angleterre, tout en étant conscient que même au début de mai, le gel pouvait survenir n'importe quelle nuit pour administrer un baiser mortel aux nouveaux bourgeons.

Les baisers mortels, pensa Jaden en agitant la queue. Ouais, il en connaissait tout un chapitre à ce sujet. Pour les

vampires, et en particulier les humbles vampires métamor-
phes, les baisers de la mort faisaient en quelque sorte partie
du métier.

Merde. Sa promenade de fin de soirée pour s'éclaircir les
idées était un échec.

La métamorphose lui était aussi facile que la respiration, et en une fraction de seconde, Jaden se tenait sur deux
pieds plutôt que sur quatre pattes, vêtu de la tête aux pieds
par quelque magie qu'il n'avait jamais comprise, mais toujours appréciée. Il enfouit ses mains au creux des poches de
son manteau et poursuivit son chemin le long de la rue,
fixant le sol d'un air sombre en avançant. Même s'il avait
passé des années à bouillir de rage en silence contre les
Ptolémées, ses maîtres de sang noble qui avaient traité
les animaux domestiques comme lui avec peu de commisé-
ration et encore moins de respect, ces jours-ci, il ne semblait
pas avoir beaucoup de colère contre quiconque sauf
lui-même.

Jaden possédait maintenant ce qu'il avait toujours
désiré : des amis, un foyer, et plus important encore, sa
liberté. Les Ptolémées n'avaient pas disparu, mais ils étaient
effrayés pour l'instant, et son espèce, les très calomniés
Cait Sith, avaient été choisis pour recevoir un honneur
incroyable. Ils allaient constituer l'assise de la renaissance
d'une dynastie de sangs-nobles qui avait disparu des siècles
plus tôt, mais avait maintenant refait surface sous la forme
d'une seule mortelle qui portait son sang.

Les sept mois depuis que Jaden avait aidé cette femme,
Lily, à tenir tête aux Ptolémées étaient passés comme un

coup de vent. Et même s'il s'était écoulé beaucoup moins de temps depuis que le conseil des vampires avait approuvé à contrecœur le plan de Lily, Jaden était maintenant réellement libre. Il n'aurait pu dire s'il s'agissait là d'une sage décision. Au mieux, les Cait Sith étaient une espèce extrêmement indisciplinée.

Mais il était reconnaissant, tout comme les autres, ce qui devait avoir une certaine valeur.

Jaden frotta sa clavicule sans vraiment s'en rendre compte. À cet endroit, sous les couches de vêtements, se trouvait la marque, le symbole de sa lignée. Jusqu'à tout récemment, elle avait représenté le nœud torsadé des chats noirs. Mais une gorgée du sang puissant de Lily l'avait changée en y ajoutant le pentacle et le serpent des Lilim. Avec cette nouvelle marque venaient de nouvelles aptitudes qu'il explorait encore ainsi qu'un nouveau statut dans un monde où il avait toujours été méprisé. Jaden savait qu'il aurait dû en tirer espoir. Après tout, pour la première fois de sa longue vie, il n'était pas un paria. Il pouvait être son propre maître, ce qui aurait dû être le plus important. Et pourtant…

Les espaces vides en lui le faisaient encore souffrir comme des blessures ouvertes. Quelque chose manquait. Il aurait seulement souhaité savoir ce que c'était.

Une douce brise agita ses cheveux et Jaden perçut l'odeur fugitive d'une chose à la fois familière et inconnue.

Puis il entendit les voix.

— Tu ne peux plus te sauver maintenant, n'est-ce pas ?

C'était une voix rauque masculine qui suintait le contentement de soi. L'homme émit un petit rire pervers.

— Tu vas devoir m'accepter. Je t'ai attrapée. C'est mon droit.

Une voix féminine répondit et Jaden éprouva un agréable frisson en entendant le son bas et mélodieux.

— Tu n'as aucun droit sur moi. Et tu ne vas pas obtenir ce que tu veux en me pourchassant comme une proie.

Il était pratiquement certain d'avoir déjà entendu cette voix, mais ne pouvait la situer dans ses souvenirs. Ce que Jaden pouvait situer, toutefois, c'était l'odeur qui faisait se dresser les poils de son dos et envahir son système d'adrénaline.

Les loups-garous.

Jaden retroussa les lèvres et dut réprimer un feulement instinctif. Non seulement les vampires diffamaient-ils les loups comme étant des sauvages, bannis de leurs villes sous peine de mort, mais l'odeur de leur musc entraînait chez lui une réaction difficile à maîtriser. Il avait deux choix : fuir ou se battre. Il y avait moins de problèmes à fuir. Mais cette fois, il s'agissait ici de son territoire, un territoire vampire. Et ces loups ne manquaient vraiment pas d'audace en y venant.

Jaden avait commencé à s'avancer avant même d'y réfléchir. Ses pas étaient silencieux sur la chaussée tandis qu'il se dirigeait vers le stationnement derrière l'édifice. Il se glissa dans l'ombre et écouta.

— Tu peux faire en sorte que ce soit facile ou difficile, ma chérie. Mais tu n'auras pas d'autre choix que de m'avoir. Et il n'y a foutrement rien que tu puisses faire.

La femelle fit entendre un sourd grondement d'avertissement.

— Je ne vais pas servir de faire-valoir à quelque bâtard qui veut grimper l'échelle sociale. Je ne veux pas de partenaire.

La voix du mâle se fit plus dure, comme s'il menait une bataille perdue contre la bête en lui.

— Ma famille est assez haut placée pour que je m'accouple avec une Alpha. Tu devrais être contente que ce soit moi, Lyra. Je ne serai pas aussi brutal que d'autres. Et nous savons tous les deux qu'il est impossible que la meute accepte une femelle Alpha. Les enjeux sont trop importants pour laisser les faibles diriger.

Lyra... Jaden comprit tout à coup et son sang ne fit qu'un tour.

Il la connaissait. Et leur brève rencontre l'avait mis d'une mauvaise humeur telle qu'il en avait peu ressentie au cours de sa vie surnaturelle.

Les souvenirs lui revinrent d'un refuge à Chicago bondé de vampires se cachant, ayant des problèmes, ou étant en fuite. Et à cette occasion, le refuge avait également été une cachette pour un loup-garou femelle à la langue aiguisée et à l'attitude féroce. Rogan, le propriétaire du refuge, avait mentionné quelque chose à propos du fait que Lyra deviendrait une Alpha... immédiatement après que Jaden ait exigé qu'elle quitte la pièce.

Lyra était sortie même si elle ne l'avait pas fait sans rancœur. Et maintenant, elle était ici, dans le territoire des Lilim. C'était presque inconcevable. Jaden se demanda brièvement si elle ne l'avait pas suivi ici pour terminer dans le sang leur brève altercation. L'idée aurait été conforme à ce qu'étaient les loups-garous, brutale et insensée. Mais Jaden comprit que ce n'était pas le cas en apercevant la femelle et le mâle. Lyra semblait avoir des problèmes beaucoup plus importants que n'importe quelle rancœur qu'elle pouvait éprouver à son endroit.

Jaden demeura parmi les ombres, se fondant dans l'obscurité aussi efficacement qu'il le faisait sous sa forme féline. Il avait maintenant une vue dégagée sur un grand homme de néandertal très musclé qui affichait le regard de dédain auquel on pouvait s'attendre. Un prédateur. Étant lui-même un prédateur, Jaden était devenu très habile à repérer les autres. Il ne voyait Lyra que de dos, mais il l'aurait reconnue n'importe où. Grande et mince, avec une tignasse noire ébouriffée traversée de mèches platine qui dévalaient sur son dos. Il promena son regard sur elle, tout à coup inquiet… espérant que sa réaction devant elle la dernière fois n'avait été qu'une espèce de malheureux hasard. Il avait facilement écarté cette idée à ce moment. Le fait de vivre sous la menace constante d'être tué pouvait provoquer d'étranges réactions chez un homme. Mais il savait que cela avait alimenté sa colère en apercevant la femme dans le refuge.

Et maintenant, tout comme avant, sa vue déclenchait chez lui une cascade de désirs comme aucune femme n'en avait provoqué chez lui.

Cette soudaine poussée de désir accompagnée d'un goût de sang créa chez Jaden un mélange de désirs et de besoins qui lui coupaient pratiquement le souffle. Il se déplaça lentement, en équilibre de plus en plus précaire entre l'homme et la bête tandis qu'il s'efforçait de demeurer dans l'ombre. Peu importait à quel point il avait essayé d'oublier, il se souvenait d'autre chose que seulement sa brève rencontre avec elle. Il avait eu des rêves... des corps entremêlés, mordant, griffant... léchant...

Ébahi, Jaden se dit qu'il ne pouvait réellement désirer une femelle loup-garou. Mis à part le fait que c'était défendu chez les deux races, c'était tout simplement mal. N'avait-il pas suffisamment d'ennuis?

Il éprouva un soulagement quand l'homme de néandertal le détourna de ses pensées. Avec beaucoup plus de grâce que sa forme colossale aurait pu le laisser croire, le mâle se déplaça à la vitesse de l'éclair. Une main se détendit brusquement, arrachant quelque chose au cou de Lyra. Le loup-garou fit danser la chose devant elle, et Jaden vit qu'il s'agissait d'un pendentif en argent au bout d'un lacet de cuir. Elle essaya de rattraper le pendentif, mais le mâle le tenait bien au-dessus de sa tête, comme une petite brute de cour d'école.

— Comment *oses*-tu?

— Ce n'est qu'un vieux collier, dit-il avec un sourire narquois. Si tu le veux tant, viens le chercher.

Jaden put percevoir la rage impuissante dans sa voix quand elle parla.

— Mon père...

— Il n'est pas ici maintenant, n'est-ce pas? Il n'y a personne.

L'homme de néandertal changea de position, lui indiquant du doigt de s'approcher. D'après son attitude, il savait qu'il avait gagné la partie.

— J'ai une chambre d'hôtel. Ou nous pouvons faire ça ici. À toi de choisir.

Son sourire était dégoûtant. Elle semblait le penser aussi.

— Tu peux toujours courir, Mark.

Les muscles de Lyra se tendirent. Elle se préparait à courir. Quel autre choix avait-elle ? Mais l'homme le savait. Et même si elle pouvait être rapide, il était impossible qu'elle puisse égaler sa force.

Jaden émit un feulement à travers ses dents serrées. Il n'était pas un héros. Il n'était peut-être rien de plus qu'un vampire de bas de caste, un chat de gouttière doué pour la chasse, mais même parmi ses semblables, il y avait des règles tacites. Et quelque chose dans la voix de Lyra, la rage impuissante d'une personne luttant contre un destin qu'elle savait inévitable, fit vibrer profondément une corde sensible en lui. Il avait passé des siècles à lutter contre des forces devant lesquelles il était impuissant. Dès le départ, tout le monde s'était foutu de ce qu'il voulait.

Il souhaita que les dieux lui viennent en aide à la suite de ce qu'il s'apprêtait à faire.

Lyra tourna sur elle-même et s'éloigna en bondissant avec une grâce étonnante. L'homme qu'elle avait appelé Mark bondit presque aussitôt. Sa main attrapa la magnifique chevelure, l'agrippant si rudement que la tête de Lyra fut brutalement tirée vers l'arrière. Jaden l'entendit gémir de douleur, entendit le rugissement victorieux de l'homme. Puis les mains de Mark étaient sur elle, agrippant, déchirant...

www.ada-inc.com
info@ada-inc.com

www.facebook.com/EditionsAdA

www.twitter.com/EditionsAdA